니들리스
거리의
마지막
집

캐트리오나 워드 장편소설

니들리스 거리의 마지막 집

이경아 옮김

2020년 8월 14일에 이 세상에 온
내 죠카 리버 이매뉴얼 위드 이너에게 이 책을 바친다.

테드 배너먼

오늘은 '막대아이스크림을 든 소녀'가 사라진 날이다. 그일은 11년 전 호숫가에서 일어났다. 그 아이는 그곳에 있었고 다음 순간 사라졌다. 그러므로 우리 중에 '학살자'가 있다는 사실을 알아차리기 전부터 오늘은 이미 불길한 날이었다.

올리비아는 아침부터 시계처럼 정확하게 고막을 찢을 듯한 소리를 지르며 내 배로 털썩 뛰어내린다. 침대 위의 고양이보다 더 좋은 게 있을까. 그런 것이 있더라도 나는 모른다. 올리비아를 유난히 귀여워하는 이유는 이따가 로런이 오면 올리비아는 사라질 것이기 때문이다. 내 딸과 내 고양이는 한방에 같이 있으려 하지 않는다.

"일어날게!" 내가 말한다. "그렇지만 오늘 아침 당번은 너일 텐데." 올리비아는 황록색 눈으로 나를 물끄러미 바라보더니 터덜터덜 걸어간다. 햇살이 원반 모양으로 비치는 곳으로 가서 벌러덩 드러누운 후 내 쪽으로 눈을 깜박인다. 고양이들은 농담을 못 알아듣는다.

나는 집의 앞문 계단에서 신문을 챙긴다. 나는 지역신문을 좋아하는데, 희귀 조류 알림이 실리기 때문이다. 누구든 쇠부리딱따구리나 멧종다리 같은 새를 목격하면 신문에 제보할 수 있다. 이렇게 어둑한 시간에도 공기는 어느새 수프처럼 뜨끈하다. 골목이 평소보다 훨씬 더 고요하게 느껴진다. 그 일을 기억하는 것처럼.

신문의 1면을 보자마자 배 속이 뒤틀리고 꼬인다. 그곳에 그 아이가 있다. 오늘인 줄 까맣게 잊고 있었다. 나는 시간 감각이 형편없다.

그들은 항상 같은 사진을 싣는다. 모자 테두리의 그림자 속에 자리한 소녀는 눈이 큼지막하고 누가 뺏어 갈지 모른다고 생각하는지 막대아이스크림의 스틱을 꼭 쥐고 있다. 사내아이처럼 짧은 머리카락은 물에 젖어 머리에 찰싹 달라붙은 채 햇빛을 받아 반짝거린다. 소녀는 물놀이를 하며 놀았지만 아무도 포근한 타월로 몸을 감싸고 물기를 닦아주지 않는다. 나는 그 점이 불만이다. 이래서야 감기에 걸릴지 모른다. 그들은 다른 사진, 즉 내 사진은 싣지 않는다. 그들은 내 사진 때문에 큰 말썽에 휩싸인 적이 있다. 물론 당신이 내게 물어볼 정도로 대단한 말썽은 아니었다.

그 아이는 여섯 살이었다. 걱정으로 모두 제정신이 아니었다. 우리 지역에서는 아이가 종종 사라지는데, 특히 호숫가에서 그런 일이 잦은 탓에 소문이 순식간에 퍼졌다. 경찰이 카운티 내에서 아이를 해칠 만한 사람이 사는 집은 모두 수색했다.

경찰은 우리 집을 수색하는 동안 내가 집 안에 머무르도록 허락하지 않았다. 그래서 계단에 서 있어야 했다. 여름이었다. 별의 표면처럼 환하고 뜨거웠다. 오후가 흘러갈수록 내 피부도 서서히 달아올랐다. 그들이 거실에 깔아놓은 볼품없는 파란색 깔개를 치운 후 바닥을 뜯고, 뒤쪽에서 텅 빈 소리가 난다며 벽장 안쪽 벽에 구멍을 내는 소리가 집에서 새어 나왔다. 개들이 내 마당과 침실, 사방을 돌아다녔다. 나는 그런 개들이 어떤 종류인지 잘 알았다. 그 개들은 눈동자에 하얀 죽음의 나무가 있었다. 비쩍 마른 남자가 카메라를 들고 내가 서 있는 곳으로 오더니 사진을 여러 장 찍었다. 나는 그를 제지할 생각을 미처 하지 못했다.

"사진이 없으면 기사도 없거든요." 그는 떠나면서 이렇게 말했다. 무슨 뜻인지 알쏭달쏭했지만, 그가 유쾌하게 손을 흔들기에 나도 마주 흔들었다.

"왜 그러시죠, 배너먼 씨?" 그 여자 형사는 주머니쥐처럼 생겼다. 몹시 피곤한 주머니쥐.

"아무것도 아니에요." 몸이 떨렸다. 조용히 해야지, '리틀 테디'. 추운 것처럼 이가 딱딱 마주쳤지만, 오히려 몹시 더웠다.

"내 이름을 큰 소리로 부르셨잖아요. 그리고 '녹색'이라고 하신 것 같은데요."

"어릴 때 제가 지어낸 이야기를 떠올리고 있었나 봐요. 호수에서 녹색의 존재로 변한 사라진 남자아이들 이야기요." 형사가 나를 힐끗 바라보았다. 나는 그런 표정을 잘 알았다. 사람들은 늘 나를 그런 표정으로 바라본다. 나는 앞마당에 서 있는 작은 떡갈나무를 꼭 안았다. 그 나무가 내게 힘을 빌려주었다. 해야 할 말이 있나? 그런 말이 있다 해도 내 생각의 가장자리만 떠돌 뿐이었다.

"배너먼 씨, 이곳이 유일한 거처입니까? 근처에 다른 집은 없습니까? 사냥철에 쓰는 오두막 같은 건 없나요?" 형사가 인중에 맺힌 땀을 닦았다. 등에 묵직한 모루라도 지고 있는 것처럼 그녀의 태도는 신중했다.

"아뇨." 내가 대답했다. "아뇨, 없어요, 없어." 이 형사가 주말용 집의 존재를 이해해줄 리 없다.

마침내 경찰이 돌아갔다. 그럴 수밖에 없었다. 나는 오후 내내 세븐일레븐에 있었고 모두 그렇다고 증언했기 때문이다. 보안 카메라에 녹화된 영상도 그렇게 말했다. 내가 그곳에서 무엇을 하고 있었는지 그 영상에 다 들어 있었다. 나는 자동문 옆의 인도에 앉아 있었다. 문이 양쪽으로 휙 열리고 시원한 공기와 함께 사람들이 나오면 나는 사탕을 달라고 했다. 사람들은 사탕이 있으면 주었고 일부러 사탕을 사주기도 했다. 이 사실을 안다면 엄마는 무척 부끄러워했을 것이다. 나는 호수나 '막대아이스크림을 든 소녀' 근처에도 가지 않았다.

수색을 마친 경찰이 집에 들어가도 된다고 해서 들어와보니 사방에 그들 냄새가 남아 있었다. 오드콜로뉴와 땀, 끽끽거리는 고무 밑창, 화학약품의 흔적. 그들이 엄마와 아빠의 사진 같은 나의 소중한 물건을 봤다는 사실에 화가 났다. 그 사진은 그 무렵에도 이미 빛이 바래는 중이어서 두 분의 모습이 흐릿했다. 두 분은 하얗게 사라지며 나를 떠나는 중이었다. 벽난로 선반에는 고장 난 뮤직 박스가 있었다. 엄마가 먼 고향에서 가져온 물건이었다. 뮤직 박스에서는 음악 소리가 나오지 않았다. 나는 러시아 인형을 부순 날이자 쥐에게 그 짓을 한 날 뮤직 박스를 부웠다. 작은 발레리나는 지지대 부분이 부러져 추락하는 바람에 죽었다. 무엇보다 그 발레리나 때문에 마음이 몹시 안 좋았던 것 같다. (나는 그 발레리나를 엘로이즈라고 불렀다. 이유는 모른다. 그저 엘로이즈처럼 생겼기 때문일 것이다.) 귓전에서 엄마의 아름다운 음성이 들렸다. 너는 내게서 모든 것을 가져가는구나, 시어도어. 가져가고, 가져가고, 가져가.

그 사람들이 그들의 눈과 생각으로 내 물건을 보고 난 후라 그런지 여기가 더는 내 집처럼 느껴지지 않았다.

나는 눈을 감고 심호흡을 하며 마음을 진정시켰다. 다시 눈을 뜨자 러시아 인형이 내게 환하게 웃어주었다. 그녀 옆에 뮤직 박스가 있었다. 발레리나 엘로이즈가 의기양양하세 꼿꼿이 서 있고 두 팔은 머리 위로 들어 올려 완벽하게 자세를 취했다. 엄마와 아빠가 사진 속에서 나를 내려다보며 웃었다. 아름다운 내 주황색 깔개는 발바닥에 닿는 감촉이 푹신한 베개 같았다.

금방 기분이 좋아졌다. 아무 문제 없었다. 나는 집에 돌아왔다.

올리비아가 내 손바닥에 머리를 들이밀었다. 나는 웃음을 터트리며 녀석을 안아 들었다. 그러자 기분이 훨씬 더 좋아졌다. 하지만 머리 위 다락에서 녹색 소년들이 몸을 뒤척였다.

이튿날 나는 신문에 실렸다. 헤드라인이 '용의자의 집을 수색하다'였다. 그리고 그 사진에서 나는 집 앞에 서 있었다. 경찰은 다른 집도 수색했지만, 그 기사는 마치 수색 대상이 우리 집뿐인 듯한 뉘앙스를 풍겼다. 가택수색을 당한 다른 사람들은 얼굴을 가릴 정도로 눈치가 빨랐구나, 그렇게 짐작할 뿐이다. 사진이 없으면 기사도 없거든요. 신문에는 '막대아이스크림을 든 소녀' 사진 옆에 내 사진이 실렸고 그것은 그 자체로 기사가 되었다.

그 사진에는 골목의 이름이 나오지 않았지만, 사람들은 어딘지 알아본 것 같았다. 돌멩이와 벽돌이 창문으로 날아들었다. 아주 많이. 유리창을 새로 갈면 또 다른 돌멩이가 날아왔다. 미칠 것 같았다. 어찌나 많이 날아오는지 나는 다 포기하고 창에 판자를 대었다. 그러자 날아오는 돌도 줄어들었다. 쨍그랑하고 요란하게 깨질 일이 없으면 돌팔매질도 재미가 없으니까. 더 이상 낮에는 밖으로 나가지 않았다. 힘든 시간이었다.

　나는 '막대아이스크림을 든 소녀'—그 소녀의 사진이 실린 신문 말이다—를 계단 아래 벽장에 넣으려 한다. 신문을 물건 더미 아래쪽에 넣기 위해 몸을 숙인다. 바로 그때 선반에 놓인 어떤 물건이 시선을 끈다. 신문지 더미 뒤에 반쯤 가려진 테이프 녹음기.

　나는 그 녹음기를 금방 알아본다. 엄마의 물건이다. 녹음기를 들어 올린다. 손을 대자 바로 곁에서 내가 들을 수 있는 것보다 훨씬 더 작게 소곤거리는 소리가 들리는 듯 기분이 묘하다.

　녹음기에는 테이프가 반쯤 감긴 채 들어 있다. 한 면이 반 정도 녹음되어 있다. 매우 낡았으며 노란색과 검은색의 줄무늬 라벨이 붙어 있다. 이제는 흐릿해진 엄마의 단정한 필체. 메모들.

　나는 그 테이프를 재생하지 않는다. 무엇이 녹음되어 있는지 아니까. 엄마는 항상 큰 소리로 메모를 녹음했다. 엄마의 음성은 자음 근처에서 살짝 머뭇거리는 듯했다. 그 버릇은 끝내 고쳐지지 않았다. 엄마의 음성에서 바다가 들릴지 모른다. 엄마는 머나먼 곳 어두운 별 아래에서 태어났다.

그걸 거기 그냥 둬, 네가 본 것을 잊어. 나는 이렇게 생각한다.

피클을 하나 먹으니 기분이 한결 낫다. 어차피 그 사건은 오래전 일이다. 주위가 점점 환해지고 오늘은 아름다운 하루가 될 것이다. 그리고 새들이 찾아올 것이다. 매일 아침 새들은 숲에서 날아와 뒷마당에 내려앉는다. 미국산 명금, 상모솔새, 멧새, 붉은 솔잣새, 참새, 찌르레기, 도시 비둘기. 새들이 모여 북적거리는 풍경은 아름답다. 나는 사랑으로 벅차오르는 가슴을 안고 그 모습을 지켜본다. 나는 창문에 덧댄 합판에다 딱 맞는 위치에 딱 맞는 크기로 밖을 관찰할 수 있게 구멍을 냈다. 뒷마당이 한눈에 들어온다. 모이통이 항상 꽉 차 있고 물이 있는지 확인하는 것도 잊지 않는다. 이렇게 찌는 듯한 날씨에는 새들이 고생스러울 것이다.

평소 아침처럼 뒷마당을 살펴보려는데 배 속이 요동을 친다. 가끔은 내장이 머리보다 먼저 알아차린다. 뭔가 잘못되었다. 오늘 아침은 너무 고요하다. 나는 별일 아니라고 되뇌며 심호흡을 하면서 관찰 구멍에 눈을 갖다 댄다.

제일 먼저 어치가 눈에 들어온다. 어치가 풀밭 한가운데 누워 있다. 선명한 색의 깃털이 유막에 덮인 것처럼 빛난다. 게다가 몸통을 씰룩거리고 있다. 기다란 날개 한쪽이 하늘로 날아오르려고 필사적으로 허공을 때린다. 땅에 있는 모습이 이상하다. 새들 아닌가. 새들은 보통 땅에 오랫동안 머무르지 않는다.

뒷문에 달린 커다란 자물쇠 세 개에 차례차례 열쇠를 꽂고 돌리는데 손이 덜덜 떨린다. 철커덩, 철커덩, 철커덩. 밖으로 나온 후에도 문을 잠그느라 시간이 조금 지체된다. 마당은 시들어버린 풀밭에 누운 새들로 뒤덮여 있다. 모두 몸을 씰룩거리며 누렇게 뜬 종잇장처럼 무기력하게 누워 있다. 이미 숨이 끊어진 새들이 많다. 스무 마리는 될 것 같다. 아직 죽지 않은 새들도 있다. 헤아려보니 일곱 개의 심장이 아직도 뛰고 있다. 새들은 고통으로 뻣뻣해진 가늘고 새까만 혀를 내민 채 헐떡거린다.

내 마음은 개미처럼 사방으로 내달린다. 숨을 세 번 들이마실 시간이 흐른 후에야 눈앞에 펼쳐진 장면이 제대로 이해된다. 지난밤 누군가 먹이통이 설치된 곳을 모두 찾아가 풀로 만든 덫을 설치했는데, 철사로 만든 새장 주위에 달아놓고 끈에 매달려 있는 공처럼 뭉친 먹이에도 그 덫을 붙여놓았다. 그래서 새벽에 새들이 모이를 먹으러 왔다가 발과 부리가 접착제에 붙어버린 것이다.

내 머릿속은 온통 한 가지 생각뿐이었다. 학살자, 학살자, 학살자……. 누가 새에게 이런 짓을 하지? 이런 의문이 든다. 얼른 치워야 해. 로런에게 이 광경을 보여줄 수는 없어.

길 잃은 얼룩 고양이가 호박색 눈을 부릅뜬 채 철조망을 타고 자라는 아이비 덩굴 속에 몸을 웅크리고 있다.

"저리 가!" 내가 소리친다. 나는 가장 가까이에 있는 물건을 무턱대고 집어 들어 던진다. 손에 잡힌 건 텅 빈 맥주 캔이

다. 캔이 멀리 날아가 철조망 울타리 기둥을 맞히자 챙 소리가
난다. 고양이는 어차피 갈 생각이라는 듯 발톱이 빠진 발을 절
뚝거리며 느릿느릿 자리를 뜬다.

나는 살아 있는 새들을 모은다. 새들이 내 손에서 쩍쩍 달
라붙어 꿈틀거리는 덩어리가 된다. 사방으로 발과 눈이 튀어나
오고 부리로 공기를 들이마시는 새들의 모습이 내 악몽에 나오
는 괴물 같다. 새들을 분리해보려고 하지만 깃털이 살에서 뜯
겨 나갈 뿐이다. 새들은 소리를 내지 않는다. 그 사실이 가장 끔
찍하게 느껴질 것이다. 새들은 사람과 다르다. 고통을 느끼면
조용해진다.

나는 새들을 집으로 데려가 내가 떠올릴 수 있는 방법을
모두 동원해 접착제를 녹이려고 한다. 하지만 용제로 몇 번 시
도해본 것만으로도 내가 상황을 더 악화시키고 있다는 사실만
확연해진다. 새들은 가스 속에서 눈을 감고 헐떡거린다. 이제
뭘 어떻게 하면 좋을지 모르겠다. 이런 식으로 들러붙으면 영
원히 떨어지지 않는다. 새들은 이렇게 살 수 없지만 죽지도 않
았다. 나는 새들을 물에 빠트려 죽이고 망치로 머리를 내리쳐
야 할지 생각한다. 처리법을 떠올릴 때마다 내가 점점 더 이상
한 사람처럼 느껴진다. 나는 노트북을 넣어두는 선반의 자물쇠
를 열어볼까 생각도 해본다. 인터넷에 방법이 있을지 모르니까.
하지만 새들을 어디에 내려둬야 할지 모르겠다. 새들은 몸이
닿는 모든 것에 들러붙는다.

이윽고 나는 TV에서 본 것을 기억해낸다. 한번 해볼 만한 가치가 있는 데다가 마침 식초도 있다. 한 손만 사용해서 호스를 길게 자른다. 싱크대 하부장에서 커다란 터퍼웨어와 베이킹 소다, 화이트비니거를 꺼낸다. 새들을 조심스럽게 통에 넣고 뚜껑을 잘 덮어 플라스틱 뚜껑에 미리 뚫어놓은 구멍에 호스를 끼운다. 다음으로 베이킹 소다와 화이트비니거를 비닐봉지에 넣고 잘 섞은 후 고무 밴드로 호스의 입구에 단단히 묶는다. 자, 가스실이 완성되었다. 터퍼웨어에 든 공기가 변하기 시작한다. 이윽고 깃털들이 씰룩거리는 속도가 느려진다. 나는 모든 과정을 지켜본다. 죽음에는 목격자가 있어야 한다. 새조차 목격자 없이 죽어서는 안 된다. 오래 걸리지 않는다. 새들은 열기와 공포로 이미 반쯤은 포기한 상태였다. 비둘기 한 마리가 가장 마지막에 숨이 멎는다. 도톰한 가슴이 오르내리는 높이 차가 서서히 줄어들더니 마침내 멎는다.

이 학살자가 나마저도 학살자로 만들었다.

나는 죽은 새들을 집 뒤쪽 쓰레기통에 넣는다. 축 늘어진 몸은 아직 따뜻하고 만지면 부드럽다. 동네 어디선가 잔디 깎는 기계 돌아가는 소리가 들린다. 막 잘린 풀 냄새가 공기를 타고 퍼진다. 사람들이 잠에서 깨어나고 있다.

"괜찮아요, 테드?" 오렌지주스색 머리의 남자다. 그는 매일 커다란 개를 데리고 숲으로 간다.

내가 대답한다. "오 그럼요, 괜찮아요." 그 남자의 시선이 내 발로 향해 있다. 정신을 차리고 보니 신은 고사하고 양말도 신지 않았다. 내 발은 허옇고 털이 부숭부숭하다. 한쪽 발로 다른 쪽 발을 가려보지만 그런다고 난감한 분위기가 사라지지는 않는다. 개가 헐떡거리며 나를 본다. 대체로 반려동물은 주인보다 더 낫다. 나는 모든 개와 고양이와 토끼와 생쥐가 가엾다. 그들은 사람들과 함께 살아야 하며 더 나쁜 경우 사랑해야만 한다. 그렇지만 올리비아는 반려동물이 아니다. 그보다 훨씬 소중한 존재이다. (모든 사람이 자신의 고양이에 대해 이렇게 생각해주면 좋겠다.)

차가운 어둠을 틈타 내 마당에 덫을 설치하며 내 집 주위를 돌아다닌—심지어 죽은 딱정벌레 같은 눈으로 안을 들여다보고, 나와 로런, 올리비아를 지켜보기도 했으리라—학살자를 떠올리자 간이 철렁한다.

나는 정신을 퍼뜩 차린다. 치와와 레이디가 바로 곁에 와 있다. 그녀의 손이 내 어깨에 놓여 있다. 이건 특별한 일이다. 대체로, 사람들은 나와 접촉하는 것을 좋아하지 않는다. 그녀의 팔에 안긴 개가 부들부들 떨면서 통방울 같은 눈으로 사방을 두리번거린다.

내가 치와와 레이디의 집 앞에 서 있다. 가장자리를 녹색으로 칠한 노란색 집이다. 나는 뭔가를 막 잊어버렸거나 막 잊어버린 것이 불쑥 떠오를 것 같다. 정신 차려. 나는 속으로 되뇐

다. 평범하게 행동해. 사람들은 평범하지 않은 것을 잘 알아차린다. 그리고 기억한다.

"……아유, 발이 왜 그래." 그 여자가 말하고 있다. "신발은 어디다 뒀어?" 나는 이런 어조를 잘 안다. 자그마한 여자들은 커다란 남자들을 돌봐주고 싶어 한다. 신기한 일이다. "자신을 잘 챙겨야지, 테드." 그 여자가 말한다. "어머니라면 자네를 몹시 걱정하실 거야."

발을 보니 뭔가가 흘러나오고 있다. 콘크리트로 똑똑 떨어지는 걸쭉한 붉은 액체. 뭔가를 밟은 모양이다. "길고양이를 몰아내고 있었어요. 그러니까 그 암고양이를 몰아냈다고요. 그 고양이가 제 마당에 있는 새들을 잡아 가는 게 싫어요." (나는 동사의 시제를 늘 틀린다. 모든 일이 항상 지금 벌어지는 것처럼 느껴진다. 그리고 가끔은 과거에 실제로 일어난 일이라는 사실을 잊는다.)

"정말 골칫거리야, 그 고양이." 여자가 말한다. 그녀의 눈에 흥미로운 기색이 반짝 지나간다. 나는 그녀에게 공감할 만한 뭔가를 주었다. "문제는 해충이야. 시 당국이 다른 해충을 다루듯이 길고양이를 처리해야 해."

"오, 맞아요." 내가 맞장구를 친다. "그래야죠."

(나는 사람의 이름을 기억하지 못하지만 내 나름대로 사람을 판단하고 기억하는 방법이 있다. 첫 번째 규칙: 내 고양이에게 친절한가? 나는 이 여자를 절대 올리비아 근처에 가지 못하

게 할 것이다.)

"어쨌든 감사합니다." 내가 말한다. "이제 기분이 좋아졌어요."

"잘됐네." 그녀가 말한다. "내일 아이스티 마시러 와. 쿠키 만들어줄게."

"내일은 안 돼요."

"그럼, 아무 때나 와. 우리는 이웃이니까. 서로 잘 돌봐줘야지."

"저도 늘 그렇게 말해요." 나는 공손하다.

"웃을 때 참 인상이 좋아, 테드, 그거 알아? 자네는 더 자주 웃어야 해."

나는 그 여자가 모퉁이를 돌아갔다는 확신이 들 때까지, 손을 흔들고 활짝 웃으며 피가 나는 발을 이용해 아프지도 않은데 아픈 척 다리를 절뚝거리며 그 자리를 떠났다.

치와와 레이디는 내가 잠시 사라졌다는 사실도 알아차리지 못했는데, 그건 다행이다. 나는 시간 감각을 잃었지만, 그리 오랜 시간이 흐른 것 같지 않다. 발에 닿는 인도가 뜨겁지 않고 아직 따뜻하다. 잔디 깎는 기계가 이 블록 어디선가 여전히 윙윙거리고 잘려 나간 풀의 풋내가 공기 중에 끈적하게 들러붙어 있다. 어쩌면 2분 정도 지났을 것이다. 하지만 이런 상황은 골목길에서 일어나서는 안 되는 일이었다. 집에서 나오기 전에 신을 신었어야 했다. 이건 실수였다.

나는 녹색 플라스틱 병에 든 소독약으로 발의 상처를 말끔히 소독한다. 그런데 이 약은 피부가 아니라 바닥이나 가구 표면 세척용인 것 같다. 발의 상태가 훨씬 심각해진 것 같다. 피부가 발갛게 성이 났다. 내가 통증을 느낄 수 있다면 정말 아플 것 같다. 그래도 베인 상처는 이제 깨끗하다. 나는 거즈로 발을 감싼다. 거즈와 붕대가 집에 잔뜩 있다. 우리 집에서는 늘 사고가 일어난다.

껌이나 죽음처럼, 뭔가가 손에 계속 들러붙기라도 하듯 손이 여전히 끈적거린다. 어디선가 새에게 이빨이 있다는 글을 읽은 기억이 난다. 어쩌면 물고기일지 모른다. 나는 상처 소독에 쓴 바닥 세척제로 손을 닦는다. 몸이 벌벌 떨린다. 몇 시간 전에 먹었어야 했던 약을 이제 먹는다.

11년 전 오늘 '막대아이스크림을 든 소녀'가 사라졌다. 오늘 아침 누군가가 내 새들을 학살했다. 어쩌면 이 두 사건은 서로 무관할지 모른다. 세상은 이해할 수 없는 것들로 가득하다. 아니다, 어쩌면 두 사건이 서로 연결되어 있을지도 모른다. 어떻게 '학살자'가 새벽이 되면 우리 집 마당에 그 많은 새가 모이를 먹으러 온다는 사실을 알았을까? 그들은 이 동네를 아는 걸까? 이런 생각에 빠져 있으니 기분이 좋지 않다.

나는 목록을 작성한다. 제일 위에 이렇게 쓴다. 학살자. 목록은 그리 길지 않다.

오렌지주스색 머리의 남자
치와와 레이디
낯선 사람

나는 연필 끄트머리를 쪽쪽 빤다. 문제는, 내가 이웃들을
잘 모른다는 것이다. 엄마는 잘 알았다. 그 일은 엄마의 몫이었
다. 사람들을 매료시키는 것 말이다. 하지만 이웃은 내가 맞은
편에서 오는 것을 보면 다른 방향으로 발길을 돌린다. 그들이
몸을 홱 돌려 발길을 재촉하는 모습을 나는 정말로 보았다. 그
러므로 그 '학살자'는 지금 저 밖, 두 집 떨어진 곳에서 피자를
먹거나 나를 비웃고 있을 수도 있다. 나는 목록에 몇 명을 더 추
가한다.

수달 남자 아니면 그의 아내 아니면 그 부부의 아이들
파란 집에서 함께 사는 남자들
도넛 냄새가 나는 레이디

이 골목에 사는 주민들 거의 전부다.
나는 그들 중 누군가가 '학살자'일 것이라고 진심으로 믿지
않는다. 수달 가족은 지금 휴가를 가고 없다.
내가 사는 골목은 이름이 이상하다. 가끔 사람들이 와서
거리에 걸려 있는 움푹 파인 표지판을 찍는다. 그리고 그냥 간

다. 골목이 끝나면 숲밖에 없기 때문이다.

나는 천천히 이름 하나를 목록에 덧붙인다. 테드 배너먼. 사람 속은 알 수 없는 법이다.

나는 미술 용품을 넣어두는 벽장의 자물쇠를 열고 그 목록을 로런이 절대 쓰지 않는 낡은 백묵 상자 아래에 잘 넣어둔다.

나는 사람을 두 가지 기준으로 판단한다. 동물을 어떻게 다루며 무슨 음식을 좋아하는지. 샐러드 같은 음식을 제일 좋아한다면 그는 틀림없이 나쁜 사람이다. 치즈가 든 음식이라면, 아마도 좋은 사람일 것이다.

아직 오전 10시도 되지 않았고―창문을 막은 합판의 작은 구멍들 사이로 새어 든 햇빛이 동전 모양으로 마룻바닥을 비추는 것을 보면 알 수 있다―벌써 아주 지독한 날이 되었다. 그래서 나는 일찌감치 점심을 먹기로 한다. 이번 점심은 내가 가장 좋아하고 세상에서 제일 맛있는 음식이다. 그래, 이 점심을 위해 녹음기를 가져와야겠다.

왜냐하면 줄곧 생각해왔기 때문이다. 그 녹음기에 내 요리법을 녹음하지 못할 건 뭐람? (장담하는데, 엄마는 좋아하지 않을 것이다. 목덜미가 화끈화끈한데, 내가 지금부터 엄마가 늘 골칫덩어리라고 부르는 인간이 될 것이라고 소곤거리는 느낌이다.)

나는 새 카세트테이프 포장을 뜯는다. 테이프에서 좋은 냄새가 난다. 새 테이프를 녹음기에 넣는다. 어릴 때는 늘 녹음기를 틀어보고 싶었다. 녹음기에는 피아노 건반처럼 커다랗고 빨간 단추가 하나 있는데, 그 단추를 누르면 딸깍 소리가 요란하게 난다. 그나저나 엄마가 쓰던 테이프는 어떻게 해야 할지 모르겠다. 그래서 짜증이 난다. 그 테이프를 던져버리거나 깨트릴 수는 없지만—그건 불가능하다—말끔한 새 카세트테이프와 함께 두고 싶지도 않다. 그래서 테이프를 다시 계단 아래 벽장으로 가져가 신문지 묶음 아래, '막대아이스크림을 든 소녀' 아래로 밀어 넣는다. 자, 이제 준비 끝!

테드 배너먼 표 치즈허니샌드위치 만드는 법. 프라이팬에 기름을 두르고 연기가 날 때까지 가열한다. 식빵 두 장의 양면에 버터를 바른다. 체더치즈를 조금 준비하는데, 나는 얇게 썰어놓은 것을 좋아하지만 각자 취향대로 쓰면 된다. 이것은 당신의 점심이니까. 준비한 빵 두 장의 한쪽 면에 꿀을 조금 펴 바른다. 꿀 위에 체더치즈를 올린다. 얇게 썬 바나나를 치즈 위에 올린다. 이제 식빵 두 장을 하나로 합치고 양쪽이 노릇노릇하게 익을 때까지 프라이팬에 굽는다. 다 구워지면 소금과 후추를 뿌리고 칠리소스를 골고루 뿌린다. 반으로 자른다. 치즈와 꿀이 흘러내리는 모습을 보라. 이걸 먹어야 하다니 아까워 죽겠네. 하하, 아까워 죽겠어.

내 목소리가 끔찍하다. 배 속에 개구리가 든 괴상한 아이 같다. 음, 요리법은 또 녹음할 테지만, 꼭 들어야 할 이유가 없다면 다시 듣고 싶지 않다.

　　나는 곤충 남자의 제안으로 내 이야기를 녹음하게 되었다. 그는 '감정 일기'를 써보라고 했다. '감정 일기'라는 말에 덜컥 당혹스러워진다. 그는 간단한 일인 것처럼 말했다. 당신에게 무슨 일이 일어나고 그 일에 어떤 영향을 받는지 말하면 돼요. 음, 그런 일은 불가능하다. 그래도 어느 날 내가 사라져서 기억해줄 사람이 아무도 남지 않을 때를 대비해 요리법을 녹음해두는 건 좋은 일이나. 내일은 발사믹 식초와 딸기를 넣은 샌드위치를 만들 것이다.

　　엄마는 음식에 관해서 당신만의 의견이 있었지만, 나는 음식을 좋아한다. 한때는 요리사가 되어 점심 식당을 운영해도 좋겠다고 생각한 적이 있었다. 테드 식당. 상상해보라! 아니면 요리책을 쓸 생각도 했다. 하지만 로런과 올리비아 때문에 그런 일은 할 수가 없다. 둘만 내버려둘 수가 없다.

　　이런 이야기를 누군가와 할 수 있다면 좋겠지. (그 누군가가 확실히 곤충 남자는 아니다. 곤충 남자에게 내가 어떤 사람인지 절대 보여주지 말아야 한다.) 내 요리법을 친구와 나누고 싶지만, 그럴 친구가 없다.

　　나는 샌드위치를 가지고 소파에 앉아 몬스터 트럭을 본다. 몬스터 트럭은 대단하다. 그것들은 시끄럽고 뭐든 밟고 가고 어디든 뚫고 지나간다. 아무도 몬스터 트럭을 막을 수 없다. 치즈와 트럭. 나는 지금 행복해야 한다. 그러나 내 마음은 깃털과 부리로 꽉 차 있다. 내가 접착제 덫에 빠지면 어떻게 하지? 내가 갑자기 사라져버리면? 내게는 나를 목격해줄 사람이 아무도 없다.

뭔가가 옆구리에 살며시 닿는 느낌이 난다. 올리비아가 제 머리를 내 손안으로 밀어 넣더니 자그마하지만 묵직한 벨벳 같은 발로 내 다리에 올라온다. 올리비아는 한 바퀴 돌고 다시 돌더니 무릎에 편하게 자리 잡는다. 내 마음이 심하게 일렁일 때면 늘 올리비아가 알아차린다. 고양이가 가르랑거리는 소리에 소파가 흔들린다.

"안 돼, 아기 고양이야." 내가 올리비아를 타이른다. "지금은 네 상자로 들어갈 시간이야. 곧 로런이 오거든." 고양이는 눈을 감고 몸에서 힘을 뺀 채 온전히 자신을 맡긴다. 가르랑거리는 올리비아를 안고 부엌으로 가는데, 녀석이 내 품에서 스르르 흘러내릴 것만 같다. 나는 낡고 고장 난 상자형 냉동고의 뚜껑을 들어 올린다. 이 냉동고를 진작에 버렸어야 했는데, 올리비아가 이것을 좋아한다. 그 이유를 누가 알까. 언제나처럼 나는 냉동고의 플러그가 뽑혀 있는지 확인한다. 몇 해째 작동을 하지 않지만 그래도 확인한다. 지난주에 뚜껑에 구멍을 두 개 정도 더 뚫었다. 냉동고 안에 산소가 부족할까 걱정이다. 살아 있는 생명을 죽이는 일은 매우 어렵다. 하지만 그것들이 안전하게 살아 있도록 신경 쓰는 건 훨씬 더 어렵다. 오, 맙소사.

내가 그런 일에 대해 뭘 안다고.

　로런과 나는 로런이 가장 좋아하는 놀이를 하는 중이다. 분홍색 자전거를 타고 집 안을 눈이 획획 돌아가는 속도로 달리면서 세계 각국의 수도 명칭을 외쳐야 하는, 규칙이 잡다한 놀이다. 로런은 정답이면 자전거의 벨을 두 번 울리고, 오답이면 네 번 울린다. 몹시 시끄럽지만 교육적이어서 나는 계속한다. 누군가 문을 두드리는 소리가 나서 나는 자전거 벨을 손으로 감싸 쥔다.

　"누군지 나가볼 테니 너는 조용히 있어." 내가 말한다. "아무 소리도 내지 말라는 말이야. 몰래 내다봐서도 안 돼." 로런이 고개를 끄덕거린다.

　방문객은 치와와 레이디다. 개가 긴장한 듯 가방에서 머리를 쏙 내민다. 개의 두 눈이 사납게 희번덕거린다.

　"누가 신나게 노는 듯한 소리가 들리던데." 그녀가 말한다. "아이들은 시끄럽게 놀아야 해, 내가 하려는 말이 그거야."

　"딸이 찾아왔어요." 내가 말한다. "그래서 지금은 이렇게 이야기를 나누기가 그래요."

　"몇 해 전에 자네에게 딸이 있다는 이야기를 들었어." 치와와 레이디가 말한다. "누구에게 들었더라? 음, 기억이 안 나네. 하지만 자네에게 딸이 있다고 들은 기억이 나. 그 애를 만나보고 싶은데. 이웃끼리는 사이좋게 지내야 하잖아. 포도를 좀 가져왔어. 건강에도 좋지만, 맛도 달콤해서 포도를 싫어하는 사람은 없어. 아이들도 포도를 좋아하지. 포도는 자연이 만든 사탕이야."

"고맙습니다." 내가 대답한다. "그런데 이제 가봐야 해요. 로런과 함께 보내는 시간이 별로 없거든요. 그리고 아시다시피 집이 엉망이에요."

"요즘 어떻게 지내, 테드?" 그녀가 묻는다. "아니, 잘 지내는 거야?"

"저는 잘 지내고 있어요."

"어머니는 어떠셔? 편지라도 써주면 좋으련만."

"어머니도 잘 지내시죠."

"다행이네." 그녀는 1분가량 아무 말도 하지 않더니 이렇게 말한다. "그럼 또 봐."

"아빠!" 치와와 레이디가 돌아간 후 문을 확실히 닫자마자 로런이 소리친다. "칠레!"

"산티아고!" 내가 소리친다.

로런은 가구 주위를 요리조리 쏜살같이 빠져나가며 소리를 지르고 쌩 지나간다. 아이는 페달을 밟으며 큰 소리로 노래를 부른다. 쥐며느리에 관한 자작곡이다. 내가 아버지가 아니라면 쥐며느리에 대한 노래로 이렇게까지 흥겨워질 수 있다는 사실을 믿지 못했을 것이다. 하지만 이런 것이 사랑의 힘이다. 사랑은 손처럼 당신의 마음속으로 곧장 들어온다.

로런이 우뚝 멈춰 서는 바람에 타이어가 마룻널에서 끼익 소리를 낸다.

"그만 좀 따라다녀, 테드." 로런이 말한다.

"하지만 우리는 놀이 중이잖아." 심장이 철렁한다. 또 시작이다.

"이제 놀고 싶지 않아. 저리 가, 짜증 나니까."

"미안해, 아기 고양이야." 내가 말한다. "하지만 그럴 수는 없어. 내가 필요할지 모르잖아."

"필요 없어." 로런이 말한다. "그리고 나는 자전거를 혼자 타고 싶어." 아이의 언성이 높아진다. "혼자 살고 싶어. 혼자 먹고 싶고, TV도 혼자 보고 싶어. 다시는 아무도 보고 싶지 않아. 나는 칠레의 산티아고에 가고 싶어."

"알아." 내가 말한다. "하지만 아이들은 그런 일을 혼자 할 수 없어. 어른의 보살핌을 받아야 해."

"언젠가는 그렇게 할 거야." 로런이 말한다.

"자, 아기 고양이야." 내가 최대한 상냥한 어조로 달랜다. "그런 일은 절대 일어날 수 없다는 거 알잖아." 나는 아이에게 최대한 솔직해지려고 애를 쓴다.

"테드, 미워." 로런에게 이 말을 몇 번이나 들어도 내가 받는 느낌은 변하지 않는다. 뒤에서 엄청난 속도로 세게 얻어맞는 느낌이다.

"아빠라고 해야지. 테드가 아니라." 내가 타이른다. "그리고 지금 네가 한 말은 진심이 아니야."

"진심 맞거든." 이렇게 반항하는 로런의 목소리는 거미처럼 가늘고 조용하다. "미워."

"우리 아이스크림 먹을까?" 이 말은 내 귀에도 죄책감을 느끼는 것처럼 들린다.

"태어나지 않았으면 좋았을 텐데." 로런은 이렇게 말하고는 벨을 마구 울리고 페달을 밟아 좀 전에 자신이 그린 그림을 짓밟고 지나간다. 보석 같은 녹색 눈을 한 검은 고양이 그림. 올리비아.

내가 아까 한 말은 거짓이 아니었다. 집 안은 정말 엉망진창이다. 로런이 부엌 바닥에 젤리를 쏟은 후 그 위를 곧장 자전거로 밟고 지나가는 바람에 집 안에 온통 끈적끈적한 자국이 길게 났다. 소파에는 부러진 크레용이 흩어져 있고 사방에 더러운 접시가 나뒹굴고 있다. 로런이 제일 좋아하는 놀이 가운데 하나가 찬장에 있는 접시를 하나씩 꺼내서 핥아보는 것이다. 그러고 나서 이렇게 소리친다. "아빠, 접시가 다 더러워." 로런은 자전거에서 바닥으로 굴러떨어지듯 내려와 으르렁 소리를 내고 기어다니면서 트랙터 흉내를 낸다. "네가 행복하다면야." 나는 이렇게 중얼거린다. 이런 게 양육이다.

로런이 내 몸에 쿵 부딪쳤을 때 나는 한 손에 물을 들고 정오의 약을 먹던 중이다. 잔에서 물이 출렁거리다가 파란색 깔개로 쏟아지고 알약이 내 손가락 사이에서 떨어져 작고 노란

점처럼 통통 튀어 오르더니 어딘가로 사라진다. 나는 엎드린 채 소파 아래를 들여다본다. 어디에도 알약이 보이지 않는다. 내 인내심도 점점 바닥을 드러낸다.

"젠장." 생각할 겨를도 없이 툭 튀어나온다. "젠장."

로런이 소리를 지르기 시작한다. 그 목소리가 사이렌처럼 점점 부풀어 올라 내 머리는 금방이라도 폭발할 것만 같다. "지 금 욕했어." 아이가 흐느낀다. "이 끔찍한 뚱땡이 덩어리야, 욕 하지 마!"

그 순간 내 인내심이 뚝 부러진다. 그러고 싶지 않지만 그 렇게 되고 만다. 내가 화가 난 건 날 덩어리나 뚱땡이라고 불러 서가 아니라고 말하고 싶지만, 그 말이 나오지 않는다. "그만 해." 내가 소리친다. "시간이 다 지나갔어, 방금."

"싫어." 로런이 내 얼굴을 할퀸다. 날카로운 손가락이 내 눈을 찾아 방황한다.

"착하게 굴지 않으면 여기서 놀 수 없어." 간신히 아이를 떼어내자 아이도 더는 나와 몸싸움을 하지 않는다.

"이제 눈 좀 붙이는 게 좋겠다, 아기 고양이야." 내가 말한 다. 나는 로런을 눕히고 레코드를 튼다. 턴테이블에서 흘러나 오는 속삭이는 소리에 마음이 차분해진다. 여자의 감미로운 목 소리가 실내에 퍼진다. 겨울밤이고, 아무도 여분의 침대가 없 고, 아무도 사탕이 없다……. 가수의 이름이 얼른 기억나지 않 는다. 그녀의 눈에는 연민이 가득하다. 그녀는 어머니 같지만 두려워할 필요가 없는 어머니다.

나는 크레용과 펠트펜을 모두 주워 개수를 확인한다. 빠짐없이 있어서 다행이다.

나는 이 음악으로 로런의 수면 훈련을 했다. 로런은 신경질적인 아이였고 다루기 힘든 청소년으로 자라는 중이다. 이런 아이들을 뭐라고 부르더라? 트윈.* 어떤 날은 오늘처럼 영락없는 어린아이에다 제 분홍색 자전거를 타는 것 외에 관심이 없다. 오늘 일어난 일이 걱정스럽다. 나는 요즘 걱정거리가 많다.

첫 번째이자 가장 큰 걱정거리. 요 근래 내가 없어지는 횟수가 더 늘어났다. 스트레스를 심하게 받으면 어디론가 가버린다. 어느 날 그렇게 나갔다가 다시 안 돌아오면 어떻게 할까? 로런과 올리비아만 남게 될 텐데. 더 센 약이 필요하다. 곤충 남자에게 말을 해야겠다. 내 손바닥에 닿은 맥주가 차갑고 맥주를 따자 뱀처럼 쉭쉭거린다. 나는 유리병에서 오이피클 세 개를 꺼내 반으로 자른 후 그 위에 땅콩버터를 올린다. 아삭하다. 이렇게 먹는 피클은 최고의 간식이며 맥주와 너무나 잘 어울리지만 지금 나는 그 맛을 즐길 수 없다.

두 번째 걱정거리. 소음. 우리 집은 막다른 골목에 있다. 집을 지나가면 숲밖에 없다. 그리고 왼쪽에 있는 집은 까마득히

---

* tween, 어린이와 청소년의 사이에 낀 세대로, 대체로 8~14세 연령층을 이르는 표현.

먼 옛날부터 비어 있었다. 그 집의 창문 안쪽에 테이프로 붙여 놓은 신문이 누렇게 바래고 말려 있다. 그래서 나는 지난 몇 년 동안 경계심을 풀어버렸다. 로런이 소리를 지르며 노래를 부르도록 내버려두었다. 이제 생각을 좀 해봐야 할 것 같다. 치와와 레이디가 로런의 소리를 들었다.

식탁 아래에 새까만 똥이 점점이 떨어져 있다. 쥐가 돌아왔다. 로런은 여전히 들릴락 말락 한 소리로 흐느끼고 있지만, 점점 조용해지고 있으니 다행이다. 음악이 효과를 발휘하는 중이다. 제발 한동안 잠들어 서녁을 먹으리고 깨울 수 있으면 좋겠다. 나는 로런이 제일 좋아하는 음식, 스파게티를 곁들인 핫도그를 만들 것이다.

세 번째 걱정거리. 로런은 언제까지 핫도그와 스파게티를 좋아할까? 내가 언제까지 그 아이를 지켜줄 수 있을까? 로런을 온종일 지켜보아야 한다. 아이들은 우리의 심장이나 목에 둘러놓은 쇠사슬이다. 아이가 우리를 사방으로 잡아당긴다. 로런이 자라는 속도는 너무 빠르다. 부모라면 누구나 다 이렇게 말한다는 걸 알지만, 로런은 정말 빨리 자란다.

진정하자. 스스로에게 말한다. 어쨌든 올리비아는 이 상황에 만족하는 법을 배웠다. 올리비아는 새끼 고양이였을 때 문만 열리면 문을 향해 달려갔다. 올리비아는 바깥세상에서는 절대 살아남을 수 없는데도 아랑곳하지 않고 달렸다. 지금은 올리비아도 철이 들었다. 우리가 원하는 것이 항상 자신에게 최선은 아니다. 고양이가 그런 교훈을 깨달을 수 있다면 로런도 할 수 있으리라. 나는 그런 희망을 품고 산다.

하루가 끝나갈 무렵, 저녁을 다 먹으면 로런이 돌아가야 할 시간이다.

"잘 가, 아기 고양이." 내가 인사를 한다.

"안녕, 아빠." 로런이 인사를 한다.

"다음 주에 보자."

"응." 로런이 배낭의 끈을 만지작거린다. 아이는 아무렇지도 않은 것 같지만, 나는 이 순간이 늘 괴롭다. 나는 얼마나 마음이 아픈지 겉으로 드러내지 않기로 마음먹었다. 다시 레코드판을 건다. 여자의 목소리가 더운 어스름 속으로 휘몰아쳐 들어온다.

정신적으로 힘든 하루를 보내면 가끔 불안정한 상태가 된다. 엄마와 아빠의 목소리가 집 안 여기저기서 들린다. 때로는 누가 가게에 다녀올 것인지를 두고 옥신각신하는 중이다. 때로는 복도에 있는 낡은 다이얼식 전화기가 따르릉 울리고 내가 또 몸이 아프다고 학교에 전하는 엄마의 말소리가 들린다. 때로는 엄마가 아침을 먹으라고 부르는 소리에 잠에서 깬다. 종소리만큼 확실하다. 그러다가 주위가 고요해지면 나는 두 분이 가고 없다는 사실을 기억해낸다. 어디에 계신지는 신만이 아시리라.

신들은 당신이 생각하는 것보다 더 가까이에 있다. 그들은 나무들 사이, 너무 얇아서 손톱으로 긁으면 찢어지는 피부 뒤에 산다.

올리비아

테드가 나를 불렀을 때 나는 다리가 가려워서 혀로 핥느라 바빴어. 대뜸 이렇게 생각했지. 제길, 왜 하필 지금이야. 하지만 목소리에서 풍기는 기운이 심상치 않더라고. 그래서 하던 일을 멈추고 테드가 있는 곳으로 갔어. 테드를 찾으려면 끈을 따라가기만 하면 돼. 오늘은 끈이 황금처럼 환하게 빛나고 있어.

테드는 거실에 있었어. 눈이 텅 빈 것 같았지. "아기 고양이야." 이렇게 나를 몇 번이나 불렀어. 그가 품고 있는 여러 기억이 피부 아래에서 벌레처럼 꿈틀거렸어. 공기 중에 천둥이 있었지. 그건 나쁜 징조야.

나는 테드에게 몸을 기댔어. 그러자 테드가 떨리는 손으로 나를 들어 올렸지. 그가 숨을 내쉴 때마다 내 털이 여러 갈래로 갈라졌어. 나는 그의 볼에 대고 가르랑거렸어. 잠시 후 공기가 다시 고요해지더니 전기도 힘을 잃었어. 테드의 숨소리도 점점 느려지더라. 나는 그의 얼굴에 내 얼굴을 비볐어. 그러자 그의 감정이 내게 흘러 들어왔지. 고통스러웠지만, 견딜 만했어. 고양이들은 가슴에 꽁하니 담아두지 않거든.

"고마워, 아기 고양이야." 그가 소곤거렸어.

봤지? 테드가 나를 찾았을 때 나는 바빴지만 결국 그에게 갔어. '주님'이 내게 이런 사명을 내려주셨고 나는 그 사명을 기꺼이 이행하는 거야. 관계란 정말 섬세해. 그러니 관계가 이어지도록 매일 노력을 해야 해.

레이디 테드가 애절하게 노래를 부르고 있어. 애절한 노래 말이야. 나는 모든 노래를 다 외울 정도로 알고 있어서 저 여자의 목소리에 묻어나는 작은 망설임도 느끼고 초원에 대한 노래를 부를 때 음정 하나를 틀리는 것까지 알 수 있어. 로런이 여기 없을 때마다 레이디 테드의 노래가 밤낮으로 흘러나와. 테드는 친구가 필요한 것 같아. 아무래도 고양이는 친구로 쳐주지 않나 봐. 나는 마음만 먹으면 얼마든지 못되게 굴 수 있어. 하지만 테드들은 모두 애정에 굶주려 있으니 친구 대접을 안 해준다고 꽁할 수는 없어. 나는 일반론을 말하는 거야. 내가 아는 테드는 이 테드뿐이야. 로런도 셈에 넣어야겠지.

어떻게 된 일인지 처음부터 들려줄게. 테드가 폭풍우 속에서 나를 발견하게 된 경위며 그 끈이 우리를 하나로 묶어버린 날에 대해서 말이야.

나는 내가 태어나던 순간을 기억해. 그곳에 내가 없었는데 다음 순간 내가 있었어. 그렇게 태어났지. 힘없는 발을 마구 버둥거리고, 끈적거리는 막으로 된 여러 갈래의 줄에 몸이 뒤엉긴 채 온기 속에 있다가 한기로 밀려 나왔어. 처음으로 내 털로 공기를 느꼈고 처음으로 내 입이 벌어지면서 울음이 터졌어. 그 고양이가 내 위로 몸을 숙였어. 하늘만큼 거대했지. 목덜미에서 느껴지는 따뜻한 혀, 따뜻한 주둥이. 가자, 아가야, 여기 있으면 우리 모두 위험해. 엄마 고양이. 우리가 진창에 두고 온 다른 고양이들. 그들은 그 통로를 지나오며 살아남지 못했어. 몇 달 동안 그 컴컴한 곳에서 함께 지냈던 부드러운 형체들이 지금은 꼼짝도 않고 쏟아지는 비를 그대로 맞았어. 가자. 엄마는 겁에 질려 있었어. 그렇게 어렸지만 나는 알 수 있었지.

폭풍우는 며칠이나 그치지 않았을 거야. 며칠인지는 몰라. 엄마 고양이와 나는 이곳에서 저곳으로 온기를, 피신처를 찾아 돌아다녔어. 그때 나는 아직 눈도 뜨지 않았기에 내 기억은 냄새와 촉감에 관한 것들이야. 우리가 잠을 청한 폭신폭신한 땅, 쥐 새끼의 매캐하고 싸한 맛. 엄마가 나를 꼭 감싸줄 때 내 코에 닿는 엄마의 털. 호랑가시나무 이파리에서 나는 악취.

눈을 조금씩 뜰 수 있게 되자 흐릿하게나마 세상이 시야에 들어왔어. 빗줄기는 반짝거리는 칼날처럼 쏟아졌어. 세상이 부서지고 부들부들 떨렸지. 나는 다른 세상을 몰랐기 때문에 세상은 늘 폭풍우가 치는 곳이라고 생각했어.

나는 네발로 서는 법을 배웠고 조금씩 걷기 시작했어. 그즈음 엄마 고양이에게, 엄마의 몸에 문제가 생겼다는 사실을 슬슬 깨닫게 되었어. 엄마의 움직임이 점점 느려졌거든. 젖도 점점 줄어들었고.

어느 날 밤 우리는 은신할 곳을 찾아서 배수로로 들어갔어. 머리 위로 강풍이 불어 검은딸기나무가 몸을 떨며 채찍처럼 가지를 휘둘렀어. 엄마는 나를 따뜻하게 감싸 안고 젖을 물렸어. 엄마가 가르랑거렸어. 그런데 그 소리가 점점 작아지더니 온기도 점점 사라지는 거야. 마침내 엄마는 꼼짝도 하지 않았어. 냉기가 내 몸으로 스며들기 시작했어.

그때 엄청난 굉음과 함께 눈이 멀 것 같은 빛의 기둥이 보였어. 그것은 하늘을 떨게 만드는 빛이 아니라 노란 원이었지. 그리고 나타난 것이 빗속에서 빛나는, 살로 만들어진 거미 같은 물체였어. 나는 그때 손이라는 단어를 몰랐거든. 그 거미 같은 것이 나를 감싸 쥐더니 엄마 곁에서 들어 올리지 뭐야.

"이게 뭐지?" 그 손의 주인에게서 축축한 흙냄새가 강하게 났어. 소매는 흙이 묻어 지저분했고. 바로 곁에서는 웬 야수가 웅웅거렸지. 그가 나를 야수의 안으로 데리고 갔어. 빗줄기가 작은 돌멩이처럼 금속 지붕을 때렸어. 그가 나를 따뜻하게 감싸주었어. 나를 감싼 담요는 노란 바탕에 푸른 나비 무늬가 찍혀 있었지. 그 담요에는 내가 알거나 알고 싶었던 사람의 냄새가 배어 있었어. 어떻게 그럴 수가 있을까? 그때 나는 아직 아무것도 몰랐는데 말이야.

"새끼 고양이잖아, 기여워라." 손의 주인이 말했어. "나도 혼자야." 내가 그의 엄지손가락을 핥아줬지.

그때 바로 그 일이 일어난 거야. 그의 가슴에서 부드러운 하얀 빛이 뭉쳐지기 시작했어. 그의 심장이 있어야 하는 부위에서 말이야. 그 빛이 어느새 끈이 되더니 내 쪽으로 뻗어 왔어. 마침내 내게 왔어. 나는 '소란스럽게 울면서' 저항했지. 하지만 순식간에 끈에 묶였어. 그 빛의 끈이 내 목을 감싸나 싶더니 그의 심장과 나를 연결해버린 거야. 통증은 없었어. 그저 우리가 하나의 끈으로 묶인 상태가 되었을 뿐이야. 그때 그도 느꼈는지는 몰라. 나야 그도 느꼈다고 생각하는 편이 더 좋기는 해.

이윽고 그는 노상 잠을 자고 토닥거리는 손길을 받을 수 있는 보금자리인 이 따뜻하고 아늑한 집으로 나를 데려왔어. 바깥 세상을 보고 싶지 않으면 안 봐도 돼! 창문은 모두 판자로 막아버렸거든. 테드는 나를 집고양이로 키웠어. 그 후로 나는 아무 걱정 없이 살게 되었지. 이곳은 우리 둘만의 집이야. 그러니까 아무도 못 들어와. 물론 '밤시간'은 예외야. 녹색 소년들과 로런도. 솔직히, 나는 그 녀석들 일부가 없어도 상관없어.

이쯤에서 우리의 외모에 대해 따로 설명해야 할 것 같군. 이야기를 보면 다 그렇게 하니까. 막상 하려니 어렵네. 나는 TV에 나오는 테드들을 구별할 줄 몰라. 어디를 더 자세히 눈여겨봐야 하는지 모르겠어. 말하자면, 내 테드는 모래와 비슷한 색이라고 할 수 있을까? 그리고 그의 얼굴에는 여기저기 붉은 털이 났고, 머리는 털이 더 풍성해. 머리털은 옻칠을 한 나무처럼 좀 더 짙은 색이야.

나는 어떤 모습이냐면, 테드는 나를 '너'나 '아기 고양이'라고 불러. 그렇지만 내게는 올리비아라는 이름이 있어. 가슴팍에 가느다랗게 하얀 털이 이어져 있는데, 덕분에 석탄처럼 새까만 내 털이 더 돋보인다니까. 꼬리는 마술 지팡이처럼 길고 가늘어. 큼지막한 두 귀는 사방으로 홱 돌아가고 뾰족한 끄트머리는 섬세하지. 아주 예민하기도 하고. 내 눈은 아몬드처럼 생겼고 칵테일에 넣는 올리브처럼 녹색이야. 이 정도면 미묘美猫라고 자부해도 되지 않을까?

우리는 훌륭한 팀이지만, 때로는 싸우기도 해. 우리는 이렇게 살아. TV에서는 테드든 고양이든 있는 그대로의 모습을 받아들여야 한다고 해. 그렇다고 해도 경계는 정해야 해. 경계는 중요하니까.

지금 내 이야기는 이 정도면 충분해. 감정이 복받치면 쉽게 피로해지거든.

먼 데서 나는 차임벨 소리인지 아니면 찢어지는 듯한 고성인지에 퍼뜩 놀라 졸음에서 빠져나온다.

머리를 흔들어 꿈의 흔적을 털어낸다. 하지만 그 소리는 사라지지 않는다. 누가 어디서 작은 소리로 노래를 부르고 있나? 마음에 들지 않는다. 이이이이이이이이이이이이이이이.

주황색 깔개는 작고 몰랑몰랑한 알약 위를 걷는 것처럼 발바닥에 닿는 감촉이 아주 마음에 든다. 바다 위로 지는 저녁노

을색이다. 빛이 관찰 구멍으로 들어와 동심원처럼 벽에 퍼져나간다. 이 집의 벽은 전부 마음이 편안해지는 진홍색이다. 테드와 나는 아름답다고 생각한다. 우리는 몇 가지 점에서 생각이 일치한다! 저기, 머리 받침대와 팔걸이 가죽이 반질반질하게 닳아버린 테드의 리클라이너*가 있다. 그가 비포장도로 오토바이 경주를 볼 때 스테이크 칼로 푹푹 찌르는 바람에 생긴 구멍에는 은색 덕트 테이프가 덕지덕지 붙어 있다. 나는 이 방의 모든 것을 좋아하지만, 벽난로 선반 위 뮤직 박스 옆에 있는 저 두 가지는 예외다.

내가 싫어하는 첫 번째 물건은 러시아 인형이라는 것이다. 그 인형 안에는 그보다 작지만 똑같은 모양의 인형이 들어 있고, 그 인형 안에는 또 똑같은 인형이 들어 있고 계속 그렇게 인형이 들어 있다. 아유, 끔찍해. 그 인형은 죄수들이다. 나는 그들이 움직이거나 말을 할 수 없는 컴컴한 곳에서 비명을 지르는 모습을 상상한다. 인형의 얼굴은 펑퍼짐하고 멍하니 미소를 짓고 있다. 자신의 아이들을 포로로 잡고 있어서 행복해하는 것 같다.

내가 싫어하는 두 번째 물건은 벽난로 위에 걸린 사진이다. 유리 뒤에서 보고 있는 '부모'. 나는 그 사진의 모든 것이 싫다. 은으로 만든 액자에는 포도와 꽃, 다람쥐 무늬가 새겨져 있

---

* 등받이가 뒤로 넘어가는 안락의자.

다. 끔찍하다. 다람쥐들이 얼굴이 녹아내리고 새까맣게 타버린 것처럼 보인다. 마치 살아 있는 생물 위로 녹인 은을 부은 후 그대로 내버려둔 것 같다. 그렇지만 가장 끔찍한 부분은 액자 속 사진이다. 배경에 펼쳐진 유리같이 매끈하고 시커먼 호수의 수면. 두 사람이 모래사장에 서 있다. 그들의 얼굴이 있어야 할 자리는 아무것도 없이 뻥 뚫려 있다. '그 부모'는 테드에게 좋은 부모가 아니었다. 그 사진에 가까이 갈 때마다 두 사람의 영혼이 공허하게 잡아당기는 것 같다.

그렇지만 뮤직 박스는 좋아한다. 자그마한 여자가 몸을 곧게 펴고 서 있는 자태가 꼭 천국에 가려고 몸을 뺄는 것 같다.

이이이이이이이이이. 찢어지는 듯한 차임벨 소리의 진원은 '그 부모'가 아니다. 나는 그들에게 등을 돌리고 꼬리를 쳐들어서 내 엉덩이를 보여준다.

분홍색 자전거가 거실 한가운데에 누워 있는데, 보조 바퀴가 미세하게 돌아가고 있다. 로런. 그 아이는 테드의 작은 테드다. 아니면 다른 테드의 아이인데 테드가 돌봐줄 뿐인가? 잊었다. 로런의 체취가 깔개와 의자의 팔걸이 주위를 떠돌고 있지만, 조용하다. 벌써 가버린 게 틀림없다. 좋아. 그건 그렇고 이 계집아이는 '주님'도 몰라보는 저 자전거를 절대 치우지 않는다. 오 맙소사. 내가 그분을 불경하게 입에 올리다니 당치도 않다. 애햄 애햄. 그분의 이름을 헛되이 부르고 싶지 않다.

로런이 찾아올 때면 나는 상자로 들어간다. 그곳은 내가 생각을 할 수 있는 공간이다. 그곳은 언제나 캄캄하고 아늑하다. '주님'은 내가 지금 하려는 말에 동의하지 않으시겠지만, 나는 작은 테드들이 끔찍하다. 그놈들이 무엇을 하려는지 우리는 절대 알 수가 없다. 그리고 로런은 일종의 심리적 문제를 안고 있다. 자세한 건 잘 모르지만, 매우 무례하고 부산스러운 행동과 관계가 있지 싶다. 고양이는 소음에 민감하다. 우리는 자신의 귀와 코로 본다. 당연하지만 눈으로도 본다.

부엌에 놓아둔 내 상자는 벽에 붙여서 세워둔다. 귀를 시원한 면에 대고 귀 기울여본다. 징징거리는 소리의 진원은 그곳도 아니다. 그렇게 생각된다. 테드가 또 상자 위에 바벨 원반을 올려두는 바람에 들어갈 수 없다. 짜증 나. 로런은 냉장고 옆에 놓아둔 화이트보드에 온통 정신없고 구불거리는 낙서를 해놓았다. 어쩌고저쩌고, 어쩌고저쩌고. 그 아이가 쓴 거다. 테드는 테드다. 올리비아는 고양이다. 정말 대단한 관찰력이군. 크게 될 인물이야. 냉장고에서 윙윙 소리가 나고 수도꼭지에서 물방울이 똑 똑 떨어진다. 하지만 이런 소리 중에 그 어느 것과도 일치하지 않는 작은 차임벨 소리가 내 귓속에서 계속 들린다.

자꾸 윙윙거리는 소리가 나기는 해도 이 방의 모든 것은 평소 그대로이다. 선반은 모두 온전하다. 잠긴 문 뒤에서 전자제품이 조용하게 그르렁거리는 소리가 들린다. 휴대전화와 노트북, 프린터. 이것들이 살아 있는 존재처럼 소리를 내며 금방이라도 말을 걸어올 것 같지만 그런 적은 한 번도 없다.

소리가 계속 이어진다. 차임벨 같기도 하고 찢어지는 목소리 같기도 한 작은 소리가. 전자 제품은 이런 소음을 내지 않는다.

나는 위층으로 올라간다. 위로 올라가는 걸 좋아한다. 그럴 때마다 나름 내가 더 발전하는 기분이 든다. 계단의 정중앙 층계에서 잠을 자는 것도 좋아한다. 그러면 허공에 붕 뜬 것 같다. 계단에 깔린 깔개는 검은색이고 나는 스르르 스며들 듯 그 깔개에 녹아든다. 가끔 테드는 내게 발이 걸린다. 그는 술을 너무 많이 마신다.

내가 집 안 이곳저곳을 돌아다니는 동안에도 그 소리는 더 커지지도 더 조용해지지도 않고 계속 울리니 묘한 일이다. 나는 다락의 문을 멀리 돌아서 피해 간다. 불길한 장소. 나는 뒷다리로 서서 침실의 손잡이를 끌어 내린다. 그러자 딸깍 소리가 둔탁하게 나면서 문이 활짝 열린다. (문을 사랑한다. 흠모한다고 해도 과언이 아니다.) 테드의 침대에는 덕트 테이프가 대여섯 개 굴러다닌다. 테드는 이런 테이프를 야드 단위로 산다. 도대체 저런 것들을 어디에 쓰는지 모르겠다. 테이프를 핥아본다. 톡 쏘는 강렬한 맛이 나면서 끈적거린다. 그 이이이오오오오 이이이 소리는 여전히 은은하게 내 귓속에서 울린다. 나는 짜증을 이기지 못하고 소란스럽게 운다. 내가 상상으로 만들어낸 소리일까? 살짝 금속성으로 울리는 걸 보니 배관 같은 데서 나는 소리인가?

수도꼭지를 확인해보려고 욕실에 들어가 훌쩍 뛰어오른

다. 배관에서는 공기 울리는 소리 외에는 아무 소리도 나지 않는다. 나는 수도꼭지를 핥고 세면대의 가장자리를 덮고 있는 거품 냄새를 맡는다. 테드는 아주 깔끔한 테드가 아니다. 그의 욕실은 TV에 나오는 욕실처럼 보이지 않는다.

욕실 선반 문이 열려 있다. 선반에는 갈색 통 여러 개가 길게 한 줄로 놓여 있다. 나는 꼬리 끄트머리로 그 통들을 살살 건드리다가 슬쩍 민다. 요란한 소리를 내며 통이 우르르 떨어지고 벌어진 입에서 알약이 빗물처럼 쏟아진다. 분홍색, 흰색, 푸른색. 테드는 약통을 제대로 닫는 법이 없다. 뚜껑이 안전 뚜껑이라 술을 마시면 제대로 열지 못하기 때문이다. 더러운 타일 바닥에 알약이 뒤죽박죽으로 흩어져 있다. 알약 두 개가 아침 샤워를 하고 남은 물기에 떨어졌다. 어느새 바닥의 물이 분홍색으로 물든다. 나는 녹색과 흰색의 캡슐을 툭 쳐서 바닥 저편으로 굴린다.

이이이이이오오오이이이이. 귀를 찢을 듯한 노랫소리. 이것은 어떤 메시지라는 사실을 나는 안다. 게다가 아무래도 내게 보내는 메시지 같다. 하지만 그 소리의 정체를 알아낼 시간이 이제 없다. 왜냐하면 그녀의 시간이기 때문이다.

나는 테드와 끈으로 묶여 있으며 '주님'이 명하신 대로 그를 보살펴야 한다. 하지만 내게는 테드 외의 삶도 있다, 아는가? 나에겐 관심사가 여럿 있다. 음, 알고 보면 하나지만. 지금은 그녀를 위한 시간이고 그 사실에 흥분을 느낀다.

나는 계단을 쪼르르 내려가, 분홍색 자전거를 피해 소파 뒤로 들어가서 그곳에 쌓인 먼지에 발자국을 남기며 창가로 달려간다. 내가 늦지 않았다는 사실을 알면서도 혹여 늦었을까 걱정이 되는 건 어쩔 수 없다. 어느새 빛의 동심원들이 정확하게 이 시각의 각도로 벽의 표면에 맺혀 있다. 나는 녹색 매듭 공예 러너가 깔린 작은 탁자 위로 훌쩍 뛰어오른다. 뒷다리로 서서 몸을 살짝 뻗으면 관찰 구멍을 통해 작은 떡갈나무 사이로 보이는 거리를 훔쳐볼 수 있다. 내 뒤로 뻗은 끈이 공중에서 은색으로 빛을 내며 이어져 있다.

다른 구멍들은 테드의 키 높이에 있어서 닿지 않는다. 이것이 내가 유일하게 밖을 내다볼 수 있는 구멍이다. 구멍은 자그마한데, 25센트 동전만 할 것이다. 그래서 속 시원하게 밖을 볼 수는 없다. 뒤틀린 채 뻗은 떡갈나무의 줄기와 겨울이라 헐벗은 나뭇가지들, 가지들 사이로 인도가 60센티미터쯤 보인다. 가만히 지켜보고 있자니 회색 하늘이 모습을 드러내고 주위가 고요한 가운데 눈송이가 팔랑팔랑 떨어진다. 인도는 하얀 눈 아래로 서서히 자취를 감추고 나뭇가지마다 엷은 띠를 이고 있다.

이것이 내가 아는, 작은 동전만 한 세상의 전부다. 싫지 않냐고? 바깥세상으로 나가고 싶지 않냐고? 전혀. 저 밖은 위험천지다. 그녀를 볼 수만 있다면 이대로 충분하다.

나는 테드가 매듭 공예 탁자를 다른 곳으로 치우지 않기를 바란다. 테드는 그런 일을 무심코 저지른다. 그러면 나는 미치도록 화가 날 것이고 나는 미치도록 화를 내고 싶지 않다.

그녀가 오지 않으면 기다릴 것이다. 당연히, 그런 게 사랑이니까. 인내와 인고. '주님'이 내게 그리 가르치셨다.

그녀의 체취가 그녀를 앞질러 와 토스트에 방울방울 떨어지는 꿀처럼 공기 사이로 떨어져 내린다. 그녀가 우아한 걸음걸이로 저 모퉁이를 돌아 나온다. 그녀의 자태를 어떻게 묘사하면 좋을까? 그녀의 몸에 난 줄무늬를 보면 마치 먼지투성이의 자그마한 호랑이 같다. 노란 눈동자는 잘 익은 황금 사과의 껍질 아니면 오줌 같다. 그러니까 그 눈동자가 몹시 아름답다는 뜻이다. 그녀는 아름답다. 그녀는 멈춰 서서 이쪽저쪽으로 몸을 늘이고 기다란 검은 발을 쭉 뻗는다. 눈송이가 코에 내려앉자 그녀가 눈을 깜박거린다. 그녀의 입에서 은색의 뭔가가 비죽 튀어나와 있다. 뭔가의 꼬랑지인 것 같다. 정어리나 안초비 같은 작은 물고기. 나는 진짜 물고기는 무슨 맛일지 전부터 궁금했다. 테드는 내게 치즈나초와 먹다 남긴 치킨너깃이나 세븐일레븐의 할인 코너에서 산 오래된 고기를 준다. 정말 배가 고프면 '밤시간'에게 날 위해 사냥을 해달라고 부탁해야 한다. (나는 어떤 종류의 폭력도 다 혐오하지만, 내가 세상을 만든 것이 아니며 해야 할 때는 해야 한다.)

그 물고기가 맛있기를 바라요. 얼룩 고양이에게 살며시 속삭인다. 앞발로 합판을 톡톡 친다. 사랑해요. 바람이 거세지며 신음 소리를 내고 휘몰아치는 눈발이 주위를 가득 채우면, 그녀는 검은색과 황금색이 어우러진 섬광처럼 휙 사라진다. 쇼는 끝났다. 주신 이도 '여호와'시요 거두신 이도 '여호와'시오니.*

대개 그녀를 보고 나면 나는 그 자리에 앉아서 잠시 생각에 잠긴다. 그런데 징징거리는 소리가 되돌아오더니 이제 점점 커진다. 나는 귀가 벌게지고 쓰라릴 때까지 앞발로 마구 문지른다. 그래봐야 소용이 없다. 대체 어디서 나는 소리일까? 오오오오오이이이이오오오오이이 이런 소리가 계속 들린다. 귓속에서 이런 소리가 계속 울리는데 내가 어떻게 다른 일을 처리할 수 있겠는가? 마치 작은 시계 같다. 아니, 그보다 더 심하다. 이 소리는 내 안에서 들려오고 영원히 그칠 것 같지 않기 때문이다. 이런 생각을 하자 기분이 언짢아진다. 이 작은 시계가 계속 울리는 건 왜일까? 어떤 시간이 오려는 걸까? 나는 길잡이가 필요하다.

나는 내 성경을 찾으러 간다. 음, 그 성경은 이제 내 것이다. 원래는 테드 어머니의 것이었던 것 같다. 하지만 그 여자는 떠났으니 돌아올 때까지 내가 맘 편히 쓰고 있다. 성경의 낱장은 말린 꽃잎처럼 얇고 속삭이듯 바스락거린다. 성경의 표지에는 금박이 박혀 있는데, 비밀이라도 되는 듯 곁눈질을 하는 내 시선을 잡아챈다. 테드는 그 성경을 거실에 있는 높은 탁자 위

---

* 〈욥기〉 1장 21절.

에 둔다. 솔직히 그에게는 아까운 물건이다. 한번 펴보는 적이 없으니 말이다. 가만히 내버려두기만 해도 성경은 계속 낡아간다. 그러거나 말거나 나는 기도를 해야만 한다.

나는 성경 옆으로 훌쩍 뛰어오른다. 이 부분이 재미있는데, 언제나 다음 순간 추락할 것만 같은 기분을 느끼기 때문이다. 나는 그 위에서 위태롭게 비틀거린다. 그리고 책을 앞발로 밀어 탁자의 가장자리로 툭툭 친다.

성경이 요란한 소리를 내며 바닥으로 떨어져 펼쳐진다. 나는 잠시 기다린다. 아직 끝나지 않았기 때문이다. 잠시 후 집이 흔들리고 땅에서 우르릉 소리가 들린다. 처음 그런 일이 일어났을 때 나는 구슬피 울며 소파 아래로 숨었다. 하지만 시간이 흐르며 이것이 내가 옳은 일을 한다고 알려주시는 그분의 증표임을 이해하게 되었다.

훌쩍 뛰어내려 네발로 가뿐하게 착지하자 '주님'이 내게 보여주고 싶으신 구절을 보여주신다.

사랑하는 자들아, 우리가 서로 사랑하자.
사랑은 하느님께 속한 것이니
사랑하는 자마다 하느님으로부터 나서 하느님을 알고.*

* 〈요한1서〉 4장 7절.

이 성경 구절이 얼마나 적절한지 전율을 느낀다. 나는 나의 테드, 내 얼룩 고양이, 내 집, 내 삶을 사랑한다. 나는 운 좋은 고양이다.

나는 마음에 드는 구절—방금 말한 것 같은 구절—을 찾으면 잘 외워두려고 한다. 그러나 마음속에 구절 전부를 담아두는 일이 쉬울 리 없다. 단단한 바닥에 구슬이 잔뜩 든 잔을 뒤엎는 것과 같다. 구슬은 사방으로 굴러가 캄캄한 어둠 속으로 사라져버린다.

사실, 성경은 길잡이일 뿐이다. 나는 '주님'이 고양이를 대하는 방식은 다르다고 생각한다. 그분은 우리에게 직접 말을 거시는 걸 좋아한다. 우리는 테드들이 사물을 보는 방식으로 보지 않는다.

나는 햇살이 동그랗게 비치는 소파 위에 웅크리고 앉는다. 바닥에 떨어져 있는 성경에는 등을 돌린다. 그러면 테드는 성경이 떨어진 일이 나와 아무 관계도 없다고 생각할 것이다. 윙윙 소리는 어느 정도 잦아들었다.

그런데 왜 이렇게 불길한 예감이 여전히 떠나지 않는 걸까? 잘못될 일이 뭐가 있다고! 성경 구절은 이보다 더 긍정적일 수 없지 않은가. 어쨌든 인생의 비결은 이것이다. 지금 벌어지는 상황이 마음에 들지 않으면 그 상황이 끝날 때까지 가서 눈을 붙이면 된다.

┆ 테드 ┆

　나는 엄마에 대한 추억을 몇 가지 녹음해두어야 한다고 늘 생각해왔다. 그렇게 해두면 내가 잊더라도 그 기억들은 사라지지 않을 것이다. 나는 엄마가 잊히는 게 싫다. 하지만 추억을 고르려니 정말 어렵다. 내 기억은 대부분 비밀을 품고 있어서 녹음에 적합하지 않다.

　내게 아주 좋은 생각이 있다. 호숫가에서 보낸 그날은 어떨까? 그 이야기에는 비밀이 하나도 없다. 그런데 녹음을 하는 그 물건이 안 보인다. 분명히 지난번에 부엌에 두었는데. 온 집 안을 사냥하듯 뒤져 마침내 소파 뒤에서 찾아낸다. 이상한 일이다. 하지만 내 뇌가 이렇다.

　시작할게. 내가 어떻게 새를 사랑하게 되었는가 하는 이야기야. 그때는 여름이었고 우리 가족은 호수로 피서를 갔어. 나는 여

52

섯 살이었는데, 그 무렵에 대해 기억나는 것은 별로 없지만, 여섯 살 꼬마로 사는 것이 어떤 느낌인지는 지금도 잘 기억하고 있어.

그날 엄마는 제일 좋아하는 진파랑 원피스를 입었어. 창문에 난 금으로 뜨거운 바람이 들어오면 그 원피스가 나풀거렸지. 엄마는 머리를 올려 핀으로 고정했지만 몇 가닥이 빠져나와 흘러내렸어. 그 몇 가닥이 목덜미에서 흩날렸지. 엄마의 목은 희고 길었어. 운전은 아빠가 했어. 환한 빛이 비치자 아빠가 쓴 모자가 시커먼 산처럼 보였어. 뒷좌석에 누워 있던 나는 발을 툭툭 차면서 지나가는 하늘을 바라보았어.

"고양이 키워도 돼요?" 나는 종종 그랬던 것처럼 물어봤어. 그때 나는 엄마가 느닷없이 질문을 받는 바람에 평소와 다른 대답을 할 수도 있다는 점을 노린 것 같아.

"집에서는 동물을 키울 수 없어, 테디." 엄마가 말했어. "내가 애완동물을 어떻게 생각하는지 알잖니. 살아 있는 생물을 가둬놓고 키우는 건 잔인한 짓이야." 이 말을 들었다면 누구라도 엄마가 이곳 출신이 아니라는 사실을 짐작할 수 있을 거야. 엄마의 목소리에는 여전히 외할아버지 조국의 흔적이 아주 미세하게 남아 있었거든. r 발음을 할 때 살짝 들리는 소리. 뒤에서 몰아닥칠 공격을 기다리기라도 하듯 숨을 고르는 것과 더 비슷한 소리랄까.

"아빠." 내가 불렀어.

"엄마 말씀 들어야지."

나는 그 말에 울상을 지었지만, 나만 알게 슬쩍 지을 뿐이었어. 말썽꾸러기가 되고 싶지는 않았거든. 나는 허공에 손을 올리고 쓰다듬으며 털이 실크처럼 부드러운 고양이를 안고 있는 시늉을 했어. 호기심에 귀를 쫑긋 세우고 머리가 단단한 고양이였지. 내가 기억하는 한 나는 줄곧 고양이를 키우고 싶었어. 엄마는 항상 안 된다고 하셨고. (내가 모르는 뭔가를 엄마가 알았는지, 지평선에 뜬 붉은 빛줄기처럼 미래를 보았는지 그저 궁금할 뿐이야.)

호수에 가까워지자 공기 중에 깊은 물에서 나는 냄새가 났어.

일찌감치 호수에 도착했지만, 그곳은 이미 피서를 온 가족들로 복작거려서 그들이 하얀 모래 위에 펼쳐놓은 담요들이 체커판의 사각형처럼 펼쳐져 있더라. 반짝거리는 수면 위로 하루살이 떼가 윙윙거렸어. 아침부터 햇살이 강렬했고. 그래서 식초를 흘린 것처럼 피부가 따끔거렸어.

"니트 조끼를 입고 있어, 테디." 엄마가 말했어. 날씨가 푹푹 쪘지만, 나는 눈치 빠르게 그런 일로 투덜거리지 않았어.

아빠와 나는 물놀이를 했어. 엄마는 푸른색 실크 양산을 쓴 채 엄마 의자에 앉아 있었고. 미풍이 불어 물가에 잔물결이 일었지. 엄마는 아무것도 읽고 있지 않았어. 그저 호수 너머 숲과 땅과 물을 지나 우리가 볼 수 없는 뭔가를 바라볼 뿐이었지. 꿈을 꾸는 것 같기도 하고 적을 감시하는 것 같기도 했어. 지금 생각해보면 엄마는 아마 둘 다 하고 있었던 것 같아.

기념품 가판대에는 호숫가에서 자라는 소나무로 조각한 작은 열쇠고리들이 진열되어 있었어. 개와 물고기와 말을 조각한 귀여운 열쇠고리들이었어. 그 동물들은 살며시 흔들거리며 나무 눈으로 나를 바라보았고 은색의 고리가 빛을 받아 반짝거렸어. 나는 물에 잠겨 있던 탓에 쪼글쪼글해진 손가락으로 그 열쇠고리들을 만지작거렸지. 선반 안쪽에서 그 아이, 네발을 가지런히 모은 채 똑바로 앉아 있는 완벽한 새끼 고양이를 찾아냈어. 꼬리는 물음표 모양이었고, 두 귀는 정교했어. 그 열쇠고리를 조각한 사람은 나무의 소용돌이무늬와 결을 잘 활용해 매끄러운 털처럼 보이게 했더라고. 나는 그 고양이가 탐이 났어. 우리는 서로를 위해 태어난 것 같았지.

엄마가 내 어깨를 짚었어. "그거 내려놔, 테디."

"하지만 이건 진짜 고양이가 아니잖아요." 내가 말했어. "나무로 만든 거예요. 집에 둬도 괜찮을 거예요."

"점심 먹을 시간이야." 엄마가 말했어. "가자."

엄마는 내 목에 냅킨을 둘러준 후 푸른색과 하얀색 라벨이 붙어 있는 유리병 두 개—하나는 사과퓌레이고 하나는 당근—와 숟가락을 줬어. 나는 사람들의 시선이 우리에게 쏠릴 줄 알았는데, 아마 그 정도는 아니었을 거야. 우리 주위의 다른 아이들은 핫도그와 샌드위치를 먹었어. 그 애들을 바라보는 내 모습을 엄마가 봤어.

"저런 음식에는 지방과 방부제가 잔뜩 들어 있어." 엄마가 말했어. "우리 점심은 영양학적으로 완벽해. 네게 필요한 비타민이 이 병에 다 있어. 그리고 비싸지도 않아." 그때 엄마의 말투는 간호사로 근무할 때 같았어. 평소보다 목소리가 조금 더 낮고 자음은 더 딱딱하게 들렸지. 엄마는 병원에서 아픈 아이들을 간호했어. 이런 일을 잘 알았지. 그러니 엄마가 간호사 말투일 때는 싸우지 말아야 해. 그때 아빠는 실업자였어. 아빠는 꼭 시커먼 구덩이에 빠진 것 같았어. 이제 그곳에서 헤어나지 못할지도 모른다는 생각이 들었어. 아빠는 말없이 자두와 쌀 푸딩을 먹었어. 볕에 그을린 아빠의 커다란 손에 비해 그 병들이 유난히 작아 보이더라. 아빠는 커피가 담긴 보온병을 꺼냈어.

근처에서, 성마른 빨간 여자가 아기에게 이유식을 먹이고 있었어. 라벨은 푸른색과 흰색. 그 아기가 아빠와 같은 쌀푸딩을 먹고 있는 모습을 본 순간 공포가 서늘한 단검이 되어 내게 꽂히는 것 같았어. "그거 치워요." 내가 아빠에게 말했어. "사람들이 다 봐요!"

엄마가 나를 봤지만 아무 말도 하지 않았어. "어서 점심 먹어요." 그리고 상냥하게 아빠에게 이렇게 말했어.

점심을 다 먹자 엄마는 유리병들을 쿨러에 가지런히 정리했어. "엄마가 어디에서 왔는지 알지, 테디." 엄마가 말했어.

"로크로낭." 내가 대답했어. "브르타뉴에 있어요. 그리고 거기는 프랑스고요." 내가 아는 건 거기까지였어. 엄마는 그곳에 대해 통 말해주지 않았거든.

"우리 마을에 어떤 남자아이가 살았어." 엄마는 호수 건너편으로 눈을 돌렸어. 그때부터는 내게 말하는 것 같지 않았어. "그 아이의 부모님은 독감이 대유행을 했을 때 죽었어. 독감은 버터를 자르는 칼처럼 로크로낭을 베었어. 우리는 줄 수 있는 것이 있으면 그 아이에게 줬어. 하지만 우리도 가진 것이 별로 없었지. 소년은 우리 집 헛간에서 당나귀와 양들과 함께 잠을 잤어. 그 아이의 이름은 기억나지 않아. 마을에서는 피모흐*라고 불렀어. 돼지가 잘 만한 곳에서 살았거든. 아침마다 피모흐는 우리 집 부엌문 앞에 왔어. 나는 그 아이에게 우유 한 잔과 빵 반 덩이를 줬지. 가끔은 일요일에 쇠고기를 요리하다 나온 기름을 줄 때도 있었어. 해가 저물면 다시 찾아왔어. 그러면 나는 먹다 남은 음식을 줬지. 순무 꼭지나 깨진 달걀 같은 거 말이야. 그 애는 항상 고맙다는 말을 세 번 했어. 트루가레즈Trugarez, 트루가레즈, 트루가레즈. 그걸 절대 잊을 수 없어. 가끔 그 아이는 배가 너무 고파서 음식을 받을 때 손을 벌벌 떨기도 했어. 그런 보잘것없는 음식이라도 먹으려고 그 아이는 우리 아버지의 밭에서 하루 종일 일을 했단다. 그렇게 일을 몇 년이나 했어. 그래서 그 아이의 감사 인사는 진심에서 우러난 것이었어. 감사할 줄 아는 소년이었던 거야. 자신이 얼마나 운이 좋은지 잘 알았거든." 엄마가 일어났어. "나는 긴 산책을 하러 가요." 엄마가 말했어. 아빠가 고개를 끄덕였어. 엄마가 걸어갔어. 푸른 하늘에 푸른 원피스. 엄마는 더위를 전혀 느끼지 않았어.

---

* Pemoc'h, '돼지'라는 뜻의 브르타뉴 사투리.

커피를 마셨는데도 아빠는 모자로 얼굴을 가린 채 곯아떨어졌어. 그 무렵 아빠는 잠을 굉장히 많이 잤어. 깨어 있는 순간이 아빠에게서 너무 기운을 빼앗아 가는 것 같았지. 그 빨간 여자가 우리를 바라봤어. 우리 가족이 점심으로 아기 이유식을 먹는 모습을 본 거야. 나는 그 여자가 치명적인 화상을 입고 곧 죽을 운명이라 얼굴이 빨간 거라고 억지로 상상했어. 그리고 진심으로 그 여자가 죽었으면 좋겠다고도 생각했고. 그렇지만 그날 오후는 별일 없이 흘러갔어. 자그마한 쇠오리 새끼들이 건너편 호숫가에서 놀았는데, 그곳에서는 나무들이 행진하듯 곧장 물가까지 자라고 있었어. 아빠가 코를 골았어. 나를 보고 있을 때는 잠을 자면 안 되는데도 말이지.

우리가 그 호수로 놀러 가기 얼마 전에 그곳에서 남자아이 한 명이 사라졌어. 가끔 주말이면 근처에 있는 아동 시설에서 아이들을 호수로 데려왔거든. 지금도 아이들을 호숫가에 데려가는지 모르겠어. 하루가 끝날 무렵 그 아이는 버스로 오지 않았어. 가끔 그 아이에게 무슨 일이 있었는지 상상할 때면 짜릿한 전율을 느껴. 그 아이는 어여쁜 빨간 새나 사슴을 따라가다가, 숲속 깊이 뻗어 있는 호수의 지류까지 가는 바람에 사람들의 시야에서 벗어났을지 몰라. 발을 헛디뎌서 차가운 물로 떨어졌지만, 비명을 들을 사람이 주위에 아무도 없었겠지. 아니면 하늘을 뒤덮은 거대한 녹색 지붕 같은 숲속을 헤매다가 어느새 마음이 녹색으로 물들었고 알록달록한 빛 속에서 희미해져 뭔가 다른 것, 소년이 아닌 다른 존재가 된 건 아닐까. 아니면 지나가는 차를 얻어 타고 도시로 가버렸을 수도 있어. 그 애는 말썽꾼이었어요. 모두 그렇게 말했어.

"자, 테디." 내 머리에 닿은 엄마의 손길이 부드러웠어. 그렇지만 나는 엄마에게 맞기라도 한 것처럼 헉하고 숨을 들이쉬며 움찔했지. 엄마가 내 손에 뭔가를 쥐여주었어. 햇빛에 눈이 부신 순간이 지나가자 그것이 잘 보였어. 작은 고양이가 기분이 좋은지 등을 말아 내 손바닥에 기대 있는 것 같았지.

온 몸을 휘감은 기쁨이 얼마나 강렬한지 몸이 실제로 아픈 것 같았다니까. 나는 그 고양이를 손가락으로 어루만져봤어. "와." 내가 소리쳤어. "새끼 고양이다, 새끼 고양이!"

"마음에 드니?" 엄마의 목소리에서 미소가 들리는 것 같았어.

"정말 마음에 들어요." 내가 대답했어. "내가 정말 잘 보살펴 줄 거예요." 걱정 한 줄기가 혈관을 관통하듯 내 즐거움 속을 지나갔어. "비싸지 않았어요?" 그때 나는 우리가 가난하다는 사실을 알고 있었거든. 그리고 그 사실을 나는 알아선 안 된다는 것도 알고 있었어.

"괜찮아." 엄마가 말했어. "제발, 그런 걱정은 하지 마. 고양이 이름은 뭘로 할 거니?"

"얘는 올리비아예요." 내가 말했어. 올리비아라는 이름은 고전적이고 신비로워서 나무 고양이에게 딱 어울릴 것 같았지.

그 작은 사치가 가족 모두의 기분을 북돋우는 것 같았어. 올리비아와 놀고 있으니까 다른 사람이 우리에 대해 어떻게 생각하든 이무렇지도 않았어. 엄마가 노래를 흥얼거렸어. 아빠조차 미소를 지으며 신발 끈에 발이 걸려 모래밭에 넘어지는 흉내를 내면서 우스꽝스럽게 주위를 돌아다녔다니까.

엄마의 규칙은 여행에서 최대한의 효용을 거두어야 한다는 것이었어. 그래서 우리는 피서객이 모두 다 돌아갈 때까지 그곳에 머물렀지. 그림자가 점점 길어졌고 주변의 구릉지대가 해를 야금야금 집어삼키기 시작했어. 우리가 그곳을 떠날 무렵 박쥐들이 어스름한 하늘을 날아다녔지. 자동차는 낮 동안의 열기를 몽땅 가둬둔 바람에 용광로 같았어. 내가 앉기 전 아빠가 뜨겁게 달아오른 뒷좌석에 타월을 깔아야 할 정도였다니까. 나는 올리비아를 바지 주머니에 소중하게 넣어뒀어.

"운전은 내가 할게요." 엄마가 아빠에게 상냥하게 말했어. "아침에는 당신이 했잖아요. 그래야 공평하죠."

아빠는 엄마의 얼굴을 어루만지며 이렇게 말했지. "당신은 여자 중의 여자야."

엄마가 미소를 지었어. 엄마의 시선은 여전히 저 먼 곳을 향해 있었어. 엄마가 정오 이후에는, 아빠가 보온병으로 커피를 마신 후에는, 걸음걸이가 우스꽝스러워진 후에는 절대 운전대를 잡게 하지 않는다는 사실을 내가 깨달은 건 그로부터 오랜 시간이 흐른 후였어.

자동차는 다가오는 밤을 뚫고 달렸고 나는 행복했어. 내 안과 밖의 모든 것이 상냥했어. 이런 종류의 안전함을 느낄 수 있는 사람은 아이들뿐이야. 이제야 그걸 알겠어. 눈을 떴을 때 머리를 찰싹 맞은 것처럼 느닷없이 크게 놀란 걸 생각해보면 나는 그때 설핏 잠이 들었나 봐.

"집에 다 왔어요?" 내가 물었어.

"아니." 엄마가 말했어.

나는 여전히 잠에 취한 채 고개를 들어 밖을 봤어. 자동차의 전조등 불빛으로 주위를 살펴보니 우리는 비포장도로의 갓길에 서 있지 뭐야. 주위에 행인이나 인도는 물론이고 지나가는 차도 보이지 않았어. 타조 깃털처럼 거대한 고사리들이 앞 유리를 이리저리 쓸 뿐이었어. 그 너머로 나무들이 수런거리고, 밤 벌레가 틱틱틱 울고, 그곳만의 냄새가 났어.

"차가 고장 났어요?" 내가 물었어.

엄마가 고개를 돌려 나를 보면서 이렇게 말했어. "차에서 내려, 테디."

"뭐 하는 거야?" 당시에는 그 느낌을 정확히 뭐라고 불러야 할지 몰랐지만, 아빠의 목소리에는 공포가 도사리고 있었어. 나는 그 공포를 느끼는 순간, 아빠가 경멸스럽다는 생각밖에 들지 않았어.

"계속 자요." 엄마가 아빠에게 이렇게 말하고는 나를 다시 재촉했어. "테디. 자, 어서."

차에서 나가니까 밤공기가 볼에 닿은 축축한 솜처럼 형체가 있는 듯 느껴졌어. 다가오는 어둠 속에서 내가 보잘것없이 느껴졌지. 하지만 한밤에 엄마와 함께 숲에 있으니 신나기도 했어. 엄마는 결코 다른 사람들처럼 행동하지 않았어. 엄마는 내 손을 잡고 차에서, 빛에서 떨어져 숲으로 이끌었어. 흐릿하게 보이는 엄마의 푸른 원피스가 컴컴한 공중에 걸려 있는 것 같았어. 엄마는 드넓은 바다 밑을 둥둥 떠서 가로지르는 해양 생물처럼 보였어.

숲에서는 평소 익숙한 모습도 기묘하게 보여. 밤이 쉬지 않고 뿜어내는 습기가 똑똑 떨어지는 소리는 어느새 지하 감옥에서 한기가 방울방울 떨어지는 소리로 변했어. 나뭇가지들이 삐걱거리는 소리는 거인이 비늘로 뒤덮인 사지를 움직이는 소리였어. 내 옷자락을 끌어당기는 잔가지는 내 소매를 그러잡는 뼈만 남은 손가락들이었고. 아마도 원래 어린아이였지만 녹색 불빛으로 정처 없이 들어가 다시는 돌아오지 않게 된 존재의 손가락이었을 거야. 나는 슬슬 무서워지기 시작했어. 그래서 엄마의 손을 꼭 쥐었어. 그랬더니 엄마도 내 손을 꼭 쥐었어.

"네게 아주 중요한 걸 보여줄 거야, 테디." 엄마는 그날 내 샌드위치에 뭐가 들어 있는지 알려주는 것처럼 아무렇지 않게 말했어. 그 말을 듣자 나는 마음이 한결 놓였어. 눈이 어둠에 적응하자 공기가 빛을 품고 있기라도 하듯이 모든 사물이 희붐한 어둠 속에서 빛을 발하는 것 같았어.

하늘 높이 솟은 전나무 아래에 이르자 엄마는 나를 멈춰 세웠어. "여기면 되겠다." 엄마가 말했어. 저 멀리서 삐걱거리는 나뭇가지들 사이로 여전히 전조등 불빛이 희미하게 보였어.

"엄마가 오늘 네게 고양이를 사줬지." 엄마가 말했어. 나는 고개를 끄덕였고. "그 고양이를 사랑하지?"

"네." 내가 대답했어.

"얼마나?"

"내가 좋아하는…… 아이스크림보다 더 많이 사랑해요." 내가 대답했어. 그 자그마한 나무 고양이를 향한 내 감정을 표현할 좋은 말이 좀처럼 떠오르지 않더라

"아빠가 직장을 구하기를 바라는 것보다 더 많이 사랑하니?" 엄마가 이렇게까지 묻지 뭐야. "사실대로 대답해."

나는 잠시 생각했어. "네." 내가 모기만 한 목소리로 대답했어. "그래요."

"엄마가 병원에서 돌보는 어린 여자애 알지? 암에 걸린 아이 말이야. 너는 그 애가 병이 낫기를 바라는 마음보다 더 그 고양이를 사랑하니?"

"아뇨." 내가 말했어. 절대 그럴 수는 없었어. 그 정도로 사랑한다면 내가 비열하기 짝이 없는 아이가 되는 거잖아.

엄마가 차가운 손을 내 어깨에 올렸어. "사실대로 말해." 엄마가 엄하게 말했어.

목구멍에 칼이 가득 들어찬 것 같았어. 나는 고개를 한 번 끄덕였어. "나는 이 고양이를 더 사랑해요." 내가 대답했어.

"좋아." 엄마가 말했어. "너는 정직한 아이야. 이제 주머니에서 그 고양이를 꺼내. 그리고 저기, 땅 위에, 내려놔."

나는 나무의 발치를 뒤덮고 있는 이끼 위에 살며시 고양이를 내려놓았어. 단 한 순간이라도 고양이와 떨어져야 한다니 견딜 수가 없었지.

"이제, 차로 돌아가. 우리는 집으로 갈 거야." 엄마가 한 손을 들어 올렸어.

올리비아를 집어 들려고 했지만, 엄마의 손가락이 수갑처럼 내 손목을 휘감는 거야. "안 돼." 엄마가 말했어. "고양이는 이제부터 여기서 살 거야."

"왜요?" 내가 속삭이듯 물었어. 고양이가 이곳, 이 어둠 속에서 혼자 얼마나 춥고 외로울까. 비를 맞아 온몸이 젖고 썩어가지 않을까. 다람쥐들이 아름다운 머리를 갉아댈지 몰라. 그런 모습이 머릿속에 마구 떠올랐어.

"이건 연습이야." 엄마가 말했어. "너도 결국 내게 고마워하게 될 거야. 살면서 겪는 모든 일이 상실을 위한 예행연습이거든. 영리한 사람들만 그 사실을 알아."

엄마는 나를 잡아끌며 숲을 빠져나가 차로 향했어. 세상이 온통 컴컴하고 흐릿하게 보였어. 나는 펑펑 울었어. 가슴 속에서는 심장이 그대로 폭발할 것만 같았지.

"그 힘을 너도 느꼈으면 좋겠구나." 엄마가 말했어. "사랑하는 것을 두고 떠나는 행동의 힘 말이야. 네가 더 강해진 것 같지 않니?"

불가사리 같은 전조등의 불빛이 점점 가까워지자 자동차 문이 쾅 닫히는 소리가 들렸어. 아빠에게서는 자두푸딩과 땀 냄새인 듯한 체취가 훅 풍겼어. 아빠가 나를 꼭 안아줬어. "어디 갔었어?" 아빠가 엄마에게 물었어. "무슨 일이야? 애가 울고 있잖아." 아빠는 혹시 다치기라도 했나 싶어서 내 얼굴을 이쪽저쪽으로 돌려 확인했어.

"수선 피울 일 아니에요." 엄마가 이렇게 말하는데 마치 간호사로 돌아간 듯한 느낌이 살짝 났어. "우리는 부엉이를 찾으러 갔었어요. 부엉이 둥지가 이 근처에 있거든요. 그러다가 그만 애가 고양이 열쇠고리를 떨어트렸는데, 어두워서 끝내 못 찾았지 뭐예요. 그래서 이렇게 눈물 바람인 거예요."

"오, 얘야." 아빠가 말했어. "별일 아니네, 그렇지?" 그 순간 아빠의 품은 전혀 푸근하지 않았지.

나는 다시는 고양이를 키우자는 말을 꺼내지 않았어. 더는 고양이를 원하지 않는다고 스스로 되뇌었지. 내가 고양이를 사랑하게 되면 숲에 버리고 와야 할지도 모르잖아. 그게 아니어도 언젠가는 키우던 고양이가 죽을 테고, 그건 숲에 두고 오는 것과 다름없잖아.

이 사건은 엄마가 떠날 때가 되었다며 내게 마음의 준비를 시키기 시작하기 훨씬 전의 일이었어. 이제는 엄마를 좀 더 이해할 수 있어. 나도 지금은 아이를 키우는 일이 얼마나 두려운 것인지 아는 양육자니까. 가끔 로런을 생각할 때면 유리판처럼 공포로 속이 훤히 다 드러나는 기분이 돼.

집에 도착하자 엄마는 나를 목욕시키며 온몸을 정성껏 살폈어. 그러다 종아리가 긁혀서 피가 맺힌 걸 봤어. 엄마는 구급상자를 가져와서 두 바늘을 꿰매 깔끔하게 상처를 봉합해줬어. 몇 번이고 나를 부수고 다시 수리하기. 그런 사람이 내 엄마였지.

다음 날 엄마가 마당에 새 모이 판을 설치해줬어. 자그마한 새들을 모으기 위해 철사로 된 모이통을 여섯 개나 만들었지. 그리고 다람쥐가 모이를 훔쳐 먹지 못하도록 기다란 장대에 그 모이통을 걸었어. 엄마는 땅바닥에 놓아둔 모이통에 치즈를 넣었어. 나무로 된 우리에는 곡물을 가득 채웠고 플라스틱 관에는 해바라기 씨앗을 넣어뒀지. 그리고 지방 덩어리는 끈으로 늘어뜨렸고 그 옆에 암염 덩어리도 뒀어.

"새들은 거인의 후손이야." 엄마가 말했어. "예전에 이 지구는 거인들이 지배했어. 하지만 살아남기가 점점 어려워지자 거인은 자신의 몸을 작고 날렵하게 만든 후 나무 꼭대기에서 사는 법을 익혔지. 새는 인내가 뭔지 가르쳐줘. 이 새들이 진짜 야생동물이란다, 테디. 더 좋은 거야."

처음에는 새에게 모이를 주거나 관찰하는 일이 무서웠어. "그 새들도 제게서 데려갈 거예요?" 내가 엄마에게 물었어.

엄마는 깜짝 놀라며 이렇게 대답했어. "내가 어떻게 그렇게 하겠니? 그 새들은 내 것이 아닌데." 그때 나는 엄마가 안전하게 사랑할 수 있는 대상을 알려주는 중이라는 사실을 깨달았어.

물론 그 일은 쥐 사건이 일어나기 전—엄마가 나를 두려워하기 전—이었어. 그런데 엄마조차 내게서 데려갈 수 없었던 새들을 그 '학살자'가 다 죽여버린 거야.

그만해야겠다. 화가 치밀어 오르기 때문이다.

이건 '막대아이스크림을 든 소녀'가 바로 그 호숫가에서 실종되기 15년 전의 이야기다. 그 호수, '막대아이스크림을 든 소녀', '학살자'. 이 모든 것이 이어져 있다고 생각하고 싶지 않지만, 세 사건은 어딘가 서로 비슷한 부분이 있다. 어쩌면 그 이야기에 비밀이 있는지 모른다. 더는 추억을 녹음하지 말아야겠다. 마음에 들지 않았다.

디

그 일은 방학 이틀째에 일어났다. 운전대를 잡은 아빠는 포
틀랜드에서 두 번이나 엉뚱한 길로 접어들었지만, 어느새 공기
에서 물 냄새가 나자 비로소 길을 찾았다고 모두 직감했다.

디는 아주 세세한 것까지 잘 기억한다. 룰루가 쥐고 있던
녹색의 막대아이스크림이 녹아내려 손가락이 끈적거린 일이
며 나무 막대를 보라색 혓바닥에 대고 끌듯이 핥아 먹던 일까
지. 신발에 모래가 들어갔고, 쇼트 팬츠에도 들어가 짜증이 났
던 일. 옆자리에 깔아놓은 담요에 있던 또래 여자아이와 눈을
마주친 일. 그 아이가 눈을 굴리며 손가락을 목으로 집어넣어
헛구역질을 했다. 그 모습을 보며 디가 킥킥거렸다. 두 가족은
서로 민망해했다.

룰루가 디에게 다가왔다. 룰루가 신은 하얀색 샌들의 끈이
꼬여 있었다. "이것 좀 도와줘, 디디." 자매는 엄마의 눈을 닮았

다. 갈색 바탕에 회녹색 조각이 점점이 흩뿌려져 있는 눈동자에 눈 사이는 멀고 속눈썹은 까맣다. 디는 룰루의 눈을 들여다보며 곤혹스러울 정도로 친숙한 사실을 다시 깨닫는다. 디는 자신이 동생과 닮았지만, 동생보다 덜 예쁘다는 걸 잘 안다.

"알았어." 디가 말했다. "이 커다란 아기야."

룰루가 꽥꽥거리며 디의 머리를 쳤지만 디는 그러거나 말거나 엉킨 끈을 풀고 하얀 샌들을 다시 신겨주었다. 그리고 무스처럼 얼굴을 길게 늘여 웃긴 표정을 짓자 두 사람은 다시 사이가 좋아졌다. 디가 룰루를 음수대로 데려갔지만 룰루는 물에서 연필 맛이 난다며 좋아하지 않았다.

"텔레파시 놀이를 하자." 룰루가 말했다. 그 놀이는 그해 여름 룰루가 새로 재미를 붙인 놀이였다. 그전 해에는 망아지였다.

"좋아." 디가 말했다.

디가 속삭이는 소리를 못 듣도록 룰루가 열 걸음 물러났다. 그리고 디를 응시하며 양손을 오므려 모아서 컵처럼 만들었다. 룰루가 그 손안으로 무슨 말을 열심히 했다. "내가 뭐라고 했게?" 룰루가 물었다. "내 목소리가 들렸어?"

디가 생각에 잠겼다. "그런 것 같아." 디가 천천히 대답했다.

"내가 뭐라고 했게, 디디?" 룰루는 대답을 얼른 듣고 싶어 몸이라도 떨 듯했다.

"정말 이상했어. 여기 이렇게 서서 내 문제를 생각하고 있었거든. 그런데 귀에서 네 목소리가 들리는 거야. '나는 멍청이지만 우리 언니인 디는 최고다.'"

"아니야! 나는 그런 말 한 적 없어!"

"이상하네." 디가 말했다. "나는 분명히 그렇게 들었는데."

"틀렸다니까!" 룰루는 눈물을 글썽거리며 말했다. "제대로 해야지, 디디."

디가 룰루를 안았다. 동생의 체형이며 작은 뼈들, 햇살을 받아 따뜻해진 동생의 피부가 느껴졌다. 드러난 목덜미며 사내아이처럼 짧게 자른 매끄러운 검은 머리. 룰루는 머리가 뜨거워지는 걸 싫어했다. 이번 여름에는 머리카락을 아예 다 밀어버리고 싶어 했다. 그런 룰루를 엄마가 어르고 달래서 간신히 뜯어말렸다.

디는 동생을 놀려 미안했다. "헛소리 좀 해봤어." 그녀가 말했다. "다시 해보자." 디가 양손을 컵처럼 만들어 입으로 가져갔다. 손안을 가득 채운 자신의 따스한 숨결이 느껴졌다. "나는 새로 산 작업복 바지가 좋아. 할인을 할 때 산 바지야." 디가 소곤거렸다. "그런데 가을이 되어야 그 바지를 입을 수 있어. 지금 입기에는 너무 덥거든." 디는 그 단어들이 동생의 귀까지 흘러가는 모습을 상상했다. 제대로 해보려고 진지하게 했다.

"언니는 지금 무용 학교에 대해서 생각하는 중이야." 룰루가 말했다. "언니는 그 학교에 대한 꿈을 꾸고 엄마와 아빠가 치사하다고 생각하고 있어."

디가 양손을 내렸다. "아냐, 그렇지 않아." 그녀가 천천히 말했다.

"내가 언니 마음을 읽었어." 룰루가 말했다. "내게 다른 말을 속삭여봐, 디디."

디는 컵처럼 만든 양손으로 고개를 숙였다.

"언니는 같은 반의 그레그를 생각하는 중이야." 룰루가 말했다. "언니는 그 오빠와 프렌치 키스를 하고 싶어 해."

"그럴 줄 알았어." 디는 부아가 치밀어 올라 말했다. "너, 내 일기장 훔쳐봤구나. 이 꼬맹이 염탐꾼." 내가 그레그에 대해 뭐라고 써놓았는지 룰루가 말하면 엄마와 아빠는 몹시 화를 낼 것이다. 예술 학교도 다시 생각하겠다고 할지 몰랐다. 디는 9월에 퍼시픽예술원에 입학할 예정이었다. 하지만 그 전에 자신이 모범적으로 지낼 수 있다는 사실을 증명해야만 했다. 그 말은 남자아이들은 쳐다보지도 않고, 성적을 잘 받고, 통금 시간을 잘 지키고, 여동생을 잘 돌봐야 한다는 뜻이었다.

"그러지 마, 디디." 룰루가 말했다. "나한테 소리 지르면 안 돼." 동생의 목소리가 한 옥타브 높아졌고 말투도 더 어려졌다. 디도 자신의 행동이 너무 지나쳤다는 사실을 깨달았다.

"이제 됐어. 엄마와 아빠에게 돌아가. 애초에 왜 그런 놀이에 장단을 맞춰줬는지 모르겠네……."

"나는 가기 싫어! 아직도 목이 말라. 그리고 새끼 고양이를 만지고 싶어."

"아까 물 많이 마셨잖아. 그리고 이 근처에 고양이가 어디 있다고 그래." 디가 말했다. 하지만 그 순간, 디는 물음표처럼 생긴 까만 꼬리가 쓰레기통 뒤로 사라지는 모습을 언뜻 본 것 같았다. 검은 고양이는 불길한 징조 아니었나? 아니면 행운의 상징?

룰루가 눈을 휘둥그레 뜬 채 언니를 올려다보았다. "치사해." 아이가 조용하게 말했다.

자매는 말없이 부모가 있는 곳으로 돌아갔다. 룰루는 가볍게 주먹을 쥔 디의 손에 자신의 손을 밀어 넣었고 디도 그 손을 잡아주었다. 주위에 사람들이 너무 많았기 때문이다. 하지만 동생의 손을 꼭 쥐어주기는커녕 최대한 느슨하게 잡았다. 룰루의 얼굴이 서운함으로 일그러졌다. 동생의 상처받은 표정을 보자 디는 기분이 좋아졌다. 심장이 마구 뛰었다. 그녀는 일기장을 떠올렸다. 그 일기장은 마룻널 아래 통기구에 숨겨두었다. 디는 매번 통기구의 덮개를 나사로 고정했다. 룰루는 전부터 줄곧 일기장을 찾아다닌 게 분명했다. 그 통기구를 열어보려고 아빠의 공구 상자에서 스크루드라이버를 가져와 일기를 다 읽고는 다시 통기구를 나사로 고정했을 것이다……. 그런 생각을 하자 디는 동생의 따귀를 때려 우는 모습을 보고 싶었다. 디가 꿈꾸는 삶이 동생 때문에 무너질 수도 있었다.

디는 다섯 살부터 퍼시픽예술원에 입학하고 싶었다. 그 후로 11년이나 걸려 부모님의 허락을 받아냈다. 그 학교는 남녀 공학이었다. 입학하면 디는 기숙사에서 생활할 것이다. 기숙사이야기가 나올 때마다 부모님에게서 불안이 뿜어져 나왔다. 뭐든 디가 꿈을 접을 일이 생기기를 내심 바라는 부모님의 마음이 디는 빤히 보였다. 그러므로 그녀의 행동거지는 나무랄 데 없이 완벽해야 했다.

"말하지 않을게, 디디." 룰루가 말했다. "맹세해. 그리고 다시는 일기도 읽지 않을 거야." 하지만 디는 고개를 가로저었다. 뭐라고 해도 결국 룰루는 말해버릴 것이다. 일부러 말하지 않는다고 해도 결국에는 말할 것이다. 룰루는 원래 그랬다. 디는 차라리 아무 쓰레기통에나 일기장을 버리고 다 룰루가 다 지어낸 이야기라고 말해야 할 것이다. 그 정도로 무마할 수 있기를 바랐다.

룰루가 엄마의 발 옆으로 드리워진 양산 그늘에 앉았다. 엄마는 잡지를 가슴팍에 얹은 채 졸고 있었다. 아빠는 줄무늬 캔버스 의자에 앉아서 책을 읽으며 눈을 비비고 있었다. 아빠도 피곤한 모양이었다. 곧 아빠도 꾸벅꾸벅 졸기 시작했다.

룰루는 입을 꼭 다문 채 장난감 양동이와 삽으로 모래를 파기 시작했다. "예쁜 돌을 주웠어." 룰루가 말했다. "갖고 싶어, 디디?" 룰루가 조마조마한 눈빛을 하고는 손바닥에 조약돌을 얹어 내밀었다.

디는 동생을 못 본 척했다. 그리고 아빠에게 물었다. "수영하러 가도 돼요?"

"30분 만이야." 아빠가 말했다. "그때까지 돌아오지 않으면 경찰에 신고할 거다."

"알았어요." 니가 말했다. 아빠가 등을 돌리지마자 디는 실없이 눈을 흘겼지만, 내심 아빠의 말에 놀랐다. 아빠가 피곤하긴 피곤한 모양이었다. 평소라면 혼자 다니도록 절대 허락해주지 않았을 것이다.

"잠깐, 딜라일라." 엄마가 부르는 소리가 들렸다. "동생도 데리고 가."

디는 꽤 멀리 떨어져 있었기에 짐짓 못 들은 것처럼 발걸음을 재촉했다. 디는 사람들이 깔아놓은 알록달록한 담요와 비치파라솔, 윈드브레이커로 만들어진 미로 같은 모래밭을 이리저리 쏘다녔다. 자신이 무엇을 혹은 누구를 찾는지 몰랐지만, 무슨 일이든 일어나려면 혼자 있어야 한다는 사실은 잘 알았다.

디는 춤을 추듯 사람들 사이를 뚫고 지나가려고 했다. 그녀가 딛는 걸음걸음에 이유가 있었다. 디는 학기 말 발레 수업에서 공연한 〈이상한 나라의 앨리스〉에서 애벌레 역할을 맡았다. 공연에서 자신을 애벌레라고 느끼는 순간, 셰네, 아라베스크, 데벨로페 같은 스텝들이 완전히 다르게 느껴진 기억이 아직도 선하다. 어느새 디가 내디디는 발걸음은 춤이 되어 근사한 로맨스를 향해 다가가는 중이었다. 그녀는 자신이 지나갈 때 사람들(남자들)이 눈여겨볼 거라고 상상했다. 사실 디를 그렇게 유심히 바라보는 사람은 보이지 않았지만 말이다. 사람들이 디를 보고 어떤 생각을 할지 맘대로 상상했다. 저 여자애의 머리카락은 어쩌면 저렇게 길고 윤이 날까. 다른 여자애들과 완전히 달라. 비밀이라도 가지고 있는 것처럼 신비로워. 어찌나 이런 상상에 푹 빠져 있었던지 자신의 엉덩이가 너무 크고 턱이 이상하게 생겼다는 생각 같은 것은 끼어들 틈도 없었다.

디는 호숫가로 가서 밀려온 물결에 젖은 모래사장에 앉았다. 수심이 얕은 곳에서는 양팔에 튜브를 끼운 아기들이 모여서 몸을 까닥거리며 놀고 있었다. 더 멀리 떠 있는 부표 근처의 수면은 잔잔해서 주위의 숲과 하늘이 위아래가 뒤집어진 채 시커멓게 비쳤다. 그런 풍경을 보고 있자니 매끄러운 녹색 수면 아래에 몸을 도사리고 있을 괴물들이 머릿속에 절로 그려졌다. 공기 중에 햄버거 패티를 굽는 냄새가 떠돌자 디는 웩 하는 시늉을 했다. 그 순간 그녀에게 중요한 것은 음식을 혐오하는 태도였다. 그런 태도는 혼자만 알고 있다고 해도 잘 지켜야 한다고 생각되었다. 발레리나는 햄버거를 먹지 않는다.

"안녕." 뭔가가 그녀 위로 몸을 숙여 기다란 그림자를 드리웠다. 그 기다란 그림자가 모래 위를 걸어와 옆에 앉자 사람의 크기가 되었다. 남자였다. 마른 체격에 노란 머리의 남자였다. 디는 그의 창백한 피부 위 하얀 로션이 남긴 소용돌이 자국에 시선을 주었다.

"안녕." 디가 대답했다. 남자는 적어도 열아홉 살은 된 것 같았다. 갑자기 손바닥에서 땀이 배어 나오고 긴장한 탓에 심장이 마구 뛰었다. 무슨 이야기를 하면 좋을까?

"나는 트레버야." 그가 이름을 밝히며 악수를 하려고 손을 내밀었다. 그 모습이 이색해서 디는 히죽 웃었다. 하지만 엄마가 '가정교육을 잘 받았다'라고 부르는 태도 덕분에 그가 편하게 느껴져 마음이 놓인 것도 사실이었다.

디가 한쪽 눈썹을 치켜올렸다. 그 무렵 디는 그런 행동을 배웠다. "안녕?" 디는 그가 내민 손을 잡지 않았다.

트레버가 얼굴을 붉혔다. "안녕." 그는 원래 그러려고 했던 것처럼 한 손으로 짧은 바지를 쓸어내리며 대답했다. "가족과 함께 왔니?"

디가 어깨를 으쓱했다. "간신히 식구들을 잃어버렸어." 그녀가 말했다.

그가 농담을 이해한 것처럼 미소를 지었다. "네 가족은 어디에 있어?"

"저기 인명 구조원이 있는 곳 근처." 디가 손짓을 하며 대답했다. "다들 낮잠을 자고 있어서 지겨웠어."

"부모님이?"

"내 여동생도."

"몇 살인데?"

"여섯 살." 디가 대답했다. 가족 이야기는 더 이상 하고 싶지 않았다. "어느 학교에 다녀?"

"워싱턴대학교." 그가 대답했다.

"대단하다." 그러니까 그는 대학생이었다. "나는 퍼시픽예술원으로 가." 그녀가 대답했다. 거의 사실이었다.

"대단하다." 그가 대답했다. 디는 막 돋은 흥미에 그의 눈빛이 좀 더 따뜻해지는 것을 보았다. 디가 깨달은 바에 따르면, 남자들은 발레리나를 좋아한다. 발레리나는 여성스럽고 신비로운 존재였다. "저기 가서 아이스크림 먹을래?" 트레버가 말했다.

디는 잠시 생각을 해본 후 어깨를 으쓱하며 일어서서 모래를 털었다.

트레버도 일어나더니 말했다. "음, 옷에 뭐가 묻었어. 바지 뒤쪽에."

디가 고개를 뒤로 돌려 바지를 보았다. 하얀 데님 바지에 시커먼 얼룩이 묻어 있었다. 디가 말했다. "어머나, 내가 모르고 뭘 깔고 앉았었나 봐." 디는 티셔츠를 벗어서 허리에 둘렀다. "먼저 가. 거기서 만나자."

서둘러 화장실로 가니 그곳에는 줄이 길게 있었다. 사람들이 어린아이들과 함께 화장실 칸으로 들어갔다. 어떨 때는 한 칸에 세 명이 들어갔고 그들 모두 볼일을 보아야 했다. 이러다가 화장실에서 한참 기다려야 할 것 같았다. 디는 기다리는 동안 상황이 점점 꼬여가는 기분이 들었다. 허벅지 안쪽으로 흘러내리는 피가 느껴졌다. 디는 휴지를 한 움큼 뜯어서 얼른 닦았다. 결국 디는 앞에 서서 땀을 줄줄 흘리는 덩치 큰 여자에게 말을 걸었다. "저, 혹시 생리대 있으세요?"

그 여자가 디를 보았다. "저기 자판기가 있어." 그 여자가 말했다. "저기 벽에."

디는 줄에서 빠져나와 자판기로 갔다. 그 자판기는 25센트 동전만 받았다. 디에게는 1달러 지폐 한 장과 10센트 동전 몇 개밖에 없었다. "혹시 1달러 지폐를 동전으로 바꿔주실 분 안 계세요?"

어깨에 얼굴이 발그레한 아기를 올려놓은 여자가 말했다. "네 엄마는 어디에 계시니? 엄마가 너를 챙겨야지."

"잔돈 가진 분 안 계세요, 혹시요?" 디가 약간 짜증스럽고 비꼬는 투로 말했기 때문에 사람들은 그녀가 말 그대로 울음을 터트리기 직전이라는 사실을 알아차리지 못했다.

앞머리를 내린 금발 여자가 디에게 25센트 동전 네 개를 주었다. 하지만 자판기는 고장 났고 동전은 쨍그랑거리며 계속 튀어나왔다. 디는 눈을 깜박거려 눈물을 참으며 동전을 금발 여자에게 되돌려주었다.

디는 그 상황에서 최대한 깨끗하게 몸을 닦았다. 줄을 선 여자들은 디가 세면대에서 반바지를 빠는 모습을 다 보았다. 맙소사, 디는 다른 사람들처럼 수영복만 입고 있었다. 디는 티셔츠를 허리에 계속 둘렀다. 티셔츠가 모든 것을 가려주었고 그만하니 다행이었다. 그녀는 다시 줄로 돌아가 차례를 기다렸다.

마침내 아이스크림을 파는 곳으로 가니 트레버는 보이지 않았다. 몇 분을 기다렸지만, 그가 애초에 이곳에 오지도 않았다는 사실만 깨달았다. 어쩌면 화장실에서 너무 시간을 끈 탓에 그가 포기하고 가버렸을지 몰랐다. 어쩌면 생리 주기도 모르는 여자애에게 아이스크림을 사주고 싶지 않았을지 몰랐다.

디는 티셔츠를 물가에 던져놓고는 호수로 첨벙첨벙 들어갔다. 양팔에 튜브를 끼우고 노는 아기들을 지나 무릎, 다음은 허벅지, 다음은 허리 깊이까지 들어갔다. 이곳까지 오자 더 안전한 기분이 들었다. 다 가려졌으니 말이다. 푹푹 찌는 날씨에 차가운 호숫물에 몸을 담그자 온도가 느닷없이 쑥 내려가는 것 같았다. 등골이 짜릿한 정도의 충격이었다. 디는 깨진 유리 같은, 호수의 피부인 수면을 손끝으로 가만히 훑었다. 호수가 천천히 움직이는 야수처럼 그녀 주위에서 움직였다. 디는 물이 찰싹거리며 그녀의 턱을 때리고 두 발을 돌바닥으로부터 슬며시 들어 올리려 위협하는 곳까지 점점 더 깊이 들어갔다. 차가운 호숫물과 햇빛, 저 멀리 호숫가에서 들려오는 피서객들의 소리, 수면 위로 전해지는 기이한 소리 사이에서 디는 생리통마저 유쾌하게 즐길 수 있을 것만 같았다. 그 남자가 돌아오지 않았어도 상관없었다. 친구는 자신의 몸으로 충분한 듯했다. 최근에 디는 그런 기분에 매료되어 있었다. 마치 지금껏 제대로 알지 못하고 지낸 친구처럼 그녀의 몸은 새롭고 놀라운 방식으로 작동했다. 고통과 쾌락 모두 새로운 얼굴을 얻었다. 그녀 자신이 1분마다 이야기되어야 하는 이야기 자체였다. 디는 호수의 차가운 애무 속에서 눈을 감았다. 지금 모든 것이 일어나는 중이었다.

뭔가 부드러운 것이 그녀의 볼에 닿았다. 장난스럽게 슬쩍 슬쩍 미는 것처럼 한 번 더, 또 한 번 너, 니가 눈을 떴다. 짙은 회색과 검은색 비늘이 시야를 가득 채우며 지나갔다. 그녀는 숨을 멈췄다. 뱀의 몸뚱이가 수면 바로 아래를 지나가고 있었는데, 마치 백조처럼 대가리만 물 밖으로 내놓고 있었다. 그 뱀은 호기심을 느낀 듯 천천히 디의 주위를 맴돌았다. 뱀이 지나가며 디의 팔을 스쳤다. 디의 몸이 발산하는 열기에 이끌렸을 것이다. 무슨 종류일까? 디는 혼란스러운 머리로 어떻게든 생각을 하려고 했다. 코튼마우스라는 습지에 사는 독사처럼 생겼지만, 이 부근에는 서식하지 않았다. 다른 생각이 얼핏 들었지만 더 떠올리지 않으려고 무진 애를 써야 했다. 방울뱀. 그때 왼쪽 수면 위로 올라온 뱀 대가리 두 개가 디의 눈에 들어왔다. 어느새 세 마리가 되더니 네 마리로 불어났다. 그것들은 무리였다. 가족일지도 몰랐다. 성체가 아닌 몇 마리는 어렸고 늙은 머리가 달린 커다란 성체가 입술 없는 입을 길게 늘이며 미소를 지었다. 정확히 몇 마리인지 알 수 없었다. 디는 심장이 멎는 것 같았다. 뭉툭한 머리가 그녀의 얼굴을 향해 우아하게 전진해 왔다. 디는 눈을 감고 생각했다. 이제 끝이야. 난 죽었어. 바늘에 찔린 것 같은 통증과 함께 몸에 들어올 독을, 그녀에게 다가오는 까마귀의 부리를 기다렸다. 턱에 깃털 같은 혀가 키스를 한 것 같았다. 그녀의 생명력이 귓속에서 천둥처럼 우르릉거렸다. 그녀는 밀려오는 물결에 꼼짝도 하지 않으려고, 생기라고는 없는 것이 되려고, 돌이 되려고 했다. 뭔가가 그녀의 어깨를 길게 훑으며 지나갔다.

디는 자신이 그곳에서 얼마나 오랫동안 있었는지 알 수 없었다. 시간이 팽창했다가 붕괴했다. 마침내 눈을 뜨자 물은 잔잔하고 텅 비어 있었다. 어쩌면 다 가버렸을지 몰랐다. 아니면 물속 보이지 않는 곳에서 그녀의 팔과 다리 주위를 휘감고 있을지 몰랐다. 디는 온몸에 그것들의 감촉이 느껴지는 것 같았다. 온몸이 제멋대로 덜덜 떨렸고, 환한 햇빛을 받아 머리가 구워지는 것 같았다. 두 다리에 힘이 풀리면서 그녀는 숨을 헉 들이쉬며 물속으로 가라앉았고 입 안은 피 맛으로 가득했다. 디는 몸을 돌려 물가로 걸어가기 시작했다. 물이 그녀를 움켜쥐고 치명적일 정도로 속도를 늦추었다. 디는 여전히 팔다리를 휘감은 그것들의 감촉을 느낄 수 있었다.

마침내 물가에 도착했다. 물에서 휘적휘적 나오자 중력이 다시 그녀를 짓눌렀다. 결국 비틀거리다 쓰러졌다. 옆구리에 깔린 모래의 촉감이 좋았다. 디는 여기저기 뛰어다니는 햇빛에 탄 아이들 사이에서 누구의 시선도 받지 않은 채 몸을 둥글게 말고 울음을 터트렸다.

디는 담요와 파라솔 사이를 지나 가족이 있는 곳으로 천천히 돌아갔다. 달짝지근한 향으로 가득 찬 공기는 몹시 뜨거웠고 발목까지 모래에 푹푹 빠졌다. 디는 시계를 차고 있지 않았지만 30분을 훌쩍 넘겼다는 사실은 알 수 있었다. 어쨌든 당장은 가족이라는 안식처로 가고 싶을 뿐이었다. 엄마는 몸을 떨며 소리를 지르고 디를 꼭 안아줄 것이다. 룰루는 겁에 질린 표정을 지으면서 동시에 흥분해서 몇 번이고 되물을 것이다. 몇 마리였어? 무슨 종류였어? 그리고 아빠는 불같이 화를 내며 인명 구조원은 대체 뭘 하고 있었냐고 할 것이다. 그러면 디는 자신이 사랑받고 있다는 사실을 확인하며 아빠의 분노가 뿜어내는 열기에 몸을 녹일 것이다. 이 일은 가족의 추억이 되리라. 언젠가 가끔 목소리를 잔뜩 낮춘 채 두런두런 이야기를 나눌 추억 말이다. 예전에 디디가 뱀에게 공격당했던 일 기억해? 그때쯤이면 그 이야기는 그녀의 몸을 빠져나가 있을 터이므로 다시는 그녀의 뼛속에서 한기를 만들어내지 않을 것이다.

멀리서부터 디는 부모님이 제정신이 아니라는 사실을 알수 있었다. 엄마는 비명을 지르고 아빠는 소리치고 있었다. 그곳에 인명 구조원 두 명이 와 있었고 다른 남자들이 무전기에 대고 무슨 말을 하고 있었다. 디는 몸을 움츠렸다. 너무 민망했다. 세상에, 고작 조금 늦었을 뿐 아닌가.

그녀가 다가가자 아빠의 말소리가 들렸다. "나는 잠깐 잠이 들었던 것뿐이야. 아주 잠깐."

디가 담요를 펼친 곳으로 다가가 그늘에 앉았다. "엄마?" 그녀가 말했다. "죄송해요……."

"조용히 해, 디, 제발. 네 아버지가 이 사람들에게 뭐라도 하게 하려는 중이야." 엄마의 입술이 떨렸다. 마스카라가 시커먼 피처럼 얼굴을 타고 흘러내렸다. "룰루!" 엄마가 벌떡 일어서더니 소리치기 시작했다. 주위 사람들이 고개를 돌렸다. "룰루!" 그녀의 엄마가 절규했다.

"그 애는 머리가 짧아요." 아빠가 몇 번이고 반복해서 말하는 중이었다. "사람들이 사내아이로 착각할 때가 많아요. 머리를 기르려고 하지 않았거든요."

디는 두 가지 사실을 깨달았다. 첫째, 디가 얼마나 오래 자리를 비웠는지 부모님은 모르는 눈치였다. 둘째, 룰루가 보이지 않았다. 디는 한숨을 쉬며 머리를 귀 뒤로 넘겼다. 어느새 생리통이 꽤 심해졌다. 살짝 짜증도 났다. 룰루가 또 유난을 떠는 모양이었다. 이제 아무도 디의 마음을 위로해주지 않고 뱀과 마주친 이야기를 잊게 해주지 않을 것이다.

길고 무더운 오후가 지나가자, 점점 더 많은 사람들이 모여들었고 진짜 경찰도 왔다. "로라 월터스, 애칭은 룰루." 모두 무전기로 계속 무전을 보내더니 이윽고 핫도그 판매대 옆 장대에 달린 커다란 확성기를 통해 호숫가에 있는 사람들에게 공지 사항이 전달되었다. "로라 월터스, 연령은 6세, 갈색 머리에 눈동자는 녹갈색입니다. 수영복 위에 데님 반바지와 붉은색 탱크톱을 입고 있습니다." 호수가 텅 비고 어둠이 내려앉자 디는 그날은 룰루를 찾을 수 없으리라는 사실을 서서히 깨닫기 시작했다. 그들이 끝내 룰루를 찾지 못하리라는 사실을 마침내 받아들이기까지는 그보다 훨씬 더 오랜 시간이 걸렸다. 룰루는 아무도 모르는 곳으로, 아무도 모르는 사람과 함께 사라져버렸고 다시는 돌아오지 않았다.

몇 주가 흐른 후, 그곳에서 멀리 떨어진 코네티컷의 어느 가족이 자신들의 물놀이 용품에 흰색 샌들 한쪽이 있다는 사실을 알게 되었다. 어쩌다 그 가족의 짐에 섞여 들어갔는지, 룰루의 신이 맞기나 한지 아무도 몰랐다. 그 샌들을 그들의 옷과 함께 세탁해버렸기 때문이다.

올해로 룰루는 열일곱 살이 되었을 것이다. 아니, 열일곱 살이지. 디가 생각을 고친다. 룰루는 열일곱 살이다.

룰루가 디에게 이렇게 말했다. 예쁜 돌을 주웠어. 그리고 그것이 마지막 말이 되었다. 며칠 동안 디의 머릿속에서 그 조약돌이 떠나지 않았다. 그 돌은 어떻게 생겼을까? 표면이 매끈했나? 아니면 거칠었을까? 회색일까? 검은색일까? 표면이 날카롭고 뾰족뾰족했을까? 아니면 동그란 돌이어서 룰루의 작은 손바닥을 가득 채웠을까? 디는 그 답을 영영 알 길이 없을 것이다. 그때 일어나서 눈길도 주지 않고 그대로 그 자리를 떠나버렸으니까.

월터스 가족은 새로운 소식을 애타게 기다리며 한 달 동안 워싱턴에 머물렀다. 하지만 그들이 할 수 있는 일은 아무것도 없었고 아빠의 상사는 인내심이 점점 바닥났다. 그래서 그들은 포틀랜드로 돌아갔다. 룰루가 없는 집은 이상했다. 디디는 네 식구가 아닌 세 식구의 식사를 차린 기억이 나지 않았다. 그런 식탁을 볼 때마다 엄마는 울음을 터트렸다.

얼마 후 그녀의 어머니는 집을 나갔다. 그녀는 디를, 사라진 딸의 흐릿한 복제품의 모습을 더는 볼 수 없었다. 그래서 통장에 든 돈을 몽땅 찾아 자취를 감추었다. 디는 그런 엄마를 탓할 수 없었다. 물론 아빠의 생각은 달랐지만. 그리고 얼마 후 또 일이 벌어졌다.

전날 밤 고요한 하늘에서 눈송이가 재처럼 떨어졌다. 아빠는 아래층 거실에서 모형 비행기를 조립하는 중이었다. 에폭시 수지의 냄새가 떠돌 듯 위층으로 올라왔다. 아빠는 그곳에 몇 시간이고 앉아 눈에 핏발이 설 때까지 작업을 했다. 밤이 거의 다 지나가도록 잠도 자지 않았다. 내일은 아빠에게 꼭 말해야지. 디가 생각했다. 그래야 해.

디는 벌써 퍼시픽예술원의 입학에 한 학기나 늦었지만 따라잡을 수 있을 것이다. 학비가 넉넉하지는 않지만, 아르바이트를 구할 수 있을 것이다, 그렇지 않을까? 게다가 어차피 아빠는 모형 비행기를 조립하고 컴컴한 허공을 멍하니 바라볼 뿐이니 디가 필요하지 않았다. 디는 가슴을 쿡쿡 찌르는 죄책감을 꾹 참으며 숨을 내쉬었다. 실내 공기는 뜨거운 접착제와 절망의 냄새가 뒤섞여 탁했다. 내 인생이 이럴 리 없어. 디가 생각했다. 이건 유령의 삶이야. 뜨거운 눈물이 볼을 따라 흘러내렸다.

다음 날 아침, 디는 아빠의 침대로 가져갈 특별한 커피를 만들었다. 특별 커피는 샌프란시스코에서 제작된 멋진 유리 커피 메이커로 만들었는데, 커피를 내리는 데 시간이 오래 걸렸다. 완성된 커피는 강물의 침전물처럼 쓰고 텁텁했지만 아빠는 그 커피를 몹시 좋아했다. 어쩌면 아빠는 그 커피 메이커에 모든 사랑을 다 쏟아부었는지 모른다. 그보다 더 중요한 것들을 사랑하는 건 너무 고통스럽기 때문이다. 디는 그 커피 메이커를 볼 때마다 온 가족이 함께 있던 시절이 떠올라 싫었다. 이윽고 혀가 델 듯 뜨거운 물을 갈아놓은 원두 위로 부었다. 진한 갈색의 향기가 주방을 가득 채웠다. 오늘 아침 디는 아빠에게 말할 작정이었다. 꼭 그럴 작정이었다.

디는 옷소매를 걷어붙이고 숨을 삼킨 채 끓는 물을 손목에 살짝 부었다. 피부에 작은 물집이 팔찌처럼 돋아나는 모습을 지켜보았다. 그러면 기분이 좀 나아졌다. 이윽고 소매를 내려 물집을 가린 후 준비한 것을 전부 쟁반에 놓았다. 디는 오늘 아빠에게 말할 것이다. 아빠는 화를 내고 상처를 받을 것이다. 하지만 디는 마음에 꾹꾹 눌러놓을 수 없었다. 예쁜 돌.

디는 아빠의 방으로 들어가 쟁반을 탁자 위에 두었다. 커피 향에 이끌려 잠에서 깨면 아빠도 기분이 좋을 것 같았다. 커튼을 걷자 하얀 세상이 확 펼쳐졌다. 집과 우편함, 자동차……

어딜 보나 새하얀 눈이 쌓여 모서리가 둥글둥글하게 변했다. 디는 돌아서며 이렇게 말했다. 밤새 눈이 얼마나 왔는지 보세요! 그리고 아빠를 보았다. 눈에 반사된 햇빛에 눈이 멀 것처럼 환한 방 안에서 아빠는 침대에 곧게 누워 있었다. 아빠의 얼굴을 보고 디는 처음에는 무슨 표정인지 알 수가 없었다. 그러나 다음 순간 환영하는 표정이라는 사실을 알아차렸다.

사람들은 뇌졸중이었다고 말했다. 그러나 룰루의 실종과 뒤이은 엄마의 가출이 원인이었다는 말은 하지 않았다. 굳이 그런 설명을 할 필요가 없었다. 결국 룰루를 데려간 사람이 엄마를 데려갔고 아빠마저 데려갔다. 디도 마찬가지였다. 이 모든 일이 벌어진 후 그녀에게 남은 것은 얼마나 될까? 그녀는 크고 컴컴하고 텅 빈 방이 된 것 같았다.

그녀 인생에서 발레 학교는 사라졌다. 학비가 없었기 때문이다. 디는 고등학교도 마치지 못했다. 드러그스토어에 취직했다. 하지만 디에게는 진짜 해야 할 일이 있었다. 그것은 동생을 데려간 사람을 찾는 일이었다. 그날 그 호수에 있었던 모든 남자, 모든 시선, 용의자의 확인. 이것이 그녀의 직업이 되었다.

그녀는 매주, 때로는 그보다 더 자주 지쳐 있는 캐런에게 전화를 걸었다. 지쳐 있는 캐런은 룰루의 실종 사건을 담당하는 형사로, 목소리가 늘 피곤하고 화가 난 것 같다. 그녀는 표정이 풍부하다. 그 얼굴은 그녀가 목격한 상처를 말해주는 것 같다. 그녀가 토닥여준 모든 등과 그녀가 건넨 모든 티슈, 그녀에게 바짝 들이대며 비명을 지르는 모든 얼굴을 말이다.

한동안, 지쳐 있는 캐런과 디는 가깝게 지냈다. 한동안은 그랬다. 형사는 가족을 모두 잃은 디를 불쌍하게 여겼다. 캐런이라고 부르렴. 그녀는 디가 전화했을 때 이렇게 말했다. 지금은 이렇게만 말한다. "우리가 수사 중이야."

테드

　내가 늘 중요한 일을 하고 있다고 말할 수는 없지만, 이번 만큼은 꽤 자신 있게 중요한 일을 앞두고 있다고 말할 수 있다. 나는 친구를 만들 생각이다. 요즘 내가 어디론가 사라지는 횟수가 점점 늘어나고 있다. 어느 날, 내가 돌아오지 않으면 로런과 올리비아는 누가 돌봐줄까? 나라는 사람은 단 하나고, 그 정도로는 충분하지 않다.

　엄마는 나를 숲에 세 번 데리고 갔다. 마지막으로 숲에 갔을 때 엄마는 나를 혼자 돌려보냈다. 그렇다. 나는 아직도 시커먼 숲의 지붕 아래에 있으면 엄마를 느낀다. 엄마는 숲의 바닥에 흩뿌려진 빛 속에 있다. 그리고, 맞다. 가끔은 싱크대 하부장에도 있다. 하지만 사실 그날 이후로 나는 죽 혼자다.

　나는 이게 다 로런과 올리비아를 위해서라고 스스로에게 다짐하듯 말하고, 그건 사실이다. 하지만 더는 혼자 있고 싶지 않기 때문이기도 하다.

　나는 로런이 주위에 없는 시간을 고른다. 내가 무슨 짓을 하는지 로런이 안다면…… 음, 좋은 일이 벌어지지는 않을 것이다. 나는 노트북을 넣어두는 거실 선반의 자물쇠를 연다. 노트북의 스크린이 컴컴한 실내에서 도깨비불처럼 푸르스름하게 사각형으로 빛난다. 마치 사후 세계로 들어가는 문처럼.

　사이트는 쉽게 찾을 수 있다. 그런 것들이 수백 개는 있다. 하지만 그다음에는 무엇을 해야 하지? 나는 스크롤을 아래로 내린다. 얼굴이 줄줄이 나온다. 그 옆으로 눈동자 색과 이름, 나이, 삶의 편린이 딸려 있다. 내게 무엇이 필요한지, 로런에게 무엇이 가장 좋은 선택일지 쉽게 판단이 서지 않는다. 여자가 남자보다 양육에 더 적합하다고 한다. 그렇다면, 여자여야겠지. 이왕이면 우리의 상황을 잘 이해해줄 수 있는 아주 특별한 여자여야 한다. 두 사람이 적당해 보인다. 첫 번째 후보는 서른여덟 살로 서핑을 좋아한다. 그녀의 눈동자는 그녀 뒤로 보이는 바다처럼 푸른색으로, 푸른 파편이 점점이 흩어져 있고 상냥해 보인다. 피부는 햇빛과 바닷물에 살짝 거칠어졌다. 머리카락은 버터색이고 치아는 희고 고르다. 그녀의 미소는 보기 좋다. 타인을 배려하고 잘 보살피는 사람 같다. 다음 후보는 숲의 색깔을 모두 지니고 있다. 갈색과 녹색, 검은색. 그녀의 옷은 아름답고 몸에 딱 붙는다. 광고 회사에서 근무하는 사람이다. 그녀가 바른 립스틱은 붉은 기름처럼 윤이 난다.

나는 오래전 집 안의 거울을 뒤집어놓았다. 로런이 거울을 보면 화를 내기 때문이다. 어차피 거울을 보지 않아도 내가 어떻게 생겼는지 정도는 안다. 로런의 말이 마음 아팠다. 뚱땡이 덩어리. 내 배는 고무 자루 같다. 붕대를 칭칭 감은 것처럼 군살이 붙어 있다. 내 덩치는 줄곧 커지기만 한다. 몸의 변화를 따라가기도 벅차다. 나는 물건을 넘어뜨리고, 문가에서는 튕겨 나온다. 이 세상에서 이렇게 많은 공간을 차지하는 상황이 익숙하지 않다. 집 밖을 자주 나가지 않으니 피부는 핏기가 없다. 로런에게 요즘 내 머리카락을 한 움큼씩 쥐어뜯는 버릇이 생겨서 갈색 머리 사이로 창백하고 반들거리는 두피가 드문드문 보인다. 나는 집에 면도칼이나 가위를 두지 않는다. 그래서 수염이 가슴팍까지 내려와 있다. 무슨 이유인지 턱수염은 머리카락과 색과 모질이 다르다. 수염은 붉고 털이 굵다. 꼭 배우가 해적 연기를 하려고 붙인 가짜 수염 같다. 내 양손과 얼굴은 온통 긁힌 상처로 뒤덮여 있고, 손톱은 속살이 드러날 때까지 바짝 물어뜯는다. 차마 용기가 없어 발톱을 외면한 지도 꽤 오래되었다. 나머지 부분…… 음, 그것들에 대해서는 아무 생각도 하지 않으려고 한다. 요즘은 내게서 냄새가 난다. 버섯 냄새 같기도 하고 흙냄새 같기도 하다. 내 몸이 내게 반기를 들고 있다.

스크롤을 계속 내린다. 여기 어딘가에 분명 친구가 있을 것이다. 스크린 밖을 바라보는 여자들은 피부에 윤기가 흐르고 눈이 빛난다. 그들의 프로필에는 흥미로운 관심사와 잘난 척하는 농담이 실려 있다. 나는 나를 어떻게 묘사하면 좋을지 고민한다. 싱글 대디. 이렇게 적어 넣는다. 야외 활동을 좋아해요. 하얀 나무에 사는 신을 모셔요……. 아니지, 아니야, 내가 지금 무슨 소리를 하는 거야?

지난주에 나는 맥주를 더 사려고 세븐일레븐에 다녀왔다. 현기증이 나서 가게 앞 계단에 앉았다. 아주 잠깐이었다. 아마 예전부터 그런 증세가 있었을 것이다. 하지만 그때는 피곤하기도 했다. 나는 늘 피곤하다. 눈을 뜨자 어떤 남자가 내 발에 25센트 동전 몇 개를 내려놓는 중이었다. 내가 으르렁거리며 곰처럼 위협적인 소리를 내자 그 남자는 화들짝 놀라며 부리나케 자리를 떴다. 나는 그 동전들을 챙겼다. 사이트에 나온 여자들과 한곳에 있는 내가 상상도 되지 않는다.

노트북을 막 끄려는데, 어딘지 불안을 자극하는 듯한 소리가 들린다. 목덜미의 털이 천천히 곤두선다. 나는 컴퓨터를 끄지 않는다. 어둠 속에서 홀로 있고 싶지 않기 때문이다. 누군가의 시선이 내 머리를 가로지르는 것 같다. 스크린의 희미한 푸른 불빛에 비친 낯선 그늘 속에서 가구들이 가만히 웅크리고 있다. 누군가 나를 지켜보고 있다는 느낌을 떨칠 수가 없다.

배 속이 한차례 뒤틀린다. 여기가 정확히 어디지? 주위를 둘러보려고 조용하게 일어난다. 볼품없는 파란색 깔개가 저기 있다, 확인. 벽난로 선반에는 발레리나가 폐허가 된 뮤직 박스 안에서 죽은 듯이 누워 있다. 이제 나는 내가 어디에 있는지 안다. 그렇다면 이곳에 또 누가 있을까?

"로런?" 목소리가 크게 나오지 않는다. "너니?" 뒤따르는 정적. 멍청하긴, 그 애가 여기 없다는 걸 다 알면서. "올리비아?" 아니, 올리비아가 여기 있을 리 없다.

내 목에 닿은 엄마의 손길이 서늘하고, 귓전에 닿는 엄마의 목소리가 부드럽다. 너는 그들을 옮겨야 해, 엄마가 말한다. 네가 어떤 사람인지 다른 사람들에게 들켜서는 안 돼.

"하고 싶지 않아요." 내가 엄마에게 말한다. 내가 들어도 목소리가 로런처럼 징징거리는 것 같다. "그런 일을 하면 무섭고 슬프단 말이에요. 제게 그걸 하라고 하지 마세요."

엄마의 치맛자락이 사각거리고 향수 냄새가 희미해진다. 하지만 엄마는 가지 않았다. 절대 그러지 않을 것이다. 어쩌면 엄마는 집 주위에 쌓인 눈 더미 속에 누워 있는 기억들 가운데 하나에 자리 잡고 그곳에 한동안 머무를 것이다. 어쩌면 1갤런들이 식초병을 넣어두는 싱크대 하부장에 웅크리고 있는지도 모른다. 나는 그곳의 어둠 속에서 활짝 웃고 있고 얼굴 주위로 푸른색 오간자가 떠 있는 엄마를 보게 될지도 모른다는 생각이 너무 싫다.

냉장고에서 갓 꺼낸 맥주 캔이 너무 차가워서 내 손바닥에 달라붙을 정도다. 캔을 따자 요란하게 쉭쉭거리는 소리가 나서 고요한 집에서는 오히려 마음이 놓인다. 나는 스크롤을 계속 내리고 내리며 여자들의 얼굴을 훑어 내리지만, 엄마의 목소리가 내 머릿속에서 계속 노래를 부르고 있고 이건 좋은 징조가 아니다. 가서 삽을 찾아봐야 한다. 공터로 갈 시간이다.

내가 왔어. 팔을 어떻게 다쳤는지 잊을 때를 대비해서 이 이야기를 녹음하려고. 때로 나는 어떤 것은 그냥 잊어버려. 그래서 겁이 나.

웅웅거리는 소리에 잠에서 깼어. 뭔가가 내 입술 위로 지나가고 있더라고. 아침은 알에서 갓 부화한 파리 떼로 가득했어. 꿈인 것 같았지만, 나는 이미 깨어 있었지. 나무와 나무 사이에 뻗어 있는 황금무당거미들의 거미줄이 초여름 햇빛을 받아 반짝거리고 있었어. 그걸 보자 이런 시가 떠올랐지. "'내 거미줄로 들어와.' 거미가 파리에게 말했다." 이 대목에서 아마도 파리에게 불쌍한 마음이 들 거야. 하지만 솔직히 어느 누가 파리를 좋아할까.

팔이 괴상한 각도로 비틀려 있어. 넘어졌던 모양이야. 혀에서 쇠 맛도 나. 내가 집에서 사라졌던 동안 혀를 세게 깨문 게 분명해. 나는 마가목의 뿌리 쪽으로 피 섞인 침을 뱉었어. 머리 위로 가지를 뻗은 나무들을 찾아온 새들에게 바치는 공물. 피에는 피. 새들은 학살이 벌어진 후로 마당을 찾지 않아. 새들은 그 사건에 대해 서로 이야기를 나눴을 테니까.

나는 결국 집으로 돌아왔어. 자물쇠가 찰칵하고 채워지는 소리를 들으니 마음이 푹 놓여. 안전함.

기억이 천천히 돌아오고 있어. 나는 신들을 옮기려고 했어. 그들은 지금껏 1년 남짓 자신들의 안식처에 누워 있었어. 그들은 한 장소에 두 달 이상 머물러서는 안 돼. 두 달이 지나면 그들은 사람들을 끌어당기기 시작하거든. 그래서 그들을 파내려고 간 거야. 그런데 숲은 자신만의 생각을 갖고 있고 밤에는 특히 더 그래. 그 사실을 명심해야만 했는데. 땅이 솟아올랐고 뿌리가 내 발아래에서 몸을 뒤집었어. 어쩌면 내가 너무 취한 탓일지도 모르지. 어쨌든 나는 넘어졌어. 마지막 기억은 어깨가 땅에 충돌했을 때 들렸던 빠삭 소리야.

얼굴에는 긁힌 상처가 있고 팔에는 온통 시커먼 꽃이 피어 있어. 팔이 똑바로 펴지지 않아. 나는 낡은 티셔츠로 팔걸이를 만들었어. 부러진 것 같지는 않아. 통증을 못 느낀다고 해도 다쳤다는 사실은 몸과 뇌를 묘하게 만들어. 지금 이 순간 내 생각은 여기저기 사방에 흩어져 있어.

아까 아래로 내려갔더니 올리비아가 차마 나를 혼자 둘 수 없다고 생각했던가 봐. 신기한 생물 같아. 고양이가 내 얼굴을 핥아줬어. 피 맛을 정말 좋아하거든, 그 고양이는.

올리비아

"이리 와, 아기 고양이야." 문가에 기대선 테드는 빛을 등지고 서 있어서 시커멓게 보인다. 서 있는 그의 모습을 보니 뭔가가 잘못된 것 같다. 그는 쓰러지듯 집으로 들어온 후 손을 부들부들 떨면서 문의 자물쇠를 잠근다. 몇 번이나 시도한 끝에 간신히 자물쇠를 다 잠근다.

"이상한 일이 있었어, 아기 고양이야." 그가 말한다. 그의 팔이 이상한 각도로 휘어 있다. 그가 기침을 하자 허공에서 자그마한 핏방울이 춤을 춘다. 그 핏방울이 주황색 깔개로 떨어진다. 새까만 구球 같은 핏방울.

"가서 눈 좀 붙여야겠다." 그는 이렇게 말하며 위층으로 올라간다.

나는 카펫에 생긴 까만 얼룩을 핥으며 희미한 피 맛을 느낀다. 오오오오오이이이이이이이이이이이, 오오오오오이이이.

징징거리는 소리가 돌아왔다.

오늘 내가 밖을 관찰하는 곳으로 올라가보니, 그 얼룩 고양이가 이미 와서 아무도 손질하지 않는 인도의 가장자리에 앉아 있지 뭐야. 그녀를 보면 심장이 막 뜨거워져. 나는 가르랑거리며 앞발로 유리창을 톡톡 치지. 한기를 느끼자 그녀의 털이 모두 곤두서. 몸집이 평소의 두 배는 되는 것 같아. 그녀는 내게 아무런 관심도 보이지 않은 채 앞마당에 있는 떡갈나무 주위며 인도에 생긴 얼음을 섬세하게 긍긍기려. 그러다가 마침내 내 눈을 똑바로 바라보는 거야. 우리의 시선이 딱 만나. 아름다운 순간이야. 나는 그녀에게 빠져 죽을 수도 있을 것 같아. 그녀는 내가 침묵을 깨기를 기다리고 있는 것 같아. 물론 나는 그녀에게 건넬 말이 한마디도 떠오르지 않아. 그러자 그녀가 몸을 돌려버려. 그것만으로도 엄청난 고통인데, 더 큰 고통이 찾아와. 하얀 고양이가 인도를 따라 다가오지 뭐야. 목에 방울을 달고 있는 그 커다란 수고양이. 그 고양이가 그녀에게 말을 걸고 그녀의 볼에 제 볼을 문지르려고 해. 그 모습을 보고 내가 어찌나 요란하게 씩씩거리는지 내게서 주전자 소리가 나.

그놈이 그녀에게 냄새를 남기려고 하지만 나의 그녀는 요령이 좋아. 등을 아치처럼 둥글게 마나 싶더니 살며시 시야에서 사라져버려. 나는 안도감에 눈물이라도 날 것 같지만, 그 안도감은 이내 슬픔으로 변해. 그녀가 가버렸잖아. 매번 이 고통은 예리해지고 새 동전처럼 선명해져.

내가 흰 고양이에 대해서 한두 가지 알려줄게. 그놈들은 엉큼하고 야비하며 지능은 평균 이하야. 이런 말을 하면 안 된다는 것쯤은 나도 알아. '정치적으로 올바르지' 않은 말이잖아. 그렇지만 누가 뭐래도 이건 사실이고 누구나 다 알아.

이미 말했다시피, 당연하게도 나는 이 세상에 나온 순간을 기억해. 지난번에 이렇게 말했지. 하지만 내가 진짜로 태어났다고 말할 수 있는 날은 얼마 후였어. 당신, 혹시 '주님'을 알고 싶어? 그분은 당신을 알고 싶어 하셔. 하하, 농담이야. 그분이 그러실 리가 없잖아. '주님'은 원래 선택의 기준이 꽤 까다로우시거든. '주님'은 아무에게나 당신을 드러내시지 않아. 그분에게 선택을 받으면, 그 사실은 저절로 알게 돼.

그날은 내가 내 소명을 알게 된 날이었어. 모든 고양이가 몸을 투명하게 만들 수 있고 마음을 읽을 수 있듯이 (우리에겐 특히 마음을 읽는 재주가 있어) 고양이라면 각자 소명이 있어.

나는 테드가 나를 구해줬다고 처음부터 고마워했던 건 아니야. 한동안은 죽어도 집고양이는 되고 싶지 않았어. 테드가 나를 이곳으로 데려온 후로 나는 외로웠어. 많이도 울었지. 비를 맞으며 내 곁에서 죽어간 작은 자매 고양이들이 그리웠어. 엄마 고양이가 얼마나 보고 싶던지. 시도 때도 없이 커다랗게 가르랑거리는 엄마의 소리도, 따스한 품도 다 그리웠어. 우리에겐 서로를 알아갈 시간이 별로 없었어. 나는 내 피붙이들이 죽었다는 사실을 머리로는 이해했어. 그들의 숨이 끊어지는 순간을 목격했으니까. 그 죽음의 순간이 무거운 바위처럼 내 안에 슬픔을 꾹 남겼어. 하지만 나는 그들이 죽지 않았다는 사실도 알고 있었어. 밖으로 나가기만 하면 가족을 찾아낼 수 있다고 믿어 의심치 않았어.

그래서 도망칠 방법을 호시탐탐 노렸지만, 도저히 길이 보이지 않더라. 한두 번은 현관이 열렸을 때 곧장 문을 향해 달렸어. 나는 계획적으로 행동하는 고양이가 아니야. 테드가 나를 다정한 손길로 안아 올렸지. 그리고 소파로 데리고 가서 토닥여주거나 내가 소란스럽게 울고 울음을 그칠 때까지 실을 가지고 나와 놀아줬어. "저 밖에는 너를 아프게 하거나 내게서 데려가려는 나쁜 사람들이 있어." 테드가 말했어. "나와 같이 여기서 살고 싶지 않니, 아기 고양이야?" 그래서 나는 테드와 살기로 했어. 한동안은 바깥에 대해 잊고 살았지. 그렇지만 행복한 시간은 언제나 지나가는 법이야. 그 시간이 지나가자 나는 테드에게 굴복한 자신에게 화가 났어. 다시 슬픔에 잡아먹힌 거야.

결국 어느 날 탈출하기로 했는데, 그날이 바로 내가 새로 태어난 날이 되었어. 나는 모든 것을 미리 계획했어. 무엇보다 타이밍이 정확해야 했어. 이 계획의 성공은 테드들이 모두 평소와 똑같이 행동하느냐에 달려 있었어. 나는 그들이 언제나 똑같이 행동한다는 사실을 알아차렸어.

간단히 말해서, 나는 바깥에서 벌어지는 일이라면 굳이 내 앞의 관찰 구멍 바로 앞에서 일어나지 않더라도 많은 부분을 알고 있어. 볼 수는 없시만 소리를 듣고 냄새를 맡을 수 있으니까. 그래서 나는 하루 중 어떤 시간대에는 가죽 냄새와 깨끗한 피부 냄새가 나는 테드 한 명이 커다란 난리법석과 함께 집을 지나간다는 사실을 알아. 그 테드는 대체로 우리 집 근처에 멈춰 서서 그 난리법석을 쓰다듬어줘. 한 번도 내 눈으로 본 적이 없기 때문에 그들이 어떻게 생겼는지는 몰라. 다만 냄새로 볼 때, 그 난리법석은 정말 못생긴 녀석이야. 그 녀석은 똥이 가득 찬 낡은 양말 같은 악취를 뿜어내. 그 난리법석이 몸부림을 치고 징징거리는 소리가 내가 있는 곳까지 들려. 그놈이 엉덩이를 흔들어댈 때마다 목줄에서 딸랑 소리가 나. 고양이의 영혼은 꼬리에 살아. 테드들은 그들의 커다랗고 촉촉한 두 눈 뒤에 영혼을 보관하고. 하지만 난리법석들은 가장 심오한 감정을 엉덩이에 담아둬.

그 테드는 난리법석이 이해하기라도 하는 양 말을 걸어. "이봐, 챔프. 너는 착한 녀석이지? 그래, 그렇고말고. 너는 착한 녀석이야. 그래, 이 덩치 크고 아둔한 바보야." 물론 바보라는 말은 자주 하지 않아. 그렇게 부른 건 딱 한 번뿐이었어. 그 난리법석의 혀가 출렁거리는 소리가 들리고, 그 녀석의 피부에서는 사랑의 냄새가 뿜어져 나와. 이 사실은 결국 테드의 생각이 옳다는 증거일 뿐이야. 난리법석들은 정말로 덩치만 큰 바보들이야. 챔프는 나를 죽일 생각밖에 없어. 오래된 지식이 내게 알려줬어. 우리 고양이의 몸에 깃든 종류의 지혜 말이야. 테드들의 몸에는 그런 지혜가 별로 남아 있지 않지만, 고양이들은 그런 걸 잔뜩 알고 있어.

나는 이때다 싶은 시기가 올 때까지 기다렸어. 테드는 매일 정해진 시간에 사탕과 맥주를 사러 나가. 이따금 그가 계단을 올라올 무렵에 그 난리법석과 테드가 집 앞을 지나쳐. 가끔 그 테드가 "안녕하세요"라고 인사를 건네면 테드가 웅얼거리는 소리로 답인사를 하지.

그날이 바로 그런 날이었고 내 심장은 벌새처럼 윙윙거렸어. 계획대로 잘되리라는 사실을 직감했어. 그냥 알겠더라고.

이 시기에 나는 키가 그리 크지 않았어. 소파 아래를 서서 걸어 다닐 수 있었고 그렇게 걸어 다녀도 귀의 끄트머리가 소파 아랫면을 스치지도 않았어. 그래서 홀에 세워둔 우산꽂이에 숨었어. 이렇게까지 쓸모가 없을 수가! 테드는 자신에게 우산이 몇 개나 있다고 생각할까? 어쨌든 내가 숨기에는 좋은 곳이었어.

테드의 발소리가 났어. 그의 워커 아래에서 세상이 자그마한 조각으로 부서지면 쨍그랑거리고 끼익거리는 소리가 났지. 그는 일찌감치 돌아온 게 분명했어. 이것도 좋은 징조였어. 테드는 행동이 굼뜨거든. (그는 술을 마실 때면 발을 끌듯 느릿한 리듬에 맞춰 걸어. 이럴 때 테드의 발걸음은 아주 단순한 춤—아마 스퀘어 댄스일 거야—과 거의 비슷해.) 나는 웅크리고 앉아서 꼬리를 이리저리 휘둘렀어. 그 끈이 붕 떠서 내 뒤로 팽팽하게 뻗어 있었어. 그날은 끈이 선명한 주황색이었고 내가 움직일 때마다 벽난로에 피운 불처럼 타닥거렸어.

나는 풀쩍 도약하려고 몸을 말았어. 테드가 노래를 흥얼거렸고 자물쇠에서 열쇠가 찰칵거리는 소리가 났어. 바깥의, 그곳의 땅의 기운을 품은 빛의 냄새도 났어. 그 난리법석의 냄새도 맡을 수 있었는데, 그놈의 숨결에서 깨진 달걀 같은 냄새가 났어. 문이 열리기 시작하자 한 줄기 빛이 홀의 어둠을 깨트리며 들어왔어. 순간 나는 내 작은 발로 갈 수 있는 만큼 힘껏 그 빛을 향해 달렸지. 내 계획은 앞마당의 떡갈나무까지 달리는 거였어. 거기까지 가면 어떻게든 되겠지. 나는 자유의 몸이 되어 있을 거야.

그런데 나는 문가까지 죽 미끄러지다가 눈이 멀 듯한 하얀빛으로 들어가는 바람에 우뚝 멈춰 섰어. 아무것도 보이지 않았어. 세상은 고통스러운 빛이 들어오는 좁은 틈이더라고. 나는 거의 평생을 이 집의 흐릿한 빛 속에서 살아왔다는 사실을 그때 깨달았어. 내 두 눈은 태양을 감당할 수 없었어. 나는 큰 소리로 울면서 눈을 꼭 감았지. 그때 묘하게 얼어붙은 공기가 내 코끝을 스쳤어. 어쩌면 눈을 감은 채로 도주할 수도 있지 않을까?

문이 점점 더 열렸어. 공기에 내 냄새가 실려 밖으로 흘러 나갔나 봐. 그 덩치 큰 난리법석이 미친 듯이 짖기 시작하더라고. 그때 그 녀석에게서 뿜어져 나오는 흥분을, 죽음에 대한 기대감의 냄새를 맡았어. 목줄이 미친 듯이 쨍그랑거리는 소리가 들렸어. 난리법석이 뒷다리로 우뚝 서서 계단을 뛰어오르는 것 같았어. 모든 것이 서서히 느려지더니 거의 정지 상태가 됐지. 눈이 멀 듯한 하얀 불 속에서 나는 다가오는 죽음을 예감했어.

내 계획이 얼마나 형편없는지 그제야 깨달았어. 나는 그 나무까지 절대 갈 수 없었어. 가기는커녕 내 눈으로 나무를 제대로 쳐다볼 수도 없었는걸. 난리법석이 코앞에 있었어. 길고 더러운 동굴처럼 활짝 열린 녀석의 주둥이와 썩은 이빨 냄새가 났어. 내 목둘레에서 타오르는 불길을 느꼈어. 그 끈이 열기로 지글거리며 내 목에 감겨 있었어. 활활 불타오르는 그 끈은 채찍을 휘두른 것처럼 집 안의 안전한 그림자 속으로 깊숙이 나를 홱 잡아당겼어. 테드가 문을 쾅 닫는 소리가 났어.

눈을 떴어. 나는 다시 안에 있었어. 안전한 곳 말이야. 바깥에서는 테드가 고함을 지르고 있었어. 난리법석은 얼굴을 문틈에 대고 누르면서 애가 타서 울부짖으며 씩씩거렸고. 그 녀석의 악취가 문틈으로 흘러 들어왔어. 사방에 악취가 나지 뭐야. 나는 자신에게 몸서리가 났어. 어떻게 이런 도주 계획을 훌륭하다고 생각했을까? 내가 얼마나 작은지, 몸 안의 뼈가 얼마나 가늘고, 핏줄과 털이 얼마나 섬세하고, 내 두 눈이 얼마나 아름다운지 절절히 느꼈어. 어떻게 이런 것들을 잃을 위험을 감수하면서까지 난리법석에게 한 입에 잡아먹힐 수 있는 세상으로 나갈 생각을 했을까?

"이봐." 테드가 소리쳤어. "당신 개 좀 제대로 관리해." 테드는 화가 잔뜩 났어. 화가 난 테드를 상대하고 싶은 사람은 아무도 없을 거야.

어느새 짖는 소리와 악취가 사라졌어. 그 테드가 난리법석을 끌고 간 것이 분명했어.

"내 딸이 안에 있다고." 테드가 소리쳤어. "개 때문에 그 애가 정말 겁을 먹었어. 좀 더 조심해."

"죄송합니다." 그 테드가 사과를 했어. "이 녀석은 그저 놀고 싶은 것뿐이에요."

"목줄 잘 채워." 테드가 말했어.

그 난리법석의 냄새가 서서히 사라지며 저 멀리 숲의 냄새와 뒤섞였어. 얼마 후에는 그 냄새조차 사라졌지. 그러자 테드가 얼른 들어왔어. 자물쇠가 차례로 철커덩, 철커덩, 철커덩거렸어. 그 소리가 어찌나 반갑던지.

"가엾기도 해라." 테드가 말했어. "많이 무서웠지."

나는 테드의 손으로 올라갔어. 타오르는 그 끈이 확 펼쳐져서 불타는 빛의 자궁처럼 우리를 감쌌어.

"그래서 내가 집에 있으라고 한 거야." 테드가 말했어. "저 밖은 위험하거든."

미안해. 내가 테드에게 말했다. 나는 몰랐어.

물론 그는 내 말을 못 알아들어. 그래도 말을 하는 것이 중요하다고 생각했어. 온기가 우리를 폭 감싸며 빛나더군. 우리는 노란색의 따뜻한 불의 공 속에 있었어.

바로 그 순간 나는 '그분'을 보았어. 그 불꽃의 중심에는 우리와 함께 제3의 존재가 있었어. 그분은 내가 아는 그 무엇과도 닮지 않았어. 그분은 모든 것처럼 생겼어. 그분의 얼굴은 매순간 변해. 노란 부리의 매처럼 생겼다가 다음 순간 붉은 단풍잎으로 변하더니 다음 순간 모기가 되었어. 수많은 얼굴 사이 어딘가에 내 얼굴도 있다는 사실을 나는 알았어. 그 얼굴은 보고 싶지 않다는 생각이 들었어. 그때가 바로 최후의 순간일 것 같았거든. 내가 마지막 숨을 쉴 때 그분은 당신의 모습을 드러내실 테고 그때 내 얼굴을 하고 계실 거야.

네가 있을 곳은 이곳이다. '주님'이 내게 말씀하셨어. 나는 특별한 소명을 위해 너를 구해주었다. 너희는 서로 도와야 한다. 너와 테드 말이다.

알겠습니다. 내가 대답했어. 모든 게 다 맞아떨어졌어. 테드는 도움이 많이 필요해. 정말이지 엉망진창이니까.

그때부터 우리는 좋은 팀이 됐어. 서로를 안전하게 지켜주지. 그런데 지금 몹시 배가 고프네. 그러니 그만해야겠어.

디

    그 부자의 눈은 깊은 푸른색이다. "딜라일라." 그가 말했다. "마침내 이렇게 만나니 반갑구나." 그는 눈이 부실 듯한 백발을 하나로 낮게 묶었다. 입고 있는 헐렁한 바지와 셔츠는 리넨이다. 그의 테라스는 아름다운 집을 빙 둘러싼 나무들 위에 얹혀 있고 그 집은 검붉은 삼나무와 유리로 만들어졌다. 디는 문득 이런 집에서 살고 싶다는 생각이 든다. 사방에서 싱그러운 초목에 쏟아지는 햇빛의 냄새에 두 사람 옆 물병에 담긴 레모네이드의 상큼한 향이 어우러진 냄새가 난다. 레모네이드에는 민트 가지들이 떠 있다. 각얼음이 서로 부딪쳐 청명한 소리가 울린다. 그들이 자리에 앉자마자 가정부가 부르지도 않았는데 레모네이드를 가져왔다.
    탁자 위에는 레모네이드 병 옆으로 그 노란 봉투가 놓여 있다. 차가운 유리병의 옆면에 맺힌 물방울이 스르르 흘러내려

봉투 한구석이 시커멓게 물에 젖었다. 디는 그 모습에서 눈을 뗄 수가 없다. 달리 아무것도 생각할 수가 없다. 봉투에 든 내용물이 망가졌으면 어떻게 하지?

"내가 알기론 그게 유일해." 그가 디의 시선을 좇으며 평온하게 말했다. "그 사진을 찍은 사람은 몇 해 전에 심장마비로 죽었지. 그 신문사는 영세한 지역 언론이라 자료를 보관하지 않아. 그러니 유일하게 남아 있는 그날 사진이야." 그는 흘러내리는 물방울로부터 봉투를 치우지 않는다. 디도 그 봉투로 손을 뻗지 않으려고 애써 참는다.

"한 번만 보고 알아서 갈게요." 디가 말한다. "벌써 아저씨의 시간을 충분히 뺏었으니까요."

그가 고개를 가로젓는다. "가져도 돼. 가져. 혼자서 찬찬히 보고 싶을 테니."

"고맙습니다." 디가 멍한 표정으로 대답한다. "그러니까, 고맙습니다."

그가 대답한다. "네가 오리건 사건을 되풀이하지 않으리라 믿는다. 그곳에서 너는 선을 많이 넘었어. 감옥행은 피했으니 운이 좋았지."

디가 인상을 쓴다. 물론, 그라면 그런 일 정도는 알아낼 수 있으리라. 오리건의 그 남자, 그는 그날 호숫가에 있었다. 지쳐 있는 캐런이 그의 신상 정보를 디에게 흘렸다. 그러니까 그의 사냥 오두막의 위치 말이다.

디는 프로파일링 사항을 달달 외우고 있다. 룰루를 납치했을 가능성이 있는 사람은 평균 스물일곱 살이고 미혼이다. 실업자이거나 단순노동에 종사할 가능성이 크다. 사회적으로 소외된 남자일 것이다. 강력 범죄로 몇 차례 체포된 전력이 있을 가능성이 높다. 낯선 아이를 납치하는 가장 중요한 동기는……. 차마 이 생각을 끝맺지 못한다. 지난 몇 년 동안 디는 마음만 먹으면 머릿속을 완벽하게 텅 비우는 기술을 익혔다.

모든 면에서 오리건 남자는 프로파일링에 딱 맞아떨어졌다. 룰루가 실종되었을 때, 호수에서 몇 마일 떨어진 호퀴엄 근처에서 그 남자의 타이어에 펑크가 났다는 사실을 디가 알 리 없었다. 그곳에서 그를 목격한 사람이 아홉 명이나 있다는 사실도 알 리 없었다. 그 남자는 디를 고소하지 않았다. 하지만 캐런은 디와 거리를 두기 시작했다. 그 일이 있은 후부터.

"얼마예요?" 디가 부자의 생기 없는 푸른 눈을 보며 묻는다.

그가 디를 마주 본다. 그리고 떨리는 손으로 레모네이드를 잔에 천천히 따른다. 이렇게 노쇠한 모습은 연기이다. 그의 팔뚝은 단련되어 근육이 쩍쩍 갈라져 있다.

"돈은 내지 않아도 돼." 그가 말한다. "내가 원하는 건 따로 있거든."

그녀의 살이 뼈와 분리되어 그 위를 걸어 다니는 것 같다.

"아니야, 아니야." 그가 너그럽게 미소를 짓는다. "아주 간단해. 너도 내 취미를 알지. 나는 온갖 종류의 진기한 물건을 수

집한단다. 하지만 수집품의 핵심은, 그 정수는 이 집에 보관해. 네가 그것들을 봐주면 좋겠구나. 수집품들 사이를 끝까지 걸어가. 딱 한 번이면 돼."

디가 대답한다. "아저씨에게 드릴 수 있어요. 돈 말이에요."

"충분하지 않아." 그가 상냥하게 말한다. "이성적으로 생각해보렴."

디는 나무 위로 펼쳐진 풍경을, 티 한 점 없는 그의 의복을, 돈으로 쌓아 올린 그의 자신감을 바라본다. 그 모습을 보니 남자의 말이 맞았다. 그녀는 왜 그를 믿어야 하는지 혹은 봉투 안의 내용물이 그가 약속한 물건이 맞으리라 믿어도 되는지 묻지 않는다. 그들은 그런 질문을 던져야 할 지점을 훨씬 지나쳤다.

디가 고개를 끄덕인다. 선택의 여지가 없으니까.

그는 디를 집의 중심부로 데려간다. 계단을 다 내려가자 화강암처럼 보이지만 절대 화강암일 리 없는 재료로 만든 문의 자물쇠를 그가 연다. 디가 몸을 부르르 떤다. 자신이 들어가면 이 남자가 그 문을 다시 잠가버려 그곳에 혼자 남겨질지 모른다.

그곳에서부터 집의 반대편 끝까지 긴 회랑이 뻗어 있다. 그곳에는 창문이 없다. 실내 온도는 1도 단위까지 조절되어 서늘하다. 전시대와 사진이 담긴 액자들이 벽을 따라 늘어서 있으며 전시물마다 조도가 낮은 집중 조명을 받고 있다. 이것이 그의 수집품이다. 그의 말대로 박물관이다. 디는 이곳에 대해

들은 적이 있었다. 이런 쪽으로 관심을 품은 이들에게 이곳은 꽤 유명하다. 이 남자는 아무나 손에 넣을 수 없는 것을 손에 넣는다. 아무도 봐서는 안 되는 것들. 그는 죽음의 공예품을 수집한다. 사진들, 증거물에서 훔쳐낸 혈액이 담긴 병들, 빅토리아 시대의 뾰족한 초서체로 쓴 편지들, 무연고 시신의 유품들, 살인자가 검거되기 전에 미처 먹지 못한 음식들.

그 방은 디의 악몽에 나오는 복도이다. 어느 수집품이나 룰루에게 일어났을 수도 있는 *끔찍한 일*의 유물이다. 디가 왼쪽 벽에 걸린 흑백의 이미지를 흘낏 쳐다본다. 그러나 얼른 시선을 돌린다.

"너는 똑바로 봐야 해." 그가 말한다. "그게 계약이니까." 그는 디가 무엇을 어떻게 느끼는지 정확히 꿰뚫고 있다. 그 사실이 남자의 목소리에서 다 드러난다.

디가 복도를 따라 걷는다. 어느 전시물이나 딱 3초만 바라본 후 다시 발걸음을 뗀다. 마음을 백색소음으로 채워버린다. 그는 디의 곁에 바짝 붙어 걷는다. 그의 피부에서 희미하게 주석 냄새가 난다. 그는 숨을 쉬지 않는 것 같다.

흐릿한 복도의 *끄트머리*에 도착하자 디가 남자를 돌아보며 한 손을 내민다. 잠시 남자는 꼼짝도 하지 않더니 차분한 푸른 눈으로 디를 머리부터 발끝까지 샅샅이 훑어 내린다. 디는 지금 그가 그녀를, 이 순간을 수집하고 있다는 사실을 깨닫는다. 모든 기념품을 유리 전시대에 소장할 수는 없다. 디가 생각한다. 이제 거의 다 됐는데 금방이라도 토할 것 같아. 바로 그때 남자가 살짝 고개를 끄덕이더니 봉투를 그녀의 손에 쥐어준다.

빛과 공기가 눈 부셔 앞이 보이지 않는다. 나무를 다시 보니 고마운 마음에 울고 싶어진다. 하지만 디는 그 남자에게 더는 아무것도 주고 싶지 않다.

"운전 조심해." 그가 말하며 자신의 나무 궁전으로 물러난다. 남자는 자신이 원하는 것을 손에 넣었기에 디에게 더는 관심이 없다. 디는 천천히 차로 걸어가 봉투를 무심하게 조수석에 내려놓는다. 그런 다음 마음을 굳게 먹고 천천히 차를 몰아 나무들 사이로 뻗은 길을 빠져나온다. 남자는 여전히 멀어지는 디의 모습을 보고 있을지 모른다. 가속페달에 올려놓은 그녀의 발이 꼼지락거리고 숨이 가빠진다.

기나긴 숲속의 진입로를 빠져나와 도로로 진입하자 디는 마침내 가속페달을 밟는다. 엔진이 비명을 지른다.

검은 리본 같은 도로를 따라 끝도 없이 달리다 보니 어느새 풍경은 숲에서 말들이 노닐고 헛간이 여기저기 서 있는 들판으로 바뀌고 들판은 다시 일렬로 늘어서 있는 1층짜리 상점가에 자리를 내준다. 휘발유 냄새가 진하게 풍긴다. 디는 자신과 그 얼어붙을 듯한 푸른 눈동자 사이의 거리를 몇 마일이나 벌린 후에야 비로소 휴게소에 차를 댄다. 머리를 운전대에 대고 가쁜 숨을 몰아쉰다. 거대한 트럭이 으르렁거리며 지나가자 그 여파에 디와 그녀의 작은 차가 흔들린다. 그녀는 자신이 내는 소리를 지워준 그 대형 트럭이 고마울 지경이다.

마침내 호흡이 어느 정도 차분해진다. 디가 똑바로 앉는다. 자신이 그 남자에게서 무엇을 샀는지 확인할 시간이다. 그녀는 치밀어 오르는 욕지기를 꾹 억누르며 봉투를 열고 사진을 꺼낸다.

거기에 있다. 익숙한 얼굴. 다만 사진에 달린 글이 보이지 않았다. '용의자의 집을 수색하다'라는 헤드라인. 그 사진에 그가 있다. 햇빛을 가리려고 손차양을 한 그 용의자. 디는 이 사진을 안다. 캐런에게 몇 번이나 이 사진에 관해 물었다.

이 남자에겐 알리바이가 있어. 지쳐 있는 캐런은 그렇게 말했다. 그리고 집을 수색했지만 아무것도 나오지 않았다. 경찰은 결국 수사의 방향을 다른 쪽으로 틀어야 했다.

"하지만 그 식품점 앞에서 이 남자를 봤다고 한 사람들이 틀렸을 수도 있잖아요." 디가 말했다. "그곳에서 그 남자를 자주 봤으니까 그날도 봤다고 생각한 거예요. 실제로는 그 남자가 그곳에 없었는데도, 사람들은 머릿속에서 인도의 빈자리를 그 남자의 이미지로 채웠을 수도 있다고요." 디는 누구보다 이런 상황을 잘 알고 있다.

"보안 카메라에 찍힌 영상이 있어." 캐런이 말했다.

"하루 온종일?" 디가 물었다. "캐런, 오후 내내 찍은 영상인가요?" 캐런은 대답하지 않았지만, 굳이 입을 열 필요도 없었다. 디는 어깨를 웅크린 캐런의 모습에서 아니라는 대답을 보았다. 그때만 해도 오리건 남자 사건이 벌어지기 전이라 캐런은 디에게 여전히 수사 내용을 알려주고 있었다.

디가 지금 손에 무엇을 쥐고 있는지 알면 캐런은 걱정할 것이다. 이 사진은 신문에 게재하려는 것처럼 일부가 잘려 나간 상태가 아니었다. 어쩌면 이 사진을 찍은 사진기자가 인화한 그대로일 것이다.

이 사진은 시야가 탁 트여 있어서 신문에서는 가려져 있던 주변 부분까지 잘 보인다. 디의 심장이 쿵쿵거리기 시작한다. 그녀는 서두르지 않고 사진에 찍힌 것들을 하나씩 차분하게 살펴보려고 한다. 보고, 알고, 이해하려 한다.

집 뒤에는 멀리 나무들이 있다. 태평양 연안 북서부에서 자생하는 품종이 울창하게 자라 무리를 이루며 동시에 세력을 확장하고 있었다. 사진에는 모자를 뒤로 살짝 젖힌 채 털이 북슬북슬한 테리어에 목줄을 채워 인도를 걸어가는 여자가 한 명 보인다. 그 집에서 더 멀리 떨어진 이웃집 창가에는 작고, 창백하고, 호기심에 찬 얼굴이 여럿 보인다. 아이들.

오랜 세월 힘겹게 실패만 하다가 마침내 손에 넣은 성공을 마음이 받아들이지 못하기라도 하듯 디는 가장 중요한 부분을 마지막에 확인한다. 모퉁이에 걸린 표지판이 한눈에 들어와 표지판의 글자도 쉽게 읽을 수 있다. 니들리스 스트리트.

디는 사람들이 어째서 기절을 하고, 기절은 어떻게 일어나는지 알 것 같다. 머릿속에서 하얀 불빛이 확 꺼지더니 순간 시커먼 충격이 찾아왔다. 그녀는 이제 그 용의자가 어디에 사는지 안다. 어쩌면 아직도 그곳에 살지 모른다. 그녀는 얇고 빠르게 숨을 쉰다. 그것으로 충분하지만, 그것만으로는 안 된다.

"그날 우리는 그곳에 있었어." 디가 속삭인다. "아빠는 길을 잘못 들었지." 추억과 풍선껌의 맛이 입 안을 가득 채운다. 오래전 그 자동차 여행에서 디가 씹은 껌은 족히 서른 개는 되었을 것이다. 아빠는 호수를 향해 차를 몰았지만, 출구를 놓치는 바람에 그녀의 가족은 길을 잃은 채 숲의 가장자리에 조성된 끝도 없는 회색 교외 지역을 하염없이 헤매고 다녔다. 일렬로 늘어선 단층 건물들이 점점 줄어들더니 풍경은 어느새 페인트가 벗겨진 빅토리아 양식의 주택들로 바뀌었고 더불어 숲에서 나는 고약한 냄새가 점점 강해졌다. 그때 달린 길은 어디로도 이어지지 않았다. 그래, 이런 촌구석이 누구에게 필요하겠어! 디는 표지판을 지나가며 이렇게 생각한 기억이 난다. 길을 따라가니 막다른 골목이었다고 이내 떠올린다. 아빠는 이마를 훔치고 욕을 내뱉었다. 그리고 차를 돌려 왔던 길로 되돌아 나갔다.

그들은 직후에 다시 101번 고속도로를 찾았기에 그 골목의 이름은 디의 마음속 깊은 곳으로 굴러떨어진 채, 다른 쓸모없는 정보들—그녀의 가족이 기름을 넣으려고 들렀던 주유소 직원의 유니폼 색깔, 학교에서 그녀를 제일 좋아했던 사람, 그 밴드에서 베이스 주자였던 사람—과 함께 잘 보관되어 있었다.

디는 이런 상황들이 정말 우연의 일치일지 곰곰이 생각해본다. 이내 우연의 일치라는 생각을 머릿속에서 힘껏 지워버린다. 어떤 식으로건, 두 사건은 연결되어 있을 것이다. 그래야만 한다.

그 용의자는 디의 가족이 탄 차가 길을 잃고 그 동네를 천천히 돌며 지나가는 모습을 봤을까? 창가에 비친 룰루의 지겨워하는 얼굴을 흘끔 보고 우리 가족을 호수까지 따라왔을까? 아빠가 혹시 그 남자에게 말을 걸기라도 했던가? 어쩌면 아빠는 차를 세우고 그 용의자에게 길을 물었을지 모른다. 그렇다면 그 용의자는 우리를 뒤따라올 필요도 없었다. 그는 디 가족의 목적지를 알고 있으니 곧장 그 호수로 갈 수 있었을 것이다. 디는 기억을 더듬고 헤집어서 아빠가 차를 어디에 대었는지 떠올린다. 그러나 그날의 특별한 부분들은 낙인이라도 찍힌 것처럼 그녀에게 박혀 있지만, 다른 부분은 흐릿하고 초점이 맞지 않는다. 또 다른 막다른 골목에 도달한 것 같다. 디와 룰루는 어렸다. 덥고 지루했다. 그들은 번개가 세상을 쩍 갈라버리고 모든 것이 영원히 변하기 전, 최후의 평화로운 순간을 즐기고 있다는 사실을 알 길이 없었다.

이성은 디에게 경찰에 알리라고 명령한다. 지쳐 있는 캐런에게 전화를 걸어야만 한다. 캐런은 여전히 이 사건을 담당하고 있으니까. 룰루는 실종자이다. 시신은 아직 발견되지 않았다. (디는 죽은 것보다 실종 상태가 더 낫다고 생각한 적이 있었다. 그렇지만 긴 세월이 흐르며 그렇지 않다는 사실을 깨달았다.)

"이런 일은 일어나서는 안 돼." 언젠가 캐런이 디에게 말했다. "우리들 대부분은 경찰 일을 하는 동안 모르는 아이를 납치하는 사건을 수사할 일이 없어. 이런 생활은 너를 갉아먹을 거야. 네가 전혀 예상하지 못한 방식으로 말이야. 가끔 이런 생각이 들어. 왜 여기일까. 왜 나일까."

디가 말했다. "질문이 하나 있어요. 왜 해야 할 일을 하지 않죠?" 캐런이 낯을 붉혔다.

"실종된 아이는 룰루가 처음이 아니었어요." 디가 말했다. "그곳을 조사해봤어요. 그 호수에서는 진짜 문제가 벌어지고 있다고요." 어쩌면 바로 그때 우리 사이가 틀어졌을지 몰랐다. 틀어졌든 아니든 디는 당장 그녀에게 전화를 해야 한다.

하지만 하지 않을 것이다. 이 사진은 특별한 선물이다. 오직 디를 위한 선물. 게다가 그녀는 마음 깊은 곳에서 부글거리는 분노를 느낀다. 경찰이 모든 정보로부터 디를 차단하지 않았다면, 오래전에 그 거리의 이름을 기억해내고 두 사건을 연관 지었을 것이다. 부질없이, 부질없이 버려진 시간.

그 사진에는 비밀이 하나 더 숨겨져 있었다. 디는 눈을 부릅뜨고 용의자의 셔츠를 본다. 얼굴을 가까이 대자 시야가 흐릿해지며 잘 보이지 않는다. 하지만 그곳, 가슴팍 주머니에 수놓인 글자는 알아볼 수 있다. 신문에 실을 때는 그 부분을 흐릿하게 처리한 것이 분명했다. 디는 이름을 알아볼 수 있다. 에드 아니면 테드. 그리고 성은 배너 아무개.

기나긴 싸움 끝에 가한 최후의 일격 같은 느낌이다. 그녀는 이름 혹은 이름의 일부를 확인했고 골목길의 이름도 안다. 정신을 차려보니 디는 자신도 모르게 울고 있다. 울다니 말이 되지 않는다. 그도 그럴 것이 그녀는 지금 무엇보다 강렬한 확신에 차 있기 때문이다. 아주 잠깐, 심장이 한 번 뛸 동안 디는 옆에 있는 룰루의 기척을 느낀다. 차 안은 따뜻한 피부가 내뿜는 체취와 자외선 차단제의 향으로 가득 차 있다. 부드럽고 포동포동한 볼이 디의 두 볼을 스쳐 지나간다. 디는 여동생 머리의 청결한 향기와 숨결에서 나는 달콤한 냄새를 맡는다.

"내가 지금 가고 있어." 디가 동생에게 말한다.

테드

오늘이 그날이다. 그래서 나는 아침에 곤충 남자를 만나러 간다. 나는 그 사람을 온라인 광고에서 찾아냈다. 그는 일반 상담 치료사보다 요금을 덜 청구하므로 내 주머니 사정으로도 두 주에 한 번씩 상담을 받을 수 있다. 나는 언제나 예약을 매우 이른 시간, 즉 모두가 잠든 시간으로 잡는다. 나를 제외하면 아무도 외출을 하고 싶지 않은 시각일 것이다. 나는 그를 만나는 시간을 즐긴다. 그에게 올리비아에 대해 말하고 그 고양이를 얼마나 사랑하는지 털어놓는다. 그동안 시청한 TV 프로그램과 먹은 사탕, 새벽에 만나는 새들 이야기도 한다. 자주는 아니지만 엄마와 아빠에 대해서도 털어놓는다. 물론 많이 하지는 않는다. 로런이나 신들이 관련된 상황에 대해서도 말하지 않는다. 매번 나는 바보 같은 이야기 속에 진짜 질문을 슬쩍 끼워 넣는다. 나는 제일 중요한 질문을 향해 서서히 분위기를 잡아간다. 곧 그 질문을 할 것이다. 로런과의 문제가 점점 악화되고 있다.

가끔 그에게 이야기를 하는 것만으로도 도움이 된다. 그게 아니라도 그는 약을 처방해주고, 그 약은 확실히 도움이 된다.

도보로 45분 거리인데, 그 정도면 나도 걸어갈 만하다. 비가 쏟아지지는 않지만 후텁지근하고 지독한 안개가 공기 중에 걸려 있다. 자동차의 전조등이 비에 젖은 도로에 칙칙한 빛줄기를 던지고 인도에는 분홍색 지렁이들이 흐릿하게 빛나며 몸을 뒤틀고 있다.

곤충 남자의 사무실은 아이들이 블록을 대충 쌓은 것처럼 생긴 건물에 있다. 대기실은 텅 비어 있고 나는 즐거운 마음으로 의자에 앉는다. 나는 이런 종류의 장소를 좋아하는데, 이런 곳에서 사람은 이것과 저것의 사이에 존재한다. 복도, 대기실, 로비 같은 곳들 말이다. 그저 아무 일도 일어나지 않기로 되어 있는 방들. 그런 곳이기에 한결 홀가분한 기분으로 생각할 수 있는 마음의 여유가 생긴다.

이곳에서는 청소 용품의 냄새가 강하게 난다. 야생화가 만발한 들판을 화학적으로 재현한 향. 언젠가 미래가 되면 진짜 들판이 모두 사라져서 연구실에서 꽃을 만들어야 할 것이다. 그러면 당연히 청소 용품 냄새가 꽃향기가 될 것이다. 꽃향기가 원래 그렇다고 생각할 것이기 때문이다. 계속 그런 식으로 악순환이 이어질 것이다. 나는 대기실에서 대기 중이거나, 횡단보도에서 서 있거나, 식품점에서 줄을 서 있을 때 이런 흥미

진진한 생각을 한다.

곤충 남자가 와서 넥타이를 고쳐 매며 니를 상담실로 데리고 들어간다. 아무래도 나 때문에 긴장한 것 같다. 내 덩치 때문이다. 그는 자신의 감정을 대체로 잘 감춘다. 그는 엄마가 무척 좋아했을 동그랗고 자그마한 쿠션처럼 배가 나왔다. 머리카락은 성기고 금발이다. 안경 뒤로 보이는 그의 눈은 푸른색이고 완벽에 가까울 정도로 동그랗다.

나는 그의 이름이 잘 기억나지 않는다. 그는 순하고 자그마한 금노린재나 사슴벌레처럼 생겼다. 물론 곤충 남자는 내가 자신을 어떻게 생각하는지 안다.

그의 사무실은 흐릿한 빛이 들며 벽은 파스텔 톤이고 필요한 것보다 더 많은 의자를 갖추고 있다. 의자는 크기와 모양, 색상이 다 다르다. 그래서 나는 선뜻 결정을 내리지 못한다. 이것이 내 기분을 판단하는 곤충 남자의 방식인지 궁금하다. 때로 로런처럼 생각해본다. 그 애라면 어떤 의자를 골랐을까. 아마로런은 이 의자들을 사방으로 던져버렸을 것이다.

나는 움푹 들어간 금속제 접이식 의자를 고른다. 이렇게 숙고 끝에 의자를 고르는 모습을 보며 내가 얼마나 진지하게 증상이 호전되기를 바라는지 곤충 남자가 알아주었으면 하는 마음에서다.

"머리숱이 더 줄었네요." 곤충 남자가 다정한 목소리로 말한다.

"밤에 고양이가 머리를 뜯어 가는 것 같아요."

"왼쪽 팔은 심하게 멍이 든 것 같은데요. 그건 왜 그래요?"

긴소매 옷을 입고 왔어야 했다. 이런 상황은 미처 생각하지 못했다.

"데이트를 했어요." 내가 말한다. "그 여자가 내 팔을 미처 못 보고 차 문을 세게 닫았어요." 아직 데이트를 하지 못했지만 이렇게 입 밖으로 내뱉으면 데이트를 할 가능성이 더 높아질 것만 같다. 이렇게 말해버렸으니 어떻게든 하게 만드는 주문 같은 것이다.

"그것참 안됐군요." 그가 말한다. "팔을 다친 걸 빼면, 데이트 결과는 괜찮아요?"

"오, 그럼요." 내가 대답한다. "정말 즐거운 시간이었어요. 있잖아요, 제가 요즘 새 드라마를 보고 있거든요. 사람들을 죽이는 남자에 관한 드라마죠. 물론 그런 대접을 받아도 싼 사람들이에요. 한마디로 나쁜 사람들이죠."

"당신은 그 드라마의 어떤 점이 끌리던가요?"

"나는 끌리지 않아요." 내가 말한다. "말도 안 되는 소리라고 생각하죠. 누군가가 한 행동만 보고 그 사람이 어떻게 생겨 먹었다고 말할 수는 없어요. 꼭 나쁜 사람이 아니어도 나쁜 짓을 할 수 있잖아요. 나쁜 사람이 우연히 선한 행동을 할 수도 있고요. 사람 일은 절대 모른다, 요점은 그겁니다. 나는 그렇게 생각해요." 나는 그가 내게 질문을 하려고 숨을 들이쉬는 모습을 보고서 서둘러 말을 이었다. "그리고 다른 드라마도 있어요. 어떤 남자가 사람들을 수도 없이 죽였는데, 사고로 머리를 다쳤어요. 그런데 깨어났을 때는 10년 치 기억이 사라진 거예요. 남자는 자신이 사람을 죽였다는 사실이나 새로운 휴대전화 기종이나 아내를 기억하지 못했어요. 여자들을 죽였던 과거의 자신과는 완전히 다른 사람이 되었죠. 그가 자신을 통제할 수 없을 때 일어난 일조차 그의 잘못일까요?"

"당신은 가끔 스스로를 통제하지 못한다고 느끼나요?"

조심해야 해. 내가 생각한다.

"그리고 또 다른 드라마가 있어요." 내가 말한다. "말하는 개에 관한 드라마요. 어떤 면에서는 좋은 사람과 나쁜 사람을 구별할 수 있다는 내용보다 이 드라마가 훨씬 더 현실적인 것 같아요. 내 고양이는 말을 하지 못해요. 그건 인정해요. 하지만 나는 내 고양이가 뭘 원하는지 잘 알죠. 그건 말을 하는 것과 다름이 없어요."

"그 고양이는 당신에게 큰 의미가 있군요." 곤충 남자가 말한다.

"그 아이가 가장 좋은 친구니까요." 이 대답은 내가 이곳에서 상담을 받기 시작한 지 6개월 만에 처음으로 털어놓은 진심일 것이다. 침묵이 내려앉지만, 불편하지는 않다. 그는 노란색 리걸패드에 뭔가를 끄적이지만, 그것은 장을 봐야 할 목록이나 그 비슷한 내용일 것이다. 나는 정말로 그에게 아무것도 털어놓지 않기 때문이다.

"하지만 그 아이가 걱정스러워요." 그가 고개를 든다. "내 생각에 그 애는……." 내가 망설인다. "내 고양이는, 그 뭐라고 하죠? 동성애자. 게이. 내 고양이는 암고양이를 좋아하는 것 같아요."

"왜 그렇게 생각하죠?"

"내 고양이가 창가에 붙어서 늘 관찰하는 고양이가 있어요. 항상 그 고양이를 지켜보죠. 내 고양이는 그 고양이를 사랑해요, 장담할 수 있어요. 내가 동성애자 고양이를 키운다는 사실을 아시면 어머니는 노발대발하실 거예요. 어머니는 그 문제에 대해서 생각이 확고한 분이셨거든요." 순간 공기가 식초 냄새로 가득 차자 당장이라도 구역질이 날 것 같다. 그런 이야기를 할 의도가 전혀 아니었다.

"당신 생각에 그 고양이가……?"

"그 문제에 대해서는 더는 말 못 하겠어요." 내가 말한다.

"음……."

"못 해요." 내가 말한다. "안 돼요. 안 돼. 안 돼. 안 돼. 안 된다고요."

"알았어요." 그가 말한다. "따님은 어떻게 지내요?"

나는 얼굴을 찡그린다. 전에 우연히 지나가는 말로 로런 이야기를 꺼냈다. 난처한 실수였는데, 그도 그럴 것이 그 후로 꼭 로런 이야기를 꺼내기 때문이다. "로런은 학교에서 보내는 시간이 많았어요." 내가 대답한다. "그 애를 많이 못 봤죠."

"이봐요, 테드. 이 시간은 당신을 위한 시간이에요. 비공개로 진행되고요. 여기서는 아무 말이나 다 할 수 있어요. 어떤 사람들은 이곳을 자신의 본모습을 보여줄 수 있는 유일한 장소로 느껴요. 평소에는 가장 가까운 사람에게도 우리의 생각이나 느낌을 털어놓기 어려울 수도 있잖아요. 그런 식으로 우리는 고립을 경험하는 거예요. 사람은 비밀을 껴안고 있으면 고독해져요. 그러니 어딘가에 안전한 곳을 확보하는 게 중요한 거예요. 당신은 내게 무슨 말이든 할 수 있어요."

"음." 내가 말한다. "언젠가는, 내 삶에서 다른 사람들과 나누고 싶은 부분들이 있어. 당신이 아니라 다른 사람요."

그가 눈썹을 치켜올린다.

"지난밤 TV에서 몬스터 트럭들을 보던 중이었어요. 그런데 이런 생각이 들더군요. 몬스터 트럭은 대단해. 크고 시끄럽고 재미있으니까. 언젠가, 커다란 트럭을 좋아하는 누군가를 만날 수 있다면 정말 대단할 거야."

"그건 좋은 목표군요." 그의 눈이 과하게 반짝인다. 두 개의 푸른 구슬 같다.

몇 주 동안 나는 이 곤충 남자에게 들려주기 위해 가장 지겨운 생각을 차곡차곡 모아둔다. 한 시간을 충분히 채울 이야깃거리를 떠올리는 일이 때때로 고역이다. 하지만 몬스터 트럭 이야기는 방금 즉흥적으로 떠올렸다.

"내 책에서." 그가 말문을 연다. "나는 어떻게 분열이 실제로 우리를 보호해줄 수 있는지 다룰 거예요."

이제 귀를 막아도 될 시간이라 나는 그렇게 한다. 곤충 남자는 자신의 책 이야기를 즐겨 한다. 그 책은 출판이 되거나 공개되지 않았다. 집필을 다 끝낸 것 같지도 않다. 내가 그를 알게 된 후로 계속 그 책을 쓰고 있다. 누구에게나 다른 무엇보다 더 많이 아끼는 대상이 있는 것 같다. 나에게 그 대상은 로런과 올리비아다. 곤충 남자에게는 영원히 끝나지 않는 책이다.

한 시간이 다 끝나갈 즈음 곤충 남자가 내게 갈색 봉투를 건넨다. 아이들이 학교에 싸 가는 점심 봉투와 똑같이 생겼다. 나는 그 봉투 안에 약 네 갑이 들어 있다는 걸 알고 있고 그 사실에 기분이 훨씬 좋아진다.

곤충 남자에게 상담을 받으러 다니는 건 상당히 영리한 일이라고 감히 자신할 수 있다. 이런 생각은 꽤 오래전에 떠올렸는데, '막대아이스크림을 든 소녀' 사건이 일어나고 얼마 후였다.

로런이 며칠 동안 미열로 고생을 했다. 아이에게 항생제를 먹이고 싶었지만 어떻게 약을 구해야 할지 난감했다. 어느 의사가 우리의 상황을 이해할 수 있겠는가. 로런이 저절로 낫기를 바랐건만, 며칠이 지나도 회복될 기미가 보이지 않았다. 오히려 증세는 더 심해졌다. 인터넷을 뒤지다가 도시 반대편에 있는 무료 의료 시설에 대해 알게 되었다.

"몸은 좀 어떠니?" 내가 로런에게 물었다. "정확하게 말해봐."

"뜨거워요." 로런이 대답했다. "벌레들이 내 피부를 기어다녀요. 생각할 수가 없어요. 그냥 자고 싶어요. 아빠와 이야기하는 것만으로도 기운이 다 빠져요." 아이의 목소리가 살짝 쉬어 있었다. 나는 로런의 말을 한 마디 한 마디 주의 깊게 들었다. 그리고 들은 내용을 쪽지에 적어서 주머니에 넣었다.

해가 진 후 나는 시내로 나가 무료 의료 시설을 찾아갔다.

내 차례가 되기까지 두 시간이 걸렸지만 나는 상관하지 않았다. 대기실은 황량하고 지린내 같은 냄새가 났다. 하지만 조용했다. 나는 한동안 생각에 푹 빠져 있었다. 아까도 말했다시피 나는 대기실에 있을 때 제일 생각을 잘한다.

성이 난 레이디가 내 이름을 부르자 나는 주머니에서 쪽지를 꺼냈다. 나는 거기에 적힌 내용을 세 번 읽었다. 빠짐없이 잘 기억하기만 바랐다. 이윽고 나는 지친 의사가 있는 진료실로 들어갔다. 의사가 증상을 물었다. 나는 목이 살짝 쉰 듯한 목소리로 천천히 대답했다. "뜨거워요." 내가 말했다. "벌레들이 내 피부를 기어다녀요. 생각할 수가 없어요. 그냥 자고 싶어요. 선생님과 이야기하는 것만으로도 기운이 다 빠져요." 나는 로런의 말을 반복했다. 토씨 하나 틀리지 않았다. 그리고 내 계획대로 되었다! 의사는 내게 항생제를 처방해주면서 푹 쉬라고 했다. 나는 바로 옆 건물에 있는 작은 약국으로 가서 처방대로 약을 지었다. 어찌나 마음이 놓였는지 약국 통로에서 춤을 출 뻔했다. 집으로 돌아가는 내내 고개를 똑바로 들고 걸었다. 주변 세상을 맘껏 둘러보도록 마음의 빗장을 내렸다. 꽃 한 송이가 그려져 있는 예쁜 네온사인이 마침 보였는데, 그곳은 별처럼 생긴 과일을 파는 매대였다. 커다랗고 붉은 핸드백에 자그마한 까만 개를 넣고 다니는 여자도 보았다. 나는 항생제가 든 종이 봉투를 가슴에 꼭 안았다.

내가 사는 골목으로 돌아오자 몹시 피곤했다. 병원을 다녀오느라 10마일 이상 걸었다. 나는 식사에 항생제를 숨겨서 로런에게 약을 먹였다. 약을 먹자 아이는 금방 회복했다. 내 계획이 성공했다!

로런의 문제가 악화되는 상황이니 어서 해답을 찾아내야한다는 사실을 나도 잘 안다. 아이의 몸이 아니라 마음에 관한 문제였다. 그래서 나는 곤충 남자를 찾아가 내 이야기를 털어놓는 척하면서 로런에 관해 궁금한 점을 물어보면 어떨까 하는 계획을 떠올렸다. 이번에는 약 대신 정보라는 점을 제외하면 항생제를 구하러 갔을 때와 똑같다.

돌아왔다. 어느덧 내가 사는 골목이다. 우리 집과 마주 보는 집은 노란색에 가장자리를 녹색으로 칠했다. 나는 다시 치와와 레이디의 집 앞에 서 있다. 그리고 내가 뭔가를 아는 것만 같은 느낌이 내 속에서 다시 피어오른다. 내 머릿속에 개미들이 있어서 작은 발로 행진을 하는 것만 같다.

전신주에 뭔가가 붙어 있다. 자세히 보려고 다가간다. 대체로 그런 진단지는 잃어버린 고양이에 관한 것이기 때문이다. 고양이들은 요령이 좋고 독립적으로 보이겠지만, 실은 우리의 도움이 절실하다.

그런데 이번에는 고양이를 찾는 전단지가 아니다. 전신주마다 붙어 있는 사진 속 얼굴이 멀어서 흐릿하게 보인다. 나는 잠시 시간이 흐른 후에야 사진 속 인물을 알아본다. 분명, 사진 속 여자는 훨씬 더 젊고 개는 데리고 있지 않지만 치와와 레이디다. 사진 속 그녀는 해가 환하게 비치는 곳에서 밝게 웃으며 벽에 기대서 있다. 행복해 보인다.

마지막으로 전신주에 그런 전단지가 붙었을 때 사진 속 주인공은 '막대아이스크림을 든 소녀'였다.

집으로 들어가니 로런이 기다리고 있다.

"어디 갔었어?" 아이가 너무 가쁘게 숨을 쉰다.

"진정해, 아기 고양이야. 그러다 숨넘어가겠다." 전에도 그런 적이 있었다.

"여자를 만나는 거지." 로런이 소리친다. "나를 두고 떠나려는 거잖아." 로런이 내 손을 잡고 날카로운 이로 물어뜯는다.

마침내 나는 로런을 재운다. 몬스터 트럭을 보려고 하지만 벌써 지쳤다. 감정들은 대하기 힘들다.

느닷없이 숨이 막혀 눈을 떠보니 어느새 한밤이다. 뭔가의 손길처럼 피부에 닿는 어둠을 느낀다. 전축이 계속 돌아가야 하는데 이제 낡았거나 내가 뭘 잘못 건드린 것 같다. 정적 속에서 로런이 바닥을 기어다니는 소리가 들린다. 아이의 날카로운 이가 딱딱 마주친다.

"너는 나쁜 사람이야." 로런이 속삭인다. "나가, 나가, 나가."

나는 로런을 달래서 다시 재우려고 한다. 아이는 울부짖으며 내 손을 다시 물어뜯어 이번에는 기어이 피를 보고 만다. 로런은 밤새 울며 나를 공격한다.

내가 말한다. "내가 누굴 사귄다고 해도 제일 사랑하는 사람은 여전히 너야."

나는 말을 내뱉은 즉시 해서는 안 될 말을 했다는 사실을 깨닫는다.

"사귀는 사람이 있구나! 사귀는 사람이 있어!" 새벽의 흐릿한 빛이 방으로 새어 들 때까지 로런이 나를 할퀴고 때린다.

날이 밝았을 때 나는 온몸에 멍이 든 채 축 늘어져 있다. 로런은 늦잠을 잔다. 나는 이 시간을 이용해 일지를 작성한다. 엄마가 내게 심어놓은 습관이다.

일주일에 한 번 엄마는 천장에서 바닥까지 집을 점검했다. 점검은 반드시 두 번 해야 했다. 엄마에게 그건 매우 명확한 원칙이었는데, 그 이유는 사람은 실수를 할 수 있기 때문이었다. 엄마는 아무것도 놓치지 않았다. 먼지 한 톨, 거미 한 마리, 금이

간 타일 하나 놓치지 않았다. 그리고 그 내용을 빠짐없이 일지에 적었다. 일지 작성을 끝내면 일지를 아빠에게 주었고 아빠는 주중에 손봐야 할 곳을 고쳤다. 엄마는 그것을 고장 난 것들의 일기라고 불렀다. 엄마의 영어는 거의 완벽에 가까웠다. 그랬기 때문에 엄마가 단어가 지닌 의미의 사소한 차이를 놓치다니 의외였다. 아빠와 나는 절대 엄마의 실수를 바로잡아주지 않았다.

그런 연유로 매주 토요일 동이 트면 나는 그 일지를 들고 집을 한 바퀴 돈다. 저녁이 되면 해가 지기 직전에 집을 또 둘러본다. 집을 빙 둘러가며 마당을 한 바퀴 돌면서 울타리에 손볼 곳이 없는지 등을 확인한 후, 다음에는 집과 가까운 곳을 둘러보며 파손된 곳—헐거워진 못이나 쥐와 뱀 굴, 해충의 흔적 같은 것들—은 없는지 살펴본다. 복잡하지는 않지만, 이미 말했듯이 중요한 일이다.

뒷문에 달린 자물쇠 세 개를 열면 요란한 소리가 난다. 철커덩, 철커덩, 철커덩. 그리고 잠시 기다린다. 로런이 무슨 소리에 잠이 깰지 나는 짐작도 안 된다. 다행히 로런은 깨지 않는다. 낮의 햇빛이 눈 부시고, 발밑의 땅은 햇빛에 구워진 듯 딱딱하고 늙은 피부처럼 쩍쩍 갈라져 있다. 새 모이통은 모두 텅 비어 있다. 나무들 사이로 바람 한 점 불지 않아 나뭇잎은 지독한 열기 속에서 꼼짝도 하지 않고 고요할 뿐이다. 죽음이 그 골목에 손가락을 대고 꾹 누르는 것만 같다. 나는 자물쇠를 다시 채운 후 집에 딸린 공구 창고로 간다.

창고 안은 서늘하고 어둑어둑하며 녹과 기름 냄새로 가득하다. 공구 창고에서 나는 냄새다. 어디로 코를 돌려도 마찬가지다. 이런 곳일수록 조심해야만 한다. 냄새는 기억으로 가는 고속도로이다. 너무 늦었다. 어느새 그늘진 한구석에 키 큰 아빠가 조용히 서 있다. 아빠가 나사 상자를 향해 손을 뻗고 그 갈색 병은 나사 상자 뒤에 있다. '어린 테디'가 그의 손을 잡아끈다. '어린 테디'는 차를 타고 가고 싶지만, 아빠가 그 전에 먼저 엄마와 상의를 해야 한다.

나는 필요한 공구를 얼른 챙겨 나와 타오르는 태양 아래에서 눈을 깜박거리며 가슴을 쓸어내린다. 그리고 얼른 공구 창고를 잠근다. 거기 계세요, 아빠. 너도, '어린 테디'. 이 밖에는 두 사람이 있을 곳이 없어요.

나는 점검 결과를 일지에 매우 명료하게 기록한다. 물론 그때의 그 일지가 아니다. 나는 로런의 교과서를 고장 난 것들의 일지로 쓰고 있다. 나는 지도 꼭대기에 기록한다.

부엌에 쥐가 돌아왔다. 나는 파푸아뉴기니 해안에 펼쳐진 연푸른 바다에 조심스럽게 기록한다. 욕실 세면대-수도꼭지에서 물이 샌다. 탁자에서 또 성경이 떨어져 있다?!?! 왜? 탁자의 수평이 맞지 않나?!?!

그런 것들이다. 욕실 문의 경첩이 삐걱거린다. 기름을 쳐 주어야 한다. 거실 창문을 막은 합판 한 장이 헐거워져 다시 고정해야 한다. 지붕에서 지붕널 두 개가 떨어졌다. 라쿤 짓이다.

그 녀석들은 지붕널에 해롭다. 그렇지만 나는 그 녀석들의 작고 영특한 검은 잎벌을 좋아한다.

나는 지금 할 수 있는 일을 한다. 나머지는 이번 주에 할 것이다. 나는 로런에게 엄마이자 동시에 아빠여야 한다. 나는 물 한 방울 새지 않게 집을 수리하고, 구멍을 막을 때 즐겁다. 내 허락 없이는 그 무엇도 나가거나 들어올 수 없다.

로런이 막 일어날 즈음 초콜릿칩 팬케이크도 다 만들어진다. 개인적으로 나는 팬케이크를 먹는 건 뜨거운 행주 조각을 먹는 것만큼 시간 낭비라고 생각한다. 하지만 로런은 팬케이크를 좋아한다.

내가 말한다. "먼저 씻어. 아빠는 밖에서 일을 했는데 너는 손으로 그 자전거의 페달을 돌렸구나." 로런은 정말 영리하다. 아이는 자전거 좌석에 배를 대고 엎드려서 양팔로 페달을 빙빙 돌리는 중이다. 로런은 자신의 길을 막는 것은 그 무엇도 가만두지 않는다.

"내 손으로 하는 게 더 쉬워." 로런이 말한다.

나는 아이에게 입을 맞춘다. "나도 알아. 그런데 너무 속도를 내더라, 요즘 들어서."

우리는 부엌의 싱크대에서 솔로 손톱 밑을 깨끗이 닦으며 손을 씻는다.

로런은 먹을 때는 말이 없다. 어제는 운이 좋지 않았다. 로런은 분노로 탈진하고 말았다. 로런은 내일 돌아간다. 로런이 집을 비운다는 생각에 로런도 나도 기분이 축 가라앉는다. "오늘은 네가 좋아하는 일은 다 할 수 있어." 내가 두 번 생각하지 않고 말한다.

아이의 기운이 갑자기 되살아난다. "나, 캠핑 가고 싶어."

무기력함이 나를 세게 강타한다. 우리는 캠핑을 갈 수 없다. 로런은 이 사실을 안다. 이 아이는 왜 늘 나를 몰아붙이기만 할까? 왜 다 큰 개를 졸졸 따라다니는 작은 강아지들처럼 성가시게 굴고, 내 신경을 긁어댈까? 내 화를 돋우려는 거겠지.

하지만 동시에 슬픔도 내 마음을 찔러댄다. 이건 불공평하다. 숲으로 캠핑을 가서 모닥불을 피우고 야영을 하며 노는 아이들이 얼마나 많은가. 이런 야외 활동은 그 아이들에게 특별한 일도 아니다. 어쩌면 '학살자'가 일으킨 일들 때문에 내 마음이 슬픔에 잠겨 있는지 모르겠다. 아니면 내가 이 집이 지겨워졌기 때문일 수도 있다. 하지만 나는 이렇게 말한다. "좋아. 캠핑을 가자. 해 질 녘에 출발해."

"정말이야? 진심이야, 아빠?"

"그럼." 내가 말한다. "네가 하고 싶은 게 있으면 다 말해, 알겠지?"

로런에게서 행복이 뿜어져 나온다.

나는 배낭에 필요한 물품을 챙겨 넣는다. 손전등과 담요,

방수포, 에너지바, 물, 화장지. 뒤에서 치맛자락이 사각거리는 소리가 들린다. 오, 안 돼. 나는 눈을 꼭 감는다.

내 목덜미에 닿는 그 손이 차가운 점토 같다. 누구에게도 네 본모습을 보이면 안 돼. 엄마가 말한다.

"안 그럴 거예요." 내가 대답한다. "로런에게 잠시 숨 쉴 공간을 만들어주고 싶을 뿐이에요. 이번 한 번만이에요. 맹세해요. 로런이 다시는 밖으로 나가고 싶어 하지 않게 조치할 거예요."

너는 그들을 옮겨야 해.

나무 꼭대기 너머로 해가 천천히 진다. 나는 숲을 바라보는 서쪽의 관찰 구멍으로 밖을 살핀다. 빛의 기운이 거의 다 사라지자 나는 배낭을 메고 불을 모두 끈다.

"이제 갈 시간이야." 내가 말한다. "펜과 크레용을 이리 주렴."

로런은 숫자를 세며 내 손에 하나씩 내려놓는다. 나는 그것들을 얼른 치워버린다. 하나도 빠짐없이 다 있다.

"출발하기 전에 물 한 잔 마실래? 화장실은? 마지막 기회야."

로런이 고개를 가로젓는다. 작은 폭발이 연달아 이어지는 것처럼 아이에게서 뿜어져 나오는 흥분이 눈에 보일 듯하다.

"그러면 내가 너를 안고 가게 해줘야 해." 분홍색 자전거는 숲 바닥에서는 쓸모가 없을 것이다.

로런이 대답한다. "그러든가."

우리는 뒷문을 나와 문을 잠근다. 거리에 인적이 없는지

주의 깊게 확인한 후 우리는 집의 그늘에서 나간다. 골목은 텅 비었다. 노란 가로등 불빛 주위로 모여든 각다귀 떼가 춤을 춘다. 이웃한 집은 창문을 막아놓은 신문지 눈으로 우리를 빤히 쳐다본다. 그 블록을 좀 더 가면 풍경은 달라진다. 집마다 내리 닫이창이 모두 올려져 있어서 그곳에서 생활 소음과 따스한 빛이 흘러나온다. 멀리서 피아노 소리가 들리고, 돼지갈비 냄새가 코를 간지럽힌다.

"아무 집이나 가서 문을 두드리면 돼." 로런이 말한다. "안녕하세요, 라고 해. 그러면 들어와서 저녁을 먹으라고 할지도 몰라."

"캠핑을 가고 싶어 하는 거 아니었니?" 내가 말한다. "어서 가자, 아기 고양이야."

우리는 보라색 하늘에 나무들의 윤곽이 드리워진 곳으로 발길을 옮긴다. 몸을 숙이고 나무 문으로 들어가자 마침내 그들 사이에 우리가 서 있다. 손전등이 숲길에 넓고 흐릿한 빛을 던진다.

도시의 흔적은 순식간에 모두 우리 뒤로 사라진다. 우리는 숲에 완전히 에워싸였다. 숲이 깨어나고 있다. 시커먼 공기는 콧방귀 소리와 깔딱거리는 소리, 노랫소리로 가득 차 있다. 개구리와 귀뚜라미, 박쥐. 로런이 몸을 떨자 아이의 놀라움이 그대로 전해진다. 로런이 이렇게 나와 가까이 있는 순간이 너무 좋다. 몸부림치며 저항하지 않고 순순히 내게 안겨 있었던 적이 언제인지 기억도 나지 않는다. 로런은 무기력한 상태를 증오한다.

"누가 다가오면 너는 어떻게 할 거니?" 내가 다시 로런에게 묻는다.

"입을 다물고 아빠가 알아서 상대하게 할 거야." 로런이 대답한다. "이 고약한 냄새는 뭐야?"

"스컹크." 내가 말한다. 스컹크가 우리를 잠시 따라온다. 호기심을 이기지 못했으리라. 잠시 후 스컹크가 시커먼 숲속으로 어슬렁거리며 사라지자 냄새도 같이 희미해진다.

우리는 숲으로 깊이 들어가지 않고 1마일가량 걷는다. 숲길에서 200피트쯤 떨어진 곳에 공터가 있다. 그곳은 커다란 바위와 무성한 관목에 가려져 있어서 어떻게 가는지 모르면 찾아낼 수 없다. 나는 그 길을 잘 안다. 그곳에 신들이 살고 있다.

삼나무와 백리향의 향기가 포도주 향만큼 강렬하게 떠돌고 있다. 하지만 그 공터를 빙 둘러싼 나무는 삼나무나 전나무가 아니다. 그 나무들은 희미하고 호리호리한 유령이다.

"아빠." 로런이 속삭인다. "이 나무들은 왜 이렇게 하얘?"

"이 나무들은 자작나무라고 해." 내가 대답한다. "흰자작나무라고도 하고. 여기를 봐." 나는 줄기에서 껍질을 한 조각 벗겨 로런에게 보여준다. 로런이 소곤거리는 껍질의 표면을 쓰다듬는다. 나는 아이에게 나무의 진짜 이름을 말해주지 않는다. 그 나무들의 이름은 뼈나무다.

나는 공터의 북서쪽에서 내가 원하는 지점을 찾아내어 땅바닥에 방수포를 깐다. 그곳은 아직도 한낮의 온기를 머금고 있다. 우리는 앉는다. 나는 로런에게 물을 마시라고 하고 에너지바도 먹인다. 머리 위 나뭇가지 사이로 별들이 나타난다. 로런은 말이 없다. 그것들을 느끼는 중이라는 걸 나는 안다. 신들.

"이렇게 있으니 좋구나." 내가 말한다. "우리가 함께 있잖아. 이러고 있으니까 네 어린 시절이 생각나. 그때는 정말 행복했지."

"나는 그 시절을 그렇게 기억하지 않아." 로런이 말한다. 그 말에 뭐 설움이 솟구친다. 로런은 항상 나를 밀어낸다. 하지만 내 마음은 그 말에 휘둘리지 않는다.

"나는 세상에서 누구보다 너를 사랑해." 내가 로런에게 말한다. 그리고 그 말은 진심이다. 로런은 특별하다. 나는 다른 누구에게도 이 공터를 보여주지 않았다. "아빠는 네가 안전하게 지내기를 바라는 마음뿐이야."

로런이 말한다. "아빠, 나는 더 이상 이렇게는 못 살겠어. 가끔은 아예 살고 싶지 않아."

다시 숨을 쉴 수 있게 되자 나는 최대한 평소와 같은 말투로 말한다. "내가 비밀을 한 가지 알려줄게, 아기 고양이야. 누구나 가끔은 그런 생각을 해. 가끔 상황이 뜻대로 돌아가지 않으면 미래가 보이지 않는 것처럼 느껴질 수 있어. 하늘엔 온통 먹구름이 끼어 있지. 비 오는 날 하늘처럼. 하지만 인생은 아주

빨리 지나간단다. 상황은 절대 그 상태로 영원히 이어지지 않아. 좋지 않은 상황이라도 마찬가지야. 구름은 바람에 날려 가. 원래 그런 거야, 내가 장담해."

"하지만 나는 다른 사람들과 같지 않잖아." 로런이 말한다. 아이의 목소리가 너무 날카로워 내 살을 베어내는 것 같다. "사람들은 대부분 스스로 걸어 다닐 수 있어. 나는 그렇게 못 해. 그건 절대 변하거나 바람에 날려 갈 리 없어. 그건 영원히 제자리를 지킬 거야. 그렇지, 테드?"

절로 얼굴이 찌푸려진다. 이 질문에는 해줄 대답이 없다. 로런이 나를 테드라고 부르면 너무 싫다. "그냥 별이나 보자, 아기 고양이야."

"내가 알아서 하도록 내버려둬야 해, 아빠." 로런이 말한다. "내가 스스로 자라도록 내버려둬야 한다고."

"로런." 차오르는 분노를 느끼며 내가 말한다. "그런 생각은 공평하지 않아. 네가 스스로 다 컸다고 생각하는 거 나도 알아. 하지만 너는 아직도 보살핌이 필요해. 쇼핑몰에서 있었던 일 기억해?"

"그건 오래전 일이잖아. 지금은 달라. 봐, 우리는 밖에 나와 있지만 나는 정말 기분이 좋아."

로런은 이내 첫 번째 공격을 느낀다. "뭐가 물었어." 로런이 말한다. 아이의 목소리에는 놀라움만이 담겨 있다. 아직 두려움은 없다.

나도 물리는 중이다. 순식간에 다리를 두 번 물리고 말았다. 물론 느낌은 없지만, 보고 있으니 피부가 붉어지며 살짝 부풀어 오른다. 지금 그것들이 우리의 몸을 마구 기어다니고 있다. 로런이 소리를 지르기 시작한다. "이게 다 뭐야? 오, 세상에, 아빠, 어떻게 된 거야?"

"불개미야." 내가 대답한다. "우리가 불개미 집 위에 앉아 있나 봐."

"개미들을 쫓아줘." 로런이 말한다. "아파. 내게서 다 떼어내줘."

나는 배낭을 집어 들고 로런을 안은 채 나무들 사이로 달린다. 나무뿌리와 검은딸기나무가 내 발을 자꾸 붙잡는다. 숲길에 도착하자 멈춰서 나와 로런의 몸을 마구 턴다. 피부가 드러난 곳에는 물을 붓는다.

"속옷 안으로는 들어가지 않았어?" 내가 묻는다.

"아니." 로런이 대답한다. "그렇지는 않은 것 같아." 아이의 목소리에 울음기가 가득하다. "집에 가도 돼, 아빠?"

"되고말고, 아기 고양이." 나는 내내 아이를 꼭 안은 채 집으로 간다. 생각해보니 로런은 한 번도 '테드'라고 하지 않았다.

아이가 말한다. "바보 같은 생각이었어, 캠핑 말이야. 우리를 거기서 데리고 나와줘서 고마워요."

내가 말한다. "그게 내 일인걸."

로런은 온갖 소동에 완전히 지쳐서 집에 도착할 때까지 의식을 잃은 듯 조용하다. 나는 나와 로런이 개미에 물린 부위에 로션을 발라주며, 잠든 아이의 피부를 조심스럽게 만진다. 로런의 허벅지부터 무릎 안쪽까지 붉은 물집이 선명하게 이어져 있지만, 그것뿐이다. 우리는 심각한 상처를 입기 전에 용케 도망쳤다. 어릴수록 통증을 더 강렬하게 느끼는 것 같다. 그들은 그 통증이 얼마나 심할지 아직 가늠하지 못하기 때문이다.

아침이 밝았다. 이제 작별 인사를 할 시간이다. 로런이 매달린다. "사랑해요, 아빠." 내 수염에 닿는 아이의 숨결이 촉촉하다. "가기 싫어요."

"알아." 내 입술에 떨어진 아이의 눈물이 느껴진다. 바다의 수위가 올라가듯 감정이 차오른다. 너무 강렬해서 눈을 감아야 할 정도다. "다음 주에 보자." 내가 말한다. "걱정하지 마, 아기 고양이야. 너는 괜찮을 거야. 시간이 순식간에 지나갈 거고 내가 알기도 전에 여기로 와 있을 거야."

아이가 흐느낄 때마다 나는 렌치로 얻어맞는 것 같다.

소파에 앉아 음악을 듣고 있으니 비참할 따름이다. 잠시 후 내 손등에 아주 살짝 닿는 수염의 감촉이 느껴진다. 비단결처럼 부드러운 머리가 내 손바닥을 밀어댄다.

올리비아가 은신처에서 나왔다. 그리고 올리비아는 내 곁에 있어야 한다는 사실을 안다.

나는 1갤런들이 유리병에 살충제를 담아 숲으로 간다. 낮에 보는 숲은 또 다른 모습을 하고 있다. 바닥에는 곡물을 한 줌 흩뿌린 것처럼 빛이 조각조각 누워 있다. 사슴 한 마리가 나뭇잎 사이로 얼굴을 내민다. 까만 눈을 휘둥그레 뜨더니 이내 도망친다. 사슴이 도망친 이유는 금방 밝혀진다. 오렌지주스색 머리의 남자와 그의 개가 지나가고 있기 때문이다. 언제나처럼 그 개는 나를 보며 웃는다. 그 모습을 보면 올리비아가 밖으로 나가려고 했던 순간이 기억난다. 얼마 후 붉은색 상의를 맞춰 입고 하이킹을 하러 온 가족을 지나친다. 그 가족은 싸우는 중인 것 같다. 아이들의 얼굴은 자그마하고 표정이 어둡다. 아빠는 지친 것 같다. 엄마가 혼자 온 것처럼 앞으로 성큼성큼 걸어간다.

나는 평소에 공터로 가기 위해 숲길에서 벗어나는 지점을 지나쳐서 계속 걷는다. 그리고 나무 그루터기에 앉아 잠시 기다린다. 그 가족이 말없이 나를 지나간다. 아이들의 아버지인 듯한 남자가 나를 보고 고갯짓으로 인사를 한다. 그들은 분명히 다투는 중이다. 가족은 복잡하다.

그들의 붉은색 상의가 해가 환히 비치는 나무들 사이로 사라지자 나는 빙 돌아서 공터로 간다. 방수포가 그 자리에 그대로 있다. 죽은 괴물의 피부처럼 수북하게 쌓인 낙엽 위에 여기저기 주름이 잡힌 채 놓여 있다. 그 위를 개미들이 분주하게 지나간다. 방수포는 이곳에 내버려둘 수 없다. 이 공터로 사람들의 관심을 끌어모을 것이다. 나는 기다란 막대기를 주워 와 그 막대기로 방수포를 이리저리 돌려 꾸러미처럼 뭉친다. 그런 후 막대기로 들어 준비해 간 쓰레기봉투에 넣는다.

나는 열을 맞춰 행진하는 개미를 따라가 개미집의 입구를 찾아낸다. 햇빛 아래서 보니 불개미는 거의 투명하고 아무런 해도 끼치지 않을 것 같은 작은 생물일 뿐이다. 하지만 한번 물리면 얼마나 아픈지 모른다. "미안해." 내가 말한다. 나는 그 개미집 위로, 여기저기 뚫린 구멍으로 살충제를 붓는다. 방수포가 담긴 쓰레기봉투에도 붓는다.

불개미 둥지가 아직도 이 공터의 북서쪽 구석에 있을 줄은 몰랐다. 하지만 다시 생각해보면 있는 것이 당연했다. 불개미는 영역을 지키는 생물이다. 로런이 불개미에게 물릴 때 지르는 비명을, 그 고통을 나로서는 듣고 있기 너무 힘들었다. 하지만 그것은 필요한 과정이기도 했다. 로런은 배워야만 하니까.

요즘, 로런의 행동이 전보다 훨씬 나아졌다는 사실은 인정하지 않을 수 없다. 지난번 쇼핑몰에서 벌어졌던 상황은 그 후로 다시는 일어나지 않았다.

나는 공터의 한가운데에 서 있다. 그 공터는 어떤 무늬의 중심이기도 하다. 공터로 쏟아져 내린 빛이 빛의 웅덩이를 만든다. 나는 신들에게 인사를 하고 그들의 힘을 느낀다. 그들이 누워 있는 숲의 땅속에서 손을 뻗는다. 마치 가느다란 실들이 사방에서 나를 끌어당기는 것 같다. 엄마의 말이 옳다. 팔이 나으면 어서 그들에게 새집을 찾아주어야 한다. 사람들이 그들을 느끼기 시작했다. 그 가족은 너무 가까이 접근했다.

집에 도착해 앞쪽 계단을 오르는데 계단이 말끔하다. 그곳에 떨어진 나뭇잎이며 이런저런 것들이 바람에 다 날려 갔나 보다. 이런 일이 있어서는 안 된다. 누가 나를 찾아오면 나는 그 기척을 들어야 한다. 그래서 나는 이런 방법을 고안해냈다. 크리스마스 장식 두 개를 산산조각 내서 계단 위에 뿌려둔다. 그 조각을 밟으면 빠지직 소리가 울려서 찾아오는 방문객에 대해 미리 철저하게 대비하게 된다. 위험하지 않다. 사람들은 신을 신으니까. 아니 그러니까, 내가 요전 날 맨발로 나간 건 사실이지만, 사람들은 대개 맨발로 다니지 않는다는 말이다. 그건 명백한 사실이다.

유리 파편을 다시 뿌리는데 뭔가가 움직이는 모습이 얼핏 보인다. 내가 잘못 보았기를 바라며 고개를 홱 돌려 주위를 확인한다. 내 바람은 이루어지지 않는다. 방치되어 있던 이웃집의 아래층 창문 하나를 보니 신문지가 없다. 잠시 지켜보니 핏기 없는 손 하나가 누렇게 빛바랜 신문지를 좀 더 잡아 뜯어 시커멓고 깊은 눈처럼 창문을 그대로 노출시킨다. 내리닫이창이 올라가 있고 손 하나가 튀어나와 냄비 하나를 가득 채울 만한 먼지를 무심하게 창밖으로 툭 턴다. 뒤이어 열심히 비질을 하는 소리가 들린다.

나는 집으로 들어가 앞문을 걸어 잠근다. 그리고 빈집이 있는 동쪽의 관찰 구멍에 눈을 댄다. 웃자란 큰조아재비 풀이 유리에 고개를 댄 채 자꾸 까닥거리지만, 밖을 내다보는 데는 문제가 없다. 밖을 지켜보고 있으니 잠시 후 하얀 트럭이 선다. 트럭의 옆면에 주황색 글씨로 EZ이사라고 적혀 있다. 여자 한 명이 앞문으로 나와 가벼운 걸음걸이로 계단을 천천히 내려오더니 트럭 짐칸의 문을 연다. 여자의 입가에 어떤 표정이 굳어져 있다. 그 표정 때문에 실제보다 더 나이 들어 보이는 것 같다. 잠을 많이 못 잔 것처럼 보인다. 갈색 유니폼을 입은 남자가 트럭의 운전석에서 내린다. 두 사람이 함께 짐을 내린다. 상자 여러 개와 등 여러 개, 토스터 한 개. 큰 안락의자 한 개. 짐이 많지 않다.

그 여자가 내 쪽을 바라본다. 내가 가만히 숨죽이고 있는 곳 말이다. 여자의 두 눈이 차단막처럼 무성한 잡초를 뚫고 내가 앉아 있는 컴컴한 방까지 들여다보는 것 같다. 그녀는 나를 볼 수 없는데도 나는 몸을 숙인다. 이것은 아주 좋지 않다. 사람들에겐 주위를 살필 눈이 있고 소리를 들을 귀가 있다. 특히 여자는 남자보다 훨씬 더 주의 깊게 보고 듣는다.

나는 너무 동요한 나머지 부엌으로 가 불샷을 만든다. 이 칵테일이 내 발명품이 아니라니 애석할 따름이다. 불샷 만드는 법은 쉽게 찾을 수 있지만 나는 일반적인 불샷에 약간 변화를 가미했다. 고로 만드는 법을 녹음해두어야겠다.

한참을 찾아다닌 끝에 침대 아래에서 녹음기를 찾는다. 아마 모르고 발로 차서 그곳으로 밀어 넣었나 보다.

배너먼의 불샷 만드는 법. 비프부용*을 소량 끓인 후 후추와 타바스코소스로 간을 한다. 겨자를 티스푼으로 한 숟갈 넣어도 된다. 나는 셀러리솔트도 즐겨 넣는다. 다음으로 버번을 한 샷 추가한다. 두 샷도 괜찮다. 레몬주스를 넣는 사람도 있지만, 레몬주스를 좋아하는 사람은 샐러드를 좋아하는 부류의 사람이다. 나는 집에 레몬주스는 두지 않을 것이다.

불샷 세 잔을 연거푸 마시고 나니 그제야 기분이 좋아진다. 나는 불샷으로 처방받은 약을 삼킨다. 그러자 언제부터인지도 모르게 내가 기분 좋게 고개를 끄덕이고 있다. 엄마가 늘 말했듯이, 아프면 약을 먹는다. 베였으면 꿰맨다. 그 정도는 누구나 안다.

엄마는 내게 고향의 묘지에 사는, 얼굴이 여럿 달린 신인 안쿠** 이야기를 늘 들려주었다. 이 신은 얼굴이 하나가 아니라 너무 무섭다. 얼굴이 그렇게 많으면 어떤 얼굴이 진짜인지 어떻게 알까? 어릴 때 나는 가끔 밤이면 내 방에서 어둠 속

* bouillon, 짐승의 고기나 뼈를 넣어 끓인 육수.

** Ankou, 브르타뉴 지역의 신화에서 죽음을 의미한다.

에 둥둥 떠 있는 안쿠를 보았다고 생각했다. 그때 안쿠는 기다란 칼을 든 노인의 모습을 하고 있었고, 눈동자에 칼날이 비쳤다. 다음 순간 안쿠는 뿔이 달린 수사슴으로 변했는데, 여러 갈래로 뻗은 날카로운 뿔은 피에 흠뻑 젖어 있었다. 그러더니 빤히 바라보기만 할 뿐 돌처럼 굳어버린 듯한 올빼미가 되었다. 안쿠는 나의 괴물이었다. 나는 엄마가 정확하게 어떤 이야기를 들려줬는지—아니면 밤중에 내가 상상으로 어떤 부분을 더 집어넣었는지—기억조차 나지 않는다. 안쿠를 생각하면 지금도 몸이 부들부들 떨린다. 하지만 지금 내게는 올리비아가 있다. 올리비아의 털을 쓰다듬거나 올리비아가 살짝 거슬리는 기척을 내며 집 안 여기저기 돌아다니는 소리를 듣는 것만으로도 안쿠는 저 멀리 있고 나는 지금 안전하다는 사실을 떠올린다.

　내 생각이 정처 없이 떠돌자 곤충 남자의 말이 수신용 테이프처럼 내 머릿속에서 빙글빙글 돈다. 사람은 비밀을 껴안고 있으면 고독해져요. 한편으로 나는 몹시 고독한데 다른 한편으로는 내가 감당할 수 있는 것보다 친구들이 더 많다니 묘한 일이다.

　잠에 거의 곯아떨어질 즈음, 초인종 소리가 공기 드릴처럼 공기를 가른다.

올리비아

저 주님도 몰라보는 초인종 소리가 점점 커지는데 테드는 일어날 기미가 없다. 그는 숲에 다녀온 후면 항상 늦게까지 잔다. 코 고는 소리가 스네어 드럼*을 치는 소리 같다. 또 초인종이 울린다. '띵똥띵똥띵똥.' 아니, 스네어 드럼이 아니다. 머리를 톱으로 켜거나 못을 박는 기계와 더 비슷하다. 이봐, 두 엄지를 마주 보게 만들 수 있는 테드 네가 일어나서 나가야 해. 나는 할 수 없다고, 안 그래? 나는 고양이니까. 그러니까, 에라 모르겠다.

나는 위층으로 후다닥 뛰어 올라가 그가 잠에서 깰 때까지 그의 얼굴을 밟고 다닌다. 테드가 끙끙거리며 옷을 주섬주섬 입는다. 내가 테드가 누웠던 자리에 남은 온기를 따라 시트 위를 돌아다니는 동안, 테드는 천둥처럼 요란한 소리를 내며 계

---

* 뒷면에 쇠줄을 댄 작은 북.

단을 내려간다. 이어지는 철커덩, 철커덩, 철커덩. 자물쇠 따는 소리. 그가 문을 연다. 다른 목소리가 뭔가를 부탁한다. 여자 테드인 것 같다. 나는 당당한 태도로 기다린다. 테드가 다른 테드에게 어디로 가야 할지 말해줄 것이다! 그는 초인종을 울리는 사람을 싫어한다. 아무튼 다른 테드는 위험한 법이니까. 그는 내게 이런 이야기를 꽤 자주 했다.

그런데 어처구니없게도 '테드가 다른 테드를 안으로 들인다'. 문이 닫히고 천둥이 친다. 집이 흔들린다. 카펫이 내 밑에서 미끄러진다. 나는 큰 소리로 울며 발톱을 박아 넣을 곳을 찾는다. 지붕의 목재들은 신음하고 비명을 지르고, 벽들이 요동친다. 모든 것의 구조가 붕괴될 것만 같다.

서서히 세상이 안정된다. 하지만 나는 침대 아래 내 공간에서 나갈 수 없다. 공포로 몸이 얼어붙고 심장이 미친 듯이 뛴다. 그 여자에게서 나는 낯선 악취가 이 집을 채우고 내 콧구멍을 채운다. 타는 냄새와 검은 후추 냄새가 섞인 것 같다. 이 테드는 내게 너무나 많은 감정을 불러일으킨다. 누구일까? 뭐 하는 테드일까?

아래층에서 두 테드가 아무 문제도 없는 것처럼 이야기를 하는 중이다. 두 테드는 부엌에 있는 것 같다. 나는 그들의 이야기를 듣고 싶지 않다. 듣고 싶지 않고말고. 하지만 듣지 않을 수가 없다. 이 레이디 테드는 앞으로 옆집에서 살 것이라고 한다. 레이디 테드는 세탁기에 고양이를 집어넣는다는 이야기를 하고 있다. 오 '주님'. 그 여자는 TV에 나오는 사람처럼 주님도 몰라보는 사이코다.

테드의 목소리에서 낯선 음색이 느껴진다. 이것은…… 흥미인가? 행복? 아무튼 끔찍하다. 테드가 저 여자에게 또 오라고 하면 어쩌지? 이런 일이 늘 벌어지면 어떻게 하지? 대화는 영원히 이어질 것만 같고 나는 걱정을 떨칠 수 없다. 와우, 저러다가 아예 이 집으로 이사 오라고 하겠네, 계속 이야기를 늘어놓는 태도를 보니까. 드디어 두 사람의 목소리가 다시 홀로 나온다. 테드가 레이디 테드를 배웅한다.

레이디 테드는 나가면서 이렇게 말한다. "뭐든 도움이 필요하시면." 그리고 지금은 부러진 팔에 대해서 뭐라고 하는데 무슨 말인지 잘 모르겠다.

드디어 테드가 그 여자를 배웅하고 문을 닫는다.

와우. 이건 옳지 않다. 나쁘고, 나쁘고, 나쁘다. 징징거리는 소리가 최고조에 달해 머리가 금방이라도 터질 것만 같다. 그의 행동은 우리 사이에 만들어진 신뢰를 전부 배반했다. 우리 사이에 '신뢰'가 없다면 달리 무엇이 있겠는가? 그 레이디 테드가 학살자라면? 다시 돌아오기로 마음을 먹는다면? '용납할 수 없다.'

테드가 위로 올라온다. 내 머리 위의 침대가 살며시 삐걱거린다. 물론 다시 낮잠을 자려는 것이다. 테드가 나를 부르지만 나는 머리끝까지 화가 났기 때문에 방에서 뛰쳐나간다. 그런데도 그는 '아무렇지도 않은 게' 분명하다. 몇 분 후 다시 코를 골고 있으니 말이다.

나는 거실을 서성거린다. 관찰 구멍들이 눈처럼 뚫어져라 나를 빤히 바라본다. 그 무엇도 안전하게 느껴지지 않는다. 나는 폭신한 깔개를 꾹꾹 눌러보지만, 평소와 달리 그렇게 해도 위로가 되지 않는다. 너무 '심사가 뒤틀려서' 앞도 제대로 보이지 않는다. 모든 것이 평소와 다른 색깔로 보인다. 이를테면 벽은 녹색이고, 깔개는 푸른색이다.

그는 교훈을 배워야 한다. 이번에는, 물건을 부수는 것만으로는 충분하지 않다.

나는 냉장고 문을 목표로 조리대에서 힘껏 뛰어오른다. 마침내 냉장고 문의 손잡이를 앞발로 낚아채는 데 성공해 문이 활짝 열린다. 나는 만족스러워 살짝 가르랑거린다. 냉기가 훅 쏟아져 나온다. 이런 날씨에는 음식이 금방 바닥으로 녹아내릴 것이다. 맥주도 미지근해질 것이다. 우유와 고기는 상하겠지. 좋아. 내 밥그릇을 봐! 텅 비었어! 테드도 이 기분을 느끼게 해야 해!

다 해치우고 나니 기분이 좋아졌다. 거실로 돌아오니 내 눈이 정상으로 돌아와 마음이 편해진다. 이토록 심한 취급을 견뎌냈으니, 주황색 깔개에 몸을 말고 누워서 당연히 누릴 자격이 있는 낮잠도 잠시 잘 수 있다.

| 디 |

무엇을 밟았는지 빠직 소리가 난다. 계단을 뒤덮은 낙엽과
흙 사이로 반짝거리는 조각들이 흩어져 있다. 크리스마스 장식
물 한 상자가 산산조각 나 사방에 흩어져 있는 것 같다. 그로 인
해 비현실적이고 혼란스러운 분위기가 배가된다.

디는 그를 곧장 알아볼 수 있을지 궁금하다. 분명 진실은
냄새처럼 그의 살에서 떨어져 나올 것이다.

디는 초인종을 3, 40번은 누른다. 창가에서 뭔가가 움직이
는 듯하지만 아무도 대답하지 않으니 그만 가보아야 하지 않을
까 싶다. 그런 생각을 하자 마음 한구석에서 안도감이 피어오
르며 긴장이 풀린다. 하지만 이런 일을 또 할 자신은 없다. 해치
워버려, 디디. 머릿속에서 울리는 아빠의 목소리. 오로지 두 사
람뿐이던 기나긴 6개월 동안 울렸던 그들의 음울한 구호. 해버

려, 해치워버려. 아무리 불쾌하고, 아무리 밤중에 심장이 쿵쾅
거려도, 어떤 꿈을 꾸더라도. 해치워버려. 디는 등을 살짝 편다.
그 순간 집 안에서 발을 끄는 소리가 들린다. 작고 높은 소리.
고양이인가? 뒤이어 조금 더 낮은 소리가 들린다. 육중한 몸이
계단을, 벽을, 바닥을 누를 때 나는 소리.

자물쇠 따는 철커덩 소리가 연거푸 세 번 들리자 문이 아주
조금 열린다. 게슴츠레한 갈색 눈동자가 제일 먼저 보이더니 주
위를 에워싼 핏기 없는 얼굴과 그 위에 듬성듬성 난 머리카락이
눈에 들어온다. 붉은색 턱수염은 그의 이마 위로 곧장 흘러내린
갈색 머리카락보다 훨씬 더 밝다. 그 붉은 턱수염이 시선을 잡
아끄는데, 해적이라도 된 듯 의기양양한 분위기마저 더한다.

"안녕하세요." 디가 인사를 건넨다.

"무슨 일이시죠?" 그의 목소리는 디가 예상한 것보다 더
높다.

"옆집에 이사 왔어요. 저는 디라고 해요. 해야 할 것 같아
서요. 그러니까 인사요. 파이를 좀 가져왔어요." 디는 움찔 놀
라며 자신은 시인이지만 그 사실을 자신도 모르고 있다고 말하
고 싶은 충동을 억누른다. 대신 드러그스토어에서 산 철 지난
호박파이가 든 상자를 내민다. 상자에 쌓인 먼지가 이제야 보
인다.

"파이요." 그가 말한다. 허연 손 하나가 뱀처럼 스르르 나
와 파이를 받는다. 순간 디는 그의 피부가 햇빛에 타들어갈 것

만 같다. 그녀는 눅눅한 상자를 놓으려 하지 않는다. 잠시 두 사람은 슬며시 상자를 잡아당기는 신경전을 벌인다.

"이런 일로 번거롭게 해서 정말 죄송한데요." 디가 말한다. "수돗물을 쓰려면 오늘 오후나 되어야 해서요. 화장실을 좀 쓸 수 있을까요? 차를 오래 타고 왔거든요."

그가 눈을 깜박거린다. "지금은 좀 곤란해요."

"그러실 거예요." 디가 미소를 지으며 말한다. "옆집에 새로 온 이웃이 벌써 성가신 존재가 되어버렸죠. 미안해요. 이 골목에 있는 두 집을 먼저 찾아가봤는데, 다들 출근하고 없는 것 같아요."

문이 활짝 열린다. 남자가 뻣뻣하게 말한다. "빨리 끝내준다면 괜찮을 것 같아요."

디가 지하 세계에 발을 들인다. 외로운 빛의 기둥 몇 개가 부서지고 깨진 물건들이 삐죽삐죽 박혀 있는 괴상한 흙무더기로 떨어지는 깊은 동굴. 창문마다 합판을 덧대고 빛이 들어오도록 구멍을 여러 개 뚫어놓았다.

디는 왼쪽으로 시선을 돌려 거실 안을 슬쩍 본다. 침침한 실내에 눈이 적응하자, 바닥에 나뒹구는 책 무더기와 낡은 깔개들이 보인다. 누렇게 바랜 벽에는 군데군데 벽지가 떨어져나갔고 곳곳에 한때 사진이나 거울이 걸려 있던 흔적이 있다. 벽은 숲처럼 짙은 녹색이다. 낡아빠진 일광욕 의자, TV 한 대가 보인다. 바닥에는 작은 알약으로 만든 것 같은 지저분한 푸른색 깔개가 깔려 있다. 집 안 전체에서 죽음의 냄새가 난다. 부패나 피 냄새가 아니라 마른 뼈와 먼지의 냄새. 까마득한 옛날에 기억에서 사라진 오래된 무덤 같다. 모든 것이 쇠락해가는 중이다. 집 안쪽의 창문들 중 하나에 달린 걸쇠조차 완전히 녹이 슬었다. 검붉은 조각들이 창틀에 떨어져 있다. 지쳐 있는 형사 캐런의 목소리가 디의 머릿속에서 울린다. 어지럽혀진 실내. 미혼. 사회적으로 소외된 상태.

그녀 뒤로 문이 닫힌다. 자물쇠 세 개가 철커덩 잠기는 소리가 들린다. 목덜미의 머리카락이 한 올 한 올 전부 천천히 곤추선다.

"아이들이 있나요?" 디가 분홍색 자전거를 턱으로 가리키며 묻는다. 바닥에 자전거 한 대가 누워 있다.

그가 대답한다. "로런이라고 해요. 보고 싶은 만큼 자주 만나지는 못하죠."

"그거 힘들겠네요." 디가 말한다. 그는 디가 처음 생각했던 것보다 더 젊은 것으로 보아 30대 초반일 것 같다. 11년 전이면 그는 갓 20대가 되었을 것이다.

"복도 끝에 욕실이 있어요." 그가 말한다. "이쪽이에요."

"음악이 참 좋네요." 디가 그를 따라가며 말한다. 집 안 어디에선가 들리는 음악은 또 다른 놀라움으로, 아름다운 목소리로 부르는 가슴 저미는 컨트리음악이다. 디가 보니 테드의 뒤통수에는 자그마한 주먹으로 누군가가 머리를 한 줌씩 뽑아버린 것처럼 군데군데 두피가 드러나 있다. 어쩐지 그 모습을 보니 두려움이 가볍게 스친다.

욕실에 들어간 디는 수도꼭지 두 개를 다 튼다. 테드가 닫힌 문 앞에서 기다리는 것만 같다. 그의 괴로움, 짐승 같은 숨소리. 그녀는 자신의 몸을 아주 상세하게 안다. 이를테면, 뒤꿈치나 굳은살이 박인 손끝 같은 곳의 피부는 아주 두껍고 눈꺼풀 같은 곳은 매우 얇다. 팔뚝에 난 섬세한 솜털이며 안구의 부드러운 윤곽을 느낀다. 기다란 혀와 목, 자줏빛 장기들 그리고 온몸으로 붉은 피를 뿜어 보내는 근육질 심장. 심장은 지금 빠르게 피를 뿜어내는 중이다. 이것들은 모두 상처에 약해서 부러지거나 구멍이 날 수 있다. 피가 쏟아질 수 있다. 뼈가 금이 간 하얀 날이 될 수 있고, 눈알은 두 엄지손가락의 압력으로 터질 수 있다. 디는 자신이 아직 다치지 않고 온전하다는 사실을 확인하려고 거울을 찾아본다. 하지만 그 어둑하고 지저분한 화장실에는 세면대 위든 어디든 거울이 없다.

그녀는 변기 물을 내리고 손을 씻은 후 문을 연다.

"물 한잔 얻어 마실 수 있을까요?" 그녀가 묻는다. "목이 너무 말라서요. 여기는 늘 이렇게 더운가요? 이 지방은 비로 유명한 줄 알았거든요!" 그가 말없이 돌아서더니 부엌으로 느릿느릿 걸어간다.

그녀는 물을 마시며 주위를 두리번거린다. "사냥을 하세요? 낚시?"

"아뇨." 잠시 후 그가 묻는다. "그건 왜 물으세요?"

"냉동할 일이 많은가 봐요." 그녀가 말한다. "냉동고가 두 개나 필요할 정도로." 냉장실과 냉동실이 있는 작은 냉장고 한 대만 사용 중인 것 같다. 다른 한 대—오래된 산업용 상자형 냉동고—는 텅 빈 채 열려 있고 뚜껑은 벽에 기대져 있다.

그의 얼굴에 당황한 기색이 역력하다. "올리비아가 저곳에서 자는 걸 좋아해요." 그가 말한다. "내 고양이죠. 고장이 났을 때 버렸어야 했는데, 저 냉동고를 마음에 들어 해서요, 아시죠? 계속 가르랑거려요. 그래서 계속 여기에 두고 있죠. 바보 같아 보일 거예요."

그녀가 안을 들여다본다. 상자 안을 폭신한 것들—담요와 베개—로 덧대어놓았다. 쿠션에 떨어진 털이 한 올 보인다. 갈색 혹은 붉은빛이 도는 갈색이다. 고양이 털로는 보이지 않는다. "올리비아는 밖에서 살아요?" 디가 묻는다. 부엌 어디에도 고양이 밥그릇이나 물그릇은 보이지 않는다.

"아뇨." 테드는 기분이 상한 듯 대답한다. "당연히 아니죠. 그건 위험하잖아요. 올리비아는 집고양이예요."

"저는 고양이를 좋아해요." 디가 웃으며 말한다. "한편으로는 고약한 놈들이죠. 특히 나이를 먹으면 더 그래요."

그가 웃으며 깜짝 놀란 듯 말을 더듬는다. "올리비아는 점점 늙어가는 것 같아요." 그가 말한다. "아주 오랫동안 키웠거든요. 어릴 때 내가 갖고 싶은 건 고양이뿐이었어요."

"우리 고양이는 건조기에서 자곤 했어요." 그녀가 말한다. "아빠는 그걸 악몽처럼 지긋지긋해하셨어요. 아빠는 고양이를 스웨터로 착각할까 봐 얼마나 벌벌 떨었는지 몰라요……." 디가 몸이 빙글빙글 돌아가는 시늉을 하고 겁에 질린 고양이 표정을 지으며 테드를 바라본다.

그가 또 목이 졸린 듯한 소리를 내며 웃자 디는 빙글빙글 돌아가는 세탁조에서 허우적거리는 고양이처럼 이상한 춤까지 춘다.

"재미있는 분이군요." 그가 말한다. 그의 미소는 오랫동안 미소를 지은 적이 없는 것처럼 한쪽으로 기울어지고 삐걱거리는 것 같다. "나는 올리비아가 저곳에 갇힐까 봐 늘 겁이 났어요. 이제는 적어도 질식할 일은 없어요." 테드는 디에게 뚜껑에 뚫어놓은 구멍들을 보여준다.

"기발하네요." 디가 손가락으로 안에 깔아놓은 담요 하나를 쓸어보며 말한다. 파란 나비들이 찍힌 노란 담요다. 만져보니 새끼 오리의 엉덩이를 훑는 것 같다.

테드가 냉동고의 뚜껑을 느리지만 확실하게 닫는 바람에 디는 얼른 손을 치워야 했다. 그가 문을 닫는데, 점점 옅어지는 중인 팔뚝의 멍과 부어오른 손이 눈에 들어온다.

"어머, 아프시겠어요." 그녀가 말한다. "어쩌다 이렇게 됐어요?"

"팔이 있는 줄 모르고 차 문을 닫아요." 그가 말한다. "아니,

닫았어요. 언덕에 주차를 했어요. 적어도 부러지지는 않은 것 같아요."

그녀가 얼굴을 찌푸린다. "아직도 아프시겠어요. 예전에 팔이 부러진 적이 있거든요. 병뚜껑 같은 걸 열려면 정말 불편했어요, 아시죠. 오른손잡이세요? 도움이 필요하면 제게 말씀하세요."

"어." 그가 대답한다. 그녀는 선뜻 말을 하지 않는다. "무슨 일을 하세요?" 결국 테드가 먼저 말문을 연다.

"예전에는 무용수가 되고 싶었어요." 디가 말한다. "지금은 아무것도 아니에요." 묘한 이야기지만, 디가 이 사실을 이렇게 선선히 털어놓으며 인정하는 건 이번이 처음이다.

그가 고개를 끄덕인다. "나는 요리사가 되고 싶었어요. 인생이 그렇죠."

"인생이 그래요." 디가 말한다.

문가에서 디가 악수를 한다. "안녕히 계세요, 테드."

"제가 이름을 알려드렸나요?" 그가 묻는다. "그런 기억이 없는데."

"입고 계신 셔츠에 있잖아요."

"예전에 정비소에서 일했어요." 그가 말한다. "이 셔츠에 익숙해졌나 봐요." 육체노동이나 실업자.

"아무튼 고마워요." 디가 말한다. "정말 친절한 이웃이세요. 다시는 귀찮게 하는 일 없을 거예요, 약속해요."

"언제든 괜찮아요." 그 말을 한 후 테드는 이내 놀란 표정을 짓는다. 디가 나가자 그는 재빨리 문을 닫는다.

철커덩, 철커덩, 철커덩.

디는 바짝 말라붙은 마당을 천천히 가로질러 되돌아간다. 당연히 그는 돌아가는 디의 모습을 지켜보고 있다. 디는 자신의 등에 내려앉은 그 시선의 무게를 느낀다. 뛰지 않으려고 자제력을 바닥까지 긁어모은다. 그와의 만남에 디는 예상했던 것보다 훨씬 더 동요했다. 디는 테드가 절대 집 안에 들여보내주지 않을 줄 알았다.

디는 떨리는 손으로 문을 닫고 들어가 문에 기대며 먼지 쌓인 바닥에 그대로 주저앉는다. 호흡을 가다듬으며 마음을 가라앉히려고 해보지만, 자신의 몸을 다른 사람에게 맡겨버린 것만 같다. 주먹을 쥐었다 편다. 뜨거운 물결이 두개골을 기어간다. 톱질하는 듯한 숨소리가 목에서 새어 나온다. 심장은 귓속에서 뛰고 있다. 공황 발작이야. 그녀가 희미하게 떠올린다. 어서 진정해야 해. 하지만 그럴수록 사구에 더 깊이 빠져드는 것만 같다. 그 사구에서 도저히 기어 나올 수가 없다.

마침내 증상이 가라앉는다. 디는 기침을 하고 숨을 쉰다. 그제야 실내에서 나는 매캐한 냄새를 알아차린다. 마른풀과 후추나무의 냄새가 뒤섞이고, 윗가지와 노린재의 냄새가 뒤섞여

난다. 집 밖의 것들이 자신이 있어야 할 곳이 아닌 집 안으로 들어오고 있다. 축 늘어져 있던 디는 새끼 고양이처럼 비척거리며 일어나 냄새의 근원을 찾아간다. 먼지투성이의 거실에는 유리창 한 장이 사라지고 없다. 여기저기 상처가 난 마룻바닥으로 마른 낙엽들이 날아들었다. 뭔가가 이곳에서 잠을 잤다. 스컹크는 아니다. 그건 아닌 것 같다. 주머니쥐나 라쿤 같은 것일까.

"안 돼." 그녀는 빈방을 향해 속삭인다. "여인숙에 빈방은 없어." 그녀는 깨진 유리창 앞으로 작은 책꽂이를 밀고 가서 그곳을 막아버린다. 아무래도 직접 창을 고쳐야 할 것 같다. 집주인은 굳이 이런 일에 나설 타입처럼 보이지 않는다. 그래도 상관없다. 집주인이 그녀를 방치할수록 더 낫다.

거실에 서서 주위를 둘러보자 담배 연기에 찌들어 칙칙한 벽과 먼지가 걸려 있는 구석이 눈에 들어온다. 그 모습을 보니 문득 이런 생각이 든다. 이곳이 내 집이야. 그 생각에 살짝 웃음이 나온다. 그녀는 마지막으로 집이라 느낀 곳이 어딘지 기억도 나지 않는다. 10대 초, 아마 룰루가 여전히 옆방에서 오므린 입술 사이로 엄지손가락을 꽉 문 채 가볍지만 이쪽까지 다 들리도록 코를 골며 자던 시절이리라.

가스가 연결되었다는 사실에 디는 놀란다. 그녀는 부엌에서 쉭쉭 소리가 나는 하얀 스토브로 스테이크를 굽고 완두콩과 감자를 익힌다. 아무런 즐거움도 느끼지 못한 채 음식을 빠르게 먹어치운다. 음식에 신경 쓸 마음의 여유는 없지만, 그래도 몸을 돌본다. 그녀는 그래야 한다는 사실을 혹독한 경험으로 깨달았다. 스토브는 꺼진 후에도 계속 쉭쉭거리고 부엌에서 희미하게 가스 냄새가 난다. 고쳐야 할 것이 하나 더 늘었다. 그건 내일 처리할 것이다. 오늘 밤에 죽을지도 모르고. 디는 그 문제는 운명에 맡기기로 한다.

어스름이 내려앉자 디는 거실 바닥에 책상다리를 하고 앉는다. 밤이 스며 들어와 구석마다 고이더니 밀물처럼 바닥으로 퍼져나간다. 그녀가 어둠을 바라보자 어둠이 그녀를 마주 본다. 테드의 창문에서 작은 원들이 밝아진다. 어느 구멍에서는 새어 나오는 빛의 색이 바뀌고 흔들린다. TV구나, 그녀가 짐작한다. 얼마 후 아래층의 원들이 어두워지더니 몇 분 후 위층에서 두 개의 달이 빛난다. 두 개의 달은 10시에 꺼진다. 그는 일찍 잠자리에 드는 모양이다. 잠자리에는 TV도 책도 없다. 그녀는 잠시 더 지켜본다. 테드의 집은 깜깜하지만, 디는 그 집이 아직 휴식에 들어가지 않았다는 느낌을 떨칠 수가 없다. 그곳의 정적에는 뭔가 광적인 분위기가 있다. 그래서 계속 그 집을 지켜보지만 아무 일도 일어나지 않는다. 녹초가 된 디의 팔다리가 씰룩거린다. 그녀 눈앞에서 어둠이 점점 회전한다. 그녀도 눈을 붙여야만 한다. 먼 길을 가야 하기에.

욕실의 타일은 오래된 흰색 타일로 지도처럼 금이 좍좍 가 있다. 머리 위에 걸린 네온등은 죽은 나방과 파리를 가득 담은

채 윙윙거린다. 그녀는 욕조에 담요와 베개를 넣는다. 지진이
날 때 가장 안전한 곳이야. 아빠가 종종 말했다. 그게 아니어도
어차피 침대가 없다. 디는 장도리 하나를 자신의 옆 차가운 바
닥에 내려놓는다. 눈을 감은 채 장도리를 향해 손을 뻗고, 근육
에 새겨진 기억을 강화하고, 잠에서 막 깬 자신을 상상하고, 자
신을 굽어보는 시커먼 형체를 상상하는 연습을 한다.

디는 룰루의 얼굴을 떠올린다. 태양을 구름이 뒤덮듯 얼굴
에 온갖 표정이 퍼지는 모습을.

그녀는《폭풍의 언덕》을 읽는다. 마지막까지 고작 두 페이
지 남았다. 그녀는 그 책을 다 읽으면 중간쯤 아무 데나 펼쳐서
끝까지 읽는다. 디는 오로지 그 책만 읽는다. 책을 좋아하지만,
어떤 책이 그녀에게 어떤 영향을 미칠지 알 수 없는 데다 방심
할 여유가 없다. 적어도《폭풍의 언덕》에 나오는 사람들은 인
생이 지독한 선택이며 그 선택을 매일같이 해야 한다는 사실을
잘 이해하고 있다. 나를 들여보내줘. 캐서린이 간청한다. 나를 들
여보내줘.

마침내 불을 끄자 어둠이 완전하고 농밀해진다. 집은 사람
처럼 그녀 주위에서 호흡을 해서 판자들이 신음하고, 낮에 모인
열기를 뿜어낸다. 별들이 창으로 안을 훔쳐본다. 이 집에서는
도시에 있는 기분이 전혀 들지 않는다. 마치 숲속에 있는 것 같
다. 디의 집은 그 사건이 벌어진 곳에서 지척이다. 어떤 식으로
든 공기가 그 사건에 대한 기억을 품고 있다. 기억의 입자들이

바람결에 실려 와 땅바닥과 늙은 나무들, 축축한 이끼에 깃든다.

그녀의 꿈은 타오르는 태양과 상실에 대한 두려움으로 가득 차 있다. 그녀의 부모는 나란히 손을 잡은 채 별이 빼곡하게 박혀 빛나는 하늘 아래 펼쳐진 사막을 걷고 있다. 디는 최대한 오랫동안 부모님을 지켜본다. 하지만 이내 붉은 새들이 날아오르고 하늘은 하얗게 변한다. 새들의 날갯소리는 부드러운 깃털로 긁어대는 소리 같다. 그녀는 쿵쿵거리는 가슴을 안고 어둠 속에서 똑바로 앉는다. 땀방울이 등과 가슴골을 따라 흘러내린다. 그 소리는 꿈속에서 나와 그녀를 계속 따라다닌다. 아래층에서 그 소리가 다시 난다. 잘 들어보니 날갯소리가 아니라 긁어대는 소리다. 기다란 손톱으로 나무를 긁어대는 것 같은 소리.

장도리의 고무 손잡이를 쥔 손바닥이 미끈거린다. 그녀는 아래층으로 기듯이 내려간다. 발을 내디딜 때마다 마룻널이 총소리처럼 끼익거린다. 날카로운 발톱이나 손톱으로 나무를 긁어대는 듯한 소리가 계속 들린다. 디는 세상과 세상 사이에는 위태롭기 짝이 없는 낙차가 있었다는 사실을 이해한다. 나를 들여보내줘. 나를 들여보내줘. 커튼이 달리지 않은 거실 창문으로 희미한 은색의 빛줄기가 들어온다. 긁어대는 소리가 더 빨라지고 끈질기게 이어진다. 그 소리 뒤로 또 다른 소리가 들리는 것 같다. 높고, 자꾸 끊어지는 소리가 계속 이어진다. 흐느낌 같기도 하다. 책꽂이가 흔들린다. 그 뒤편에서 밀어붙이는 힘의 분노와 강도가 점점 더 커지는 것처럼.

"내가 들여보내줄게." 디가 속삭인다. 그녀가 책꽂이를 끌어당긴다. 그러자 책장이 신음 같은 비명을 지르며 옆으로 움직인다. 창밖에서 웅크린 채 안을 들여다보고 있는 형체가 눈에 들어온다. 장도리가 바닥으로 떨어진다. 디가 무릎을 꿇고 그 형체와 마주 본다. 그 형체는 어린아이다. 은처럼 하얀 피부는 달빛에 얼룩져 있으며, 입은 시커먼 체리 같고, 눈은 죽음의 빛을 가득 안은 채 등불처럼 반짝이고, 군데군데 두피가 손상되고 상처가 나 있다. 그건 새들이 머리카락을 잡아 뜯었기 때문이다.

"들어와." 디가 속삭이며 손을 내민다.

그 아이는 이승의 존재가 아닌 듯한 소리를 내며 디에게 쉭쉭거린다. 디가 숨을 헉 들이켠다. 두려움이 거세게 밀려온다. 그 두려움이 너무나 서늘해 심장이 멎을 것만 같다. 아이가 입을 벌리고 디의 팔을 낚아채서 이 세상에서 끌어내 어딘가 디를 기다리는 다른 세상으로 던져 넣으려고 팔을 확 내민다. 단단한 턱에 진주알처럼 박힌 하얀 치아가 보인다. 뭉툭하고 구부러진 손가락들이 보인다. 작고 창백한 얼굴이 물속을 지나가듯 어른거리는 빛 속에서 퍼져나가는 것 같다.

디가 비명을 지르고 그 소리가 꿈인지 뭔지 모를 것을 깨운다. 다시 보니 창문 앞에 웅크린 형체는 죽은 여자아이가 아니다. 그것은 고양이다. 턱이 넓적하고 달빛에 빛이 바랜 삼색털 코트를 입은 고양이가 쉭쉭거리며 디를 향해 앞발을 휘두른다. 그 순간 디는 장애가 있는 발에 발톱이 하나도 없다는 사실을 알아차린다. 디는 고양이를 달래는 소리를 내며 뒤로 물러난다. 고양이가 도망치려고 몸을 돌린다. 그러더니 잠시 고개를 돌려 디를 바라본다. 어둑한 곳에서 보는 뾰족한 얼굴이 으스스하다. 이윽고 고양이는 시커먼 정원 속으로 빠르게 녹아들며 모습을 감춘다.

디는 부들부들 떨면서 그대로 꿇어앉는다. "길 잃은 고양이였어." 디가 말한다. "자기 전에 무서운 책을 읽지 마, 응, 디디? 별일 아니야. 아무 걱정 하지 않아도 돼." 이것은 그녀의 오랜 습관이다. 진짜 감정은 안에 꾹 눌러 담아놓고 아빠가 듣고 싶어 했을 말을 밖으로 꺼낸다. 이렇게 망가져 있을 시간이 없다. 그녀는 다시 룰루를 떠올리고 방금 한 말이 효과를 발휘한다. 목적의식이 그녀를 차분하게 만든다. 요란하게 뛰던 심장의 박동이 느려진다.

디가 이리저리 뒤얽혀 뒷마당을 뒤덮어버린 나무들 쪽으로 시선을 돌린다. 사람의 손길이 닿지 않아 도저히 뚫고 들어올 수 없을 정도로 무성한 데다 한밤에도 향기를 뿜어낸다. 저 밖에 무엇이 몸을 숨기고 있을지 모른다. 그것이 집 가까이, 창문까지 기어 왔을 수도 있다. 그리고 기다란 손가락을 뻗어……. 몇몇 이웃이 마당의 풀을 바짝 깎아놓았다는 걸 알아차렸다. 아마 뱀과 해충이 그곳에 은신처를 만들지 못하게 하려고 그랬을 것이다. 디는 몸이 떨린다. 테드의 마당도 그녀의 마당처럼 엉망이다. 그녀는 그의 정원 곳곳에서 폭동을 일으키고 있는 덤불을 뚫어져라 바라본다. 달빛 속에서 그것들은 몸을 살며시 비틀며 움직이는 것처럼 보인다. 그녀는 구역감을 느끼며 머리를 흔든다. 호수에 갔던 그날은 디에게서 거의 모든 것을 빼앗아 갔지만, 동시에 뭔가를 남기기도 했다. 뱀 공포증. 사람들은 그것을 이렇게 부른다. 뱀에 대한 압도적인 공포. 디는 사방에서 그것을, 그늘진 곳에 똬리를 틀고 있는 모습을 본다. 그 공포로 인해 이성과 심장이 점점 느려져 초저속으로 돌아간다.

디는 천천히 양손을 컵처럼 모아서 얼굴로 가져가 마스크처럼 입을 가린다. 그리고 손바닥 컵 안으로 이름과 질문을 계속해서 속삭인다. 구름이 질주하듯 달을 가로지르며 그녀의 얼굴에 빛과 그림자를 번갈아 던지자 얼굴에 남은 눈물 자국이 번들거린다.

다음 날 아침 디는 거실 창문 옆에서 감시를 재개한다. 디는 커튼을 절대 걷지 않고 해가 져도 불을 켜지 않는다. 디는 한밤에 불을 밝힌 창문이 유도등처럼 빛난다는 사실을 안다. 테드도 그런 것 같다. 합판으로 막아버린 창문들을 보고 있으면 그 집이 일부러 디에게 등을 돌리고 숲을 향해 서 있는 것만 같다.

디는 테드의 습관을 하나씩 알아간다. 가끔 그는 숲으로 간다. 그러면 하룻밤 혹은 며칠 밤씩 돌아오지 않는다. 어떤 때는 시내로 간다. 그런 외출은 대체로 더 짧아서, 종종 몇 시간이나 하룻저녁으로 끝난다. 술에 잔뜩 취해 돌아오는 날도 가끔 있다. 어느 아침에는 앞마당에 서서 땅콩버터를 바른 피클처럼 보이는 음식을 먹는다. 그는 텅 빈 눈빛으로 앞을 바라본 채 기계적으로 턱을 움직인다. 그 앞마당에는 새 모이 판과 매달아 놓은 모이통이 있지만 새는 한 마리도 오지 않는다. 새들은 대체 무엇을 알고 있을까?

그녀는 인터넷에서 찾아낼 수 있는 것은 전부 알아낸다. 테드는 가끔 지역신문에 실리는 희귀 조류 칼럼에 자신의 목격담을 투고한다. 그의 어머니는 간호사다. 그녀는 몹시 아름답다. 육욕이나 식욕 같은 것은 전혀 느끼지 않을 것 같은 고전적인 느낌의 미인이다. 흐릿한 사진에서 그녀는 섬세한 손가락으로 상장을 들고 있다. 카운티의 올해의 간호사. 디는 그 일, 그러니까 테드 같은 자식을 키우는 일이 그녀에게 어떤 영향을 미치는지 궁금하다. 그녀는 아직도 아들을 사랑할까? 지금 어디에 있을까?

처음에 디는 숲으로 가는 테드를 미행하려고 했다. 테드는 숲길 초입에 도착하자 컴컴한 곳에서 발길을 멈추고 가만히 있는다. 그 자리에서 테드가 숨을 고르는 소리가 들린다. 디는 그대로 얼어붙는다. 디는 자신의 심장 소리가 그의 귀에까지 닿으리라 확신한다. 잠시 후 그는 굼뜬 야수 같은 소리를 내더니 숲으로 들어간다. 디는 도저히 따라갈 수 없다는 사실을 절감

한다. 이번은 아니다. 그는 그곳에서 디의 존재를 느꼈다.

그녀는 그러는 자신이 싫지만, 미행을 포기하자 마음이 놓인다. 시커먼 숲은 뱀들이 다니는 통로로 가득할 것 같다. 디는 집으로 가서 토한다.

그 후로 디는 미행 대신 그 집을 관찰하기로 했다. 어차피 여기까지 온 목적은 그가 아니다. 그녀는 인내심을 갖고 기다린다. 《폭풍의 언덕》이 넓적다리 위에 펼쳐져 있지만 눈길도 주지 않는다. 그녀는 잠시도 쉬지 않고 그 집을 노려본다. 낡은 비막이 판자에서 떨어져 나오는 페인트 조각에 깃든 기억들이며 녹슨 못과 벽마다 붙어 서서 머리를 까닥거리는 속새의 잎사귀와 민들레를 하나하나 다 지켜본다.

이틀이 지나가자 그녀는 거의 포기 상태가 된다. 그런데 매미와 벌과 파리와 참새가 내는 소리와 저 멀리서 잔디 깎는 기계가 윙윙거리는 소리들 사이로 마치 유리가 쨍그랑하고 깨지는 듯한 소리가 들린다. 그녀의 신경이 온통 그 소리로 향한다. 테드의 집에서 난 소리였나? 그녀는 그 짐작이 맞으리라 거의 확신한다. 100퍼센트에 가까울 정도로 확신한다.

디는 오랫동안 그 집을 지켜보느라 뻣뻣해진 몸으로 바닥에서 일어난다. 그녀는 그곳으로 가보기로 한다. 유리창이 깨지는 소리를 들은 것 같았다. 강도인가. 그녀는 어쨌든 이웃이니까……. 가서 확인해보는 건 자연스러운 반응이다.

막 나가려는데, 테드가 길을 따라 걸어온다. 그의 걸음걸이가 술에 취했거나 다친 사람처럼 몹시 조심스럽다. 그는 비닐봉지를 들고 있다.

디는 얼른 다시 앉는다. 테드를 보자 시야 가장자리가 흐릿해지고, 손바닥이 기름을 만진 것처럼 미끌거린다. 공포를 느낄 때 나타나는 몸의 반응은 사랑에 대한 반응과 너무나도 닮았다.

테드가 으스스할 정도로 조심스럽게 움직이면서 문을 연다. 잠시 후 웃음소리가 들린다. TV 소리일 것이다. 그 사이로 높고 청명한 목소리가 들린다. "대수학 공부는 하기 싫어."

곧이어 웅얼거리는 듯한 저음의 남자 목소리가 들린다. 테드일 것이다. 디가 긴장한다. 너무 용을 쓰다 보니 머리가 아프다. 두 집 사이 공간에 흐르는 여름 공기는 밀가루 반죽처럼 밀도가 높아 아무것도 뚫고 지나갈 수 없을 것만 같다. 여자아이가 쥐며느리에 관한 노래를 부르기 시작한다. 지금까지 그 집을 관찰하면서 디는 테드를 제외하면 그곳을 드나드는 사람을 아무도 보지 못했다.

안도감과 공포가 물밀듯이 밀려온다. 어찌나 그 기세가 대단한지 입 안에서 진창과 물 같은 맛이 느껴지는 것 같다. 최악의 공포와 최고의 희망이 확인되었다. 저 집에는 집 밖으로 절대 나오지 않는 아이가 있다. 지금까지 알아낸 사실은 이게 다야. 디는 엄하게 스스로에게 말한다. 하나씩, 차근차근. 디디. 하지만 그녀도 어쩔 수가 없다. 로런이라고 했지. 그녀가 생각한다. 불루. 본래 이름은 로라이다. 룰루, 로라, 로런. 마치 이름이 차곡 차곡 겹쳐지는 것처럼, 발음이 너무 비슷하다.

그 순간 노래하는 여자아이의 목소리가 여동생의 것과 똑같이 들린다. 음색과 목소리에서 살짝 끊어지는 것까지.

테드

"대수학 공부는 하기 싫어." 로런이 입을 삐죽 내밀고 툴툴거리는 소리에 미칠 것만 같다.

"주사위 놀이는 안 돼." 내가 타이른다. "그리고 징징거리는 것도 안 돼, 아빠 말 들었지? 오늘은 대수학과 지리학을 공부하는 날이야. 노래는 그만. 오늘 우리는 그렇게 공부할 거야. 책 가지고 식탁으로 가. 자, 어서." 그럴 뜻은 없었지만, 내 말투가 평소보다 더 매몰차다. 나는 지금 피곤하고 로런의 그런 말투는 견딜 수가 없다. 로런은 정말 작정을 했다. 내가 생각한 것보다 약효도 훨씬 떨어져 있다.

"머리가 아파." 로런이 말한다.

"음, 그러면 머리를 자꾸 그런 식으로 잡아당기지 않으면 되겠네." 로런이 갈색 머리카락 몇 가닥을 잡고 끄트머리를 자근자근 씹어댄다. 그러더니 힘껏 잡아당긴다. 이제 아이의 두

171

피는 머리카락이 뽑힌 자그마한 자국으로 온통 덮여 있다. 아이는 미리키락을 잡아 뜯는 일을 제일 좋아한다. 내 것이든, 제 것이든. 차이가 없다. "너는 아빠가 너를 빨리 돌려보냈으면 좋겠니? 제발 얌전히 굴어."

"미안해요, 아빠." 로런이 펼친 책으로 고개를 숙인다. 대수학 공부를 하는 건 아니겠지만, 적어도 공부하는 시늉을 할 정도의 눈치는 있다. 한동안 아무도 입을 열지 않는다. 잠시 후 로런이 말한다. "아빠?"

"응?"

"오늘 저녁은 내가 만들게요. 아빠는 피곤해 보여요."

"고맙구나, 로런." 아이가 보기 전에 얼른 눈물을 훔쳐야겠다. 방금 아이에게 고약하게 굴었다는 생각에 마음이 편치 않다. 그런 와중에도 아이가 이제라도 음식에 관심을 가지면 좋겠다는 희망적인 기분이 슬그머니 고개를 든다.

역시나 로런은 부엌을 엉망으로 만든다. 부엌에 있는 냄비란 냄비는 다 꺼내고, 냄비 바닥을 태우는 바람에 집 안이 매캐한 탄내로 가득 찬다.

"나 좀 그만 봐요, 아빠." 로런이 말한다. "나도 할 수 있어요."

나는 두 손을 들고 물러난다.

파스타는 반만 익었고 소스는 질척거리고 아무 맛도 나지 않는다. 파스타 안에는 약간 차가운 고깃덩어리가 들어 있다.

그래도 나는 로런이 준 음식을 남김없이 먹는다.

"지금까지 먹어본 저녁 중에 최고였어." 내가 로런에게 말한다. "고맙구나, 아기 고양이야. 오늘 내가 사 온 어깨 살을 넣었지?"

로런이 고개를 끄덕인다.

"음." 내가 말한다. "너는 왜 많이 안 먹니?"

"배가 안 고파." 로런이 대답한다.

"엄마는 늘 이렇게 말씀하셨지. '요리사는 언제나 식욕이 없다'고." 내가 로런에게 말한다. "네 할머니 말이야. 할머니는 이런저런 말씀을 많이 하셨거든. 이런 말씀도 하셨지. '여자에게 절대 미쳤다고 하지 마.'"

"그 사람은 내 할머니가 아니야." 로런이 조용하게 말한다. 오늘 로런이 애를 많이 썼으니 그 말은 그냥 넘어가기로 한다.

그 후 나는 설거지를 한다. 설거지는 시간이 걸린다. 마침내 우리는 함께 조용한 저녁을 맞이한다. 로런은 부엌 바닥 중앙에 앉는다. 밤이 되자 시원해지기는커녕 더 더워지는 것 같다. 우리의 피부는 땀으로 번들거린다.

"창문 열어도 돼요, 아빠?"

"안 된다는 거 알잖니." 물론 나도 열 수 있다면 좋겠다. 실내 공기가 확연히 뜨겁다.

로런이 넌더리가 난다는 듯 웩 소리를 내며 블라우스를 벗는다. 아이의 속옷이 지저분하다. 아무래도 빨래를 해야 할 것 같다. 종이를 서걱서걱 긋는 마커의 건조한 소리에 마음이 편안해진다. 갑자기 소리가 뚝 끊어지자 시선을 들어 아이를 본다. 아이 주위에는 크레용의 바다가 펼쳐져 있다. 마커로 무지개가 만들어져 있고 하나같이 뚜껑이 열려 있다.

"로런!" 내가 소리친다. "뚜껑 다 닫아, 제발. 마커는 나무에서 자라는 게 아니야." 하지만 아이는 멍한 눈빛으로 앞만 멀뚱히 바라본다.

"괜찮니, 아기 고양이야?" 로런은 아무 대답도 하지 않은 채 작게 숨을 헉 들이쉬고 나는 그 소리에 심장이 멎을 것만 같다. 손으로 아이의 이마를 짚어보니 아이의 몸은 바위 아래쪽처럼 차갑고 끈적거린다.

"애야." 내가 말한다. "위로 올라가자. 아빠가 재워줄게……."

로런이 대답하려고 입을 열지만 대답 대신 막 먹은 저녁이 뜨거운 물줄기처럼 입에서 튀어나온다. 로런은 토사물을 피하려고도 하지 않고 그 자리에 그대로 눕는다. 로런을 움직이려고 하자, 나와서는 안 될 것들이 나온다. 나는 그것들을 최대한 깨끗하게 치우고 물로 아이의 몸을 식혀준다. 그리고 아스피린과 이부프로펜을 먹여서 열을 낮춰보려고 하지만 로런은 약을 먹자마자 다 토해버린다.

"힘내, 아기 고양이야." 아이를 다독이는데 내 몸에서 이상한 일이 벌어진다. 내 목소리가 아주 먼 곳에서 들리는 것 같다. 하얗고 뜨거운 창이 내 몸을 뚫고 들어와 내장을 꿰뚫고 나간다. 주위가 부글거리더니 녹아내리기 시작한다. 오, 세상에. 검고 붉은 것이 내려온다. 우리는 함께 부엌 바닥에 드러누운 채 내장이 뒤틀리는 고통에 끙끙거리며 신음을 한다.

로런과 나는 하루 밤낮을 꼬박 앓는다. 우리는 사시나무 떨듯이 몸을 떨며 식은땀을 줄줄 흘린다. 시간이 천천히 흐른다. 마치 벌레가 1인치씩 기어가듯 시간도 멈췄다가 흐르기를 반복한다.

슬슬 몸이 회복되자 나는 로런에게 물과 찬장에서 찾은 스쏘즈 음료를 먹인다. 어느덧 저녁이 되어 짭짤한 크래커에 버터를 발라서 로런에게 하나씩 먹인다. 우리는 서로를 꼭 안는다.

"이제 갈 시간이 다 되었어." 내가 로런에게 말한다. 아이의 두 볼에 홍조가 살짝 되돌아왔다.

"꼭 그래야 해요?" 로런이 속삭인다.

"착하게 굴어야지." 내가 말한다. "일주일 후에 보자." 아이는 여전히 내 팔에 안겨 있다. 그러더니 소리를 지르기 시작한다. 나를 할퀴고 때린다. 아이는 내가 거짓말하고 있다는 사실을 안다.

나는 아이를 꼭 안는다. "이게 최선이야." 내가 말한다. "제발, 아기 고양이야, 제발 싸우려고 하지 마."

하지만 아이가 계속 나를 때리자 나는 버럭 화를 낸다. "내

가 이제 됐다고 할 때까지 외출 금지야." 내가 말한다. "자업자
득이야."

  머리가 빙빙 돌고 배 속이 녹아내린다. 하지만 나는 알아
야 한다. 나는 쓰레기통을 들여다본다. 냉장고 문을 열어두는
바람에 상한 어깨 살을 버린 쓰레기통이다. 갈색의 쓰레기 속
에 하얀 벌레들이 꿈틀거린다. 그날 아침 고기를 버렸을 때에
비해 봉지의 부피가 상당히 줄어들어 있다. 뜨거운 것이 목구
멍으로 치솟아 오르지만 간신히 참는다.

  나는 쓰레기통을 가지고 나간다. 어깨 살을 버리자마자 이
렇게 했어야 했다. 세상이 비틀거리고, 공기가 단단하게 느껴
진다. 이렇게 속이 울렁거린 적은 처음이었다.

  로런이 마지막으로 이런 짓을 한 건 오래전이었다. 바보가
된 기분이다. 우리가 친구라고 생각했기 때문이다. 경계심을
느슨하게 풀어서는 안 되었다.

  전축에서 나오는 음악 소리가 정적을 긁어댄다. 여자의 목
소리가 공기를 가득 채운다. 나는 이 노래가 싫다. 탬버린 소리
가 너무 많이 나온다. 하지만 그냥 틀어둔다.

  나는 모든 것을 주의 깊게 확인한다. 칼은 찬장 높은 곳에
있다. 있어야 할 곳 말이다. 노트북을 넣어두는 선반의 자물쇠
도 잘 채워져 있다. 하지만 자물쇠의 금속 표면이 왠지…… 흐

릿하다. 마치 땀으로 축축한 손바닥에 들어가 있었던 것처럼, 누군가 비밀번호를 알아내려고 여러 번 만지작거리기라도 한 것처럼 말이다. 나는 내 딸을 사랑한다. 하지만 로런은 자신과 나를 독살하려 한 게 분명하다.

펜과 크레용이 다 있는지 확인해보니 분홍색 마커가 보이지 않는다. 하지만 더 심각한 일이 벌어져 있다. 내가 그것들을 평소 보관하는 선반에 넣고 잠그려는데, 크레용 상자 위에 학살 용의자 목록을 적어둔 쪽지가 올려져 있다. 그 쪽지를 집어 드는데, 목록에 새로운 이름이 더해져 있었다. 그것도 역겨운 분홍색 마커로 말이다.

로런. 아이의 떨리는 필체로 그렇게 적혀 있다. 당연히도 이것이 내내 내 곁을 떠나지 않던 두려움의 정체였다.

나는 쥐며느리처럼 소파에서 둥글게 몸을 만다. 내 시야의 가장자리가 새까맣게 변해간다. 위가 뒤틀린다. 속에 든 것이 모두 역류한다. 이제 정말 끝이다. 오, 맙소사.

올리비아

그녀가 올 시간이 아니라는 걸 알지만, 그래도 관찰 구멍으로 밖을 내다보는 중이야. 사랑은 희망이기도 하거든. 회색빛 하늘과 군데군데 자란 풀, 삼각형을 이루는 빙판길. 바깥세상은 꽤나 추워 보여. 이런 날에는 집고양이로 사는 것도 그리 나쁘지 않아.

내 뒤로 TV가 켜져 있어. 새벽 거리와 산책에 관한 내용이 나오는 중이야. 테드는 가끔 내가 볼 수 있도록 TV를 틀어놓아. 가끔은 저절로 켜지기도 해. 상당히 낡았거든. TV에서 많은 것을 배울 수 있어. TV가 켜져 있어서 기분이 좋아. 지금도 내 곁에서 새된 소리로 계속 징징거리는 소리가 TV 소리에 지워지거든. 이이이이이이이, 이이이이이.

내가 깜박 졸았나 봐. 누가 말을 걸어서 깜짝 놀랐거든. 처음에는 '주님'인 줄 알고 얼른 바로 앉았어. 부르셨나이까?

"우리는 트라우마를 조사해야 합니다." 그 목소리가 이렇게

178

말하더라고. "그 뿌리까지 파고들어야 하지요. 그곳을 다시 찾아가야 해요. 그 뿌리를 완전히 제거하기 위해서요."

하품이 절로 나오네. 저 테드는 TV에 가끔 나오는데 정말 따분해. 나는 저 테드의 눈이 마음에 안 들어. 작고 파랗고 관찰 구멍처럼 동글동글하지. 저 테드가 TV에 나올 때마다 그의 냄새도 나는 것만 같아. 그런 생각을 하면 꼬리가 따끔거리는 것 같아. 저 테드에게서 먼지와 상한 우유 냄새가 나. 그런데 어떻게 내가 냄새를 맡을 수 있지? TV에 나오는 테드들의 냄새는 맡을 수 없잖아!

낮 시간 TV는 정말 형편없어. 이 채널은 공중파 방송 채널 같은 건가 봐. 채널을 돌리고 싶어.

차라리 내가 직접 TV 프로그램을 만들어야겠어. 생각해보니 내 프로그램 정말 재미있겠다. 프로그램 제목은 '올리비아와 함께 할고양'이 좋겠어. 내 프로그램에서는 그날 내가 먹을 것을 전부 다 설명해줄 거야. 내 사랑과 그녀의 호랑이 같은 눈과 부드러운 발걸음에 대해서도 전부 말할 거고. 이 세상에 존재하는 낮잠의 종류와 질에 대해서도 살펴봐야겠어. 왜냐하면 낮잠은 종류가 정말 많거든. 잠깐이지만 깊게 자는 낮잠, 나는 이런 낮잠을 '소원 우물'이라고 불러. 아주 얕은 졸음, 그러니까 몽롱하게 잠에 취하는 종류로, 몇 시간씩 이어지는 낮잠, 나는 이런 낮잠을 '스케이트보드'라고 이름 붙였어. TV를 보고 있는데 마침 (이 프로그램과 달리) 재미있는 프로그램이 나오고 그 프로그램에 푹 빠져 있으면서 동시에 잠이 들어 있어. 이런 종류는 '속삭이는 자'라고 해. 누군가 당신을 재우려고 쓰다듬어주는 중이며 당신의 가르릉 소리가 깊은 땅속에서 울리는 소리와 뒤섞이는 잠도 있어⋯⋯. 이런 잠의 이름은 아직 못 지었어. 하지만 아주 기분 좋은 낮잠이야.

아무튼 내 경험과 내 머리에 든 귀중한 생각을 모두와 함께 나누는 것은 좋은 일 같아. 따지고 보면 나는 지금도 그런 일을 하고 있지만, 시각적인 매체를 활용하면 더 좋지 않겠어? 나는 화면발을 엄청 잘 받으니까 말이야.

│ 테드 │

로런이 너무 보고 싶다. 최초의 충격이 지나간 지금, 나는 로런이 학살자일 리 없다는 사실을 안다. 로런이 그런 짓을 할 리 없다는 게 아니다. 할 수 없기 때문이다. 로런은 밖으로 나갈 수가 없다. 그러니 어떻게 덫을 놓겠는가. 나도 모르게 그런 장치를 했다고? 아니다, 절대 로런일 수가 없다. 로런이 나를 도발하려고 그 목록에 제 이름을 쓴 것이다. 로런은 그런 짓을 좋아한다.

로런과는 당분간 떨어져 있어야 한다. 적어도 내가 로런을 어떻게 키울지 마음을 정할 때까지는.

곤충 남자를 다시 만날 날이 가까워지는 동안 나는 계속 체중이 줄었다. 몸이 벌벌 떨리지만 비틀거리지 않고 길을 걸을 수 있다. 다행이다. 나는 몇 가지 질문을 해야 한다.

나는 곤충 남자가 문을 닫는 모습을 보며 서둘러 이야기를
시작한다.

"요즘 새로운 TV 프로그램을 보기 시작했어요." 내가 말
한다. "정말 재미있어요."

곤충 남자가 목청을 가다듬는다. 그리고 부산스럽게 콧잔
등의 안경을 밀어 올린다. 굵고 검은 테에 사각형 알이 끼워진,
비싸 보이는 안경이다. 나는 그가 어떤 삶을 사는지 궁금하다.
하루 종일 사람들이 그들 자신에 대해 늘어놓는 이야기를 듣다
보면 신물이 나지 않는지 궁금하다.

"전에 말했다시피, 우리 시간에 TV에서 본 것에 대해 이야
기하고 싶다면…… 지금은 당신 시간이긴 해요. 하지만……."

"새 TV 프로그램은 어떤 소녀에 대한 드라마예요." 내가
말한다. "10대인데, 어떤, 어떤 성향을 갖고 있어요. 그러니까
내 말은 그 아이가 폭력적이라는 거예요. 그 소녀는 사람과 동
물에게 해코지하는 걸 좋아해요. 그 애를 사랑해주는 어머니가
있고 그 어머니는 항상 딸을 보호하고 딸이 생명을 해치지 못
하게 막으려고 해요. 어느 날 어머니는 딸을 다치게 했는데, 그
것 때문에 소녀는 다시는 걷지 못하게 되었죠. 그러니까 그건
사고였어요. 어머니가 일부러 그런 건 아니지만, 딸은 그 사건
으로 어머니를 증오하게 되었어요. 어머니의 고의라고 생각하
거든요. 제 생각에 그건 정말 불공평해요. 아무튼 그 소녀는 장
애 때문에 집에서만 지내야 하죠. 그리고 계속 어머니를 죽이

려고 해요. 어머니는 딸의 폭력성을 은폐하고 보호해주는 한편 딸의 본성을 숨기느라 자신의 인생을 쏟아붓고 있어요."

"이야기가 복잡하군요." 곤충 남자가 말한다.

"내가 알고 싶은 건요, 만약 이런 일이 현실에서도 벌어진다면 그 어머니는 딸의 행복을 위해 달리 어떤 일을 할 수 있을까 하는 거예요. 딸의 폭력성을 막기 위해서요. 그리고 이런 건 유전인가요? 제 말은, 그 어머니가 딸을 화나게 했을까요? 아니면 내면에서 비롯되었을까요?"

"본성인가 양육인가? 이건 아주 중대하고 까다로운 문제죠. 상황을 좀 더 알아야 할 것 같아요." 곤충 남자가 말한다. 그는 나를 빤히 바라보고 있다. 귀뚜라미 같은 그 동그란 눈으로 말이다. 잘 보면 그의 머리에 난 더듬이가 흔들리는 모습도 보일 것 같다.

"음, 더 이상은 저도 몰라요. 그 드라마는 이제 막 시작했거든요, 아시겠어요?"

"그렇군요." 그가 말한다. "이런 관점에서 당신의 딸에 대해 이야기하는 게 도움이 된다고 생각하시는 거죠?"

"아뇨."

그가 나를 바라본다. 그의 동그란 눈이 지금은 가짜 동전처럼 납작해진 것 같다. "우리는 누구나 내면에 괴물을 품고 있어요." 그가 말한다. "당신이 당신의 괴물을 풀어주면, 테드, 그 괴물은 더는 당신을 괴롭히지 못해요."

별안간 곤충 남자가 완전히 다른 사람이 된 것 같다. 안전하고 자그마한 빌레가 아니라 유독한 딱정벌레. 나는 숨도 잘 쉬어지지 않는다. 어떻게 아는 걸까? 그렇게 조심했는데.

"나는 당신이 생각하는 것만큼 멍청하지 않아요." 그가 조용하게 말한다. "당신은 딸을 비인간화하고 있어요."

"그게 무슨 뜻이죠?"

"딸을 사람으로 생각하면 당신은 압도되어버리는 거예요. 그래서 딸의 감정을 고양이에 빗대어 처리하는 거죠."

"선생님이 저를 도와줄 수 없다면 그렇다고 말씀해주세요." 정신을 차려보니 내가 고래고래 소리를 지르고 있다. 나는 심호흡을 한다. 곤충 남자가 머리를 갸웃한 채 나를 빤히 바라본다.

"죄송합니다." 내가 말한다. "정말 무례하게 굴었어요. 지금 기분이 아주 안 좋아요. 바보 같은 드라마 때문에 흥분했네요."

"이곳은 당신이 자신의 분노를 표출해도 되는 안전한 장소예요." 그가 말한다. "계속합시다." 그가 평소처럼 작고 안전하게 보인다. 내가 다른 것을 상상했나 보다. 이 사람은 그저 곤충 남자다.

곤충 남자는 트라우마와 기억, 그러니까 평소에 하던 이야기를 늘어놓기 시작하지만 나는 듣지 않는다. 내게는 트라우마가 없다고 아무리 말을 해도 그는 좀체 들으려 하지 않는다. 나는 이런 식으로 때때로 그의 이야기에 귀를 막아버리는 법을 깨우쳤다.

그에게 버럭 성내는 모습을 보이지 않았으면 좋았을 텐데. 결국 이야기가 다른 길로 빠지는 바람에 필요한 대답도 얻지 못했다. 로런이 나를 너무 약하게 만들었다. 나를 죽이려고 호시탐탐 노리는 사람과 함께 사는 일은 정말 힘들다.

전신주마다 붙어 있는 전단지는 누더기처럼 헐었고 비바람에 색도 바랬다. 치와와 레이디의 얼굴이 점점 으스스하게 변해간다. 나는 그쪽으로는 눈길도 주지 않고 그녀의 집을 지나친다. 그 집이 나를 바라볼까 두렵다. 나는 곤충 남자에게서 받은 작은 갈색 종이봉투를 꼭 안는다.

올리비아

창문마다 달도 별도 없이 새까만 밤을 보여준다. 테드는
아직도 외출 중이다. 얼마나 시간이 흘렀을까? 이틀? 사흘? 내
생각에 이런 행동은 무책임하다.

부엌에 가보니 뭔가가 내 밥그릇에서 살아 꿈틀거린다.
음, 나는 그런 것을 먹을 수 없다. 나는 수도꼭지에서 똑똑 떨어
지는 물을 핥는다. 뭔가가 벽을 따라 종종걸음으로 사라진다.
배가 너무 고프다.

물론 배를 채우기 위해 내가 할 수 있는 일이 있다……. 한
숨이 나온다. 꼭 해야 하는 게 아니라면 그를 끌어들이고 싶지
않다. 나는 평화를 사랑하는 고양이다. 나는 햇빛이 잘 드는 양
지바른 곳과 가끔은 나를 어루만지는 손길, 내 발톱을 난간에
대고 날카롭게 갈 때의 즐거운 기분을 좋아한다. 나는 테드의
아기 고양이고 '주님'의 분부에 따라 테드를 행복하게 만들어준

다. 그런 것이 관계를 유지하기 위해 하는 일 아닌가? 나는 살생을 즐기지 않는다. 하지만 배가 너무 고프다.

눈을 감자 바로 그가 느껴진다. 그는 항상 내 마음속 안쪽에 있는 새까만 무더기 속에 몸을 웅크린 채 기다리고 있다.

내 시간인가, 지금? 그가 묻는다.

그래. 내키지 않지만 그렇게 대답한다. 네 시간이야.

나는 테드의 아기 고양이지만, 내게는 다른 자아가 있다. 나는 그 자아에게 이 몸의 통제권을 넘길 수 있다. 물론 잠시만. 어쩌면 우리는 누구나 어딘가에 야생적이고 은밀한 자아를 숨겨두고 있는지 모른다. 니의 나쁜 자아는 '밤시간'이다.

그가 물 흐르듯 유연한 몸놀림으로 단박에 일어선다. 그도 나처럼 새까맣지만 나와 달리 가슴에 하얀 털은 없다. 그도 나의 일부이기 때문에 단정하기는 어렵지만, 덩치는 나보다 큰 것 같다. 보브캣 정도일 것이다. 그건 말이 된다. 그는 한때 우리였던 존재들의 기억이니까. 그는 사냥꾼이다.

이제 그에게 말한다. 사냥을 해.

그가 분홍색 혀로 날카롭고 하얀 이를 슥 훑는다. '밤시간'이 우아한 걸음걸이로 어둠 속에서 나온다.

나는 구역질을 하며 정신을 차린다. 무슨 이유인지 욕실에 있다. 문이 열려 있고 채광창에서 홀로 쏟아지는 으스름한 빛이 보인다. 아직 밖은 칠흑처럼 컴컴하고 동쪽은 분홍빛으로 밝아오는 기미조차 없다.

내 앞의 타일 바닥에는 피에 물든 뼈가 수북하다. 살이 말끔하게 발린 뼈들. 나는 밤의 고기로 배가 부르다. 뼈의 주인은 어떤 동물인지 궁금하다. 아마 항상 부엌 벽 속에서 노래를 부르던 쥐일 것이다. 다람쥐일 수도 있다. 다락에 둥지가 있다. 가끔 찍찍거리며 들보를 돌아다니는 소리가 들린다. 나는 다람쥐들이라고 생각하지만, 유령일 수도 있다. 나는 다락에는 가지 않는다. 그곳에는 창문이 하나도 없고 나는 창문이 있는 곳만 좋아한다. '밤시간'은 그런 것을 개의치 않는다.

유령을 떠올리자 괜히 언짢고 기분이 이상해진다. 내 앞에 쌓인 뼈 무더기가 더는 쥐의 뼈로 보이지 않는다. 작은 인간의 손뼈처럼 보인다.

뭔가가 천장을 기어다닌다. 다람쥐라고 하기에는 움직이는 소리가 훨씬 둔탁하다. 나는 최대한 빨리 아래로 내려가 따뜻하고 아늑한 상자로 쏙 들어간다.

테드는 '밤시간'에 대해서 모른다. 그러니까, 그는 우리 둘을 구별하지 못한다. 그에게는 제대로 설명할 수 없을 게 뻔하다. 언어 장벽이 있으니까. 그리고 말이 통한들 뭐라고 하겠는가? '밤시간'은 내 일부다. 우리는 한 몸을 소유하는 두 개의 자아다. 이런 것이 고양이의 특성인 것 같다.

밤은 아직도 계속 이어지고 나는 여전히 배가 고프다.

내 시간이야, 또?

네 시간이야.

'밤시간'이 다시 튀어나온다. 그의 발걸음에 기쁨이 가득
차 있다.

| 테드 |

금발 여자가 승낙을 했다. 놀라울 따름이다. 당신은 그 여자가 좀 더 조심해야 한다고 생각할 것이다. 하지만 내가 보기에, 사람들에게는 상대를 믿으려는 마음이 있다. 우리는 밤새 메시지를 주고받았다. 저만큼 바다를 사랑하는 사람을 만나다니 정말 반가워요. 그녀가 쓴다. 그 점에 대해서는 전적으로 정직하다고 할 수는 없지만, 만나서 해명할 생각이다.

그런데 언제 어디서 만나야 할까? 무슨 옷을 입고 나가지? 그 여자가 정말 약속에 나올까? 질문이 연달아 떠오르더니 별안간 모든 것이 끔찍하게 느껴진다. 입고 있는 옷을 살펴보았다. 셔츠는 정말 낡았다. 내가 일했던 정비소에서 준 옷이다. 진홍색이었던 셔츠는 물이 빠져 분홍색에 가까워졌고, 군데군데 면이 종잇장이라고 해도 될 정도로 해졌다. 그리고 당연하게도 주머니에는 내 이름이 새겨져 있다. 이런 옷은 내가 이름을 까

먹을 경우 편리하다, 하하. 하지만 여자들은 이런 것을 좋아하지 않겠지. 내 청바지는 케첩 같은 것이 튀어 점점이 검게 얼룩진 부분을 제외하면 물이 너무 빠져서 회색이 되었다. 양쪽 무릎에 구멍이 나 있는데 멋져 보이지 않는다. 어딜 보나 색이 바랬다. 집에 깔아놓은 환한 주황색의 예쁜 깔개처럼 알록달록해지고 싶다.

그 여자가 푸른 눈과 금발까지 동원해 내 기분을 엉망으로 만들고 있다. 어째서 그 여자는 나를 이렇게 곤란한 상황에 빠트리지? 왜 말을 걸 상대로, 만날 상대로 나를 골랐을까? 그녀가 나를 보자마자 어떤 표정을 지을지 벌써부터 상상이 된다. 그 자리에서 돌아서서 가버릴 것이다.

엄마와 아빠가 은빛 액자 안에서 바라본다. 스털링 실버로 만든 묵직한 액자이다. 지금껏 이 액자를 따로 치워놓았었는데 이제 때가 된 것 같다. 나는 엄마와 아빠의 사진을 액자에서 조심스럽게 꺼낸다. 사진에 입을 맞추고는 돌돌 말아 뮤직 박스에 깊숙이 넣어둔다. 작은 발레리나는 부서지고 숨이 끊어져서 음악의 관에서 안식을 취하고 있다.

나는 엄마가 가신 후 전당포에 물건을 잡히는 법을 알게 되었다. 은수저들. 아빠의 회중시계. 아빠가 아빠의 아빠에게 물려받은 시계였다. 이제 그분들은 모두 떠났다. 집은 온통 헐벗은 부분과 텅 빈 곳들로 뒤덮여 있다. 액자가 마지막 남은 물건이다.

먼지가 풀풀 날리는 따뜻한 거리에 있는 전당포는 컴컴하다. 액자를 맡기자 그곳의 남자가 내게 돈을 준다. 필요한 액수보다 훨씬 적다. 그 돈 내에서 해결해야 한다. 나는 사람들이 아무것도 묻지 않는 곳을 좋아한다. 손에 쥔 지폐의 느낌이 좋다. 나는 컴컴한 뮤직 박스 안에서 점점 희미해져가는 얼굴로 나를 바라보는 엄마를 떠올리지 않으려고 애를 쓴다.

서쪽으로 걸어가다 마침내 진열창에 옷을 진열해둔 가게를 보고 들어간다. 이곳에는 물건이 잔뜩 있다. 낚싯대와 제물낚시용 미끼, 미끼 통, 고무장화, 총, 총알, 손전등, 이동용 스토브, 텐트, 정수기, 노란 바지, 녹색 바지, 붉은 바지, 푸른 셔츠, 체크무늬 셔츠, 티셔츠, 야광 조끼, 큰 구두, 작은 구두, 갈색 부츠, 검은 부츠…… 나는 빠르게 훑어보기만 한다. 심장이 너무 빠르게 뛴다. 너무 빠르다. 고를 수가 없다.

계산대 뒤의 남자는 갈색 체크무늬 셔츠에 갈색 바지를 받쳐 입고 녹색 조끼를 입고 있다. 그는 나처럼 턱수염을 길렀고 나와 조금 닮은 듯도 하다. 그러자 한 가지 생각이 떠오른다.

"그 옷들을 살 수 있을까요?" 내가 가리킨다.

"뭐요?"

나는 끈기 있는 사람이므로 다시 반복한다.

그 남자가 대답한다. "내가 지금 입고 있는 것들을요? 당신 오늘 운 좋네요. 우리 가게에 다 재고가 있거든요. 내게 잘 어울리나 봐요, 그렇죠?"

특별히 그의 옷이 마음에 드는 것은 아니다. 하지만 적어도 유치원생처럼 가슴팍에 이름이 적힌 셔츠를 입고 데이트에 가지 않아도 된다면 상관없다.

"당신이 지금 입고 있는 옷을 살게요." 내가 말한다. "당장 벗어준다면요."

그의 목이 부풀어 오르고 동공이 작아진다. 포유류는 화가 나면 다 똑같은 모습이 된다. "이봐요, 친구……."

"농담이에요." 내가 얼른 말한다. "속았죠, 친구. 음, 여기서 원피스도 팔아요? 그러니까 색깔이 여러 가지인? 혹시 푸른 색은 있어요?"

"여기는 야외 활동 용품점이에요." 그가 나를 한참이나 노려보며 말한다. 내가 또 일을 망친 것 같다. 그가 말없이 선반에서 옷을 가져온다. 나는 그 옷들을 입어보고 싶지 않다. 계산대에 돈을 던지듯 놓고 가게를 나온다.

나는 일찌감치 약속 장소에 도착해 바에 자리를 잡는다. 내 양쪽에는 생계를 위해 트럭을 모는 거구의 트럭 기사들이 야구 모자를 쓰거나 가죽옷을 입은 채로 앉아 있다. 새 옷을 입고 있으니 나도 그들에 속한 기분이 든다. 그래서 내가 이곳을 약속 장소로 고른 것이다. 섞여 드는 것은 좋은 일이니까.

그 바는 고속도로 변에 있고, 가게 뒤쪽에는 긴 의자가 여러 개 놓여 있다. 이곳에서 바비큐를 한다. 최근에 몹시 더웠기 때문에 이곳이 좋을 것 같았다. 가게 주위에 자라는 나무마다 전구를 걸어 예쁘게 장식해두었다. 여자들은 이런 걸 좋아한다. 그렇지만 나는 이곳을 보자마자 데이트 상대를 만나기에 적당하지 않다는 사실을 금방 깨닫는다. 오늘 밤은 비가 오고 있다. 후텁지근한 날씨에 뇌우마저 쳐 비참할 따름이다. 손님은 전부 안으로 들어가 있다. 벤치와 따뜻한 저녁, 나무를 장식한 꼬마전구들이 없으니 이곳은 완전히 다르게 보인다. 가끔 들리는 트림 소리를 제외하면 조용하다. 음악도 없고 머리 위에 걸린 형광등 불빛이 눈이 아프도록 환해서 빈 잔과 맥주 캔이 어지럽게 나뒹구는 알루미늄 탁자가 삭막하기만 하다. 리놀륨 바닥에는 진흙투성이 부츠 자국이 찍혀 있다. 분위기 있는 곳이라고 생각했는데, 지금 보니 별로다.

일단 보일러메이커*를 주문한다. 바 뒤쪽에는 거울이 붙어 있는데, 그 거울 때문에 특별히 이 자리에 앉았다. 이 자리에서는 입구가 한눈에 보이기 때문이다.

그녀가 막 비를 맞은 채 바로 들어온다. 나는 그녀를 곧장 알아본다. 사진 속 모습 그대로다. 버터처럼 노란 머리와 친절한 인상의 푸른 눈동자. 그녀가 주위를 둘러보자 나는 그녀의 눈을 통해 이곳을 훨씬 더 또렷하게 볼 수 있다. 그녀는 이곳에 있는 유일한 여성이다. 여기는 냄새도 난다. 전에는 이 냄새를

✽　위스키와 맥주를 섞거나 따로 잇달아 마시는 일명 폭탄주.

알아차리지 못했다. 청소가 시급한 햄스터 우리에서 날 법한 냄새. 어쩌면 쥐 우리일 수도 있다. (아니다. 그건 떠올리지 말자.)

그녀는 알루미늄 탁자 하나로 다가가 자리에 앉는다. 그걸 보면 성격이 서글서글하거나 그만큼 필사적인지도 모른다. 오늘 만날 사람이 스톡 이미지*에서 볼 법한 하얀 치아를 드러내며 미소 짓는 남자가 아니라는 사실을 알면 곧장 이곳에서 나가버릴지 궁금하다. (나는 내 사진을 쓰지 않는다. 그러면 안 된다는 교훈을 일찌감치 깨우쳤다. 나는 어느 세무사의 홈페이지에 올라와 있는 사진을 가져왔다. 그 남자는 서류에 서명하는 시늉을 하고 있지만 실은 카메라를 향해 크고 흰 치아를 드러낸 채 미소를 짓고 있다.) 그 여자가 피곤에 절은 웨이트리스에게 뭔가를 주문한다. 탄산수. 상식을 갖춘 낙천주의자. 그녀의 머리가 흘러내려서 크림색 금발이 출렁이며 얼굴을 가린다. 그리고 그녀는 푸른색 원피스를 입고 있다. 때로 청바지나 체크 셔츠 차림으로 오는 사람들이 있는데, 내가 원하는 옷차림이 아니다. 그런데 이 여자는 제대로 입었다. 다만 나풀거리는 종류는 아니다. 정확히 말해서 원피스 옷감 말이다. 그 옷은 오간자가 아니라 코듀로이나 데님처럼 더 두툼한 천으로 만든 것이다. 게다가 샌들이 아니라 부츠를 신고 있다. 그래도 이 정도면

---

* 비축되어 있는 이미지라는 뜻으로, 스톡 플랫폼에 올라와 있는
   저작권이나 초상권에 문제가 없는 사진을 말한다.

충분히 완벽에 가깝다.

나는 그녀와 메시지를 주고받을 때 조심스럽게 유도를 했다. 나는 그 여자, 그러니까 그 가수의 앨범—제목이 〈블루〉다—에 대해 이야기를 했다. 내가 제일 좋아하는 앨범이죠. 내가 그녀에게 말했다. 그리고 나는 그 색깔을 아주 좋아해요. 내 딸의 눈동자가 그 색깔이거든요. 우리 사이에 대화가 점점 더 무르익자 나는 그녀에게 그녀의 눈동자 색이기 때문이기도 하다고 말했다. 잔잔하고 상냥한 바다 같아요. 나는 이렇게 썼다. 내 말은 진심이었다. 그녀의 눈동자는 예쁘니까. 물론 그녀는 그 말을 좋아했다.

'만나는 날 우리 둘 다 푸른색으로 입고 오면 어떨까요?' 그리고 이어 썼다. '서로를 알아볼 수 있잖아요.' 그녀는 아주 좋은 생각이라고 여겼다.

내가 입은 플란넬 셔츠는 갈색과 노란색이 섞여 있다. 나는 녹색 모자를 썼다. 내가 입은 바지도 갈색이다. 새로 산 옷들은 따끔거리지만 적어도 내 이름이 수놓아져 있지 않다! 나는 첫 번째 여자가 했던 행동—들어와서 나를 한 번 보더니 그대로 나간다—을 이 여자도 반복할지 모른다는 생각을 도저히 견딜 수가 없다. 그래서 이런 거짓말을 했다. 이런 짓을 해서 마음이 좋지 않다. 하지만 저 자리에 가서 다 설명할 것이다. 조금 있다가. 내가 정말 필요로 하는 사람은 데이트 상대가 아니라 친구라는 사실도 설명할 것이다. 내가 사과하면 우리는 이 상황을 두고 웃음을 터트릴 것이다. 웃지 않을 수도 있다. 이 일을 해내야 한다는 압박감에 머리가 쿵쿵거린다.

그녀가 휴대전화를 본다. 내가 오지 않을 거라고 생각하는 것 같다. 아니, 하얀 치아의 그 남자가 오지 않을 것이라고 할까. 그래도 계속 기다린다. 아직 20분이 되지 않았기 때문이다. 누구든 그 정도는 기다려줘야 한다. 그것이 일반적이다. 희망이 제일 마지막에 사라지기 때문이다. 어쩌면 빗길 속으로 운전하러 나가기 전에 잠시 몸을 녹이는 중일지도 모른다. 그녀는 탄산수를 한 모금 마시며 인상을 쓴다. 평소에 마시는 유류가 아닌 것이다. 나는 보일러메이커를 한 잔 더 주문한다. 이제 저 자리로 가야 해. 내가 각오를 다지듯 중얼거린다. 마지막으로 주문한 술을 마셔야 한다. 용기를 내기 위해서.

정확히 35분 후 그녀가 자리에서 일어난다. 실망감에 그녀가 눈을 가늘게 뜬다. 그녀에게 슬픔을 줘서 나도 괴롭다. 일어나서 그녀를 잡아야 한다고 생각하지만 어째서인지 그런 일은 일어나지 않는다. 나는 거울을 통해 그녀가 실크로 된 푸른색의 뭔가를 목에 두르는 것을 지켜본다. 스카프라고 하기에는 폭이 너무 좁아서 띠나 넥타이에 더 가깝다. 그녀는 탁자에 5달러 지폐를 놓아두고 나간다. 그 동작이 결연하고 걸음이 빠르다. 그녀는 수직으로 내리꽂히는 빗속으로 나간다.

그녀가 문을 닫고 나가는 순간 나는 큰 짐을 내려놓은 것 같다. 나는 주문한 술을 얼른 들이켜고 재킷을 걸치며 따라 나간다. 그녀를 그렇게 혼자 내버려둔 것도, 겁을 먹고 소심하게 군 것도 너무 미안하다. 상황을 바로잡고 싶다. 서두르다가 물기에 젖은 리놀륨 바닥에 미끄러진다. 그녀를 이렇게 가게 내버려둬서는 안 된다. 나는 이 상황을 다 설명할 수 있고 그녀는 이해해줄 것이다. 분명히 그렇게 될 것이다. 그녀의 눈은 너무나 상냥하고 너무나 푸른색이니까. 나는 그녀를 위해 내가 요리한 음식을 상상한다. 그녀에게 나의 초콜릿 치킨 커리를 만들어줄 것이다. 모두가 그 요리를 높게 평가하는 건 아니지만, 그녀는 마음에 들어 할 것이다.

나는 비바람 속으로 서둘러 나간다.

아직 늦은 오후일 뿐인데 구름이 사방에 그림자를 던져 어스름 깔리는 저녁 같다. 빗줄기가 총알처럼 물웅덩이를 때린다. 주차장은 트럭과 밴으로 가득 차서 어디에도 그녀의 모습이 보이지 않는다. 바로 그때 주자창 반대편 끄트머리에서 따스한 불을 밝힌 물방물 같은 자그마한 차에 앉아 있는 그녀가 보인다. 빗물인지 눈물인지에 그녀의 얼굴이 젖어 있다. 아직 돌아갈 결심을 하지 못한 것처럼 운전석의 문을 열어두었다. 그녀가 목에 두른 푸른색의 뭔가를 매만지더니 핸드백을 뒤져서 티슈를 꺼낸다. 그리고 얼굴의 물기를 닦고 코를 푼다. 나는 침착하고 용기 있는 그녀의 태도에 몹시 감동했다. 인생에 맞서 나를 만나러 나왔으니 말이다. 내가 나타나지 않아 결국 인생에 무릎을 꿇어야 했지만. 그러나 저 여성을 보라. 얼굴의 물기를 닦아내고는 자신을 다시 추스르려고 한다. 저런 사람이어야 올리비아나 로런이 믿고 의지할 수 있으리라. 내가 친구에게 기대하는 성품이기도 하다. 내가 없어지더라도 그들 곁에 있어줄 사람.

　나는 고개를 폭 숙인 채 휘몰아치는 빗속으로 들어가 줄지어 서 있는 차를 지나 그녀에게 다가간다.

디

"도와주겠다고 했잖아요." 테드가 말한다.

"뭐라고요?" 일요일 이른 아침. 테드가 디의 현관문 앞에 서 있다. 디의 심장이 거세게 뛰기 시작한다. 순간 디는 그녀의 정체와 이곳에 머무르는 이유를 테드가 다 알아버렸다고 확신한다. 정신 차려, 디디. 그녀가 자신을 다그친다. 이런 우중충한 일요일 아침에는 아무도 살해되지 않아. 하지만 사람들은 살해된다, 당연하게도. 디는 하품으로 두려움을 감추고 눈을 비비며 잠을 몰아낸다.

테드가 다른 쪽 발로 체중을 옮긴다. 그의 턱수염은 평소보다 더 덥수룩하고 붉고, 피부는 더 창백하고, 눈은 더 작고 흐릿해 보인다. "저번에 제가 처리할 수 없는 일이 있으면, 어, 제 팔 때문에요. 그러면 도와줄 거라고 했잖아요. 어쩌면 그냥 해본 말씀일 수도 있지만요."

"아니에요." 그녀가 말한다. "무슨 일인가요?"

"이 유리병요." 그가 말한다. "열 수가 없어요."

"이리 줘보세요." 힘을 주고 뚜껑을 돌리자 금방 돌아간다. 텅 빈 유리병 안에는 쪽지가 한 장 들어 있다. 그 쪽지에는 단정한 대문자로 이렇게 적혀 있다. '한잔하러 가요.'

"귀엽네요." 그녀가 말한다. 여전히 아무렇지도 않은 표정을 짓고 있지만, 머릿속은 미친 듯이 돌아가기 시작한다.

"그러니까 친구로요." 그가 얼른 말한다. "오늘 밤 어때요?"

"어." 그녀가 말한다.

"그때만 돼요. 제가 외출을 많이 해서요."

"오호." 디가 말한다.

"주말용 집에서 시간을 더 보내게 될 수도 있거든요, 조만간요."

"오두막이에요?" 디가 묻는다.

"그 비슷한 거요."

"호수 근처에 있겠네요." 디의 심장이 쿵쾅거린다. "거기 풍경이 참 예쁘더라고요."

"아니에요." 그가 대답한다. "어딘지 모르실 거예요."

"음, 그러면 그쪽이 사라지기 전에 한잔하는 게 좋겠네요."

"101번 도로 옆에 있는 바에서 만나죠." 그가 말한다. "저녁 7시 어때요?"

"좋아요." 그녀가 대답한다. "거기서 봐요."

"좋아요." 그가 대답한다. "정말 좋아요. 사요나라!" 그는 그대로 디에게서 물러나면서 뭔가에 발이 걸려 하마터면 넘어질 뻔하지만 용케 균형을 되찾는다.

"음." 디는 거실로 돌아가며 말한다. "나 데이트가 잡혔어."

노란 눈의 고양이가 머리를 든다. 그 고양이와 디는 서로의 입장을 잘 이해한다. 둘 다 상대의 손길을 좋아하지 않는다.

디가 말한다. "오늘 밤이어야 해. 그가 유리창을 고치기 전." 디는 지금 누구를 설득하고 있는지 의아하다. 해치워버려.

저녁 6시 반, 사위가 어둠에 잠기며 은빛에 물들어갈 무렵, 디는 덧문을 닫은 거실 창가에 웅크리고 앉아서 테드의 집을 감시하고 있다. 이런 저녁 빛에 보면 만물이 벨벳처럼 부드럽게 보인다. 세상이 신화 속에 나오는 세상이라도 된 듯 신기하게 보인다. 다리에 쥐가 나도 참고 기다리자 마침내 옆집에서 자물쇠 세 개가 열리는 소리가 들린다. 뒷문이 열리고 닫힌다. 다시 자물쇠를 잠근다. 테드의 발소리가 희미해지고 뒤이어 그의 트럭에 시동이 걸리는 소리가 들린다. 디는 5분을 더 기다린 후 온몸을 부들부들 떨며 벽에 기대 일어난다. 그녀는 발소리를 죽이고 뒷문으로 나가 울타리를 넘어서 테드의 집 뒷마당으로 들어간다. 이곳에 마구잡이로 자라고 있는 큰조아재비와 팜파스그래스 덕분에 골목에서는 그녀의 모습이 보이지 않는다. 그래도 이왕이면 서두르는 게 낫다. 그녀는 테드의 집 안쪽 거실에 난 창문으로 다가가 오버롤 주머니에 넣어둔 장도리를 꺼낸다. 먼저 창문을 덮고 있는 합판에서 못을 뽑는다. 못이 뽑히기 싫은지 끼익거리는 소리를 내면서도 슬슬 빠지기 시작한다. 마침내 합판이 헐거워지자 완전히 뜯어낸다. 창문의 걸쇠는 아예 녹이 슬었다. 디는 며칠 전 이 집에 들어왔을 때 걸쇠의 상태를 알아차렸다. 테드는 창문에 합판을 댄 후로 걸쇠는 까맣게 잊어버렸을 것이다. 디가 내리닫이창을 들어 올린다. 페인트 조각이 눈송이나 쏟아져 내리는 재처럼 우수수 떨어진다.

나를 들여보내줘, 나를 들여보내줘. 이제 디가 창가의 유령이 된다. 창틀 위로 다리를 획 들어 올린다. 안으로 들어가는 순간, 누군가가 지켜보는 듯한 느낌에 휩싸인다. 디는 먼지를 들이마시며 녹색 거실에 서서 어둠에 눈이 적응하도록 잠시 기다린다. 테드의 집에서는 채소수프와 오랫동안 고여 있던 공기의 냄새가 강하게 난다. 디는 슬픔에 냄새가 있다면 아마도 이런 냄새일 거라고 생각한다.

"고양이야, 어딨니, 고양이야." 그녀가 부드럽게 부른다. "거기 있니, 고양이야?" 아무런 기척이 없다. 디는 이곳을 나갈 때 테드의 고양이를 데리고 가야겠다고 생각한다. 이곳은 그 가여운 생물이 살 곳이 아니다. 순간 그녀는 방 한구석에서 자신을 바라보는 시선을 알아차리지만, 그것은 단지 움푹 들어간 은색 상자에 반사된 가로등 불빛일 뿐이다. 먼지가 뽀얗게 쌓인 벽난로 선반에는 그 상자밖에 없다. 먼지 쌓인 표면에 최근까지 액자 같은 물건이 놓여 있었던 것처럼 먼지가 쌓이지 않은 부분이 있다.

그녀는 잽싸게 움직인다. 시간이 별로 없다. 거실을 지나 부엌. 냉동고가 열려 있고 문은 벽에 기대져 있다. 그녀의 눈에 보이는 한 지하실은 없다. 바닥에 지하실 문이 있을지 몰라 깔개를 들춰서 바닥을 눈으로 살피고 발로 조심스럽게 디디며 찾아본다.

그녀는 위층으로 향한다. 카펫은 층계참에서 끝나고 그 후로는 먼지 쌓인 바닥이다. 디는 게걸음으로 커다란 옷장을 지나친다. 그 옷장이 좁은 복도를 다 차지하고 있다. 옷장은 잠겨 있고 주위에 열쇠는 보이지 않는다. 다락은 없다.

침실에는 벽을 따라 식료품 봉지가 줄지어 놓여 있다. 그곳에서 옷이 쏟아져 나와 있다. 벽장에는 부러진 코트 걸이가 하나 있고 옷은 한 벌도 없다. 어질러진 가재도구가 까마득한 과거부터 줄곧 이런 상태였던 느낌을 풍기고 있지 않았다면, 테드가 막 이사를 왔다고 생각했으리라. 이 어지러운 모습은 과거에도, 미래에도 늘 똑같을 것이다.

잠자리는 정리를 하지 않아 시트며 이불이며 모두 그가 걸어차고 침대에서 나온 순간의 모습 그대로이다. 시트에 동전이 한 줌 흩어져 있다. 가까이 가보니 그것은 동전이 아니라 뭔가가 떨어져 새까맣게 굳은 얼룩이다. 얼룩의 냄새를 맡는다. 오래된 쇠 냄새. 피.

욕실은 그녀가 기억하는 대로 휑하니 금이 간 비누 조각과 전기면도기, 드러그스토어에서 파는 호박색 튜브에 든 다양한 약뿐이다. 세면대 위 유리가 걸려 있었던 곳은 텅 비어 있다. 디는 사진을 찍어야 한다는 사실을 떠올리지만, 하필 휴대전화도 사진기도 가져오지 않았다. 대신 자신이 본 모습을 최대한 기억에 담는다. 맥박이 쿵쿵 뛴다.

사무용 의자와 책상이 있는 방도 있다. 소파에는 분홍색 담요가 여러 장 놓여 있고 벽에는 유니콘이 그려져 있는데, 솜씨가 서툰 것부터 능숙한 것까지 다양하다. 이 방의 수납장도 번호 세 개를 조합해 비밀번호로 쓰는 맹꽁이자물쇠로 잠겨 있다. 디가 시험 삼아 자물쇠를 열어보려고 몸을 숙인다. 살며시, 자물쇠의 다이얼을 건드린다.

아래층의 나무 널이 신음 소리를 낸다. 그 순간 누군가 디의 심장을 꽉 움켜쥔 것 같다. 벽 속에서 뭔가가 후다닥 달려가는 소리가 들리자 디가 비명을 지른다. 하지만 목에서는 숨을 헉 들이쉬는 소리밖에 나오지 않는다. 쥐가 후다닥 도망치는 소리가 들린다. 사실 들린 소리로 보아 쥐보다 더 큰 생물이다. 아마 들쥐일 것이다. 디는 벽에 몸을 기댄 채 일단은 미친 듯이 뛰는 심장부터 안정시켜야 한다고 생각한다. 테드는 그 바에 얼마나 있을까? 그것도 혼자? 디는 테드가 집으로 돌아와 컴컴한 곳에 서서 그녀를 바라보는 상상을 한다. 그의 텅 빈 눈과 강한 손목을 떠올린다. 어서 가야 한다.

발끝으로 온 길을 되돌아 나가는 매 순간 자물쇠에 열쇠를 끼워 넣는 소리가 들릴 것만 같다. 호흡이 어느새 딸꾹질처럼 변하고 있다. 이러다가 기절을 할 것 같으면서도 동시에 이 기묘한 상황에 흥분이 된다. 거실 한구석에서 그녀를 지켜보는 시커멓고 호리호리한 형체가 힐끔 보이는 바람에 디는 심장이 멎을 뻔한다.

"어디 있니, 고양이야, 고양이야." 디가 속삭이며 그 방에 고인 깊은 정적을 깨트려본다. "여기서 여자아이를 본 적이 있니?" 하지만 거실 구석에는 그림자와 먼지 외에 아무것도 없다. 고양이도 집을 빠져나간 건지 애초에 그곳에 존재한 적도 없는 듯하다. 디는 서둘러 창문으로 가다가 못생기고 따끔거리는 푸른색 깔개를 밟고 미끄러지는 바람에 쉬어버린 목소리로 비명을 지른다. 서둘러 창을 빠져나오다 창틀에 머리를 박는 바람에 욕설이 튀어나온다. 마침내 완전히 빠져나와 안도하며 내리닫이창을 끌어 내려 닫는다. 밤공기는 달콤하고 부드러우며 어두워져가는 하늘은 아름답다.

디가 떨리는 손으로 떼어낸 합판을 들어 올린다. 오래된 못들은 휘어지고 녹이 슬어서 다시 쓸 수가 없다. 디는 그 못들을 조심스럽게 뽑아낸다. 그리고 주머니에서 못을 꺼내 합판을 원래 자리에 고정한다. 철물점에서 갓 산 못이라 못대가리가 은색으로 반짝이고 뾰족하다. 못을 박는 소리에 관이 떠오르자 그녀는 얼른 그 생각을 머리에서 몰아낸다. 딴생각을 할 시간이 없다. 디는 오래된 구멍에 새 못을 정확하게 망치로 박아 넣어야 한다. 손을 재빨리 놀려 끝내야 한다. 지나가던 행인이 망치 소리를 듣거나 디가 덩굴에서 빠져나와 다가오는 밤의 어둠으로 숨어드는 모습을 보기 전에.

디는 집으로 돌아온 뒤에야 열이 나는 것처럼 온몸을 부들부들 떨고 있었다는 사실을 깨닫는다. 실제로 으슬으슬 춥다. 그녀는 나무를 때는 화덕에 불을 피우고 경련과 한기에 뻣뻣해진 몸으로 그 옆에 웅크린다. 예전에는 이런 증상이 시작되면 병이 났다고 생각했다. 그러나 후에 자신의 몸이 이런 식으로 스트레스를 배출한다는 사실을 깨달았다.

룰루는 그 집에 없다. 디는 동생이 매우 가까이 있다고 생각해왔다는 사실을 이제야 깨닫는다. 동생의 숨결이 지척에서 느껴진다고 줄곧 상상했다. 차라리 룰루가 그곳에 감금되어 있으면 좋겠다고 바랐다. 그렇게 생각할 정도로 정신적으로 내몰리다니, 너무 불공평하다. 목에 칼날이 잔뜩 든 느낌. 그녀는 달리 생각하려고 애쓴다. 룰루가 그곳에 없다면 다른 곳에 있을 것이다.

"주말용 집." 디가 속삭인다. 그것이 정답이다. 그래야 한다.

디는 입 앞쪽에 양손을 모아 쥐고 그 안으로 속삭이며 유리 뒤로 붉게 피어오르는 열기를, 타오르는 불길을 본다.

내가 곧 갈게. 디가 약속한다.

올리비아

그 얼룩 고양이를 찾느라 창가에 앉아 있었어. 그런데 그때 그 소리가 다시 들리지 뭐야. 청파리가 윙윙거리는 소리와 비슷하지만, 그보다 더 날카로워. 꼭 내 머릿속에 작은 바늘이 들어 있는 것 같다니까. 나는 집을 마구 뛰어다녔어. 그 작은 목소리가 징징거리며 나를 찔러댔거든. 소파의 쿠션을 이로 물어뜯고 침실의 베개를 발톱으로 잡아 찢기도 했어. 대체 이 소리는 어디서 나는 걸까?

나는 방금 이것을 다시 재생했다. 테이프에서 징징거리는 소리가 또렷하게 들린다. 그러니까 그 소리는 내 머릿속에서 나는 것이 아니다. 정말로 들리는 소리다. 그 사실을 알게 되자 마음이 놓이면서 동시에 전혀 마음이 놓이지 않는다. 나는 이 상황을 철저하게 파헤칠 것이다. 나는 TV에 나오는 탐정들처럼 훌륭한 탐정이 될 수 있었으리라 생각한다. 왜냐하면 나는 관찰력이 몹시 뛰어나고…….

방금 끔찍하기 짝이 없는 일이 일어났어.

그러니까 내가 여기에 앉아서 머리를 할퀴고 내 귀에서 나는 소리를 긁어내려고 용을 쓰고 있는데, 자물쇠에 열쇠를 끼우는 소리가 연달아 들리더라고. 열쇠가 자물쇠에 제대로 꽂힐 때까지 몇 번이나 반복하는 소리가 들렸어. 철커덩. 현관문에 달린 자물쇠들이 차례로 열렸어. 철커덩, 텅. 맙소사, 테드가 이번에 화가 얼마나 났는지 딱 알겠더리.

"로런, 나 왔어." 테드가 소리를 질렀어. 나는 가르랑거리면서 얼른 달려갔지. 테드가 내 머리를 쓰다듬고 귀를 긁어주었어. "미안하구나, 아기 고양이야." 테드가 내게 말했어. "내가 깜박했네. 올리비아." 와우, 테드의 입 냄새.

활활 타오르는 불길 근처에는 가지 마. 내가 그에게 말했어. 나는 항상 내 마음을 테드에게 알려줘. 비록 테드가 내가 하는 빌어먹을 말을 하나도 못 알아듣는다고 해도 정직은 중요한 덕목이야.

그가 비틀거리며 오더니 유리 뒤에서 빤히 바라보고 있는 부모님에게 입을 맞추고 소파로 와 앉더라. 눈은 반쯤 감겨 있었어. "그 여자가 안 왔어." 그가 말했어. "한 시간이나 기다렸는데. 사람들이 다 봤어. 바에서 기다리고 있는 이 패배자를. 바에서." 테드는 그 사실이 가장 지독한 부분이라는 듯 한 번 더 말했어. "나를 좋아해주는 건 너뿐이야." 그가 축축한 손바닥으로 내 머리를 찰싹 때렸어. "사랑해, 아기 고양이야. 이 험한 세상에 너와 나뿐이구나. 나를 바람맞히는 세상. 대체 이건 무슨 속셈이야?" 그가 한숨을 쉬었어. 그 질문에 골몰하느라 기력을 다 잃었나 봐. 테드의 눈이 스르르 감겼어. 손도 옆으로 툭 떨어졌고. 손바닥이 위로 향하고 손가락들은 간청하는 것처럼 느슨하게 오므려져 있었어. 숨소리가 점점 느려지더니 천천히 숨을 들이쉬고 내쉬기 시작했어. 이렇게 자고 있으면 테드는 어려진 것 같아.

뒤쪽 복도를 보니 저녁의 미풍에 현관문이 살며시 흔들렸어. 테드가 문을 제대로 닫지 않은 거였지.

나는 훌쩍 뛰어내렸어. 오늘따라 끈은 가늘지만, 근사한 보라색이야. 문으로 걸어가는데 목 주위로 끈이 꽉 조이더라고. 문턱까지 갔을 땐 숨을 겨우 쉬는 수준이었어. 열린 문가가 하얗게 빛으로 타오르고 있었어. 바로 그때 무거운 손 하나가 내 머리로 툭 떨어졌어. 테드가 내 두 귀를 서툰 손짓으로 어루만졌어. 깊이 잠든 건 아니었나 봐.

"이봐." 테드가 말했어. "밖으로 나가고 싶니, 아기 고양이야? 있지, 저기는 위험해. 저 밖은 나쁜 곳이고 너는 안전한 곳에 있어야 해. 하지만 네가 원한다면……."

나는 밖으로 나가려던 게 아니야. 내가 항변했어. '주님'이 내게 그러지 말라고 하셨어. 그러니까 그러지 않을 거야.

그가 웃었어. "우선 우리가 너를 예쁘게 만들어줄게. 몸단장을 해주겠다고."

나는 그에게서 떨어지려고 뒤로 물러났어. 그가 이런 분위기일 때 어떤 일이 일어나는지 잘 알거든. 하지만 그는 강인한 두 손으로 나를 움켜쥐고 죔쇠처럼 옆구리에 꼭 붙였어. 그리고 문까지 잠갔어. 철커덩, 철커덩, 철커덩. 테드가 나를 부엌으로 데려갔어. 그가 비틀거릴 때마다 세상이 이리저리 기울어졌지. 테드가 저 높은 선반에 손을 뻗어서 뭔가를 꺼냈어. 그 칼은 날이 넓고 번쩍거렸어. 칼날이 공기를 가르면 휙휙 소리가 들릴 정도였지. 나는 이빨과 발톱으로 물고 할퀴려고 마구 달려들었어.

테드가 내 목털을 손가락으로 잡아서 당겼어. 칼날이 스치면서 스윽 부드러운 소리가 났어. 실크처럼 부드러운 내 털이 사방으로 흩날리더라. 그는 재채기를 하면서도 손을 멈추지 않았어. 내 목과 등줄기, 꼬리 끝 털까지 뭉텅뭉텅 잘려 나갔어. 그는 나와 칼을 안고 동시에 내 털을 한 줌 쥐었지. 테드는 술에 취하면 오히려 집중력이 높아져.

그러다가 모든 움직임이 뚝 멈췄어. 나를 안고 있는 팔이 뻣뻣해지더라. 테드의 얼굴이 그대로 굳어버리고 눈이 텅 비어버렸어. 나는 내 척추에서 1인치 떨어진 허공에 멈춰 있는 칼날을 조심스럽게 피하며 그의 손아귀에서 빠져나왔어. 칼을 손에 꼭 쥔 채 조각상처럼 서 있는 테드를 두고 얼른 부엌에서 나왔어. 그곳에는 부드러운 털 뭉치가 사방에 떠다니고 있었지.

살금살금 그에게서 벗어났어. 끈이 나를 따라오는데, 어느새 지저분한 노란색으로 변한 데다가 신발 끈처럼 가늘지 뭐야.

털이 깎여 휑하니 드러난 맨살에 닿는 공기가 서늘했어. 나는 내 존엄성, 내 감정에 그가 가한 공격을 용서할 수 있어. '주님'은 내가 그러기를 원하실 테니까. 하지만 그것도 한계가 있어. 내 외모는 건드리지 말았어야지. 나는 지독하고 지독하게 화가 났어. 용서하세요, '주님'. 그 자식은 자기밖에 모르는 똥구멍 같은 새끼라고요. 테드는 자신의 행동에 결과가 따른다는 사실을 배워야만 해.

나는 거실로 가서 책꽂이로 훌쩍 뛰어오른다. 버번 병을 툭 민다. 병이 바닥에 떨어져 산산조각 나 아름다운 파편이 된다. 냄새가 가스처럼 강렬하다. 눈이 아려 눈물이 고인다. 순간 뭔가가 연상되며 마음이 불편해진다. 내가 꾼 꿈 같은데, 어두컴컴한 곳에 감금된 내게 살인자가 산성용액을 들이붓고 있는 내용이다……. 꼬리가 꿈틀거린다. 드라마인지 예능 프로그램인지 어디서 봤는지는 몰라도 그 기억에 기분이 나빠진다.

나는 벽난로 선반으로 훌쩍 뛰어올라 끔찍하고 뚱뚱한 괴물 인형을 바닥으로 던져버린다. 인형이 딱 소리를 내며 떨어지면서 배 속의 아기가 몽땅 튀어나온다. 아기 인형들이 바닥에 떨어져 산산조각 난다. 이건 대학살이다. 나는 테드 부모님의 사진도 넘어뜨리려고 한다. 잘 안되리라는 사실을 알지만 나도 어쩔 수가 없다. 나는 낙천주의자니까. 그가 액자를 그렇게 튼튼하게 고정하려고 무슨 짓을 했는지 나는 모른다. 초강력 풀을 썼나? 은빛 액자의 다람쥐들이 그 어느 때보다 해골처럼 보인다. 그 액자는 은으로 만들었다. 테드가 그 액자를 팔지 않았다니 놀랍다. 어쩌면 그도 액자를 그곳에서 떼어낼 수 없었는지도 모른다!

걱정하지 마시라. 골탕 먹일 방법은 또 있으니까. 나는 살금살금 그의 침실로 올라가 벽장으로 들어간다. 그리고 그곳에 넣어둔 구두 한쪽에 실례를 한다.

'주님'이 이런 행동을 좋아하지 않으리라는 걸 알지만 나는 정의를 되찾아야 한다.

테드가 나를 부르고 있지만, 그의 목소리가 시커먼 못으로 가득 차 있다고 해도 그에게 가지 않을 것이다.

테드

강타당한 듯한 충격에 정신이 돌아온다. 배를 세게 얻어맞기라도 한 듯 숨을 쉴 수가 없다. 주먹을 꽉 쥔 손에 칼 한 자루가 들려 있다. 부엌의 높은 선반 안쪽에 숨겨둔 커다란 칼이다. 이 칼이 거기 있다는 사실은 나밖에 모른다. 넓은 칼날에 번쩍거릴 정도로 광을 내두었다. 흐릿한 낮의 빛이 칼날을 따라 춤을 추자 칼날이 사악하게 번득인다. 최근에 칼을 날카롭게 갈아두었다.

"스테디,* '리틀 테디'." 내가 속삭인다. 운이 맞아서 웃음이 난다.

기본적인 것부터 시작하자. 지금은 언제이고 나는 어디에 있는가? 어디에는 쉽다. 거실을 확인한다. 화사하고 경쾌한 분

---

* steady, 침착하라는 뜻.

위기의 주황색 깔개. 발레리나는 자신의 뮤직 박스 무대에 의기양양하게 꼿꼿하게 서 있다. 합판에 난 구멍들은 빗물이 들이쳐 회색 원이 되었다. 좋아, 됐어. 나는 집, 아래층에 있다.

언제는 조금 더 까다롭다. 냉장고의 반 갤런들이 우유가 상해서 누렇게 떴다. 피클 한 병. 이것들을 빼면 텅 빈 하얀 공간이다. 쓰레기통에는 빈 깡통 열여섯 개가 있다. 그러니까, 내가 없는 동안 내가 모든 것을 다 먹고 마셨다. 그런데도 놀랄 정도로 정돈이 잘되어 있다. 부엌은 깔끔하다. 심지어 표백제 냄새까지 난다.

"아기 고양이야." 내가 부른다. 올리비아가 오지 않는다. 불길한 생각이 마구 떠오른다. 혹시 어디가 아픈가? 아니면 죽었나? 죽었을지도 모른다는 생각이 무시무시한 공포를 불러일으킨다. 나는 의식적으로 천천히 숨을 쉰다. 침착하자. 어딘가에 숨어 있을 거야.

이번에, 나는 며칠을 잃었다. 짐작건대 사흘 정도. TV를 확인한다. 역시나, 거의 정오가 되어간다. 그렇다면 대략 사흘이다.

나는 집 안을 돌아다니며 수납장의 자물쇠와 냉동고에 아무 문제가 없는지 확인하며 모든 것을 살펴본다. 내가 없는 동안 나는 여기저기 훼손을 했다. 주황색 깔개를 마구 긁어놓았고, 엄마의 러시아 인형을 산산조각 내버렸다. 옷장을 확인해보니 구두 한쪽이 축축했다. 비가 왔었나? 이 신을 신고 강이라도 건넜나? 호수일지도 몰라. 내 마음이 속삭인다. 나는 얼른 마음의 문을 닫는다. 한잔해야겠다 싶어 가보니 술병을 깨트린 것 같다. 괜찮다. 내게는 시원한 맥주와 피클이 있으니.

피클을 먹다가 바닥에 떨어트린다. 피클을 집으려고 몸을 숙이는데, 뭔가 하얀 것이 반짝 빛난다. 냉장고 아래에 뭔가가 있다. 나는 그것이 무엇인지 안다. 이곳에 있어서는 안 되는 것이다.

다락에서 흐느끼는 소리가 들린다. 녹색 소년들이다. 최근까지 조용하게 지내더니 지금은 떠들썩하게 소란을 피우는 중이다. "조용히 해!" 내가 소리친다. "조용히 하라고! 나는 너희가 무섭지 않아!" 하지만 나는 무섭다. 나는 다락에서 녹색 소년들과 그들의 기다란 손가락에 둘러싸인 채 잠에서 깨어나고 내가 천천히 사라지며 녹색으로 변해가는 악몽을 꾼다. 나는 냉장고 아래에서 흰색 샌들을 꺼내 쓰레기통에 던져버린다. 그것은 곰팡이처럼 온몸에 나쁜 기억을 가지고 있다.

나는 그 칼을 원래 자리로 되돌려놓지 않는다. 대신 어둠을 뒤집어쓴 채 뒷마당에 묻는다. 어둠을 뒤집어쓰다니 멋진 표현 아닌가? 밤이 별이 총총 박힌 따뜻한 담요처럼 느껴진다. 나는 딱총나무 아래에서 칼을 파묻기 적당한 곳을 찾아낸다.

여전히 분이 풀리지 않아서 TV 앞에서 피클을 하나 더 먹으며 천천히 마음을 가라앉힌다. 이제 멈출 수가 없다. 그 여자들은 친구로 적당하지 않았던 것 같다. 하지만 나는 쉽게 포기하는 사람이 아니다.

올리비아

테드가 다시 가버렸다. 늘 식히, 요즘 테드는 걸핏하면 어디론가 가버린다.

머릿속 소음이 정말 심하다. 이이이이이이이이이이이. 지금 내 머리는 소리의 동굴이다. 지금 나는 간절하게 길잡이가 필요하다. 그래서 탁자에 놓인 성경을 앞발로 떨어트린다. 성경이 쿵 하며 바닥에 떨어져 펼쳐진다. 눈을 꼭 감은 채 기다린다. 바닥에 떨어질 때 어찌나 요란한 소리가 나는지 차라리 귀가 터졌으면 좋겠다. 이 집이 토대부터 흔들리는 것 같다. 세상이나 하늘이 부서지기라도 하는 것처럼 쩍 굉음이 울린다. 그 소리가 점점 커져서 비명이 된다. 그러자 이런 생각이 든다. 이게 세상의 종말인가? 끔찍하다! 무시무시하다!

마침내 그 소리가 사그라들자 나는 마음이 푹 놓인다. 맹세컨대 나는 너무 격렬하게 흔들어댄 소금 뿌리개가 된 것 같다. 내 배 속이 진정하도록 잠시 앉아야 한다.

몸을 기댄다. 그때 이 구절이 눈에 들어온다.

> 에훗이 왼손으로 우편 다리에서
> 칼을 빼어 왕의 몸을 찌르매
> 칼자루도 날을 따라 들어가서
> 그 끝이 등 뒤까지 나갔고
> 그가 칼을 그 몸에서 빼어내지 아니하였으므로
> 기름이 칼날에 엉기었더라.
> 그리고 오물이 빠져나왔다.[*]

흠, '주님'이 만사를 한 점 의혹 없이 명료하게 알려주신다면 믿음에 무슨 의미가 있겠는가, 안 그런가? 징징거리는 소리가 계속 이어진다. 작은 벌 한 마리가 도움을 청하는 것처럼 들리기도 한다. 오늘 이 집은 어딘가 잘못된 것 같다. 지난밤에 누군가 장난을 치려고 모든 것을 왼쪽으로 1인치씩 옮긴 것처럼,

누군가 거실에서 이야기를 시작한 것을 보니 테드가 나를 위해 TV를 켜둔 것 같다.

"우리는 트라우마를 다시 찾아가야 합니다." 그 목소리가 말하는 중이다. "그들이 무슨 말을 하는지 당신은 알죠. 밖으로

---

[*] 〈사사기〉 3장 21~22절.

나가는 유일한 방법은 끝까지 통과하는 거예요. 아동 학대는 반드시 파내서 밖으로 끄집어내야 합니다."

이 징징거리는 소리가 혹시 TV에서 나는 걸까. 당연히 TV 도 확인했다. 100번도 더 했다. 아무튼 일단은 뭐라도 해야 하 니까. 둥그스름한 몸매의 커다란 러시아 인형이 벽난로 선반 위에서 멍한 표정으로 나를 바라본다. 그 인형은 제 몸에 작은 친구들을 가둬놓았을 때보다 훨씬 행복해 보인다. 부모님은 벽 난로 위에 놓아둔 그 끔찍한 액자에서 내려다보고 있다. 꺼져. 내가 그들에게 속삭인다. 하지만 그들은 꺼지지 않는다.

누가 화면에 나오는지 본 순간 나는 우뚝 멈춰 서서 귀를 납작하게 젖힌다. 또 그 남자다. 둥글고 푸른 눈이 빤히 바라본 다. 내 귀에는 들리지 않는 질문에 그가 진지하게 고개를 끄덕 인다. 실내는 그 냄새—상한 우유와 먼지—로 가득 차 있다. 나 는 그가 화면에 비친 사진일 뿐이라는 사실을 잘 알면서도 어 쩐지 여기 나와 함께 있는 것 같다. 나는 얌전히 앉아서 앞발을 핥는다. 그러면 늘 기분이 좋아진다. 나는 이 프로그램을 당신보 다 훨씬 더 잘할 수 있어. 내가 그에게 말한다. 당신은 카리스마가 없어.

그가 대답하듯 미소를 짓는다. 그 후로 나는 더는 그에게 말을 하고 싶지 않다. 이유는 모르겠다. TV가 내 말을 들을 리 없는데. 들을 수 있나? 그나저나 냄새가 너무 강하다. 이것은 사람 테드가 아니라 냉장고 밖에 너무 오랫동안 나와 있는 물건에서 날 법한 냄새다.

　잠시 후 복도에서 그 소리가 들린다. 문 앞에 선 누군가가 내는 작고 희미한 소리. 나는 발소리를 죽이며 그곳으로 다가 간다. 문 너머에서 누군가의 기척이 느껴진다. 남자 테드. 그는 문을 두드리지도 않고, 초인종을 누르지도 않는다. 그렇다면 무엇을 하고 있을까? 지독한 악취가 사방에 퍼져 있어서 문틈 으로 새어 들어와 내 예민한 코를 공격하는 중이다. TV에서 뿜 어져 나오는 냄새와 같다. 어떻게 된 영문인지 TV에 나오는 테 드가 내 집 밖에도 있다. 저 방송은 분명히 사전 녹화를 했을 것 이다.

　그 테드가 문과 문설주 사이의 공간을 들이마신다. 길고 섬세한 흡입. 그는 분명 틈새로 얼굴을 들이밀었을 것이다. 앞 문의 냄새를 맡는 것 같다. 내 냄새도 맡을 수 있을까? 테드는 바깥세상의 위험성을 몇 번이나 경고했다. 그가 말한 위험이 바로 이 순간이구나 싶다. 위험이 느껴진다. 거실에서, TV에서 남자 테드의 작고 푸른 동전 같은 눈이 빤히 바라본다. "우리는 누구나 내면에 괴물을 품고 있어요." 그가 말한다.

　몸을 숨겨야 한다. 어디든 어두운 곳으로. 나는 계단을 기 어 올라가 층계참을 걷는다. 머리 위로 다락 유령 하나가 기다 란 손톱으로 바닥을 길게 긁으며 지나가자 나는 냅다 달린다.

　나는 테드의 방으로 홀쩍 뛰어들어 침대 아래로 쏜살같이 들어간다. 아직도 아래층 TV에 나오는 유명인 테드가 사람들이 어린 테드들에게 하는 나쁜 짓들에 대해 웅웅거리며 이야기를 하고, 빈방에 대고 강의를 하는 소리가 들린다. 혹시 저 문에 대고 이야기하는 중인가?

나는 걱정이 몰려오면 둘 중 하나를 한다. 성경을 찾아보거나, 테드의 물건을 부수거나, 자러 간다. 그래, 세 가지. 음, 이제 성경 근처에는 두 번 다시 가지 않을 것이다. 무섭다. 그리고 이번 주에 벌써 러시아 인형을 한 번, 뮤직 박스를 두 번이나 망가뜨렸다. 그 일에 대해서는 마음이 좋지 않다.

그러므로 나는 아주 길고 긴 낮잠을 자겠다. 테드도 용서해야 할 것 같다. 사실 지난 이틀 동안 그에게 한 마디도 하지 않았다. 하지만 오늘은 무시무시한 날이었고 내 꼬리가 점점 이상하게 변해간다. 그러니 누가 나를 토닥여주어야 한다.

잠을 잘 수가 없다. 이리로 방향을 바꾸어보고 저리로 방향을 바꾸어보다가 가르랑거리며 눈을 감는다. 하지만 여전히 뭔가 잘못되었다는 생각을 지울 수 없고 윙윙거리는 꼬리는 내게 휴식을 허락하지 않는다.

│ 테드 │

올리비아와 소파에 나란히 앉아서 TV로 몬스터 트럭을 보고 있는데, 그들이 온다. 나는 올리비아가 살짝 걱정된다. 올리비아가 평소와 다르게 신경질적이다. 그 사실에 마음이 불안해진다. 올리비아는 만사 오케이다. 원래 고양이는 그런 생물이다, 안 그런가? 고양이는 꽁해 있지 않는다.

오늘따라 로런이 너무 보고 싶어서 괜히 걱정을 사서 하는지도 모른다. 나는 로런이 지금 있는 곳에서 더 잘 지낸다는 사실을 안다. 그렇지만 아버지로서 아이와 떨어져 지내는 건 몹시 힘들다. 로런을 불러보지만 아이는 나를 벌주는 중이라 대답하지 않는다. 마음이 아프다. 마음이 아픈 정도가 아니라 내 가슴을 열고 쥠쇠로 심장을 마구 비트는 것 같다.

나는 그 이웃 레이디에게 아직도 몹시 화가 난다. 우리가 당장 친구가 될 수 있을 거라 생각한 것은 아니다. 그래도 시도는 해볼 수 있으리라 생각했다. 나는 그 여자가 원피스를 입으면 어떤 모습일지 궁금했다. 걸을 때마다 발목 주위에서 나풀거리는 가볍고 투명한 천으로 만든 옷. 아마도 푸른색이리라. 그런데 바에서 자리를 잡고 앉아 아무리 기다려도 그녀는 오지 않았다. 나는 바보처럼 보였다. 대체로 친구를 만드는 과정은 그리 순탄하지 않나 보다.

올리비아가 그 소리를 제일 먼저 듣는다. 고양이가 소파 밑으로 사라진다. 나는 상황을 이해하기까지 시간이 조금 더 걸린다. TV에서 나는 소리가 아니다. 그 소리가 공기를 가득 채운다. 엄청난 엔진들이 다가오고 있다. 굴착기들인가? 아니면 트랙터? 너무 시끄럽고 너무 가깝다. 저 사람들은 여기서 무엇을 하는 걸까? 이 골목의 끄트머리에는 집이 단 두 채뿐이고 그 너머는 숲이다. 그런데도 그들이 다가온다. 가까이 점점 더 가까이. 관찰 구멍으로 가서 밖을 내다보니 죽음처럼 노랗고, 흙이 덕지덕지 말라붙은 거대한 턱이 달린 그것들이 굉음을 내며 지나간다. 그들은 멈추지 않는다. 그들은 집을 지나 숲으로 향한다. 한 남자가 운전석에서 훌쩍 뛰어내려 숲의 출입문에 걸린 사슬을 벗긴다. 그 행동에서 어딘지 불길하고, 어딘지 공식적인 분위기가 느껴진다. 남자는 중장비가 지나갈 수 있도록 출입문을 활짝 열어젖힌다. 이윽고 굴착기와 불도저가 굉음을 내며 요란하게 숲길을 따라 들어간다.

나는 앞문을 열고 뛰쳐나간다. 어찌나 화가 나는지 집 밖에 나오면 자물쇠 세 개를 잠가야 한다는 사실조차 잊을 뻔한다. (그렇지만 나는 기억해낸다.) 이웃 레이디와 다른 주민들도 보도로 나와 굴착기 두 대가 지독한 소음을 내며 나무들 사이로 사라지는 모습을 본다.

"무슨 일이에요?" 내가 그녀에게 묻는다. 너무 불안해서 그녀가 내게 얼마나 무례하게 굴었는지 잠시 잊을 정도다. "저 숲에는 가면 안 돼요. 저기는 자연보호구역이거든요. 보호지역이에요."

"숲길에 새 휴게소를 만들 거래요." 그녀가 알려준다. "피크닉장이래요. 아시다시피 그러면 하이킹족도 늘 테고 관광객도 더 많이 찾아올 거예요. 이봐요, 오늘 아침에 실수로 당신 우편물을 내가 받았어요. 이따가 우편물 가져다주러 들를까요?"

나는 그 말을 무시한다. 굉음을 쫓아 숲으로 뛰어간다. 그들이 시야에 들어오자 멀찌감치 떨어져서 뒤따른다. 1마일가량 갔을까. 그들이 숲길에서 벗어나 덤불이며 관목을 밀어붙이기 시작한다. 어린 나무들이 쩍 갈라지며 쓰러진다. 아이들이 지르는 비명이 들리는 것 같다. 중장비들이 지금 찢어발기는 땅에서 숲속 공터까지 300피트도 채 되지 않는다. 오늘은 그들의 작업이 그곳까지 진행되지 않겠지만, 내일이면 가능할 것이다. 밝은 주황색 상의를 입은 남자가 고개를 돌려 나를 바라본다. 나는 친근하게 손을 들어 올린 후 평범한 사람처럼 보이려고 애쓰며 몸을 돌려 그곳을 떠난다. 내가 그들의 시야를 벗어난 후로도 작업 소리는 한참을 더 따라온다. 숲을 잡아먹는 턱들.

나를 패주고 싶다. 이럴 줄 알았다. 신들을 그 공터에 너무 오래 묻어두었다. 사람들은 부지불식간에 그곳에서 신의 존재를 느낀다. 실에 묶인 것처럼 신들에게 이끌린다. 내 팔 상태가 훨씬 좋아졌는지는 잘 모르겠다. 어느 정도 나은 것 같다. 멍은 벌써 사라졌다. 어쨌든 더는 시간이 없다. 오늘 밤 그들을 옮겨야 한다.

오후가 너무 길다. 해가 지기까지 몇 년은 흐른 것 같다. 그래도 기어이 해는 선홍색으로 물든 하늘을 뒤로하고 지평선을 넘어갔다.

친절한 어둠에 폭 안겨 있는데도 숲이 더는 내 것 같지 않다. 눈으로 보기도 전부터 굴착기와 작업 현장의 냄새를 알 수 있다. 시커먼 속살이 드러난 땅과 살해당한 나무들이 흘리는 수액. 기계들은 그 폐허들 사이에서 커다랗고 노란 유충처럼 조용히 서 있다. 나는 그것들에 상처를 입히고 싶다. 정말 그러려고 진지하게 고민도 했다. 연료 탱크에 과산화수소를 부어두면 확실히 목적을 달성할 수 있다. 하지만 그 과정에서 숲도 다칠 것이다. 그런 결과는 원하지 않는다.

공터에 도착해 하얀 나무들을 둘러본다. 슬픔이 밀려든다. 이곳은 신들에게 좋은 안식처였다. 하지만 그들이 이곳에 계속 머무른다면 조만간 사람들에게 발견될 것이다. 내가 다른 문제에 대해서는 아둔할지 몰라도, 이것 하나는 잘 안다. 아무도 신에 대해서 이해해주지 않을 것이다.

나는 어깨에 멘 삽을 내리고 연장이 든 꾸러미를 펼쳐놓은 후 땅을 파기 시작한다. 나는 그들을 열다섯 군데에 분산해 신성한 대형을 이루도록 매장했다. 각각의 위치는 내 마음속에 별자리처럼 환하게 빛나고 있다. 절대 잊을 리 없다.

나는 첫 번째 신의 둥근 표면의 흙을 붓으로 조심스럽게 털어낸다. 거기서 퍼 올린 흙은 시커멓고 기름지다. 신들이 이 땅에 양분을 준다. 나는 귀를 가까이 대고 듣는다. 신이 빗줄기 같은 목소리로 내게 비밀을 소곤거린다. "당신을 내 가슴에 품을게요." 내가 소곤거린다.

나는 신을 쓰레기봉투에 조심스러운 손길로 넣은 후 다시 배낭에 넣는다. 다음 장소로 향한다. 다음 신은 동쪽, 손가락을 닮은 바위 근처에 있다. 이번 신은 연약해서 부서지기 쉽다. 그래서 삽을 옆으로 치우고 양손으로 조심스레 땅을 판다. 이 신은 깊이 묻혀 있지 않다. 나는 이 신을 파내서 다시 보기를 좋아한다. 비닐을 벗긴다. 내 양팔에 걸친 원피스는 희미한 달빛을 받아 짙은 회색으로 보인다. 태양 아래에서 이 원피스를 다시 볼 수 있다면 얼마나 좋을까. 사진 속에서 본 깊은 바다 같은 짙은 푸른색인 진짜 색깔을 말이다. 하지만 낮에는 이런 짓을 절대 할 수 없다. 당연지사다. 나는 양손을 바지에 비벼 닦은 후 원피스를 어루만진다. 원피스는 내 손끝을 통해 이야기를 들려준다. 신마다 나름의 기억이 있으며 그에 따른 감정을 불러일으킨다. 눈에 힘이 들어가고 초롱초롱해지는 느낌이다. 이 신을 보면 늘 슬픔이 밀려온다. 한편으로는 흥분을 한 것처럼 여기저기가 가렵기도 하다. "당신을 내 가슴에 품을게요." 이번에도 똑같이 속삭였지만, 내 목소리가 너무 크게 들린다.

다음은 화장품 가방이다. 왼쪽, 공터의 중앙 근처에 있다. 이번에는 최대한 빨리 작업을 한다. 이 신의 내부에는 날카롭고 반짝이는 물건이 들어 있고 목소리는 쐐기풀이나 식초 같다.

계속해서 땅을 파고, 신들은 차례차례 공기를 그들의 목소리로 채운다. "당신을 내 가슴에 품을게요." 나는 반복해서 속삭인다. 매번, 모든 것을 다시 경험하는 것 같다. 신이 만들어지는 순간, 그 슬픔.

마침내 공터가 텅 빈다. 온몸이 떨린다. 이제 그들은 모두 내 가슴에 있고 배낭은 묵직하다. 이 순간이면 나는 언제나 금방이라도 폭발할 것만 같다. 나는 구멍을 메우고 흙 위에 나뭇가지 등을 흩어놓아 마멋이나 토끼가 왔다 간 흔적처럼 보이게 만든다. 나머지는 오로지 자연이 알아서 처리할 것이다. 나는 배낭을 조심스럽게 집어 든다.

우리는 숲으로 더 깊이 들어간다. 나무는 서쪽에 있는 호수에서 끝이 나므로 다른 방향으로 향한다. 그토록 시간이 흘렀어도 나는 호수 근처에는 가고 싶지 않다.

적당한 장소를 꼭 찾아야 한다. 신들은 아무 데서나 살 수 없다. 내 손전등 불빛이 담쟁이덩굴과 덤불이 우거진 건조한 땅바닥에서 춤을 춘다. 오늘 밤은 너무 따뜻하다. 숲이 열기를 뿜어내는 것 같다. 열기가 삼나무의 줄기에서 빙글빙글 빠져나오고, 땅바닥에 떨어진 낙엽에서 피어오른다. 나는 스웨터를 벗는다. 각다귀 떼와 모기들이 회색 구름처럼 모여들어 드러난 팔과 목덜미 위를 맴돌지만 내려앉지는 않는다. 박쥐들이 우리 주위를 맴돈다. 어찌나 가까이 나는지 그 부드러운 몸이 내 볼을 스친다. 나뭇가지들은 내 몸이 닿을 때마다 용수철처럼 튕겨 나가 우리 앞으로 통로를 터준다. 숨을 고르기 위해 잠시 멈춰 서자 갈색 뱀 한 마리가 내 부츠의 앞코 부분을 스르르 지나간다. 오늘 밤 나는 이 숲의 일부분이다. 숲이 나를 자신의 심장에 품는다.

시야에 들어오기 한참 전부터 샘물이 흐르는 소리가 들린다. 돌 위로 졸졸 흐르는 유리 같은 샘물. 어느 방향에서 들리는지 가늠할 수가 없다. 깊은 숲속에서 자주 겪듯이, 사방에서 물소리가 나는 것 같다. 나는 손전등을 끄고 어둠 속에 가만히 서 있는다. 등에 멘 배낭이 불편해 위치를 바꾼다. 뾰족한 물건이 내 등을 쿡쿡 찌른다. 신들이 흥분했다. 그들은 집을 원한다. 나는 그들의 안내를 받아 그곳을 향해 예쁘장한 검은딸기나무와 덤불을 뚫고 간다. 반달이 환하게 빛난다. 구름은 어느새 다 걷혔다. 손전등을 켜지 않아도 밤의 색에 잠겨 은색의 선이 섬세하게 새겨져 있는 숲이 보인다.

저 앞에서 흐릿한 나무껍질이 반짝한다. 이곳에는 백색의 자작나무들이 자란다. 뼈나무들 말이다. 이것이 바로 내가 기다리고 있었던 징조다. 마침내 좋은 곳을 찾아냈다.

샘물은 새까맣고 축축한 돌에서 솟아 나와 기다란 양치식물의 잎사귀가 늘어져 있는 좁은 수로를 요란한 소리를 내며 세차게 흘러간다. 고개를 들어 암벽을 보면 여기저기 시커먼 틈이 나 있다. 틈마다 신을 넣기에 딱 알맞은 크기와 형태를 하고 있다. 나는 신들을 차례차례 새집으로 밀어 넣는다. 이 과정에서 몸이 살짝 떨린다. 손에 이렇게 크게 힘을 주는 건 어렵기 때문이다.

작업을 다 마칠 즈음 동쪽 하늘이 분홍색으로 물들며 새벽이 찾아온다. 나는 뒤로 물러나 내 작업의 결과물을 음미한다. 암벽 뒤에서 신들이 힘의 덩굴손을 활짝 펼친 채 흥얼거리는 소리가 들린다. 군락을 이루어 자라는 키 큰 하얀 자작나무들이 그곳에 서서 그들을 지켜본다. 너무 피곤하다. 이렇게 집을 새로 찾아줄 때마다 나는 파괴된다. 그러나 이것이 내 의무다. 나는 그들을 돌봐야 한다. 엄마가 그렇게 하라고 확실하게 말했다.

숲이 깨어나고 있다. 새로 시작된 하루, 집과 모든 것이 있는 곳으로 돌아가려면 한참을 걸어야 한다. 나는 새들의 노랫가락에 기쁨이 벅차올라 어쩔 줄을 모른다. "너희가 그리워." 새들에게 말을 건넨다. 그래도 새들은 이곳에 있으면 적어도 학살자로부터 안전하다. 나는 아무런 망설임 없이 노란 기계들을 지나친다. 땅을 마음껏 찢어발기라지. 새 보금자리를 찾은 신들은 이제 안전하다.

냉장고에서 녹음기를 찾았다. 나는 하지……. 아니다, 그 이유를 찾아내려는 시도조차 하지 않으리라.

조리법이 아니다. 내가 잊을 경우를 대비해 일러두어야 할 것 같았다. 내가 그들을 옮겼다고.

어쩌면 누군가에게 말을 하고 싶어서 이러는 것일 수도 있다. 신들과 함께 있으면 혼자일 때보다 더 외롭다. 로런이 가버렸기 때문에 나는 내가 누구인지 상기시켜줄 것들이 필요하다. 나는 문득 사라져서 다시는 돌아오지 않을까 몹시 두렵다.

이런 이야기를 녹음하고 있어도 기분이 나아지지 않는다. 바보가 된 기분이다. 그만해야겠다.

디

니들리스 스트리트에 사는 사람들의 집 문틈에는 모두 전단지가 끼워져 있었다. 노란 굴착기들이 사자처럼 도로를 지나가자 디는 숨을 멈춘다. 굴착기의 거대한 금속 입에는 지난번 생명을 죽일 때 묻은 흙이 여전히 말라붙어 있다.

디는 집에서 나와 그 광경을 지켜본다. 어쩐지 집 안보다 이편이 더 안전한 것 같다. 근처 주민 두 사람이 입을 떡 벌리고 눈을 휘둥그레 뜬 채 주위에 서 있다.

주황색으로 머리를 염색한 남자가 굴착기 한 대 앞으로 불쑥 나아간다. 그가 운전자에게 소리를 지른다. 그의 커다란 개가 긴장해서 낑낑거리자 개의 목줄을 잡는다. "나무에 표시를 하려고 쓰는 형광 페인트 사용을 중단하면 좋겠네요." 그가 운전자에게 소리친다. 그가 트럭에 실려 있는 금속 용기를 가리킨다. "이건 유독한 물질이에요."

운전자가 어깨를 으쓱하며 안전모를 고쳐 쓴다.

"나는 공원 관리원입니다." 그 남자가 말한다. 목줄에 매여 그에게 잡힌 개는 흥분으로 몸을 부르르 떤다. "이런 페인트는 생태계에 유해하다고요."

"어쨌든 표시는 해야 합니다." 운전자가 거침없이 말한다. "형광물질은 밤에도 낮에도 눈에 잘 띄거든요." 그가 고개를 끄덕이자 엔진이 굉음을 낸다. 굴착기가 공룡처럼 움직인다.

그때 뭔가의 숨결이 디의 목에 닿는 바람에 뒷덜미의 털이 바짝 선다. 기겁을 하며 돌아보니 그가 어찌나 가까이 붙어 있는지 하마터면 그의 턱수염이 디의 볼을 스칠 뻔한다. 디는 그의 피부에 눌린 채 붙어 있는 쐐기풀처럼 그가 느끼는 스트레스 냄새를 맡을 수 있다. 테드가 흔들거린다. 그제야 그가 고주망태가 되었다는 사실이 머리에 들어온다.

"안 돼요." 그가 말한다. "저래서는 안 돼요. 이런 짓을 해서는 안 된다고요."

그가 무슨 말을 하자 디가 대꾸를 하지만, 정작 무슨 이야기인지는 잘 모른다. 머리가 윙윙 울려서 잘 들리지 않는다. 그녀는 그 표정을 잘 안다. 발각되기 일보 직전의 비밀을 품은 듯한 표정. 테드의 눈빛에 그 비밀이 있다.

그가 굴착기를 뒤쫓아 숲으로 달려가자 디는 숨을 헉 들이쉰다. 그가 뭔가를 향해 달려가는 중이라고 디는 확신한다. 숲에 숨겨진 뭔가. 당장은 테드를 따라갈 수 없다는 사실을 안다.

그에게 들키면 모든 것이 끝장이다. 그녀는 그 숲에 무엇이 숨겨져 있건 낮에는 접근할 수 없기를 필사적으로 바란다.

그녀는 집으로 들어가 아랫입술을 잘근잘근 씹으며 망을 보는 자리에 앉는다. 따라가지 않기로 한 판단은 틀렸을지 몰랐다. 어쩌면 기회를 날려버렸을 수도 있다. 지금쯤 테드는 룰루를 옮기는 중일지 모른다. 룰루를 야생의 자연으로 데려가는 중일 것이다……. 디는 활활 불타오르는 눈빛으로 숲을 바라본다.

30분 후 테드가 그늘진 숲길에서 모습을 드러낸다. 디의 심장이 활활 타오르고 쿵쾅거린다. 그의 동작 하나하나에서 스트레스가 새어 나온다. 그는 자신과 열정적으로 토론을 하는 듯 고개를 좌우로 흔든다. 그가 해야 하는 일이 뭔지는 몰라도 아직 해내지 못했다. 디가 기회를 날려버린 게 아니었다. 오늘밤, 분명히 테드는 움직일 것이다.

디는 하이킹 부츠를 신고 스웨터와 짙은 색 상의를 입은 후 물과 견과류를 주머니에 넣는다. 그런 다음 돌처럼 버티고 앉아서 테드의 집을 감시한다. 구름이 지나가고 해가 나무 꼭대기 너머로 점점 내려간다. 어스름이 만물을 덮기 시작한다.

절대 착각할 수 없는, 자물쇠 열리는 소리가 연달아 세 번 들리고 이어 뒷문이 삐걱하는 소리를 내자, 디는 준비를 한다. 어둠 속에서 집을 나서는 테드의 모습을 본다. 아니, 그 기척을 느낀다. 그가 가로등 불빛 아래를 지나가자 비로소 배낭이 보인다. 배낭은 물건으로 가득 차서 여기저기 이상한 각도와 곡선으로 불룩하게 튀어나와 있다. 연장들일까? 곡괭이? 삽? 그는 길을 따라 그늘로 들어간다. 이제 더는 인공적인 불빛이 없다. 부드러운 밤과 머리 위에 걸려 동전 반쪽처럼 빛나는 달뿐이다.

그녀는 거리를 두고 테드를 미행한다. 그의 손전등이 별처럼 그녀의 길을 인도한다. 그가 숲의 입구에서 멈춰 주위를 둘러보자 디도 걸음을 멈추고 나무 뒤로 몸을 숨긴다. 그가 한참을 가만히 서 있자 디는 밤이 말하기를, 그에게 여기에 그 혼자뿐이라고 말해주기를 기다린다. 그가 마침내 숲으로 발길을 옮기기 시작하자, 디도 뒤따른다.

그들이 작업 현장을 지나칠 즈음, 테드가 저 앞에서 우뚝 멈춰 서는 소리가 들린다. 나무가 점점 줄어드는 걸 보면 공터가 있을 것 같다. 그녀는 불도저들 사이에 웅크린다. 저 앞, 동쪽에서 삽으로 땅을 파는 소리가 들린다. 속삭이는 소리가 들린다. 몸이 부들부들 떨린다. 테드의 목소리일 테지만, 왠지 술렁이는 나뭇잎이나 살아 있는 숲에서 들리는 쩍 소리처럼 낯설게 들린다. 종아리와 허벅지에 쥐가 나지만 감히 움직일 수가 없다. 그녀가 테드의 소리를 들을 수 있다면 그도 디의 소리를 들을 수 있을 것이다. 달이 높이 뜨자 밤공기는 점점 따뜻해진다. 뱀들에게는 완벽한 날씨. 뇌, 너, 입 다물어. 디가 침울하게 생각한다. 테드는 무엇을 하는 걸까? 조금 더 가까이 가볼까 싶지만, 그녀가 조금이라도 움직이면 그 소리는 총성처럼 요란하게 울릴 것이다. 그녀는 앉아서 귀를 기울인다. 시간이 흐른다. 정확히 얼마나 지났는지 모르겠다. 한 시간이나 어쩌면 그 이상일 수도 있다. 그의 속삭임과 규칙적인 삽질 소리가 숲의 밤 소리에 섞여 든다.

마침내 부츠가 다가오는 소리가 들리자 디가 움찔 놀란다. 잠에 취해 있어 그녀의 몸이 불안하게 흔들린다. 그녀는 감각 없는 다리를 움직여 굴착기 아래로 기어간다. 달이 거즈 같은 구름 뒤로 숨었지만, 앞이 잘 보인다. 테드가 무거운 것을 등에 지고 있나. 들고 있는 삽에는 흙이 말라붙어 있다. 그는 뭔가를 파냈다. 디는 어떻게든 최대한 소리를 죽이며 일어선다.

왼쪽으로 난 오르막길 꼭대기에 걸린 달이 잔잔한 수면을 비춘다. 호수와의 거리는 1마일도 되지 않는다. 테드의 집에서 룰루가 실종된 곳까지는 도보로 한 시간 거리야. 디는 속이 타들어가는 기분을 느끼며 생각한다. 오늘 밤 테드는 무거운 짐을 들고도 그 거리를 빠르게 오갈 수 있다는 사실을 입증했다. 하지만 경찰은 그를 풀어주었다. 그러니 디가 무슨 말을 해도 그들은 아마 또 테드를 풀어줄 것이다. 그들은 관심이 없다. 게으르고, 무기력하고, 무능하니까⋯⋯. 디는 자신이 떨고 있다는 사실을 깨닫는다. 쓰러지지 않으려고 아무렇게나 손을 뻗어 가느다란 가지를 잡는다. 숲은 쉭쉭거리는 속삭임으로 가득한 것 같다. 기다란 몸통이 나뭇잎들 위를 미끄러지며 내는 마른 소리. 뱀 공포증이 시작된 거야. 그녀가 중얼거린다. 진짜로 있는 게 아니야, 디디. 하지만 그 단어조차 뱀 같다. 그것이 입 안에 똬리를 튼다.

그녀는 다음 단계로 넘어가려고 한다. 땅바닥에 있을지도 모르는 것을 떠올리지 않으려고 애쓴다. 여기에 뱀은 없어. 그녀는 자신에게 단호하게 말한다. 뱀은 전부 땅속에서 자고 있어. 네가 그것들을 두려워하는 것보다 그것들이 너를 더 두려워해. 하지만 숨이 점점 가빠진다. 발이 땅에 못 박힌 것 같다. 그녀는 숲이 무섭고, 나무들 사이에서 길을 잃을까 무섭고, 이 컴컴한 밤에 살인자와 단둘이 있게 될까 무섭다. 무엇보다 나무뿌리가 무서워 죽을 지경이다. 그것이 달빛 속에서 수직 동공으로 그녀를 바라보며 몸을 뒤트는 것처럼 보인다.

바보 같은 생각 마. 걸어. 디는 자신의 다리에 명령한다. 저것들은 빌어먹을 뱀이 아니야. 그래도 그녀의 몸은 대리석처럼 굳어 움직이지 않는다. 근처 잎사귀 사이에서 뭔가가 휙 움직인다. 그녀는 기다란 몸체가 다가오는 것을 거의 느낄 수 있다. 걸어. 그녀가 가진 의지력을 마지막 한 방울까지 짜내 생각한다.

저 앞에서 테드의 손전등 불빛이 춤을 추듯 흔들리더니 나무들 사이로 사라진다. 디는 어둠을 뚫고 자신에게 다가오는 것과 단둘이 남겨진다. 근육질의 몸이 끊임없이 미끄러지며 내는 매끄러운 소리.

디가 입을 벌리고 벌리자 마침내 턱이 당기고 딱 소리가 난다. 그녀가 고요 속에서 비명을 지른다. 그녀는 몸을 돌려 집으로 달리기 시작한다. 속삭임이 빠른 속도로 미끄러지듯 그녀를 따라와 어느새 발뒤꿈치에 다다르려 한다.

디는 문과 창을 다 잠근다. 장도리를 손에 쥐고 망보는 곳에 앉는다. 텅 빈 방에서는 그녀의 숨소리만 울린다. 그녀는 마룻바닥에 떨어져 있는 음식 포장지와 텅 빈 요거트 용기를 바라본다. 개미들이 용기 안으로 들고 난다. 나도 테드처럼 되어가는 건가. 그녀가 혐오감에 휩싸인 채 몸을 벌벌 떨며 생각한다. 나는 그저 겁쟁이일 뿐이야.

테드는 새벽이 되어서야 집으로 돌아온다. 그가 뒷문의 자물쇠를 연다. 집으로 들어가더니 "어디 있니, 아기 고양이야" 하고 부르는 소리가 들린다. 그의 목소리는 편안하고 친근하다. 디는 준비 목록을 작성한다. 그 일은 힘들 것이고 마음이 그녀에게 저항할 것이다. 하지만 다음에 테드가 숲으로 갈 때 디는 절대 실패하지 않을 것이다.

올리비아

로런이 이곳에 얼씬도 않은 지 벌써 몇 주째야. 엄마 테드와 휴가를 갔거나 다른 일이 있는 걸까? 모르겠어. 나는 테드가 로런의 이야기를 할 때면 아예 귀를 닫아버리는 습관이 있거든. 거실 바닥에 죽은 소처럼 널브러진 분홍색 자전거도 없고, 화이트보드에 적힌 메모도 없고, 고함도 없고, 난장판도 없어. 고요함, 평화. 나의 별들! 그동안 정말 행복했어.

테드가 나가버렸기 때문에 로런도 없어서 좋아. 로런은 테드가 데이트를 하면 질색을 하거든. 제 아빠에게 고래고래 소리까지 지른다니까. 맙소사, 그 꼬맹이는 세상에서 제일 고약한 어린 테드야.

죽어버린 푸른 동전 같은 눈을 한 TV 테드가 있는 흔적이나 냄새도 없어. 내가 상상력의 고삐를 너무 풀어버린 모양이야. 내 상상력이 워낙 풍부하고 뛰어난 탓이지. 그런 상상력이 좀 과하게 나갔다고 해서 놀랄 건 없어.

이 칭얼대는 소리만 머릿속에서 몰아낼 수 있다면 만사형통일 텐데. 이 소리는 꼭 압정이나 칼처럼 그곳에 꽂혀 있는 물건 같아. 이이이이오오오이이이이.

이제 마음이 차분해져서 다시 성경에서 해답을 구할 수 있어. 긴장이 되기는 해. 지난번 이후로⋯⋯. 이 집이 너무 심하게 흔들렸거든. 그때 얼마나 무서웠던지 그 후로는 엄두도 내지 못했어. 하지만 이 소리를 더는 못 들은 척할 수 없어. '주님'은 그런 태도를 좋아하지 않으실 거야. 난 용감해질 거야! 행운을 빌어줘, 테이프 기계야!

나는 충격에 대비해 각오를 다진 채 눈을 꼭 감고 책을 밀어 떨어트린다. 책이 바닥에 떨어질 때 발생한 충격과 떨림이 저 깊은 땅속에서 느껴진다. 성경이 확 펼쳐지자 성경 구절을 읽는다.

⋯⋯ 소금이 만일 그 맛을 잃으면 무엇으로 짜게 하리오?
후에는 아무 쓸 데 없이 다만 밖에 버려져
사람에게 밟힐 뿐이니라.*

지금, 소금과 지방의 냄새가 난다. 나는 테드를 찾으려고

* 〈마태복음〉 5장 13절.

위층으로 뛰어 올라간다. 역시 그는 침대에서 한 손으로 감자튀김을 먹고 있다. 나는 망설이지 않고 힘껏 뛰어올라 테드의 배에 풀썩 떨어진다. '주님'은 역시 나를 실망시키시지 않는다.

그가 숨을 헉 들이쉰다. "깜짝 놀랐잖아, 아기 고양이야." 그가 다른 손에 쥐고 만지작거리고 있던 물건을 떨어트린다. 푸른색 물건인데, 스카프라기에는 너무 폭이 좁아서 실크 넥타이 같다. 나는 그의 배에 올라타 가르랑거린다. 테드와 나는 요즘 매우 행복한 시간을 보내고 있다. 그렇다. 모든 것이 평소로 되돌아오고 있는 것 같다.

테드

오늘 밤 과거가 지척에 있다. 시간의 막이 부풀어 오르고 팽팽해진다. 부엌에서 치와와 레이디에게 대꾸하는 엄마의 말소리가 들린다. 엄마가 레이디에게 쥐에 관한 이야기를 하고 있다. 그 일에서 모든 것이 시작되었다. 귀를 틀어막고 TV의 볼륨을 높여도 여전히 엄마의 목소리가 들린다. 나는 쥐에 관한 그 일을 모두 다 기억하는데, 이것은 평범한 일이 아니다. 대체로, 내 기억은 스위스치즈처럼 구멍이 숭숭 뚫려 있기 때문이다.

학급마다 동물을 한 마리 키웠다. 그 동물은 그 학급의 마스코트와 같았다. 어느 학급은 깜짝 놀란 표정의 구렁이를 한 마리 키웠는데 정말 근사했다. 게다가 피처럼 붉고 작은 눈의 흰쥐를 키우는 것보다 훨씬 좋기도 했다.

사마귀가 여럿 난 아이가 주말에 그 쥐를 집으로 데려가기로 되어 있었는데, 마침 금요일에 결석을 했다. 그 아이의 어머니는 아들이 감기에 걸렸다고 말했지만, 실은 얼굴에 난 사마귀 제기 수술을 받았다는 사실을 모르는 사람이 없었다. 아무튼 그 아이는 쥐를 집으로 데려갈 수 없었고 알파벳순으로 내가 다음 차례였다. 스노볼, 우리는 그렇게 불렀다. 그 아이 말고 쥐 말이다.

나는 스노볼을 집으로 데려갔다. 집에 몰래 숨겨서 들어가야 했다. 엄마가 절대 허락해주실 리 없었다. 가축은 노예였다. 그러다가 그 일이 일어났고 결국 나는 스노볼을 월요일에 학교에 되돌려놓지 못했다.

그 일로 난처해지는 상황은 일어나지 않았다. 다른 사람이 할 수 있는 일이나 말은 아무것도 없었다. 어차피 사고였다. 우리의 문이 헐거워져 있었다. 나는 그 일이 정말 속상했지만, 동시에 다른 감정도 들었다. 그때 난 몹시 즐겁기도 했다. 나는 내 자아의 새로운 부분을 찾아냈다. 그 월요일, 담임 선생님의 눈에 서린 그 표정을 기억한다. 그 눈빛에선 새로 나타난 신중함이 보였다. 선생님은 내가 어떤 사람인지 보려는 듯이 나를 바라보았다. 내가 위험하다는 사실을 보았다.

우리 반은 스노볼 대신 햄스터를 키우게 되었다. 담임 선생님은 주말에 햄스터를 집으로 데려가는 사람을 정하는 방법을 바꾸었다. 이제는 무작위로, 야구 모자에서 제비를 뽑아 정했다. 어째서인지 그 모자에서는 내 이름이 절대 나오지 않았다. 담임 선생님은 나중에 교장이 되었다. 몇 해 후 내가 홀에 있는 내 사물함 옆에서 누군가를 주먹으로 폭행했을 때, 선생님은 마침내 기회를 잡았다. 나는 누구를 때렸는지조차 기억나지 않는다. 주먹으로 쳤던가? 아니면 발로 찼던가? 어쨌든 그 사건으로 나는 삼진아웃되었고 그 사실이 중요했다. 결국 퇴학을 당했다. 나는 선생님이 그 쥐 사건 이후로 나를 퇴학시킬 기회를 엿보고 있었다는 사실을 알았다.

카세트테이프가 보인다. 그것들은 책꽂이에 가지런히 일렬로 꽂혀 있다. 나는 복도의 벽장에 숨겨놓은 테이프를 떠올린다. 내가 더 용감한 사람이라면 들어볼 수 있을 텐데. 엄마의 마지막 말.

생각은 망자가 걸어 들어오는 문이다. 지금 나는 엄마를 느낀다. 차가운 손가락이 내 목덜미를 걸어 다니는 중이다. 엄마, 제발 나를 내버려두세요.

집중해야 한다. 나는 양손을 흔든 후 손바닥이 위로 오도록 뒤집는다. 그리고 내 손을 본다. 손가락과 통통한 엄지의 뿌리, 가죽처럼 건조한 손바닥. 손의 부위마다 심호흡을 한 번씩 한다. 곤충 남자가 알려준 방법인데, 놀랍게도 효과가 있다.

나는 수납장을 열고 노트북을 꺼내 켠다. 활짝 웃으며 책상에 앉아 있는 남자의 사진이 나타난다. 절대 진짜 사진처럼 보이지 않는다. 하지만 사람들은 고독이 너무 깊으면 무엇이 진짜이고 무엇이 가짜인지 신경 쓰지 않는다. 또 가짜 사진을 썼다는 사실에 양심의 가책을 느끼지만, 내 사진을 쓰면 어느 누구도 나를 만나려 하지 않을 것이다.

나는 줄줄이 올라와 있는 여자들을 본다. 너무 많다. 적당한 후보를 찾아내는 일이 순조롭지 않았지만, 포기하지 않는 것이 중요하다.

어쩌면 나는 지금까지 착각을 했을지도 모른다. 지금까지 금발에 푸른 눈동자를 가진 여자들에 더 집중했는데, 정말로 필요한 건 나와 공통점이 많은 사람이다. 한 부모 말이다. 검색 설정을 바꾸자 얼굴들이 다 사라지고 새로운 얼굴들이 뜬다. 대체로 나이가 더 많다. 두 사람을 골라 살펴보니 무자녀인 여자들보다 더 조심스럽고 신중한 것 같다.

마침내 한 사람을 찾는다. 그 여자는 오늘 밤 나와 만날 의향이 있다. 그녀는 3초도 지나기 전에 얼른 대답을 한다. 이건 뭔가 실수라고 생각될 정도다. 너무 열의가 넘친다. 그녀는 퇴근 후 나와 커피숍에서 만날 것이다. 사실 얼굴도 예쁘게 생겼다. 푸근한 인상에 턱선이 둥그스름하다. 머리는 염색을 한 지 오래되어, 허연 뿌리 부분이 둔탁해 보이는 검은색에 불쑥 끼어든 것 같다. 늦은 시간이지만, 여동생에게 아이를 봐달라고 부탁할 것이다. 그녀에게는 열두 살 난 딸이 있다.

저도 딸이 있어요. 내가 그녀에게 말한다. 로런이라고 해요. 그쪽 딸 이름은 뭐예요?

그녀가 대답하자 내가 다시 키보드를 두드린다. 정말 예쁜 이름이네요. 나처럼 혼자 자식을 키우는 사람과 이야기를 나누니

244

정말 좋네요. 가끔 외로울 때가 있거든요.

알아요! 그녀가 맞장구를 친다. 어떨 때는 그냥 울어버려요.

동생분이 봐줄 수 없다고 하면 따님을 데리고 나와도 괜찮아요. 그 여자에게 말한다. 따님을 꼭 만나보고 싶어요. 저도 로런을 데리고 나갈 수 있어요. (물론 나는 로런을 데리고 나갈 수 없다. 하지만 로런이 속이 안 좋다고 말하면 된다.)

어머나, 정말 이해심이 많으시군요. 그녀가 말한다. 그쪽이 정말 좋은 사람이라는 걸 알겠어요.

저는 파란색 셔츠를 입을 거예요. 타자를 친다. 그쪽도 파란색 옷을 입으면 어떨까요. 제가 잘 알아볼 수 있게요.

네, 그거 재미있겠어요.

되도록 청바지는 말고요. 요즘은 다들 청바지를 입으니까요.

알았어요…….

혹시 파란 원피스 있어요?

나는 한동안 샤워를 하지 않았기에, 그 여자가 부르는 아름다운 노랫가락에 화음을 넣으며 샤워를 한다. 약도 두 알 더 먹는다. 이번에는 절대 망치고 싶지 않다.

나가기 전에 맥주를 마신다. 문을 열어놓은 냉장고 앞에 서서 단숨에 다 들이켠다. 부엌 조리대에 시커먼 것이 뚝뚝 떨어진 자국이 있다. 쥐가 점점 더 골칫거리가 되고 있다. 쥐가 극성이어도 고양이가 해결해줄 수 있다면, 쥐가 들끓건 말건 상관하지 않을 것이다. 하지만 여기서는 아니다. 어떤 때에는 아무것도 하지 않는데 저절로 문제가 사라진다. 어떤 때에는 정반대다. 일지를 꺼내 지금 이 생각을 적어둬야 한다. 하지만 시간이 없다!

집을 나와 문에 달린 삼중 자물쇠를 채우고 길을 나서니 어둠에 잠긴 거리가 고요하다. 치와와 레이디의 집은 여전히 텅 비어 있다. 그 앞을 지나는데, 묘한 인력이 느껴진다. 마치 그 집이 나를 안으로 들이고 싶어 하는 것처럼, 신이 힘의 넝쿨을 내게 보낸 것처럼 묘하게 나를 끌어당기는 것 같다.

올리비아

테드가 다시 가버렸어. 벌써 하룻밤과 하룻낮이 지났다니까. 아늑하고 컴컴한 상자에 얼른 들어가고 싶은데, 테드가 그 위에 바벨의 원반들을 얹어놓았어. 밥그릇을 너무 많이 핥아서 이제 혀에서 쇠 맛이 날 지경이야. 아 참, 당연하게도 그 징징거리는 소리가 계속 들려. 머릿속이 그 소리로 꽉 차버렸어. 요즘은 그 소리가 커졌다 작아졌다 하면서 절대 사라지지 않아. 가끔은, 그 소리에서 단어들이 들리는 것 같다는 착각을 했다니까. 지금은 참을 만해. 대신 허기는 더 심해졌어. 허기가 위장을 갉아먹는 것 같아.

TV가 켜져 있는데, 주차장에서 어느 소녀를 스토킹하는 살인자에 관한 섬뜩한 내용이야. 깜깜한데 비까지 와. 소녀를 연기하는 배우가 연기를 상당히 잘해. 그 소녀는 겁에 질린 것 같아. 나는 그런 이야기를 좋아하지 않아서 그대로 거실에서 나와버렸어. 그래도 소리는 들려. 도망치는 소리, 비명 소리. 그 소녀가 무

사히 도망치면 좋겠어. 솔직히 누가 이런 쓰레기를 볼까? 말해두
는데, 이 세상에는 맛이 간 사람들이 있어. 나의 테드는 절대 그런
사람이 아니라는 사실을 '주님'께 감사드려.

그나저나 배가 너무 고파.

나는 집 안 여기저기를 활보한다. 내 뒤로 끈이 붕 떠 있
다. 오늘따라 그 끈은 축 늘어지고 칙칙한 잿빛이지만, 지금 같
은 상황에서는 그 모습이 적절해 보인다. 이 끈은 먹을 수 없다.
먹어보려고 했다. 이 집에서 먹을 수 있는 것은 전부 다 먹어치
웠다. 심지어 쓰레기통 뚜껑까지 밀어 떨어트렸지만, 그곳에는
더러운 휴지밖에 없었다. '죽을 뻔한 저녁' 이후로 테드는 하루
에 두 번씩 쓰레기통을 비운다. 아무튼, 나는 그 휴지를 먹었다.

나는 피를 찾아 코를 킁킁대며 집 안을 수색한다. 급기야
지하 작업실까지 내려가본다. 창문이 하나도 없어서 별로 좋아
하지 않는 곳이지만 개의치 않는다. 작업대 위에는 엔진이 집
중 조명을 받아 빛나는 해양 생물처럼 앉아 있다. 벽마다 상자
들이 줄지어 놓여 있다. 나는 쌓아놓은 상자를 오르고, 그 안으
로도 들어간다. 상자들은 거의 비었거나 오래된 부품들이 들어
있다. 지금처럼 정신적으로 힘든 상태에도 상자를 보니 가르랑
소리가 절로 나온다. 상자를 하나 잡아서 편안하게 낮잠을 자
지 않으려면 무지하게 의지력을 발휘해야 한다.

나는 소파 밑으로 기어가 라디에이터 뒤를 살핀다. 먼지 뭉

치 사이를 다 마신 맥주 캔이 굴러다니는 테드의 침대 아래에도 들어간다. 서랍장의 서랍을 차례로 열고 테드의 양말과 팬티와 러닝셔츠를 마구 뒤진다. 옷장 뒤로도 들어가 뒤진다. 아무것도 없다. 피는 없다. 심지어 로런의 냄새조차 나지 않는다.

나는 다락문 앞에서 멈춰 선다. 겁에 질려 꼬리가 곧게 펴진다. 그곳에서는 아무 소리도 나지 않는다. 나는 용기를 내어 조금 더 가까이 다가간다. 나의 예민하고 벨벳 같은 코를 문 아래 틈에 갖다 대고 숨을 들이쉰다. 먼지 또 먼지. 그 밖에 아무것도 없다. 귀를 기울여보지만, 조용하다. 고여 있는 공기, 한숨을 쉬는 두꺼운 대들보들, 상자에서 쏟아져 나와 나뒹구는 버려진 잡동사니를 그려본다. 몸이 부르르 떨린다. 어둠에 잠긴 텅 빈 방에 대한 상상에는 어딘지 오싹한 구석이 있다. 오오오 오오이이이이이이이이, 머릿속에서 노래가 이어진다. 거의 끊이지 않고 들리는 이 소음에도 '주님'이 뜻하신 바가 있다면 후딱 보여주시면 좋겠다.

생각해보니 나는 아직 냉장고 아래를 찾아보지 않았다. 여기서 두 번 정도 시도해 발톱으로 눅눅한 크래커 하나를 끄집어낸다. 음. 부드럽군.

크래커를 우물거리는데 어두침침한 냉장고 아래 먼지 사이로 뭔가가 언뜻 보인다. 살며시 앞발을 집어넣고, 요령 좋게 쭉 뻗어 나뒹구는 병뚜껑들과 부드러운 회색 솜틀 사이로 집어넣는다. 나는 하얀 물체를 발톱으로 푹 쑤신다. 표면이 쑥 꺼지더니 발톱이 그대로 뚫고 들어간다. 작은 시체. 처음 인상은 그렇다. 쥐인가? 우흐……. 하지만 이건 살이 아니고 좀 더 얇고 구멍이 숭숭 뚫려 있다. 나는 그것을 밝은 곳으로 끄집어낸다. 그것은 아동용 흰색 샌들 한쪽이다. 로런의 것이 분명하다. 로런은 걸을 수 없지만 그래도 가끔 신을 신고 싶어 한다.

음, 별거 아니군. 내가 중얼거린다. 그냥 샌들이잖아. 내 콧속을 가득 채우는 쇠 냄새는 다른 이야기를 한다. 내키지 않지만 나는 냄새를 샅샅이 맡아본다. 역시 반대편 면에 그것이 있다. 밑창은 뻣뻣한데, 짙은 갈색의 물질이 말라붙어 금이 쩍쩍 나 있다. 젤리나 케첩이나 피가 아닌 다른 얼룩일지도 몰라. 이렇게도 생각한다. 하지만 내 입은 그 냄새로 가득 차 있다. 냄새의 근원을 먹고 싶다. 징징거리는 소리가 더 커지고 더 높아진다.

나는 두 앞발 사이로 그 샌들을 떨어트리고 그곳에 해답이 적혀 있는 것처럼 빤히 바라본다. 이건 아마 나와 아무 상관도 없을 것이다. 로런이 자해를 한 것이 분명하다. 그 아이는 발에 감각이 없다 보니 발을 험하게 다룬다. 하지만 나로서는 작은 뼈에 대해서 떠올리지 않을 수 없다. 게다가 '밤시간'이 내 목구멍 안쪽에 남겨놓은 그 맛도 떠오른다. 최근에, 그가 몇 번이나 주도권을 잡았는지—내가 몇 번이나 그에게 주도권을 넘겼는지—걱정을 하지 않을 수 없다. 불안이 스멀스멀 피어오르자 내 꼬리가 병을 닦는 솔처럼 부풀어 오른다. 평소라면 이런 상황에야말로 '주님'에게 길을 보여달라고 매달렸을 것이다. 하지만 이번은 아니다. 어쩐지 지금 당장은, 그분의 관심이 내게 향하는 게 싫다.

부엌의 다른 곳에는 피가 없다. 그건 내가 보증한다. 그 정도가 아니라 유난히 깔끔하다. 표백제 냄새까지 난다. 이런 상황이 수상하기 짝이 없다. 테드는 절대 청소를 하지 않기 때문이다.

너 거기 있어? 내가 묻는다.

그의 두 눈이 어둠 속에서 녹색으로 반짝인다. 내 시간이야?

아니.

그의 시간일지도 모른다. 그가 주도권을 넘겨받으려고 살짝 장난기 섞인 태도로 앞으로 불쑥 나온다. 나는 힘껏 그를 밀어 넣는다. 그런데 솔직히, 내가 기억하는 것보다 더 어렵다. '밤시간'의 힘이 점점 강해지고 있나?

너 혹시⋯⋯. 나는 말을 멈추고 입 주위를 핥는다. 혀가 바짝 말라붙고 나무처럼 거칠하다. 혹시 우리가 로런을 다치게 했어?

아니. 그가 대답한다. 뒤이어 내 몸 안으로 시커먼 잔물결이 퍼져나간다. '밤시간'이 웃으면 이렇다. 당연히 아니지.

휴. 그러나 마음의 평화는 곧 사라진다. 그렇다면 왜. '밤시간'에게 묻는다. 왜 냉장고 아래에 피 묻은 샌들이 있어?

그가 어깨를 으쓱한다. 그러자 내 마음속의 모든 것이 큰 바다의 너울처럼 위로 솟았다가 아래로 거꾸러진다. 혼자 다쳤나? 그가 말한다. 애들이 그렇지 뭐.

그러게. 내가 대답한다. 그런데 왜 요즘은 로런이 안 보이지?

그런 걸 네게 설명하는 건 내 일이 아니야. 그가 대답한다. 다른 데 가서 물어봐. 그가 돌아서서 어둠 속으로 돌아간다.

음, 정말 도움이 되었어! 내가 그의 뒤에 대고 소리친다. 나한테 달리 물어볼 데가 어디 있다는 거야?

나는 안심이 되지 않는다. 오히려 그 반대다. '밤시간'은 너무 강했다. 뒷덜미의 털이 바짝 곤두선다.

테드가 흔들거리며 부엌으로 들어온다. 전깃불이 번쩍 켜진다. 이렇게까지 어두워진 줄 몰랐다.

"뭘 찾은 거야?" 테드가 피 묻은 작은 샌들을 내게서 가져가더니 걸어가면서도 그것을 살펴본다. "버린 줄 알았는데." 그가 말한다. "왜 이건 사라지지 않을까? 여기서 보고 싶지 않아. 네가 이걸 보는 것도 싫고." 그는 그것을 주머니에 넣고 나를 안아 든다. 내 털을 스치는 그의 숨결이 따스한 강풍 같다. 나는 몸부림을 치고 소리를 지르지만 소용이 없다.

그가 나를 상자에 넣는다. 뚜껑이 내려온다. 그 위에 물건을 올리는 소리가 들린다. 그는 내가 이곳에 있는 동안 '한 번도 이러지 않았다'. 내가 예의 바르게 소란스럽게 운다. 분명 무슨 착오가 벌어진 것이 분명하기 때문이다. 나는 밖으로 나갈 수 없다. 그런데도 그는 계속 물건을 올린다. 테드가 나를 이곳에 가두고 있다! 대체 왜 이러는 걸까?

나는 소란스럽게 울고 또 운다. 하지만 내가 듣는 대답은 침묵이다. 테드는 가버렸다. 그가 나를 암흑 속에 가뒀다. 나는 공포에 집어삼켜지지 않으려고 정신을 바짝 차린다. 그가 지금 상황을 극복하면 나를 내보내줄 것이다. 게다가 나는 내 상자를 사랑한다, 아닌가?

잠이 깊이 들지 않는다. 걸핏하면 움찔거리며 잠에서 깨고, 그때마다 이 상자에 나 말고 또 누가 있다는 느낌이 강하게 든다. 그들이 옆에서 어둠을 휘젓고 있는 것 같다.

테드

엄마가 아름답다는 사실을 깨달았을 때 나는 과연 몇 살이었을까. 다섯 살은 넘지 않았던 것 같다. 나는 그 사실을 엄마가 아니라 다른 아이들과 부모님들의 표정을 보고 알았다. 엄마가 학교로 나를 데리러 올 시간이면 주차장은 늘 사람과 차로 북적였고, 그들의 시선은 모두 엄마에게로 향했다.

그 사실에 나는 복잡한 기분이 들었다. 우리 엄마가 다른 엄마들과 다르다는 점은 확실했다. 엄마는 피부가 매끄럽고 눈이 큼지막했는데, 그 덕에 사람들은 엄마의 시선을 자신들이 독차지한다고 느꼈다. 엄마는 커다란 청바지나 스웨터는 입지 않았다. 대신 치맛자락이 종아리에서 바다처럼 일렁이는 푸른색 원피스를 입었다. 어떤 때는 얇은 블라우스를 입었는데, 그럴 때면 그늘진 아늑한 동굴 같은 엄마의 면모가 언뜻 비쳤다. 엄마는 정말 부드럽고 상냥하게 말했다. 다른 엄마들처럼 소리를 지르는 법이 없었다. 엄마의 뾰족한 자음과 납작한 모음은 이국적인 분위기를 자아냈다. 사람들이 엄마를 바라볼 때면 나는 으쓱해졌다. 하지만 그 시선을 볼 때면 내 배꼽에 있는 작고 뜨거운 부분이 확 달아오르기도 했다. 그들이 엄마를 봐주기를 바라면서 동시에 보지 않기를 원했다. 통학 버스를 타기 시작한 후로는 상황이 나아졌다.

나는 학교에서는 늘 엄마를 옹호했다. 하지만 엄마가 교대 근무를 마치고 퇴근해 돌아오면 언제나 질투심으로 가득했다. 엄마가 병원에서 돌봐주는 아이들이 엄마의 기운을 모두 빼앗아서 내게 줄 것이 하나도 남지 않았을까 두려웠다.

어떤 면으로는 실제로 그랬다. 엄마는 병원에서 해고되자 몹시 상심했다. 사방에서 인원을 감축했고 모두가 그 사실을 알았다. 살림이 빠듯했다. 아빠는 내게 엄마와 거리를 두라고 했다. 엄마에겐 자신만의 공간이 필요해. 아빠는 이렇게 말했다. 이상하게도 엄마는 줄어든 것 같았다. 엄마를 밝히던 빛조차 흐릿해졌다. 그 무렵 나는 열네 살 정도였을 것이다.

치와와 레이디는 엄마와 사이가 가까웠다. 매일 아침 두 사람 다 근무시간이 아닐 때면, 엄마는 그녀의 집으로 갔다. 두 사람은 블랙커피를 마시고 버지니아 슬림 담배를 피우며 이야기를 나눴다. 날씨가 좋은 날이면 두 사람은 칸막이벽을 설치한 포치에 앉았다. 으레 그렇듯이, 날이 우중충하거나 추울 때면, 두 사람은 식탁에 앉아 담배 연기와 비밀들로 공기가 농밀해져 칼로 그 공기를 얇게 저밀 수 있을 때까지 시간을 보냈다. 내가 이런 것을 아는 이유는 주말이면 두 사람이 시간 가는 줄 모르고 이야기에 빠진 탓에 엄마에게 점심을 차려달라고 말하러 가야 했던 적이 종종 있었기 때문이다. 점심 준비라고 해봐야 이유식 병의 뚜껑을 따는 것뿐이었지만, 그래도 그것은 여자의 일이라고 아빠는 말했다. 그 무렵 아빠는 술독에 빠져 살았다.

엄마가 병원에서 해고되자 치와와 레이디가 분통을 터트렸다. 엄마보다 더 분노했다. 치와와 레이디는 엄마에게 맞서서 싸우라고 설득했다. "당신은 최고예요." 그녀가 말했다. "아이들을 정말 잘 보살피잖아요. 당신이 없으면 아이들은 몹시 화를 낼 거예요. 이건 범죄라고요." 그녀의 동그란 갈색 눈은 믿음으로 가득했다. 치와와 레이디는 언제나 활력이 넘쳤다. "병원 이사회에 진정서를 보낼 수도 있어요." 그녀가 엄마에게 말했다. "힘을 내요. 이렇게 순순히 받아들일 수는 없어요. 당신은 우리 병원의 자산이니까요."

아빠와 나는 메아리처럼 치와와 레이디의 말을 따라 했다. "엄마는 최고예요." 내가 말했다. "그 사람들은 엄마가 일해주는 게 얼마나 큰 복인지 몰라요."

"그냥 상황이 그렇게 되었을 뿐이야." 엄마는 상냥하게 말했다. "불운을 우아하게 받아들이렴."

그 무렵 나는 학교에서 문제를 일으키기 시작했지만 부모님은 내가 일으킨 사건들을 심각하게 받아들이지 않았다. 아마도 내가 집에서 착하게 행동했기 때문에 부모님은 무슨 오해가 있겠거니 여겼을 것이다. 나는 말을 잘 듣고 예의 바르게 굴었다. 적어도 그러려고 노력했다. "테디는 청소년기를 훌쩍 뛰어넘은 것 같아." 엄마는 내 볼을 토닥이며 말하곤 했다. "우리는 복도 많지."

어느 날 내가 등교도 하기 전에 치와와 레이디가 집으로 찾아왔다. 나는 식탁에서 시리얼을 먹는 중이었다. 엄마는 움직일 때면 뒤로 지낫사락이 둥둥 떠오르는 푸른색 무명 원피스를 입고 있었다. 치와와 레이디가 스툴에 앉아서 자신의 커피에 감미료를 세 봉지나 털어 넣었다. 그녀의 머리 주위로 김이 모락모락 피어올랐다. 그녀는 입이 델 정도로 뜨겁고 숨이 꼴깍 넘어갈 정도로 단 커피를 좋아했다. 그녀는 자신의 개를 가방에서 꺼내 조리대 위에 내려놓았다. 짙은 색 털이 부드럽고 얼굴이 자그마한 그 개는 영리했다. 조심스럽게 커피 잔의 냄새를 맡거나 푸른빛이 감도는 담배 연기에 눈을 깜박거렸다.

"어떻게 그럴 수가 있어요?" 엄마가 말했다. "어떻게 이 불쌍한 동물을 계속 가둬놓을 수 있어요? 이 아이의 눈에 비친 고통이 보이지 않나요? 야생동물을 가둬놓고 사육하는 건 너무 끔찍해요."

"당신은 마음이 너무 여려요." 치와와 레이디가 말했다.

(이제 깨달았지만, 그때는 치와와 전이었다. 당시 그녀는 닥스훈트 레이디였다. 그러므로 이제부터는 닥스훈트 레이디라 부르겠다.)

닥스훈트 레이디가 엄마를 힐끔 보자 엄마가 말했다. "다른 방으로 가요. 테디, 수학 숙제 얼른 끝내."

두 사람이 거실로 가면서 엄마가 부엌문을 닫았다. 그때 엄마의 말소리가 들렸다. "오, 그 개. 나는 그 개를 차마 못 보겠어요. 그 개를 천을 씌운 내 식탁 의자에 앉히지 마세요. 비위생적이니까."

나는 수학 숙제를 꺼냈다. 머리가 지끈거렸다. 내 두개골에 두꺼비가 앉아 있는 것처럼 숙제를 못 끝낸 채 펼쳐만 놓은 지 벌써 며칠째였다. 펼쳐놓은 부분을 열심히 들여다보았지만, 그 페이지에 적힌 내용이 고동치며 내게 밀려오는 것 같았다. 이렇게 머리가 고동치니 집중하기 힘들었다. 그래도 최소한 지난밤에는 몇 문제를 풀어보려고 했다. 물론 대부분 다 틀렸지만. 나는 한숨을 푹 쉬고 지우개를 들었다. 닥스훈트 레이디의 목소리가 부엌으로 들어왔다 나갔다 했다. 부엌문은 얇은 소나무 합판이었다.

"구린 냄새가 나요." 그녀가 말한다. "한 주 내내 대규모 회의가 몇 번이나 열렸어요. 게다가 어제는 경찰까지 왔지 뭐예요. 우리 모두에게 질문을 하더군요. 간호사 라운지에 한 사람씩 불러서. 정말 불편해요. 그 말은 우리가 커피를 마시려면 구내매점으로 가야 한다는 뜻이잖아요. 엘리베이터를 타고 세 층을 내려갔다가 다시 세 층을 올라와야 하니까. 그것만으로도 내 휴식 시간을 다 잡아먹어요."

"맙소사." 엄마가 말했다. "대체 무슨 일이에요?"

"모르겠어요. 아직 내 차례가 되지 않았어요. 알파벳순으로 하거든요. 먼저 한 동료들이 말을 하려고 하지 않아요. 면담을 끝내고 나올 때면 다들 화가 난 표정을 짓고 있어요."

"있죠." 엄마가 말했다. "그랬대도 나는 전혀 놀랍지 않아요."

"왜요?" 닥스훈트 레이디가 호기심에 차 몸을 앞으로 쑥 내미는 소리가 들릴 것만 같았다.

"생각해봐요. 돈과 관련된 일들을요. 돈이 어디로 갈까요? 우리는 항상 같은 예산으로, 언제나 같은 병동을 운영하잖아요. 그런데 갑자기 왜 그렇게 예산이 확 줄어든 걸까요?"

"와우." 닥스훈트 레이디가 숨을 헉 들이쉬며 말했다. "혹시 그런 걸 생각하는 거예요……? 병원에서 사기 같은 일이 벌어지고 있다고?"

"내가 그런 말을 할 입장은 아니고요." 엄마는 가장 상냥한 어조로 말했다. "그냥 궁금해서 그래요. 그것뿐이에요."

닥스훈트 레이디가 혀를 끌끌 찼다. "나는 정말 이해를 못 하겠어요. 왜 당신을 해고했는지." 그녀가 말했다. "내가 이 이야기를 벌써 100만 번은 했죠. 이제야 알겠네요."

엄마는 아무 대꾸도 하지 않았다. 엄마가 질문하듯 상냥한 미소를 지으며 고개를 가로젓는 모습이 떠올랐다.

문득 불안하고 화가 났다. 왜 그런지는 나도 몰랐다. 그래서 오래된 상자형 냉동고로 들어갔다. 나는 머리 위로 뚜껑을 끌어당겼다. 그러자 금세 기분이 좋아졌다.

냉동고로 들어간 후 시간 감각을 잃어버렸다. 다시 돌아왔을 때 나는 여전히 냉동고에 있었다. 정확히 말하자면 또 그곳에 있었다고 해야 하리라. 닥스훈트 레이디의 목소리가 들리고 담배 냄새가 거실에서 문틈으로 새어 들어왔다. 부엌이 살짝 달라졌다. 창턱에 놓여 있던 튤립이 사라졌다. 벽은 더 지저분해 보였다.

"난장판이에요." 엄마의 목소리. "돌을 막 던지다니! 이 골목에 있는 가로등이 전부 다 깨졌어요. 부모 탓이죠. 아이들은 엄하게 키워야 하는데."

나는 부엌문을 밀어서 열었다. 두 여자가 나를 보더니 깜짝 놀란 표정을 지었다. 엄마는 녹색 블라우스와 바지를 입고 있었다. 창밖을 보니 날이 추운 듯 창문 주위로 나뭇잎이 다 떨어진 앙상한 가지들이 보였다. 닥스훈트 레이디 옆에 앉아 있는 개는 닥스훈트가 아니라 텁수룩한 테리어였다. 그 개는 담배 연기에 눈을 껌벅거리며 갈색과 흰색 털이 섞인 머리를 들었다. 이제 그녀는 테리어 레이디였다.

"가봐, 테디." 엄마가 부드럽게 말했다. "여기는 네가 걱정

할 일이 없어. 그러니 지원서나 어서 끝내." 나는 문을 닫고 반쯤 작성한 시내 자동차 정비소 지원서가 조리대에 놓여 있는 부엌으로 돌아갔다.

그날은 내가 냉동고에 들어간 날이 아니었고 나는 더는 학교를 다니지 않았다. 사물함 옆에서 남학생을 폭행했기 때문에 학교에서 퇴학을 당했다. 엄마는 어차피 내가 집에 있는 편이 더 낫다고 생각했다. 엄마를 도와줄 수 있으니까. 전에는 한 번에 그렇게 오랫동안 시간 감각을 잃은 적이 없었다. 나는 머릿속에서 번뜩이는 기억의 단편을 모아보려고 했다. 나이는 스무 살이나 스물한 살인 것 같았다. 엄마는 병원이 아니라 어린이 집에서 일했다. 하지만 이제는 그곳에서도 일하지 않았다. 막 해고당했기 때문인데, 그것은 사람들이 야비해서였다.

나는 내 몸의 변화를 알아차렸다. 나는 더 커져 있었다. 훨씬 커져 있었다. 두 팔과 다리가 육중했다. 얼굴에 불그죽죽한 털이 나 있었다. 그리고 흉터도 더 늘었다. 티셔츠에 쓸려 근질거리는 등에서 흉터가 느껴졌다.

"메히히히히히코." 테리어 레이디의 말소리가 문을 통해 들렸다. "나는 매일 아침 칵테일을 마실 거예요. 작은 우산을 꽂은 거 말이에요." 그녀는 곧 다가올 몇 주간의 휴가를 고대하는 중이었다. "그 잘생긴 헨리가 나와 함께 갈 거예요. 스톱 앤드 고 마트에서 물건을 포장하는 그 헨리 말이에요. 스물다섯 살이에요. 어떻게 생각해요?"

261

"정말 고약한 사람이라니까." 엄마가 말한다. 칭찬 같기도 하고 비난 같기도 하다. 스물다섯 살이라는 건 어떤 걸까? 그러다 테리어 레이디가 몇 살인지 궁금해진다. 끔찍해. 그 여자는 마흔은 되었을 것이다.

"실비아도 그렇게 생각해요." 테리어 레이디가 말한다. 갑자기 그녀의 목소리에 기운이 없다. "내 딸이 이렇게 매사에 비판적인 사람으로 자랄 줄은 생각도 못 했어요. 세상에서 제일 사랑스러운 아기였는데."

"나는 테디 같은 애를 둬서 정말 복이 많아요." 엄마가 말한다. 그 말에 내 안이 엄마에 대한 사랑으로 가득 차오른다. "그 애는 늘 고분고분하거든요."

아빠가 어디에 있는지 몰라 궁금해하다가 금방 기억해낸다. 아빠는 내게 머리를 얻어맞고 떠났다. 내 관절에 맞아서 두개골에 금이 갔고 내 손에 든 멍을 본 기억이 난다. 그때도 내가 통증을 느끼지 못해서 다행이었던 수많은 경우의 하나였다. 아빠는 고통을 느꼈다. 나는 아빠가 맞을 짓을 했다는 사실을 안다. 그래도 나는 왜 때렸는지 이유를 기억에서 찾아내야 한다. 기억이 순간순간 돌아온다. 아빠가 엄마에게 소리를 질렀기 때문에 때릴 수밖에 없었다. 엄마에게 욕설을 퍼부으며 미쳤다고 했다.

"이런." 엄마의 말소리에 내 사고가 뚝 끊어진다. 고개를 들어보니 감사하게도 엄마가 그곳에 있다. "칼에 베였구나, 테디."

나는 흠칫 놀라며 칼을 서랍에 다시 넣는다. 언제 꺼냈는지 기억도 없다. "괜찮아요, 엄마."

"네 건강을 요행에 맡길 수는 없어." 엄마가 말한다. "소독하고 두 바늘 정도 꿰매야겠다. 내가 수술 도구 가져올게."

아니, 이 일은 그때 일이 아니다. 지금 엉뚱한 기억을 불러냈다. 여자에게 절대 미쳤다고 하지 마. 내 얼굴에 닿은 엄마의 서늘한 손길과 봄의 숲에서 나는 식물의 수액 향기. 아니, 그때도 아니다. 나는 그날에 대한 기억의 실마리를 찾으려 한다. 도무지 기억이 나지 않아 숨이 다 막힐 지경이다. 그 기억에 분명 중요한 것이 있었다. 하지만 그 기억은 사라졌다.

엄마가 두 번째로 나를 숲에 데려간 건 쥐 스노볼 때문이었다. 나는 거실에서 우리를 앞에 두고 엉엉 울고 있었다. 우리 구석에 한때 스노볼이었던 것의 잔해가 언뜻 보였다. 톱밥은 갈색이 되었고 덩어리로 뭉쳐서 여기저기 걸려 있었다. 그토록 작은 생물 어디에 그렇게 많은 피가 있었을까. 나는 코딱지와 공포의 맛을 기억한다. 얼굴을 파묻은 노란 담요가 흠뻑 젖었다. 파란 나비들이 슬픔으로 반짝거렸다.

고개를 드니 엄마가 문가에 서서 말없이 나를 지켜보고 있었다. 엄마는 당신이 차 원피스라고 부르는, 치맛자락이 찰랑거리는 푸른색 원피스를 입고 있었다. 나는 어떻게 해야 할지 알 수 없었다. 무슨 말로 그 상황을 해명할 수 있겠는가.

"그렇게 보지 마세요." 내가 말했다. "내가 한 게 아니에요."

"아니야, 네가 했어."

나는 소리를 지르고 벽난로 선반에서 마트료시카를 집어 들었다. 그리고 엄마에게 던졌다. 작은 인형들이 사방으로 날아갔다. 그것들은 모두 머리가 사라졌다. 벽에 부딪혀 산산조각이 났다. 나는 다시 소리를 지르며 뮤직 박스를 들었다. 하지만 내 안에서 퍼지는 나쁜 기분에 깜짝 놀랐다. 나는 뮤직 박스를 바닥으로 떨어트렸다. 그것은 묵직하게 울리는 소리를 내며 부서졌다.

"네가 한 짓을 봐." 엄마는 차분했다. "너는 내게서 모든 것을 가져가는구나, 시어도어. 가져가고, 가져가고, 가져가. 이제 다 끝났니?"

내가 고개를 끄덕였다.

"엄마 옷장에서 구두 상자를 가져와." 엄마가 말했다. "먼저 거기 들어 있는 구두는 꺼내. 그리고 우리에 있는 걸 전부 그상자에 버려." 엄마가 해야 할 일을 정확하게 알려줘서 좋았다. 나는 그런 지시 사항이 필요했다. 스스로 생각할 수 없으니까. 내 머리는 수치심과 동시에 몰려든 흥분으로 환하게 밝아졌다. 가여운 스노볼. 하지만 나는 이 일을 계기로 마음 깊은 곳에서 비밀스러운 것을 찾아냈다.

나는 한 손으로 조심조심 구두 상자를 들었다. 엄마가 다른 손을 잡았다. 그리고 상냥하게 나를 잡아끌었다. "어서 가자." 엄마가 말했다. 우리는 문을 나서서 골목을 걸었다.

"엄마, 문을 안 잠갔어요." 내가 말했다. "누가 집으로 들어 가면 어떻게 해요? 물건을 훔쳐 가면 어떻게 해요?"

"그러라고 해." 엄마가 말했다. "신경 쓸 사람은 너와 나뿐 이야."

그럼 아빠는요? 대뜸 그런 생각이 들었지만, 굳이 입에 담 지 않았다.

우리가 숲으로 들어가는 문에 도착하자 나는 뒤로 물러났 다. "저기 들어가고 싶지 않아요." 나는 다시 울기 시작했다. "나 무가 무서워요." 자그마한 니무 고양이가 어떻게 되었는지 기 억났다. 오늘은 내게 무엇을 두고 가라고 할까? 혹시 엄마가 남 겨지고 나는 억지로 혼자 집으로 돌아가게 되는 건 아닐까. 그 것이 내가 떠올릴 수 있는 최악의 상황이었다.

"겁낼 거 없어, 테디." 엄마가 말했다. "이 숲에 뭐가 살든 그것보다 네가 더 무서워. 게다가 시원한 곳으로 가면 기분이 좋아질 거야." 엄마가 내 손을 꼭 쥐었다. 엄마는 다른 손에 모 종삽을 쥐고 있었다. 분홍색 손잡이가 달린 모종삽.

우리는 숲길을 따라갔다. 그 길에는 양지와 음지가 표범의 가죽처럼 뒤섞여 있었다. 엄마 말이 옳았다. 그곳, 시원한 나무 들 아래로 들어오니 기분이 좋아졌다. 그렇지만 슬픔은 여전히 가시지 않았다. 스노볼은 너무 자그마했고 나는 그런 작은 생물 은 사랑으로 대해야 한다는 사실을 알았다. 그래서 다시 울었다.

우리는 큰 바위들과 물이나 빛이 번쩍하는 듯한 은빛의 나무들로 둘러싸인 공터에 도착했다. 나는 그 둥근 공터에 발을 들여놓자마자 그곳에서 뭔가가 일어나리라 예감했다. 그곳은 변화의 장소였다. 세상과 세상 사이의 벽이 얇은 곳이기 때문이다. 나는 그것을 느낄 수 있었다.

엄마가 해가 잘 드는 양지바른 곳에 분홍 모종삽으로 구덩이를 팠고 나와 함께 스노볼의 유해를 묻었다. 뼈는 살이 말끔히 발라져 있었다. 어린 풀에 놓인 뼈들이 거의 투명 상태에 가깝게 반짝였다. 기름진 흙이 구두 상자 위로 떨어져 상자가 흙에 다 덮이자 뭔가가 벌어졌다. 나는 쥐였던 그 생물이 변하는 모습을 보았다. 쥐의 유해는 귀하고 강력한 것이 되었다. 그것은 죽음의 일부였으며 이제 대지의 일부도 되었다. 그것은 신이 되었다.

엄마는 주저앉아 옆의 땅바닥을 톡톡 쳤다. 엄마가 두 손으로 내 얼굴을 감쌌을 때 맡은 수액의 향기와 엄마의 두 손을 아직도 기억한다. 봄이었을 것이다. "너는 엄마가 널 심하게 대한다고 생각할 거야." 엄마가 말했다. "엄마가 만든 규칙도 마음에 들지 않겠지. 그러니 현실을 다시 말해줄게. 엄마는 네 건강을 몹시 신경 쓰기 때문에 애완동물을 키우거나 미국 남자아이들처럼 핫도그를 먹는 걸 금지하고, 병원에 갈 돈이 없어서 엄마가 네 상처를 직접 꿰매줘야 한다는 현실 말이야. 네가 아무리 불평해도 이게 내 방식이야. 엄마는 네가 건강하게 잘 자

266

라도록 보살펴야 해. 그게 내 의무니까. 엄마는 네 몸을 신경 써서 돌보는 것만큼이나 네 정신도 돌봐야 해. 오늘 우리는 네게 어떤 병이 있다는 사실을 알게 되었어.

너는 분명히 앞으로 두 번 다시 그런 짓을 하지 않겠다고 다짐할 거야. 이번 한 번으로 끝이라고 생각하겠지……. 정말 그럴 수도 있어. 하지만 나는 그렇게 생각하지 않아. 네 병은 오래된 병이야. 오래전부터 우리 집안에 전해져 내려온 병이거든. 내 아버지—네 외할아버지—도 그 병을 앓으셨어. 아버지가 돌아가시면서 그 병도 같이 죽어버리기를 바랐지. 어쩌면 내가 그 병에 대해 속죄할 수도 있겠다고 생각했어. 새로운 세상, 새로운 삶. 사람들의 목숨을 구하고 싶어서 나는 간호사가 되었어."

"그게 뭐예요? 병 말이에요."

엄마가 나를 보았다. 엄마의 관심이라는 빛줄기가 따스한 바다 같았다. "그 병에 걸리면 너는 살아 있는 생물에게 상처를 주고 싶어져." 엄마가 말했다. "나는 봤어. 그날 밤 아빠의 뒤를 밟아 묘지에 갔을 때, 일리즈 아래의 무덤을 말이야. 나는 아빠가 그곳에 무엇을 숨겨뒀는지 봤어……." 엄마가 한 손을 들어 입을 가렸다. 그리고 손바닥에 대고 거친 숨을 내쉬었다.

"일리즈가 뭐예요?" 그 단어를 말하자 악마의 이름을 말하는 것처럼 기분이 나빠졌다.

"교회라는 뜻이야." 엄마가 대답했다. "일리즈." 마치 혀가 뭔가를 기억해낸 것처럼 엄마가 다시 부드럽게 발음했다. 나는 엄마가 영어 외에 다른 말을 하는 걸 처음 들었다. 그때 나는 과거로 만들어진, 내가 모르는 그림자 속 엄마가 또 있다는 사실을 깨달았다. 유령과 산 사람이 한데 묶여 있는 것처럼.

"그곳이 마음에 들었어요?" 내가 물었다. "그립지 않으세요?"

엄마가 성마르게 머리를 가로저었다. "'좋아하다'나 '그립다' 같은 단어는 유약한 표현이야. 딱 그런 곳들이 있어. 네가 그곳을 어떻게 느끼는지는 중요하지 않아.

이 나라에서는 사람들이 너 나 할 것 없이 죽음을 두려워해. 하지만 죽음은 우리 자신이야. 죽음은 존재의 중심에 있어. 로크로낭에서는 그런 식으로 생각했어. 일리즈에 가면 안쿠가 제단에 새겨져 있어. 우리는 안쿠가 마시도록 무덤가에 우유를 바쳤어. 거기에 새겨진 얼굴은 안쿠의 수많은 얼굴 중 하나야. 묘지는 마을의 심장이었어. 우리는 그곳에서 이야기를 하고, 구애하고, 논쟁을 했어. 그 마을에는 아이들이 뛰놀 놀이터나 공원이 없었어. 대신 묘비들 사이에서 숨바꼭질을 했어. 삶은 죽음 사이에서 나란히 흘러간 거야.

하지만 삶과 죽음이 너무 가까이 붙어 있을 때가 있어. 그러면 둘 사이를 가르는 선이 희미해져. 그렇기 때문에 사람들은 밤에 일리즈에서 무슨 소리를 들어도 입을 다물기만 했어. 그게 세상이 돌아가는 방식이니까. 개들이 사라지면 사람들은 이렇게 말했어. '그게 세상이 돌아가는 방식이야.' 삶에 죽음이 있고, 죽음에 삶이 있어. 하지만 나는 그런 생각을 받아들이지 않았어." 엄마가 잠시 말을 멈췄다. "어느 날 아침, 가축들과 함께 지냈던 소년 페모흐가 우유와 빵 껍질을 얻으러 오지 않았어. 나는 그 애를 찾으러 갔어. 마구간에는 없더구나. 그런데 밀짚에 피가 떨어져 있었어. 하루 종일 나는 그 애를 찾으러 다녔어. 그 애에게 무슨 일이 생겼는지 관심을 가지는 사람이 나밖에 없었어. 혹시 지나가는 차에 치였을까 도랑을 찾아봤어. 따뜻한 짐승들 사이에서 잠이 들었나 싶어서 닭장에도 가봤고. 오, 여기저기 안 찾아본 데가 없어. 하지만 결국 못 찾았지.

오후에 곡물 창고에서 아빠가 나를 찾아내시고는 내 귀를 찰싹 때리시더구나. '요리도 해야 하고 빨랫감도 있어. 게으름 피우지 마.'

'지금 페모흐를 찾아다니고 있어요.' 내가 이렇게 말했어. '그 애가 무슨 일을 당한 것 같아요.'

'부엌으로 가.' 아빠가 말했어. '네 할 일은 내팽개치고 뭐 하니. 창피하구나.' 아빠가 나를 바라봤어. 그때 아빠의 두 눈 뒤에서 타들어가는 작은 초가 보였어.

그날 밤 아빠가 집을 몰래 빠져나가자 나는 조용히 뒤를 밟았단다. 아빠는 들판을 건너서 마을로 들어가 포도원을 지난 후 교회 아래의 그곳으로 들어갔어. 그곳에서 아빠의 본모습을 봤지."

"교회에서 뭘 보셨는데요?" 내가 속삭이듯 물었다. "엄마, 뭘 보셨어요?"

"우리에 갇힌 녀석들을 봤어." 엄마는 나를 보지 않았다. "아빠의 애완동물들. 폐모호가 어떻게 되었는지 목격했어.

일요일에 나는 교회에서 아빠를 고발했어. 신도들 앞에 서서 아빠가 그간 한 짓을 모두 폭로한 거야. 내 말을 못 믿겠으면 직접 가서 보라고 했어. 그들은 그곳을 보러 가지 않았어. 그때 나는 그들이 이미 안다는 사실을 깨달았단다." 엄마가 말을 멈췄다. "그들은 차라리 못 본 척하기로 한 거야. 떠돌이 개가 사라져도, 심지어 아이가 길을 잃고 사라져도. 그런 일이 너무 잦았어. 그런 일은 항상 일어났지. 그것이 세상이 돌아가는 방식이었어. 대를 이어서 함께 생활한 사람들은 특별한 종류의 광기를 공유해. 하지만 내가 진실을 큰 소리로 말하자 그들도 결국 행동에 나설 수밖에 없었어.

나는 한밤에 불이 났다는 소리에 깼어. 다섯 명이 복면을 쓰고 횃불을 들고 있더구나. 그들이 나를 침대에서 일으켜서 밖으로 끌고 나갔어. 아빠는, 그 사람들이 침대에 묶어버렸어. 그러고는 집에 불을 질렀지. 그날 밤 안쿠는 아빠의 얼굴을 하고 있었어.

나는 무릎을 꿇고 그들에게 감사 인사를 했어. 그런데 다음 순간 세상이 암흑으로 변했어. 아마 그들이 내 머리를 내려친 것 같아. 다음으로 내가 기억하는 건 아빠의 승합차를 타고 도로를 달리는 중이라는 사실이었어. 차에서는 여전히 아빠의 담배 냄새가 났지. 그들은 나를 태우고 밤새 차를 몰았어. 새벽에 우리는 어느 마을에 도착했어. '너는 미쳤어.' 그들이 이렇게 말하더구나. '네 이야기는 자갈길과 진창에다 해. 우리 같은 좋은 사람들은 그런 이야기를 듣고 있을 시간이 없으니까.' 그 말을 끝으로 그들은 나를 그곳에, 낯선 마을의 길거리에 남겨두고 가버렸어. 돈도 없고 아는 사람도 없었지. 심지어 그곳에서 쓰는 언어도 몰랐어. 내가 쓰는 말은 옛말이었으니까."

"그 사람들은 왜 그런 짓을 한 거예요?" 나는 그 사람들을 아프게 하고 싶었다. "그건 공평하지 않아요!"

"공평!" 엄마가 미소를 지었다. "나는 로크로낭의 침묵을 깨트렸어. 그러니 그들을 이해해."

"엄마는 어떻게 했어요?" 내가 물었다. "뭘 먹고 어디에서 잤어요?"

"내가 가진 것을 다 이용했어." 엄마가 대답했다. "내 미모, 내 건강, 내 정신, 내 의지. 나는 환자를 보살피는 데 재능이 있어. 봉합 솜씨도 괜찮았고. 내 처지에 비해 그럭저럭 잘 버틴 셈이지. 하지만 어떤 사람은 길거리에서 떠돌이 개를 보면 발로 차기도 하잖니. 내가 바로 그런 개 신세였어. 네 아빠가 그 마을에 오기 전까지는. 네 아빠가 아니었다면 나는 여전히 그 마을에서 살고 있었을지 몰라. 네 아빠가 나를 여기로 데려와줬지.

나는 안쿠가 그 큰 바다를 건너고 대륙을 횡단해 이 먼 해안까지 뒤따라온 것만 같았어. 일단 안쿠의 눈에 띄면 안쿠는 너를 절대로 놓아주지 않을 거야. 로크로낭에서는 그런 걸 잘

271

알았어. 소위 말하는 신세계라는 이곳은 다 잊었어. 어느 날 안쿠가 내 얼굴을 하고 양팔을 벌린 채 내게 다가오면 나는 준비가 되어 있을 거야."

나는 엄마가 들려준 말에 동요하지 않았다. 엄마는 절대 죽을 리가 없기 때문이다. 오히려 나는 내가 두려웠다. 나는 파헤쳤던 땅을 내려다보았다. 그 아래에는 한때 스노볼이었던 작은 신이 누워 있었다. "그러면 내게 무슨 일이 일어나는 거예요?" 내가 속삭였다.

"어느 날, 머지않은 때에, 아니면 어른이 되었을 때에 그 일을 또 하고 싶어질 거야. 처음에는 저항할 수도 있겠지만 결국에는 그 욕망에 몇 번이고 굴복할 거야. 시간이 흐르면서 너는 생쥐보다 더 큰 사냥감에 굶주리게 되겠지. 아마 개일 거야. 다음으로는 가축, 그다음으로는 사람. 원래 그런 거야. 내가 직접 목격했어. 그 병이 어떻게 진행되건 그건 결국 네 자신이 될 테고 너는 점점 조심성을 잃어가겠지. 그것이 바로 네 실패의 원인이 될 거야. 어느 날, 네가 너무 멀리, 이성의 경계를 너무 멀리 넘어가면 사람들이 너를 찾아낼 거야. 경찰, 법원, 감옥. 너는 그들을 따돌릴 정도로 영리하지 못하잖니. 그들이 네 본 모습을 보면, 너를 해치고 가둬둘 거야. 그러면 네가 살아남지 못하리라는 걸 나는 알아. 그러니까 조심해야 해. 절대, 절대 그들에게 네 진짜 모습을 보여줘서는 안 돼."

엄마에게 이런 말을 들으니 어떤 의미로는 안심이 되었다.

나는 항상 내가 어딘가 잘못되었다는 막연한 의심을 품고 있었다. 나는 마치 엄마의 기름종이에 대고 내가 따라 그린 그림 같았다. 대고 그리던 만화책이 미끄러졌거나, 선을 잘못 그어 페이지를 가로질렀거나, 원래 그리려던 그림을 괴물처럼 그린 것 같은 못 그린 그림 말이다.

"이해가 되니?" 엄마가 물었다. 내 볼에 닿는 엄마의 손가락은 가볍고 서늘했다. "이 일은 아무에게도 말하면 안 돼. 학교 친구들에게도, 아빠에게도 안 돼. 너와 나, 둘만의 비밀이어야 해."

내가 고개를 끄덕였다.

"울지 마." 엄마가 말했다. "나를 따라와." 엄마가 강인한 팔로 나를 일으켜 세웠다.

"어디로 가는 거예요?"

"우리는 아무 데도 가지 않아. 우리는 걷고 있어." 엄마가 말했다. "네 감정이 너무 커지면 반드시 이 숲으로 와서 걸어." 엄마의 말투에는 간호사 말투가 슬며시 들어와 있었다. "운동은 몸과 마음에 좋아. 매일 30분은 운동을 하는 게 좋아. 그러면 네 자신을 통제하는 데 도움이 된단다."

우리는 한동안 말없이 숲길을 따라 걸었다. 엄마의 푸른 원피스의 치맛자락이 미풍에 나풀거렸다. 그 숲의 나무들 사이에서 엄마는 신화에서 걸어 나온 존재처럼 보였다.

"사람들이 네 본모습을 알면 '미치광이'라고 부를 수도 있어." 엄마가 말했다. "그 말. 그 말을 나는 혐오해. 너는 여자에게 절대 미쳤다고 하지 않겠다고 엄마에게 약속해, 시어도어."

"약속해요." 내가 말했다. "이제 집에 가도 돼요?" 나는 스노볼의 분홍색 발과 눈을 떠올렸다. 다시 눈물이 솟았다. 내 안에는 아직 감정이 한참 남아 있었다.

"아직은 안 돼." 엄마가 말했다. "울고 싶은 마음이 사라질 때까지 계속 걸을 거야. 그 마음이 사라지면 엄마에게 말해."

나는 엄마의 치맛자락을 잡았다. 내내 양손으로 꼭 쥐고 걸었다. 내 손은 무덤을 파내느라 흙이 묻어 더러웠다. 결국 푸른색 오간자 원피스에 내 손자국이 남았다. "제게 화를 내지 않으셔서 고마워요." 내가 말했다. 치마의 손자국이며 쥠, 모든 것을 의미했다.

"화는 났어." 엄마가 생각에 잠긴 채 말했다. "아냐, 지금은 화나지 않아. 오랫동안 이 병이 네게도 있을까 두려웠어. 그런데 이제 확인되었잖니. 오히려 마음이 놓여. 너를 더는 내 아들로 생각할 필요가 없어. 느껴지지도 않는 사랑을 찾아내려고 가슴속을 뒤지지 않아도 돼."

나는 소리를 질렀다. 눈에는 뜨거운 눈물이 차올랐다. "엄마, 그 말 진심이 아니죠." 내가 말했다. "제발 진심이 아니라고 해주세요."

"사실이야." 엄마가 나를 내려다보았다. 엄마의 눈빛은 진지하면서도 먼 곳에 가 있는 듯했다. "너는 괴물이야. 하지만 너는 내 책임이지. 엄마는 너를 위해서 할 수 있는 일을 계속할 거야. 그것이 내 의무이고 나는 그 의무를 결코 두려워한 적이 없으니까. 나는 사람들이 너를 '미치광이'라고 부르도록 내버려두지 않을 거야. 이 나라에서는 특히 사람들이 그 말을 공처럼 사방으로 던지고 있어."

엄마는 내가 울음을 그칠 때까지 인내심을 갖고 기다렸다. 마침내 눈물이 잦아들자 엄마는 내게 휴지를 주고 한 손을 내밀었다. "가자." 엄마가 말했다. "걷자."

우리는 내 발이 욱신거릴 즈음에야 집으로 돌아갔다.

나는 초강력 접착제와 시계에 관한 책까지 동원해 마트료시카와 심지어 뮤직 박스까지 고치려고 해보았다. 둘 다 수리를 못 할 정도로 부서진 상태였다. 엄마는 뮤직 박스는 그대로 뒀지만 마트료시카는 쓰레기통에 버렸고 그들은 영원히 가버렸다. 내가 절대 되찾을 수 없는 엄마의 또 다른 부분, 절대 수리할 수 없을 정도로 내가 깨트린 또 다른 것.

나는 나만의 발사믹식초를 뿌린 딸기샌드위치 만드는 법을 녹음하려고 줄곧 벼르고 있었지만, 지금은 그럴 마음이 들지 않는다.

올리비아

마침내, 빛. 어둠 속에서 나를 안아 드느라 내 몸에 닿은 테드의 양손. 그의 숨결에서 위스키 냄새가 진하게 난다.

"안녕, 아기 고양이." 그의 숨결이 내 털을 가른다. "착하게 굴 준비가 되었니? 그러기를 바라. 네가 정말 보고 싶었거든. 우리 같이 TV 보러 가자. 이렇게 하자. 내가 너를 쓰다듬어주면 너는 가르랑거리는 거야. 좋은 생각이지?"

나는 몸을 비틀어 그의 손길에서 빠져나오며 발톱으로 그의 얼굴을 할퀸다. 그의 양팔과 가슴을 베자 옷감과 피부가 갈라지는 느낌이 들고 피가 배어 나오는 것 같다. 나는 얼른 도망쳐 소파 아래로 숨는다.

그가 나를 부른다. "제발." 그가 말한다. "어서 나와, 아기 고양이야." 그가 접시를 가져와 치킨펑거 두 개를 올려놓고 안락의자 옆, 방 한가운데에 내려놓는다. 그가 쯧쯧 소리를 내며 나를 부른다. "여기 봐, 고양이야, 고양이야, 고양이야⋯⋯." 닭고기 냄새는 정말 좋지만 나는 꿈쩍도 하지 않는다. 배가 고프고 목도 마르다. 그렇지만 내 분노가 더 강하다.

나는 너를 더는 잘 모르겠어. 내가 소리친다. 물론 그의 귀에는 쉭쉭거리는 소리로만 들릴 것이다. 결국 그는 포기하고, 늘 이런 식이다. 그는 어떤 일에도 책임감을 가지지 않는다.

그가 걸어가자 바짓단에서 뭔가가 떨어진다. 작고 하얀 것인데, 무엇인지 잘 모르겠다. 그것이 통통 뛰자 내 꼬리가 움찔한다. 그것을 쫓고 싶다. 마침 테드는 알아차리지 못했다.

부엌에서 맥주 캔을 따는 소리와 그가 맥주를 꿀꺽꿀꺽 들이켜는 소리에 이어 계단을 올라가는 육중한 발소리가 들린다. 레코드가 왕왕거리며 생명을 얻는다. 서글픈 여자가 모음을 아주 길게 늘이면서 춤에 대해 노래를 부르기 시작한다. 그는 지금부터 침대에 누워 음악을 낮게 틀어놓고 마실 게 아무것도 남지 않을 때까지 들이켤 것이다.

지금 나는 먼지 덩어리가 내 코를 심하게 간질이는 중에도 소파 아래에 몸을 숨기고 있어. 이 사실을 녹음해두어야 해.

결국, 나는 테드의 바짓단에서 떨어진 물건을 가지러 갈 수밖에 없었어. 도저히 거부할 수가 없더라니까. 고양이와 호기심 어쩌고 하는 이야기 알지?

나는 배를 바닥에 납작하게 붙이고 그것을 향해 살금살금 다가갔어. 그 물건에서 냄새가 파도처럼 밀려오더라고. '밤시간'이 나와 함께 있었던 후에 발과 턱을 핥았을 때 났던 그 냄새였어. 작고 하얀 슬리퍼에서 맡았던 냄새이기도 해. 바로 그 순간 불길하고 불길한 상황과 마주쳤다는 생각이 퍼뜩 들었어.

일단 그 물건을 입으로 물었어. 그건 몇 번이나 접어서 작고 단단한 총알처럼 된 네모난 종이였어. 테드는 바짓단에 왜 이런 걸 넣고 다니지? 이상해. 이런 생각이 들었어.

나는 안전하게 소파 아래로 되돌아가 앞발로 그 쪽지를 살살 펼쳤어. 다 펼치고 보니 그것은 종이가 아니지 뭐야. 하얀 나무껍질 조각인데, 얇고 아름답기도 했어. 어쨌든 누군가 종이 대용으로 그 나무껍질을 쓴 거야. 크림색 표면에 분홍색 마커로 쓴 글자가 있더라고. 그걸 본 순간 돌처럼 굳어버렸어. 그 지저분한 글씨를 보자마자 누가 썼는지 알아버렸기 때문이야. 부엌의 화이트보드에서 그 글씨체를 자주 봤거든.

그건 로런의 글씨였어. 분홍색 마커로 쓴 글자 위에는 외딴 섬처럼 갈색 얼룩 세 개가 있었어. 내 코가 그 얼룩의 정체를 얼른 가르쳐줬어. 핏자국들.

나는 몇 번이나 그 나무껍질을 밀어내며 아예 존재하지도 않는 척했어. 그러다가도 그 쪽지를 가져와 다른 글이 적혀 있기를 바라면서 다시 읽어봤어. 물론 단어가 바뀌는 일은 없었지. 거기에 그 단어가 있었어. 오직 그 단어만.

도와줘.

테드

나는 위스키를 병째 마시고 있다. 컵이나 얼음을 준비할 시간이 없다. 술이 얼굴에 줄줄 흘러내리고 눈은 술의 독기로 따끔거린다. 재앙, 재앙, 재앙. 모든 것을 멈춰야 한다. 나는 감시당하고 있다. 심지어 침입까지 당했다. 엄마가 나를 그렇게 철저하게 훈련시키지 않았다면 알아차리지 못했을 것이다. 나는 일지를 챙겨 들고 하는 아침의 첫 번째 점검에서 그것을 놓쳤다. 그 사실은 엄마가 옳았음을 보여준다. 아무 문제가 없는 듯했다. 창문은 전부 잠겨 있었고, 창문을 막은 합판도 튼튼하게 박혀 있었으며 관찰 구멍도 깔끔했다. 나는 정말 기분이 좋았다.

저녁 점검을 할 때는 몹시 서둘렀다. 도넛과 새 위스키 병이 나를 기다리고 있었고, 6시에는 TV에서 대형 몬스터 트럭 경주를 방영해줄 예정이었다. 그런 연유로 하루를 마무리하는 시간을 고대하고 있었기에 점검을 얼렁뚱땅 끝내버렸다. 누가 나를 비난할 수 있을까? 집 뒤로 막 들어가려는데 뭔가가 설핏 보였다.

태양이 바로 그 순간에 구름 뒤에서 나와 정확한 각도로 비추지 않았다면 나는 아무것도 알아차리지 못했을 것이다. 하지만 태양은 그 순간에 나와 정확한 각도로 비췄고 나는 알아차렸다. 그곳에 있었다. 은색으로 반짝이는 그것이 말이다. 거실의 유리를 덮고 있는, 오랜 세월 지저분해진 합판을 배경으로 아주 작은 점처럼 반짝이는 빛.

나는 집에 매달리듯 무성하게 자라는 들장미와 잡초를 헤치며 그곳으로 다가갔다. 일지를 지키려고 품에 꼭 안았다. 이 행성에 나를 할퀴고 싶어 하지 않는 것이 있기는 할까? 하지만 잡초를 헤치고 들어가는 일은 내가 짐작한 것만큼 힘들지 않았다. 최근에 누가 길을 낸 것처럼 들장미 일부가 똑 부러져서 서글프게 걸려 있었다. 어떤 가지는 누가 밟고 지나간 것처럼 흙바닥에 짓이겨져 있었다. 불안이 스멀스멀 피어올랐다.

마침내 그 창문에 도착해 합판을 잡아당겼지만, 못이 여전히 단단하게 박혀 있었다. 나는 살짝 물러나 다시 보았다. 뭔가가 이상했다. 하지만 뭔지 알 수 없었다. 그때 해가 다시 나왔다. 못의 대가리를 비추었다. 가게에서 갓 사 온 것처럼 못대가리가 반짝거렸다.

그때 나는 깨달았다. 누가 여기 왔었구나. 그들은 가시나무와 옻나무와 검은딸기나무를 헤치고 몰래 집으로 들어왔다.

그들은 창틀에서 조심스럽게 못을 뽑고 합판을 떼어냈다. 그리고 내리닫이창을 들어 올려 안으로 들어갔으리라. 잠시 후 그들은 밖으로 나왔고 합판을 제자리에 고정한 후 돌아갔다. 그들의 솜씨는 아주 훌륭했다. 나는 아마 절대 알아차리지 못했을 것이다. 그런데 그들은 오래된 못을 다시 쓸 생각은 하지 않았다. 대신 반짝거리는 새 못을 박았다. 언제 이런 일이 벌어졌는지 알 길이 없다. 이 문제를 고민할수록 계속 내 목덜미를 후려치는 기분이 들었다.

내가 집을 돌아보는 순간에도 그들이 나를 지켜보고 있었을까? 나는 주위를 둘러보았다. 하지만 고요했다. 어디선가 잔디 깎는 기계가 윙윙거렸다. 나는 들장미를 헤치고 나가 뒷문으로 향했다. 보이지 않는 시선의 무게가 느껴졌다. 나는 달리지 않았다. 물론 그러고 싶었다. 모든 근육이 달리려 했고, 피부는 달리고 싶은 충동에 따끔거렸다. 안으로 들어가 문을 살며시 닫자마자 자물쇠를 채웠다. 철커덩, 철커덩, 철커덩. 하지만 그 소리는 이제 더 이상 안전을 의미하지 않았다. 나는 거실 창문으로 다가갔다. 손가락으로 더듬거리며 내리닫이창 위쪽의 걸쇠를 찾았다. 걸쇠를 쥐어보니 헐거웠다. 걸쇠를 뒤집자 갈색 먼지가 뿜어져 나오며 그대로 뽑혔다. 오랜 세월이 흐르는 동안 어느 순간 걸쇠는 완전히 녹이 슬어 있었다. 누구라도 들어올 수 있었다.

당연하게도 나는 그동안 한 번도 창을 열지 않았다. 창문이 열린다는 사실마저 잊고 있었다. 그것이 실수였다. 어디선가 숨을 헉 들이쉬는 소리가 들렸다. 내가 낸 소리라는 사실을 퍼뜩 깨달았다. 나는 털이 북실북실한 푸른색 깔개를 실없이 발로 차면서 거실을 오락가락했다. 언젠가 이런 날이 올까 봐 늘 두려웠다. 쥐 사건이 일어난 후 엄마는 숲에서 그렇게 될 것이라고 경고했다. 엄마가 내 본모습을 본 날. 그들이 너를 잡으러 올 거야, 테디. 엄마가 틀리기를 그토록 간절히 기원했는데.

그들, 이 침입자는 무엇을 보았을까? 나를 감시했을까? 내가 닭고기 포도 샐러드를 만들거나, TV를 보거나, 자는 모습을? 당연히도 내가 걱정해야 할 의문은 이것뿐이다. 그들이 올리비아와 로런을 목격했을까? 그랬을 리 없다. 그건 알 수 있다. 만약 목격했다면 그에 따른 결과가 있었을 것이다.

엄마는 늘 이렇게 말했다. 달라진 것을 찾아. 내 이웃들, 경찰……. 그들은 오랫동안 나를 귀찮게 하지 않았다. 그렇다면 무엇이 바뀌었을까?

이웃집 레이디. 그 여자가 새로운 요소였다. 이 상황에서 달라진 점은 어느 날 불쑥 나타난 그 여자라는 요소다. 그녀는 나와 친구가 되고 싶어 하지 않았다. 바에서 나를 바람맞혔다. 나는 그녀의 집을 빤히 바라보며 생각에 잠긴다.

나는 로런의 외출 금지를 풀고 이번 주말에 집으로 오게 할 작정이었다. 하지만 그것만은 절대 안 된다. 게다가 앞으로 당분간은 데이트도 할 수 없다. 안전하지 않다.

"로런은 놀러 나올 수가 없어요." 나는 음악에 맞춰 노래를 흥얼거린다. 문득 이건 좀 야비하다는 생각이 들어 노래를 관둔다. 지금까지는 어리석게 굴었지만, 앞으로는 매사 조심할 것이다.

한 번에 하나씩 처리하자. 로런이 먼저고, 침입자 문제는 그 다음이야. 이웃집 레이디일 수도 있고 아닐 수도 있어.

치와와가 짖는 소리가 밖에서 들리는 것 같아 관찰 구멍에 한쪽 눈을 갖다 댄다. 어쩌면 치와와 레이디가 돌아왔을지 모른다! 그렇다면 걱정할 일이 하나 줄어들 것이다. 개 짖는 소리가 다시 들린다. 그런데 치와와보다 더 굵고 낮은 소리다. 오렌지주스색 머리의 남자가 개를 데리고 숲으로 산책을 가는 모습이 보인다. 그가 우리 집을 바라본다. 아주 잠깐이지만, 그가 나를 똑바로 보기라도 하듯 시선이 마주친다. 저 사람은 이 구멍으로 나를 볼 수 없어. 내가 타이르듯 내게 말한다. 그때 문득 한 가지 의문이 떠오른다. 저 사람은 이 골목에 살지도 않는데 왜 늘 이곳으로 올까? 혹시 새 학살자 아닐까? 아니면 침입자? 어쩌면 둘 다일지 모른다. 심장이 미친 듯 뛰어서 벽에 기댄 채 주저앉는다. 온몸의 신경이 금속을 두드리는 것처럼 노래를 부르고 있다.

위스키, 일단 마음을 가라앉혀야 한다. 나는 마당에 서서 이웃집 레이디의 집을 바라보며 위스키를 마신다. 그녀가 나를 잘 볼 수 있도록.

디

디는 니들리스 스트리트에 이사 온 후로 한 번도 꿈을 꾸지 않았다. 그런데 오늘 밤은 오랫동안 기다려왔던 신호에 반응이라도 하듯 눈을 붙이자마자 꿈이 찾아온다.

디가 호숫가를 걷고 있다. 서로에게 몸을 기대고 선 나무들이 거울 같은 호수 표면에 어둠을 던진다. 물잠자리들이 수면에 입을 맞추며 반짝이는 원을 그린다. 머리 위 하늘은 마음이 아릴 정도로 텅 비었다. 발에 밟히는 모래는 뾰족해, 100만 조각으로 잘게 부서진 유리 같다. 발에서 피가 나지만 고통은 없다. 어쩌면 그녀 안의 고통이 너무 커서 발이 베이는 것을 알아차리지 못하는지도 모른다. 디는 계속 걷는다. 무슨 일이 있어도 발걸음을 멈추고, 몸을 돌리고, 잠에서 깨어나지 않을 것이다. 디는 나무와 새와 둥지로 다가가야 한다. 그게 순리이다. 그것을 봐야 한다.

나무의 정수리들이 그리는 선이 점점 다가오고 공기는 모든 것의 힘을 담아 흔들리고 있다. 이제 새들이 보인다. 나무 사이에서 시선을 사로잡는 알록달록한 색을 자랑하는 자그마하고 아름다운 새들. 그들은 울지 않는다. 연못의 물고기처럼 조용하다. 어느새 호수는 저 뒤로 멀어져가고 디는 지금 나무 그림자가 드리워진 곳에 있다. 숲의 바닥에는 뾰족한 솔잎이 사방에 떨어져 있다. 솔잎은 부드럽기가 갓 파낸 무덤의 흙처럼 부드럽다. 머리 위로 새들이 쏜살같이 미끄러져 날아간다. 디는 끔찍한 하늘 아래 공터로 들어간다. 그곳에 그것이, 하얀 나무가 있다. 날씬하고 사랑스러운 백色자작나무. 문득 자작나무가 종이자작나무로 불리기도 한다는 사실이 기억난다. 꿈속에서 이런 생각이 떠오르다니 신기하다. 두 개의 굵은 가지가 교차하는 곳에 복잡한 둥지가 만들어져 있다. 황금색 눈에 황금색 부리를 한 진홍색 새 한 마리가 내려앉는다. 그 새는 자신이 구해 온 마른풀 가닥을 곧 알을 낳을 둥지의 부드러운 안쪽으로 조심스럽게 엮어 넣는다.

디가 끙끙거리며 신음한다. 이제부터 볼 장면이 가장 지독해서 디는 어떻게든 잠에서 깨려고 한다. 하지만 그럴 수 없다. 자신의 의지와 상관없이 그녀는 그 나무로, 그 둥지로, 그 새에게로 점점 끌려간다. 그녀는 꿈속의 손으로 꿈속의 입을 가린다. 꿈속이지만 속이 메슥거려 죽을 것만 같다.

디는 돌아서려, 도망치려 한다. 하지만 어디로 몸을 돌려도 그곳에는 뼈로 만든 나무들 사이에서 울지도 않고 날개만 퍼덕이는 진홍색 새들이 풀이 아닌 풀을 부리에 물고, 디의 죽은 여동생의 머리카락으로 둥지를 짜고 있는 광경뿐이다.

디는 뺨, 이마, 코를 살며시 톡톡 두드리는 느낌에 잠에서 깬다. 눈을 뜨자 보이는 것은 털과 수염뿐이다. 얼룩 고양이가 아주 가까이에 있다. 녀석의 코가 디의 코와 거의 맞닿으려 한다. 그녀가 정말 비명을 멈췄는지 확인하려는 듯 고양이가 부드러운 앞발로 디의 코를 한 번 더 톡 건드린다.

"미안해, 고양이야." 그녀가 말을 하다가 화들짝 놀란다. "너 지금 여기서 뭐 하니?"

고양이가 똑바로 앉아 그녀를 빤히 바라본다. 고양이는 야위고 털이 너덜너덜한 데다 싸워서 귀도 찢어졌다. 두 눈은 부드러운 느낌의 황갈색이다. 디는 이 고양이를 아름답다고 할 수는 없었다. 하지만 생존자임에 분명했다.

고양이가 머리를 갸웃하며 프르르르프 소리를 낸다. 협상을 하는 걸까?

"정말이야?" 디가 반신반의하며 되묻는다. 하지만 고양이는 그녀에게서 시선을 떼지 않고 계속 바라본다. 고양이가 그런 표정을 지을 때면 무슨 의미인지 모르는 사람은 없다.

디는 부엌 찬장에서 참치 캔을 찾아낸다. 참치를 잔 받침에 옮겨 담는다. 고양이는 꼬리로 공기를 휘저으며 솜씨 좋게 참치를 먹는다.

"너는 이름이 있니?" 디가 묻는다. 고양이는 그녀를 무시한다. 분홍색의 자그마한 혀로 입 주변을 핥고는 거실을 돌아다닌다. 디는 그릇을 얼른 씻고 고양이를 따라가려고 한다. 잠시 눈을 돌렸을 뿐인데, 거실로 가니 고양이가 어디에도 보이지 않는다. 벌써 가버렸다.

디는 여동생이 지저분한 길고양이로 돌아오지 않았다는 사실을 안다. 물론 그럴 리 없다. 그건 미친 생각이었다. 그래도 그 고양이가 그녀를 꿈에서 끌어내줬다는 느낌을 지울 수 없다. 어쨌든, 그 고양이에게 도움을 받았다는 느낌 말이다.

디가 망을 보려고 창가로 간다. 흐릿하고 은밀한 빛이 세상을 밝히고 있다. 지금이 새벽인지 저녁 무렵인지 분간이 안 된다. 그녀는 한동안 잠을 자는 시간이 규칙적이지 않았다. 그 순간 디가 숨을 헉 들이쉰다. 심장이 충격으로 쿵쾅거린다.

테드가 앞마당에 서 있다. 그의 턱수염에서 위스키가 줄줄 흘러내린다. 그는 검지를 편 채 한 손을 천천히 들어 올린다. 그의 눈이 그림자를 꿰뚫어 보는 듯하다. 디는 그의 눈길이 몸에 닿는 느낌에 꼼지락거린다.

그가 유리를 뚫고 컴컴한 실내를 볼 수 없다는 사실을 디는 안다. 그런데도 붉은 새의 날개 같은 두려움의 깃털이 자꾸 몸을 훑는 것만 같다. 두려움과 함께 반항심이 솟구친다. 나는 너를 꼭 잡을 거야. 디가 조용하게 테드에게 말한다. 너도 그걸 느끼고 있지.

　　바로 그때 휴대전화가 울려서 디는 깩 비명을 지르며 펄쩍 뛴다. 휴대전화 충전이 다 되어 전원이 들어왔다는 사실에 깜짝 놀란다. 휴대전화를 마지막으로 사용한 후로 꽤 많은 시간이 흘렀다. 디는 번호를 확인한다. 그리고 인상을 쓰며 전화를 받는다.

　　"여보세요." 그녀가 말한다.

　　"딜라일라." 캐런의 목소리가 평소보다 훨씬 더 피곤하게 들린다. "어떻게 지내?"

　　"음, 아시잖아요." 디가 대답한다. 그녀는 아무런 힌트도 주지 않는다. 캐런이 스스로 짐작하게 한다.

　　"요즘은 어디서 지내?"

　　"계속 옮겨 다녀요." 디가 말한다. "한곳에 정착하면 생각이라는 걸 하기 시작해요." 대답을 하는데 눈물이 고인다. 그럴 의도는 아니었다. 그녀는 따끔거리는 눈을 화가 난 듯 마구 문지른다. 진실은 수은처럼 요리조리 미끄러지며 빠져나간다. 진실은 항상 도망칠 방도를 찾아내는 것 같다. 해치워, 디디, 끝내버려. "콜로라도에 있어요, 지금은." 콜로라도는 이곳에서 먼 곳이다.

　　"뭐든 필요한 게 있으면 알려줘."

　　하고 싶은 말이 목구멍 안을 얼얼하게 만들며 모여들지만 억지로 밀어 넣는다. 캐런은 디에게 필요한 유일한 것을 찾아주는 데 계속 실패하기만 했다. 룰루만 찾아주면 되는데.

"어떻게 지내세요?" 디는 대신 이렇게 말한다.

"여기 워싱턴은 지글지글 끓고 있어." 캐런이 대답한다. "이렇게 더운 건 몇 년 만이야." 룰루가 실종된 후로 이렇게 더운 적은 없었지만, 두 사람은 굳이 그 말을 입에 올리지 않는다. "어쨌든 네가 한 해 중 요맘때를 힘들어하는 걸 알아. 그래서 확인해봐야겠다 싶었어."

"내가 잘 지내는지요? 아니면 내가 뭘 꾸미고 있는지?" 디가 말한다. 그녀는 캐런이 오리건의 그 남자를 떠올리고 있다는 걸 안다.

"뭐라고?"

"아무것도 아니에요. 마음 써줘서 고마워요, 캐런."

"네게는 늘 마음이 쓰였어. 그래서 그런지 요전에 시내 마트에서 너를 본 것 같아. 마음이 장난을 친 거야, 그렇지?"

"맞아요." 디가 말한다. 심장이 마구 요동친다. "그곳은 나를 붙잡아둘 수 없어요, 캐런. 절대 돌아가지 않을 거고요."

"이해해." 캐런이 한숨을 쉰다. "혹시 도움이 필요하면 내게 전화한다고 약속해, 디."

"알았어요."

"몸조심하고." 전화가 끊겼다.

디는 몸을 부르르 떨며 불쑥 욕설을 내뱉는다. 캐런이 그녀의 휴대전화를 추적할 수 있었을까? 그럴 수도 있지만, 대체 그녀가 왜 그래야 한단 말인가. 디는 나쁜 일은 아무것도 하지 않았다.

이제부터 좀 더 조심해야겠다. 지금 어디에 있는지 캐런에게 들키는 날에는 모든 것이 수포로 돌아갈 것이다. 더 이상 낮에는 나가지 말아야겠다. 장을 보러 갈 때는 버스를 탈 것이다. 디는 쉿소리를 내며 욕설을 한다. 창밖을 다시 내다보니 테드는 이미 사라지고 없다.

테드

그 침입자가 학살자인가? 나는 생각하고 생각하지만 해답을 알아낼 수 없다.

나는 그때 쇼핑몰에서 사달이 난 후로 이토록 겁에 질린 적이 없다. 그때를 마지막으로 발각 직전까지 간 적은—내 본 모습을 들킬 뻔한 적은—없었다.

로런이 울면서 양말에 난 구멍을 보여주었다. 몸이 자라서 옷이 다 작아졌고, 내가 골라준 옷은 질색을 했다. 어떤 아빠가 옷을 사달라는 딸을 물리칠 수 있을까? 그래서 이건 실수라는 사실을 내심 알면서도 옷을 사주겠다고 했다.

나는 시내에서 제법 떨어진 오래된 쇼핑몰을 골라, 사람이 너무 붐비지 않기를 바라며 월요일 오후에 갔다. 로런은 출발하기 전부터 어찌나 신이 나 있었는지 저러다가 오줌을 싸겠다는 생각이 들 정도였다. 로런은 온갖 종류의 진분홍 머리 장식으로 꾸미려 했지만, 나는 적당한 선을 지켜야 한다고 생각했다.

"그런 꼴을 한 너랑 같이 있는 모습을 남에게 보일 수는 없어." 내가 간드러지는 여자 목소리로 말하자 로런이 깔깔거리며 웃었다. 그것은 로런의 기분이 아주 좋다는 뜻이었다. 로런은 절대 내 농담에 웃지 않기 때문이다. 나는 야구 모자를 쓰고 선글라스를 끼고 평범한 색의 평범한 옷을 입었다. 이런 쇼핑 나들이가 위험하다는 사실을 알았기에 나는 사람의 이목을 가능한 덜 끌기 위해 신경을 썼다.

로런은 차를 타고 가는 내내 기분이 좋아서 창밖을 바라보며 노래를 흥얼거렸다. 물론 쥐며느리에 관한 노래였다. 예전처럼 운전대를 낚아채서 차를 배수로나 벽에 처박으려는 터무니없는 짓을 감행하려 하지도 않았다. 나는 이번에는 잘될지 모른다는 희망을 품어보았다.

쇼핑몰에 도착했지만, 처음에는 쇼핑몰 건물이 한눈에 들어오지 않았다. 우리는 넓은 주차장에서 하필 제일 끄트머리의 자리를 골랐다. 참을성이 바닥난 로런이 초조해하며 차로 다시 돌아가려 하지 않아 우리는 하는 수 없이 걸었다. 쇼핑몰까지 거리는 4분의 1마일쯤 되었고 아침이 다가왔다. 커다란 네모 상자 같은 건물은 다가갈수록 점점 커졌다. 전면에 알록달록한 글씨가 적혀 있었는데, 거인의 서명처럼 거대했다. 로런이 나를 끌어당겼다.

"더 빨리 가요." 로런이 말했다. "어서요, 아빠."

입구에 도착했을 즈음 나는 땀을 줄줄 흘리고 있었다. 시원한 공기와 대리석 바닥에 마음이 가벼워졌다. 나는 아주 좋은 장소를 골랐다. 이곳에 다른 사람은 거의 없었다. 아이들을 데리고 나온 부루퉁한 여자들뿐이었다. 그리고 달리 할 일이 없어 보이는, 어딜 물리기라도 한 듯한 남자 몇 명.

그곳에는 지도가 그려진 커다란 플라스틱 안내판이 있었다. 나는 평면도를 이해해보려고 그 앞에 한참을 서 있었다. 하지만 너무 긴장한 나머지 눈에 보이는 모든 것이 선과 색으로 풀어졌다. (그때는 곤충 남자를 만나 약을 처방받기 전이었다.) 로런도 도움이 되지 않았다. 아이는 사방을 돌아다니며 여기저기를 힐끔거리고 동시에 모든 것을 보려고 했다.

나는 가슴에 배지를 단 갈색 유니폼의 여자에게 다가가 물었다. "실례합니다, 컨템포 캐주얼스가 어디에 있어요?"

그 여자는 고개를 가로저었다. "그 매장은 폐점했어요." 그녀가 대답했다. "제 기억으로는 몇 년 됐는데. 거기는 왜요?"

"딸 때문에요. 올해 열세 살이거든요." 내가 대답했다. "딸애가 옷을 사고 싶어 해요."

"그런데 그 아이가 컨템포 캐주얼스 옷을 사달라고 했다고요? 그 애는 지금까지 혼수상태였어요?"

여자가 어찌나 무례한지 나는 그 자리를 곧장 떠났다. "그 가게는 여기에 없대." 내가 로런에게 말했다.

"상관없어요." 아이가 말했다. "여기 대단하지 않아요, 아빠?" 로런의 목소리가 쩌렁쩌렁 울렸다. 지친 어머니들 중 한 명이 우리를 돌아보았다.

"오늘 쇼핑을 잘 끝내려면 얌전하게 굴어야 해." 내가 로런에게 말했다. "말하지 마. 떼쓰지 말고 아빠 옆에 딱 붙어 있어. 아빠가 말하는 대로만 해. 약속이다?"

로런이 미소를 지으며 고개만 끄덕이고 토를 달지 않았다. 로런에게는 몇 가지 단점이 있지만, 이해력이 떨어지는 아이는 아니다.

우리는 죽 늘어선 매장을 지나가며 전시된 물건을 훑어보았다. 그곳에는 볼거리가 너무 많아서 하루 종일 머무를 수도 있을 것 같았다. 늘어선 하얀 기둥에서 피아노 소리가 흘러나와 대리석 바닥에 메아리쳤다. 어디엔가 분수가 켜져 있었다. 보아하니 로런은 그곳이 몹시 마음에 든 것 같았다. 솔직히 말하자면 나도 그랬다. 집을 나와서 평범한 아빠와 딸처럼 함께 걸어 다니는 것만으로도 정말 좋았다. 나는 푸드 코트에 있는 오렌지 줄리어스로 로런을 데려갔다. 불에 그을린 설탕과 간장의 냄새가 공중에서 드잡이 중이었다. 탁자마다 손님이 막 자리를 뜬 것처럼 지저분했다. 사방에 햄버거 포장지와 플라스틱 포크, 음식 부스러기가 떨어져 있었다. 하지만 그곳에는 아무도 보이지 않았다.

우리는 텅 비어 소리가 울리는 매장으로 들어가 양말 몇 켤레와 러닝셔츠 몇 장을 집어 들었다. 내 것은 지루한 흰색이고, 로런의 것은 분홍색과 노란색이었다. 러닝셔츠에는 유니콘이 그려져 있었다.

로런을 즐겁게 해주기 위해서, 나는 계산대 뒤에 따분한 표정으로 서 있는 판매원에게 이름을 붙여주고 각자의 사연을 만들어내기 시작했다. 뻐드렁니 아가씨의 이름은 메이벨 워싱턴으로, 아이스 댄싱 공연자를 꿈꾸는 남동생을 돕기 위해 추가 근무 중이다. 사마귀가 두 개 난 청년의 이름은 몬티 마일스. 그는 캐나다에서 얼음낚시를 하는 작은 촌락에 살다가 지금 막 이곳에 도착했다.

"저기 있는 금발 머리 여자 두 명은 자매야." 내가 말했다. "두 사람은 서로 다른 위탁 가정에 맡겨져 헤어졌다가 지금 막 다시 만났어."

"나는 그런 이야기 싫어." 로런이 뚱해서 속삭였다. "그건 별로야, 아빠. 다른 걸로 바꿔."

"너는 오늘 신경질을 많이 내는 아기 고양이구나, 그렇지?" 두 여자에게 어울리는 이야기를 지어내려고 고민을 하는데, 로런이 내 손을 확 끌어당겼다. 내가 돌아보자 근처 매대에 걸린 레깅스 한 벌이 눈에 들어왔다. 그 레깅스는 반짝이는 황금색 번개가 그려진 밝은 푸른색이었다. 그것을 보자마자 로런이 숨을 헉 들이쉬었다.

"입어봐도 될 거야." 내가 말했다. "어쨌든 탈의실에 아빠가 들어가야 하겠지만."

매대에 전시되어 있는 레깅스는 전부 너무 작았다. 나는 어쩔 줄 몰라 주위를 둘러보았다. 판매원 아가씨 두 명이 우리에게 다가왔다. 가까이서 보니 두 사람은 전혀 닮지 않았다. 물론 두 사람 다 금발이기는 했지만.

키가 큰 쪽이 말했다. "뭐 찾는 게 있으세요?"

"레깅스는 여기 있는 게 다인가요?" 내가 물었다.

"그럴 거예요." 그 여자가 대답했다.

"확실한가요?" 나는 로런이 그 레깅스를 얼마나 좋아하며 사지 못하면 몹시 실망할 거라고 말할 수도 있었다. "가게 안쪽에 몇 벌 더 있지 않아요?" 나는 한껏 미소를 지으며 로런에게 필요한 치수를 말해주었다. 키가 작은 쪽이 히죽거렸다.

"웃기는 일이 있나요?" 내가 물었다. 그 순간 나는 진심으로 히죽거리는 그 아가씨가 가족과 헤어져 위탁 가정에서 자랐기를 바랐다. 천만다행으로 로런은 다시 레깅스에 관심을 쏟고 있어서 그 모습을 보지 못했다.

키가 큰 여자가 친구를 무시하며 사무적인 투로 말했다. "확인해보겠습니다." 그때 그녀의 왼쪽 눈꺼풀이 틱이 온 것처럼 움찔거리는 모습을 보았다. 어쩌면 이런 증상을 갖고 살다 보니 좀 더 좋은 사람이 되었을지 몰랐다. 잠시 후 그녀가 하얀 냅킨을 팔에 걸친 근사한 웨이터처럼 레깅스 몇 벌을 팔에 걸친 채 매장에서 나왔다. "이 정도면 될 것 같은데요." 그녀가 말했다.

탈의실은 하얀 커튼이 쳐져 있고 길고 조용했다.

"저리 가요, 아빠." 우리가 칸막이로 들어가자 로런이 말했다.

"그럴 수 없다는 거 알잖아, 아기 고양이야."

"그럼…… 보지 말아요. 제발요." 그래서 나는 눈을 꼭 감았다. 조용한 가운데 사부작거리는 소리가 들렸다. 잠시 후 로런이 서글픈 목소리로 말했다. "안 맞아요."

"정말 속상하겠구나, 아기 고양이야." 내가 말했다. 나도 정말 속이 상했다. "우리가 다른 걸 찾아볼게."

"됐어요." 로런이 말했다. "이제 피곤해요. 집에 가요."

우리는 푸른 하늘과 번개가 서글픈 무더기로 바닥에 쌓여 있는 곳에 그 레깅스를 두고 나왔다. 녹색 출구 표시판을 따라 몇 마일은 될 것 같은 텅 빈 통로를 걸었다. 가죽 제품과 속옷 가게 다음으로 실내장식 매장이 줄줄이 이어졌다.

건물 출구에 도착했을 즈음 달리는 발소리가 들렸다. 누군가 소리쳤다. "잠깐만요!" 내가 돌아보자 키가 큰 금발 여자가 전시용 거실을 통과해 우리를 향해 달려오고 있었다.

"실례합니다." 그녀가 말했다. "그런데 이거 무슨 농담 같은 건가요?" 그녀가 떨리는 목소리로 말했다. 눈꺼풀이 격렬하게 씰룩거리고 있었다.

"무슨 문제라도 있나요?" 내가 그녀에게 물었다.

그녀가 손에 쥐고 있던 푸른색과 금색의 천을 내밀었다. "여기 보세요." 그녀는 이렇게 말하더니 레깅스의 안팎을 뒤집었다. 안쪽은 신축성 있는 하얀 소재가 덧대어져 있었다. 그런데 로런이 그 안감을 빈 종이처럼 사용해 제일 좋아하는 분홍색 마커로 뭔가를 적어놓았다.

제발 도와주세요. 테드는 납치범이에요. 그 사람은 나를 로런이라고 부른다. 하지만 그갓은 내 이럼이 아니에요.

그 글 바로 아래에는 우리 집으로 가는 지도까지 그려져 있었다. 꽤 잘 그린 지도였다. 차를 타고 오는 동안 주의 깊게 길을 살펴본 것이 틀림없었다.

"이런 장난은 전혀 재미있지 않거든요." 그 여자가 말했다. "실종 아동이 농담거리라고 생각하나요?"

나는 이 여자의 고함 소리와 비난에 로런이 슬슬 흥분하는 것을 느낄 수 있었다. 그래서 얼른 말했다. "정말 죄송합니다. 어떻게 이런 일이 벌어졌는지 모르겠어요. 제가 다 변상하겠습니다." 나는 금발 여직원의 손에 20달러와 10달러 지폐를 내려놓았다. 레깅스 가격을 훌쩍 뛰어넘는 액수였다. 그리고 그녀에게서 레깅스를 받았다. 그녀는 우리를 보며 고개를 흔들더니 음울하게 입을 꾹 다물었다.

우리는 사막 같은 주차장을 걸어서 통과했다. 어느새 태양이 하늘 높이 걸려 있었고 아스팔트에서 열기가 스멀거리며 올라오는 중이었다. 마침내 차에 다다르자 내가 말했다. "어서 타. 안전벨트 잘 매고." 로런은 잠자코 내 말을 따랐다.

에어컨을 켰다. 시원한 공기가 내 이마의 땀을 식혀주기 시작했다. 나는 마음이 차분해지도록 잠시 기다렸다. 마침내 나 자신을 믿을 수 있다는 확신이 서자 말문을 열었다. "오랫동안 계획을 세웠나 보구나. 그 마커 내놔."

"가게에 두고 왔어요." 로런이 대답했다.

"아니." 내가 말했다. "두고 오지 않았어."

로런이 양말에 끼워놓았던 마커를 꺼내 내게 주었다. 그러더니 소리 죽여 흐느끼기 시작했다. 그 모습에 마음이 아팠다. 마치 꼬챙이로 심장을 쿡쿡 찌르는 것 같았다. "네 행동에 결과가 따른다는 사실을 배울 필요가 있어." 내가 말했다.

엉엉 우느라 로런의 등이 위아래로 들썩거렸다. 눈물이 아이의 얼굴을 따라 천천히 흘렀다. "제발요." 로런이 말했다. "저를 멀리 보내지 마세요."

나는 숨을 깊이 들이마시고는 대답했다. "6개월. 너는 6개월 동안 집에 올 수 없어."

로런이 신음 소리를 냈다. 내 눈에서 눈물을 끄집어내는 불길한 소리였다.

"다 너를 위해서야." 내가 말했다. "이 일로 네가 아픈 만큼 아빠도 아파. 너를 올바르게 키우려고 노력했어. 그런데 실패했어. 나도 알아. 재물 손괴와 새빨간 거짓말. 그런 멍청한 짓을 하면 안 된다는 사실을 배워야 해. 그 직원이 네 말을 믿었으면 어떻게 되었겠니?"

그 후로 헤어져 있는 시간이 어찌나 고통스러웠던지 나는 그 기억을 머리에서 지워버리려고 애썼다. 우리는 그 일은 입에 담지 않는다. 그 6개월 동안 마당의 새들이 그 무엇보다 내게 위안을 주었다. 나는 사랑을 쏟을 대상이 필요했다.

암흑기가 끝나고 로런이 돌아온 후, 나는 예방책을 마련했다. 문에 자물쇠를 세 개나 달고 노트북에도 자물쇠를 달았다. 마커를 정리해서 치울 때는 항상 개수를 세어본다. 쉬운 일은 아니지만 그러면 로런을 안전하게 보호할 수 있다.

그 후 로런은 변한 것처럼 보였다. 여전히 소란스럽고 부산스럽지만 이전에 비해 어린아이 같은 성질은 사라졌다. 내 딸이 교훈을 배웠다고 나는 생각했다.

나는 오늘 저녁 몹시 화가 나기 때문에 민트 핫초코를 만든다.

테드 배너먼의 민트 핫초코 만드는 법. 우유를 데운다. 초콜릿을 여러 조각으로 깨서 우유에 넣고 녹인다. 크렘드망트˚를 원하는 만큼 넣는다. 위스키를 넣어도 된다. 지금은 밤, 당신은 아무 데도 갈 일이 없으니까! 모든 재료가 꾸덕꾸덕해질 것이다. 취향에 따라, 신선한 민트를 다져서 넣어도 된다. 다 된 핫초코를 손잡

˚   creme de menthe, 박하를 넣어 만든 달콤한 독주.

이가 달린 길쭉한 잔에 따른다. (나는 없다.) 이런 잔이 없다면 머그잔도 괜찮다. 휘핑크림과 초코칩을 올린다. 초코칩 대신 쿠키를 부수어서 얹어도 된다. 이 핫초코를 먹으려면 숟가락이 필요하다.

나는 초콜릿을 저으면서 시간을 들여 핫초코를 만들며 이런저런 생각에 잠기는 걸 좋아한다. 내가 주머니에 한 손을 넣고 있을 때도 이렇게 생각을 하는 중이다. 나는 자주 주머니에 손을 넣는다. 생각하기 위해서 말이다. 그런데 그때 손끝에 종잇조각이 만져진다. 인상을 쓰며 종잇조각을 꺼낸다. 학살자. 새들이 죽임을 당했을 때 내가 만든 용의자 명단이다. 나는 로런의 백묵 상자 아래에 그 명단을 넣고, 선반은 자물쇠로 잠가두었다. 그런데 그게 어떻게 내 주머니에 들어갔을까? 그 명단에는 로런의 이름 아래에 새 이름이 하나 더해져 있었다. 나는 그 이름을 쓴 기억이 없다.

엄마

이럴 수가, 너무나 잔인하고 무서운 농담이다. 그 새를 죽일 수 없는 사람이 단 한 명 있다면 그 사람은 바로 엄마다. 엄마는 떠났으니까.
나는 종이를 찢어서 쓰레기통에 버린다. 지금은, 민트 핫초코조차 도움이 되지 않는다.

로런

제발 어서 와서 살인과 이런저런 범죄를 여러 건 저지른 테드를 체포하세요. 이 주에는 사형제도가 있죠. 그렇다고 알고 있어요. 테드가 내게 사회 숙제를 시키니까요. 녹음을 다 하면 우편물 투입구를 통해서 이 카세트를 밖으로 던져볼 거예요. 누구라도 이 카세트를 찾아내면 좋겠어요.

테드는 숲에 갈 때면 늘 칼을 가져가요. 어쩌면 내가 그에게 칼을 쓸지 몰라요. 테드가 내게 쓸 수도 있겠죠. 어쨌든 이 상황은 그가 다른 것들을 숨겨둔 그 숲에서 결판이 날 거예요. 밖으로 나가면 우리는 작은 양초처럼 평화로운 어둠만 남긴 채 갈 거예요. 어쩐지 그 순간이 기다려져요. 나를 만든 건 고통이에요. 고통을 위해 만들어졌고 고통으로 만들어졌죠. 죽으려는 마음을 제외하면, 내가 존재하는 다른 목적은 없어요.

테드는 내가 이 아래에 내려와 있으면 자신의 말을 듣지 못할 거라고 생각하지만, 천만의 말씀이에요. 어쩌면 그는 문을 닫는 순간 내 존재를 잊어버리는 것일 수도 있어요. 그 바보 같은 레시피라니. 그런 걸 읊어대는 테드는 정말 멍청이죠. 발사믹식초를 뿌린 딸기샌드위치를 발명한 것도 아니잖아요. 나조차도 그런 샌드위치는 알아요. 요리 방송에서 봤거든요. 나는 테드가 고양이에게—뭐였더라?—감정 일기를 쓰니 어쩌니 하는 이야기를 하는 걸 들었어요. 어쩜 '그렇게' 멍청한지. 그렇지만 그 덕분에 내가 이런 계획을 떠올린 거예요. 그러니 운이 좋았다고 할 수 있겠죠. 나는 사람들이 말하는 우등생은 아니지만 계획을 세울 줄 알거든요.

나는 복도의 붙박이장에서 그 녹음기를 찾았어요. 평소에 테드는 거기만큼은 잠가두지 않거든요. 그곳에는 낡은 신문 더미 말고 아무것도 없기 때문일 거예요. 그런데 그곳에 녹음기가 있지 뭐예요. 심지어 테이프도 들어 있었어요. 문득 이런 생각이 들었죠. 기회가 왔구나!

나는 지금 여기 어둠 속에 앉아 있어요. 그가 오면 내가 찾아낸 것을 모두 제자리에 돌려놓을 수 있죠. 테이프는 정말 오래된 물건인데, 노란색과 검은색 라벨이 붙어 있어요. 라벨에는 그 여자가 이렇게 적어두었어요. 메모들. 테이프에 녹음된 내용은 듣지 않았어요. 어차피 무엇이 있는지 알아요. 배 속이 뜨거워지는 것 같아요. 내 녹음으로 그 여자의 목소리를 덮어버린다고 생각하니 기분이 좋아요. 물론 무섭기도 하지만요.

평범한—늘 두려움에 빠져 있지 않은—사람으로 살면 어떨

지 궁금해요. 어쩌면 사람들은 누구나 두려워하는……. 오, 맙소
사, 테드가 오고…….

올리비아

나는 항상 생각을 녹음해두려고 해. 그런데 징징거리는 소리가 너무 요란해. 어느새 비명처럼 변했어. 머리가 금방이라도 반으로 쩍 갈라질 것만 같아. 할 수가 없어. 그냥 할 수가 없다고.

오오오이이이이이오오오, 금속을 금속에 긁어대는 소리, 내 가련한 뇌, 부드러운 귀, 섬세한 뼈에 대한 고문……. 내 두개골을 망치처럼 쿵쿵 치는 소리이다. 그래서 그 목소리가 그 소리 아래에서 올라와 말을 걸기 시작할 때만 해도 나는 제대로 알아차리지 못한다.

"올리비아." 그 목소리가 부른다. "올리비아." 그 소리의 크기는 나비가 날개를 퍼덕이는 정도이다. 오오오오오이이이이이이오오오.

누구세요? 나는 소파 아래에서 나온다. 어디에 있어요? 내가 묻는다. 이렇게 물어봐야 TV에 대고 말하는 것만큼 소용이 없는데, 그 목소리는 사람 테드가 내 이름을 부르는 소리일 것이기 때문이다. 어차피 테드들은 알아듣지도 못한다.

"올리비아, 여기야."

심장이 진짜로 요란하게 뛰기 시작한다. 나는 신경이 잔뜩 곤두서 있다. 이 소리에 응답하면 다시는 그 사실을 몰랐던 것으로 되돌릴 수 없으리라. 마음 한구석에서 소파 밑으로 다시 들어가 다 잊으라고 한다. 하지만 그럴 수 없다. 그건 옳지 않다.

나는 그 목소리의 주인을 알고, 목소리가 어디에서 들려오는지도 안다. 내 짐작이 틀리기를 이렇게 강하게 바란 적이 없다.

나는 부엌에 있는 내 상자로 간다. 물론 상자는 아니지만, 나는 그렇게 부른다. 그것은 낡은 상자형 냉동고이다. 나는 그곳에서 자는 걸 좋아한다. 컴컴하고 조용하다. 하지만 가끔 테드가 그 위에 물건을 쌓아둔다. 바벨의 원반들. 지금처럼.

나는 귀를 가까이 가져간다. 징징거리는 소리는 오페라 여가수의 노래처럼 째지는 소리다. 그런데도 그 소리 아래로 여자의 목소리가 들린다.

"거기 있어?" 눈물에 젖은 그 목소리는 속삭임이나 다름이 없다. "올리비아?" 말소리가 희미하다. 이 여자의 말소리는 힘없고 슬프게 들리지만 내 짐작은 틀리지 않았다. 나는 컴컴한 상자 속에 웅크리고 있는 아이를 상상한다. 축축한 숨소리가 들리는 것 같다.

"내가 상한 음식을 만들었다고 테드가 화가 났어." 로런이 말을 시작하자 공기구멍으로 새어 나오는 목소리가 으스스하게 들린다. "정말 화가 났어. 테드가 이렇게 화가 난 건 지난번 쇼핑몰에 갔을 때 이후로 처음이야⋯⋯." 로런은 사람들이 울다가 지쳤을 때 그러듯이 저도 모르게 살짝 헐떡이며 말한다.

내 머리가 제대로 돌아가지 않는다. 벽 속의 쥐들처럼 생각이 머릿속을 마구 달린다. 털이 가시처럼 곤두선다.

진정해, 올리비아. 내가 스스로에게 말한다. 그러니까 저 애는 어쩌다가 냉동고에 들어가서 갇힌 거야. 촐싹대는 아이 같으니라고⋯⋯.

"내 발로 여기 들어온 게 아니야." 로런이 말한다.

나는 놀라서 펄쩍 뛴다. 내 말이 들려? 내가 묻는다. 너는 고양이 말을 이해해? 오, '주님'!

"내 말 좀 들어봐. 테드가 나를 가뒀어⋯⋯."

이런 멍청한 일을 봤나. 나는 마음이 놓여서 말한다. 자신이 무슨 일을 했는지 깨달으면 테드도 몹시 후회할 거야⋯⋯. 좋아, 진정해봐. 내가 가서 테드를 깨울게. 그러면 너를 꺼내줄 거야.

"안 돼. 절대 테드를 깨우지 마." 속삭임 같은 비명이 있다면, 로런의 목소리가 그러하리라. 문득 소름이 끼친다. 피가 묻은 자그마한 샌들 한쪽이 있었고 그 안에는 도와주세요라고 적혀 있었다. 한기가 내 꼬리로 들어와 등줄기를 타고 올라온다. 로런이 마음을 차분하게 가라앉히려는 듯 몇 차례 숨을 크게 쉰다.

그곳에 영원히 있을 수는 없어, 로런. 내가 조리 있게 설득한
다. 그곳은 내 장소야. 솔직히 너는 좀 이기적이야. 어쨌든 네 엄마
가 너를 찾으러 올 거야. 아니면 학교가……. 네가 가는 곳이 학교
니? 미안, 잊었어.

"아니야, 올리비아." 로런이 속삭인다. "생각을 해봐, 제발."
나는 냉동고를 보고 그 크기를 살핀다. 테드가 나를 위해 뚜껑
에 뚫어놓은 숨구멍들을 바라본다. 정말 나를 위한 거였나? 나
는 두꺼운 금속 문, 고무 틈새막이를 뚫고 밀려오는 해답을 느
낀다. 내가 얻은 그 해답이 내 장기와 살, 뼈 사이를 요리조리 지
나간다.

네가 간다고 해도 아무 데도 못 가. 내가 말한다. 그냥 여기 있어.
"네가 들어올 수 없다면, 그 말은 내가 여기 있다는 뜻이
야." 로런이 말한다. "우리는 아마도 교대로 들어오는 것 같아."
그 말을 잠시 곱씹어본다. 테드와 내가 여기서 생활하는
동안, 그 소리를 들으며 상자의 어둠 속에 가만히 누워 있는 로
런의 모습. 못 본 지 한 달이나 됐어. 내가 말한다.
"그렇게 오래되었어? 여기 어둠 속에서는 시간이 둥둥 흘
러가. 여기 있으면 죽었는지 살았는지도 잘 구별이 안 돼. 계속
궁금했어. 그러다가 벽을 통해서 네 목소리를 들었어. 그래서
생각했지. 아니야, 아직은 아니야……"
오, 내가 말한다. 오, 오.
"네게 계속 말을 걸려고 했어." 로런이 말한다. "테드가 입

막음을 너무 심하게 하지 않을 때, 그러니까 그가 잠들었고 음악 소리가 너무 요란하지 않은 틈을 노려야 했지. 쪽지를 썼어. 그 쪽지를 테드의 주머니나 바지나 손 닿는 곳마다 슬쩍 넣어뒀어…… 너는 그 쪽지를 못 찾은 것 같던데, 어차피 테드도 못 찾았어. 다행이었지. 운 좋게도 술에 잔뜩 취했어, 언제나처럼."

나는 소란스럽게 울면서 빙빙 돈다. 미안해, 정말, 정말 미안해.

로런이 한숨을 쉰다. 숨결에서 울먹이는 소리가 들린다. "너는 항상 미안해하지." 로런의 말투는 그녀가 자신보다 더 나이 많은 자신이 되기라도 한 듯하다. "항상 테드의 기분을 더 낫게 만들어주려고 애를 쓰잖아."

오, 테드는 어쩜 그럴 수가 있어? 내가 말한다. 친딸을 이렇게 가둬놓다니…….

로런이 살짝 웃는데 피곤한 기색이 느껴진다. "철 좀 들어, 올리비아. 나는 테드의 딸이 아니야."

하지만 너는 테드를 아빠라고 부르잖아.

"테드는 내가 착하게 굴면 아기 고양이라고 불러. 그럼 그건 내가 고양이라는 뜻이니?"

나는 몸을 부르르 떨며 꼬리를 찰싹 쳤다. 테드는 나를 아기 고양이라고 불러. 내가 말한다.

"알아." 로런이 말한다. "그동안 아기 고양이들이 수도 없었지."

내 기억은 테드가 숲속에서 새끼 고양이였던 나를 발견한 그 밤, 끈이 우리를 하나로 묶어준 그 밤으로 돌아간다. 그의 소매는 온통 갓 묻은 진창투성이였다. 막 빈 것 같은 뒷좌석에서 나는 미묘한 냄새. 푸른 나비들이 그려진 노란색의 부드러운 천. 그가 나를 아동용 담요로 감쌌다. 이제 생각해보니 한밤에 숲에서 진흙투성이의 소매를 하고 아이 담요를 든 채 그가 무엇을 하고 있었는지 의문을 품어야 했을지도 모르겠다.

내가 묻는다. 여기에 얼마나 오래 있었니?

"나도 몰라." 로런이 대답한다. "내가 어렸을 때부터 있었어."

그 세월 내내. 내가 말한다. 마치 거울을 들여다보다가 그것이 실제로는 문이라는 사실을 깨닫는 것 같다. 나는 테드에게 상처를 입힐 수 있었다. 그럴 수도 있었다. 오 '주님'. 내가 속삭인다. 정말 끔찍해.

"너는 끔찍한 게 뭔지 몰라." 로런이 숨을 깊이 들이마신다. "이 이야기는 딱 한 번만 할 거야. 두 번은 안 해."

"옛날 옛적에 나는 가족과 함께 살았어. 그때의 기억은 별로 없어. 아주 오래전 일이고 나는 어렸거든. 테드가 나를 데려온 날에 대해서도 기억이 잘 나지 않아. 다만 길바닥에서 달걀을 익힐 수 있을 정도로 더웠다는 사실만 기억해. 엄마가 그렇게 말한 것 같은데, 확실하지는 않아. 로런은 내 본명이 아니야. 본명도 기억이 안 나.

테드가 나를 여기로 데려왔을 때를 지금도 기억해. 나는 집이 마음에 들었어. 집은 먼지투성이에 지저분했지. 엄마는 절대 더러운 곳에서는 못 놀게 하셨어. 합판에 난 구멍들도 마음에 들었어. 그 구멍을 배에 난 둥그런 창문이라고 생각했거든. 그렇게 말했더니 테드는 날더러 영리하다고 했어. 그는 자신의 이름이 테드라고 하면서 내 부모님이 안 계신 동안 나를 보살펴주겠다고 했어. 나는 그게 잘못되었다는 생각이 들지 않았어. 왜 그렇게 생각하겠어? 그때는 종종 그랬어. 부모님이 나를 다른 사람이나 이웃에게 맡기곤 했거든. 부모님은 자주 파티에 갔어. 엄마는 항상 내 방에 들어와서 잘 자라고 내게 입을 맞춘 후에 밤을 즐기기 위해 외출을 했어. 아직도 엄마의 체취를 기억해. 제라늄. 나는 제라늄을 제마미움이라고 불렀어. 맙소사, 나는 어렸을 때 정말 멍청했어. 그래서 결국 이 지경이 된 것 같아. 내가 어디까지 이야기했지?"

테드가…… 너를…… 데려온 날에 대해서 이야기하던 중이었어. 내가 상기시킨다. 단어 하나하나가 내 혀를 때리는 작은 조약돌 같다.

"맞아." 로런이 말한다. "나는 너무 더웠어. 그날 말이야. 수영복인지 속옷인지 모르겠지만 입고 있는 옷 때문에 가려웠어. 나는 테드에게 불평을 했어. 지글지글 끓는 것 같다고 했지. 그 말에 테드가 계획을 떠올렸나 봐. 부엌의 냉동고에 아이스크림이 있다고 했어. 가서 먹어도 된다고 했지. 부엌은 엉망이었어. 설거짓거리가 싱크대에 산처럼 쌓여 있고 조리대에는 사온 지 오래된 음식들이 쌓여 있었지. 그런 점이 좋았어. 평범한 어른 같지 않아 보였거든.

그건 구석에 있었어. 맹꽁이자물쇠가 달린 커다란 상자형 냉동고. 그런 건 차고나 지하실에서 봤어. 하지만 부엌에서는 한 번도 못 봤지. 자물쇠가 열려 있어서 나는 뚜껑을 들었어. 냉기가 내 얼굴로 확 몰려올 줄 알았는데, 냉기가 느껴지지 않는 거야. 보니까 냉동고의 전선이 콘센트에서 빠져 있더라. 그때 양쪽 겨드랑이에서 손 두 개가 느껴지더니 몸이 공중으로 붕 떴다가 그 냉동고로 내려가 부드러운 담요 위로 떨어졌어. 나는 내 담요가 있었어. 테드는 내게 그걸 계속 가지고 있으라고 했지. 파란 나비가 여기저기 그려진 노란색 담요였어. 부드러웠지. 지금은 나비가 다 지워지고 있어. 그때까지만 해도 겁은 나지 않았어. 물론 그 안에서 오래된 치킨 같은 냄새가 나기는 했지만. 그런데 그때 뚜껑이 닫히고 나는 혼자가 되었어. 컴컴한데 별이 떠 있는 거야. 하늘을 칼로 찌른 것처럼 말이야. 그 별은 뚜껑을 뚫어서 만든 숨구멍이었어. 나는 여기서 꺼내달라고 테드에게 소리쳤어.

'너는 이제 안전해.' 그가 말했어. '다 너를 위해서 이러는 거야.'

나는 그의 이름을 기억하고 있었어. 그리고 어른들에게 이름이 정말 중요하다는 사실을 나는 알았거든. 그래서 이렇게 말해봤어. '제발 여기서 나를 꺼내주세요, 테드.' 그런데 그 때 나는 디귿 발음을 제대로 못 했어. 그러니 테브라고 말을 해 버린 거야. 테드가 날 풀어주지 않은 건 그 때문이라고 생각했 어. 내가 이름을 잘못 불러서 화가 난 거라고 말이야. 내가 그의 이름을 뭐라고 불렀건 절대 나를 풀어줄 생각이 없다는 사실을 깨달은 건 그로부터 한참 후였어.

처음에는 상자에서 살았어. 아주 오랫동안. 테드는 구멍으 로 물을 똑똑 떨어뜨려줬고 나는 입을 벌리고 그 물을 받아먹 었지. 같은 방식으로 사탕을 몇 개 주기도 했어. 쿠키나 치킨핑 거를 줄 때도 종종 있었어. 테드는 밤낮으로 음악을 아주 크게 틀었어. 노래하는 불쌍한 여자. 성경학교에서 우리에게 경고했 던 그런 지옥에 와 있는 것 같았어. 하지만 지옥은 불이 활활 타 올라야 하잖아. 내가 있었던 곳은 정말 축축하고 추웠어. 뼛속 까지 추웠다니까. 시간이 흐르면서 나는 추위도 습기도 더는 느끼지 않게 되었어. 심지어 냄새도 신경 쓰이지 않았어. 시간 은 더는 선처럼 이어지지 않고 평평해졌어.

나는 새 언어를 배워야만 했어. 내 몸과 정신을 위해서. 상 자의 언어. 그건 걷기 대신을 의미했어. 상자 안은 발끝을 고작 1인치나 2인치가량 움직일 만한 공간밖에 없었어. 그 정도도 여행이라고 할 만했어. 풀쩍풀쩍 뛰거나 춤을 추는 것처럼 원 래 좋아했던 일 대신 주먹을 쥐었다 폈어. 가끔 볼을 깨물어서 피를 빨아 먹었지. 그게 음식이라고 상상했어.

내가 시끄러운 소리를 내거나 상자 옆을 차면 뜨거운 물이 구멍으로 쏟아졌어. 볼 수는 없었지만 화상이 심하다는 건 알 수 있었어. 피부가 벗겨졌거든. 허물처럼 말이야. 냄새도 고약했어. 데인 곳이 어찌나 아픈지 그대로 죽고 싶었다니까.

어느 날 음악이 그쳤어. 내 머리 위로 빛이 폭발했어. 눈을 감고 있어야 할 정도였어. 너무 밝았거든. 그만큼 오랫동안 어두운 곳에 갇혀 있었던 거야. 그때 테드의 말소리가 들렸어. '너를 깨끗하게 씻겨줄게.'

그는 나를 상자에서 들어 올렸어. 뜨거운 물이 더 쏟아질까 봐 나는 마구 울었어. 하지만 수도꼭지에서 쏟아진 물은 차가웠어. 테드가 나를 싱크대에 세워놓고 씻겨준 것 같아. 그 후에 화상 상처에 뭔가를 발라 진정시키고 그 위에 거즈를 덮어주더라.

'너를 위해서 창문을 판자로 막았어.' 테드가 말했어. '그래서 여기는 어두침침하단다. 눈을 떠도 될 거야.'

나는 눈을 떠봤어. 처음에는 실눈을 뜨고 다음에는 조금 더 크게 벌렸어. 집은 어두침침하고 넓었어. 모든 게 마구 흔들리고 요동을 쳤어. 내 눈은 거리를 분별하는 방법을 잊어버렸어. 그 상자에서 너무 오래 있었거든.

테드가 샌드위치를 줬어. 햄과 치즈, 토마토를 넣은 샌드위치. 그건 내가 몇 주 만에 먹은 채소였어. 그걸 먹으니 몸이 환하게 밝혀지는 것 같았어. 전에는 토마토는 접시 가장자리로 밀어내곤 했어. 예전 삶에서는. 지금은 웃음이 나. 내가 샌드위치를 먹는 동안 그는 상자를 청소하고 그곳에 새 담요를 깔아 줬어. 그 모습에 나는 몸서리를 쳤어. 비명을 지르고 싶었지. 다시 상자로 돌아가야 한다는 뜻이었으니까. 내가 샌드위치를 다 먹자마자 그가 음악을 다시 틀었어. 그 여자. 내가 그 여자를 얼마나 증오하는지.

'들어가.' 그가 말했어. 내가 고개를 흔들었지. '너를 위해서 잘 꾸며뒀어. 들어가.' 내가 안 들어가려고 하니까 그가 1갤런들이 병에 든 액체를 상자 바닥에 부었어. 시큼한 냄새에 목구멍이 따끔거리더라. '이제 담요가 다 젖었잖아.' 그가 말했어. '내 시간만 버렸어.' 그러더니 나를 들어서 상자에 넣고 뚜껑을 닫았어. 내 귓가에서 들리던, 자물쇠 채우는 소리를 나는 절대 못 잊을 거야. 철컥. 칼날이 사과를 가르는 소리.

냉동고 바닥은 온통 식초였어. 화상을 입은 피부에 식초가 닿으니 불길이 닿는 느낌이었어. 독한 연기 같은 게 목구멍으로 흘러 들어오고 눈물도 났어. 테드는 숨구멍으로 뜨거운 물을 더 부었어. 그건 더 지독했어. 공기가 산酸으로 변한 것 같았거든.

'음악이 들리면 너는 여기에 들어가는 거야, 조용하게.' 그가 말했다. '꾸물대지 마. 말대꾸하지 말고. 음악이 나오면 안에 들어가 있어. 얌전하고 조용하게.'

그런 경우를 몇 번이나 겪었는지 이제는 기억도 나지 않

아. 그냥 서서히 깨우친 것 같아. 결국에는 선선히 굴복하게 되었지. 마치 내 몸이 저절로 그에게 복종하기 시작한 것 같았어. 이제 음악이 들리면 아무리 나가고 싶어도 이곳에서 나갈 수가 없어. 이 집에 불이 나도 못 나갈 거야.

나는 다른 존재들보다 더 오래 버틸 수 있어. 그래서 평소보다 더 오래 살아남았어." 로런이 말한다. 잠시지만 로런의 목소리에서 자부심이 살짝 느껴진다. "테드는 그게 다 내 심리적 문제 탓이래. 하지만 살아남은 걸로는 부족해. 나는 살고 싶어. 나는 여기서 나갈 거야. 그러니까 날 좀 도와줘."

지금 내 머리는 로런이 들려주는 이야기로 복잡하고 혼란스럽다. 나는 집중하려고 애쓴다. 당연히 도와야지. 내가 말한다. 우리가 너를 거기서 꺼내줄게.

"음, 우리가 노력해야 해." 로런이 말한다. 로런의 말투는 무척 어른스럽고 지친 기색이 역력하다. 그래서 로런의 말이 더 실감 난다. 나는 그것을 꼬리에서 느낀다. 그 공포를.

위층 침실에서 테드가 끙끙 소리를 낸다. 머리가 몹시 아픈 게 분명하다. 그가 돌아누울 때마다 침대가 삐걱거린다. 그의 발이 쿵 바닥으로 떨어진다. 발을 질질 끄는 소리가 들린다. 맨발로 타일 위를 걷는다. 샤워 소리가 들린다.

"올리비아." 그가 부른다. 목이 쉰 듯하다. "아기 고양이야." 음악이 점점 더 크게 들린다.

"테드에게 가봐." 로런이 말한다. "평소처럼 행동해." 아주 작게 흐느끼는 듯한 소리가 들린다. 로런은 절대로 그 소리가 새어 나가지 않도록 소리를 죽이려 애를 쓴다.

나는 타박타박 위층으로 올라가 욕실로 들어간다. 김이 모락모락 피어오르고 물줄기가 타일 바닥을 후려친다. 내가 알기로 어떤 고양이들은 물을 좋아하지 않는다. 하지만 나는 늘 물이 좋았다. 흥미로운 냄새, 섬세한 조각 속에 공기를 가두는 증기, 수도꼭지에서 떨어지는 따뜻한 물의 맛.

테드가 흐르는 물 아래에 서 있다. 머리통에 머리카락이 찰싹 달라붙어 반짝이는 모습이 물개 같다. 물줄기는 금속 화살처럼 그를 두드린다. 그는 언제나처럼 러닝셔츠와 팬티를 입고 있다. 물에 젖어 속이 다 비치는 천이 잘못 끼워 맞춘 두 번째 피부처럼 뭉쳐 주름이 져 있다. 그의 몸은 한 번도 빛을 받지 못했다. 등줄기를 따라 흉터가 여럿 있다. 취기가 김에 섞여서 파도처럼 밀려오는 모습이 눈에 보이는 듯하다.

나는 혹시라도 무슨 징조가 있나 찾고 또 찾는다. 우리 사이에 엄청난 변화가 일어났다는 어떤 흔적 말이다. 하지만 그는 평소와 조금도 다르지 않다. 마치 과거로 돌아가 그 안에 갇힌 것 같다.

"테디는 엄마 아빠와 함께 호수에 갔어." 그가 이마를 벽에 댄 채 말한다. 그의 목소리는 저 멀리서 들려오는 것처럼 작게 들린다. "그리고 유리컵에 든 코카콜라는 얼어붙을 것처럼 차가웠어. 얼음을 컵의 테두리에 대고 문지르면 연주음 비슷한 소리

317

가 났어. 그때 아빠가 말했지. '다 마셔, 테디. 몸에 좋은 거야.'"

그가 고통스러운 행동을 하듯이 끙 하고 앓는 소리를 내며 샤워기를 잠근다. 나는 그를 난생처음 만나는 것처럼 꼼꼼하게 관찰하며 뒤를 따른다. 어쩌면 정말 안 만났을지도 모른다. 그가 고개를 숙이자 등이 들썩인다. 우는 것 같다.

이제 가르랑거리고 그의 주위를 맴돌며 그가 웃을 때까지 머리로 그를 툭툭 치는 것이 당장 내가 해야 할 일이다. 그런데 벽이 웅웅거리고 휘어지는 것 같다. 불길한 것들이 내 머릿속은 물론 사방에서 종종거리며 돌아다닌다. 그를 향한 증오가 어찌나 강렬하게 나를 휩쓰는지 등이 절로 둥글게 말리고 털이 뾰족하게 곤두선다. 그가 아니라면 누구라도 상관없으니 그 끈을 다른 사람과 묶어버리고 싶다.

왜 로런에게 그런 짓을 하는 거야? 나는 그가 대답을 할 수 있을지 의아해하며 묻는다. 좋은 대답은 존재하지 않는다. 그렇다고 고약한 대답을 떠올리면 나는 도저히 견딜 수 없다.

그래도 나는 평소처럼 행동해야 한다. 노력을 해봐야 한다. 나는 가르랑거리며 머리를 그의 손에 박아 넣는다. 내 살이 닿는 곳마다 서늘하다. 그가 음악 소리를 더 크게 키운다.

그래, 이런 이유로 내가 도망칠 뻔했던 그날 '주님'이 내게 이 집에 머무르라고 하셨다. 나는 그것이 테드를 돕는 일이라고 생각했다. 하지만 다 로런을 위해서였다.

테드

나는 오늘 화가 많이 나 있다. 지난밤 다락의 녹색 소년들이 소란스러웠다. 그러니 오늘 아침에 내가 잠시 어딘가로 사라졌었다는 게 전혀 놀랍지 않다. 스트레스.

다시 돌아오자 눈을 뜨기도 전에 내가 어디에 있었는지 알 수 있었다. 골목과 숲, 아스팔트, 쓰레기통에서 썩고 있는 쓰레기 냄새가 났다. 쓰레기 수거일. 눈을 뜨면 무엇을 보게 될지 나는 이미 알았다. 그리고 내가 그곳에 있으리라는 사실을 알기라도 한 것처럼, 나는 그곳, 가장자리가 녹색이고 블라인드가 쳐져 있으며 그곳의 적막함이 온 거리는 물론 온 세상에 메아리치는 노란색 집 앞에 서 있다.

어쩌면 치와 레이디는 죽었을지 모른다. 그녀의 집으로 내 발길을 자꾸 잡아끄는 것은 그녀의 영혼일지 모른다. 어느새 그 모습을 상상하고 있다. 내 눈은 멍하니 생기를 잃었고, 투명한 회색 손이 내 손을 잡은 채 그 집 앞의 보도에 있는 그 지점으로 이끌어, 그것을 깨달을 때까지 몇 번이고 그곳에 데려다 놓는다. 그런데 무엇을 깨닫는다는 거지?

이 스트레스를 끝내려면 로런과 관련된 문제를 해결하는 수밖에 없다. 그러므로 곤충 남자에게 물어보아야 한다. 나는 지금까지 필요한 질문을 하기 위해 매우 용의주도하게 내 이야기를 이끌어나갔지만, 상황이 점점 걷잡을 수 없게 되어가고 있다. 나는 로런이 무엇인지 알아내야 한다. 더 정확히 말하자면, 그들이 무엇인지.

그동안 나는 한 가지 결정을 내렸다. 나는 내 딸과 고양이 때문에 내 인생을 계속 보류할 수 없다. 가끔은 자신을 위해서 뭐라도 해야 한다. 아니면 나는 불행해질 것이다. 불행한 부모는 좋은 부모가 아니다.

그래서 나는 내일 데이트를 한다. 기대할 만한 일!

올리비아

로런과 다시 이야기를 나누려면 며칠을 기다려야 한다. 테드는 항상 술을 마시고 서글픈 노래를 따라 부르며 근처에 있는 것 같다. 내가 냉동고 문을 향해 소란스럽게 울어도 로런은 대답하지 않는다.

밤이 세 번 지난 후, 그가 외출을 한다. 그는 내내 휘파람을 불었고 깨끗한 셔츠를 입고 있다. 그가 나가고 문이 닫힌 후 자물쇠 세 개가 철커덩 잠긴다. 어디로 가는 걸까?

나는 그가 멀어지거나 혹은 지갑 같은 소지품을 가지러 돌아올 때를 대비해 숫자를 100까지 헤아리며 기다린다. 레코드의 여자는 자신의 고향에 대해 조용하게 신음하듯 노래를 부른다. 나는 부엌으로 달려가 냉동고를 긁는다.

너 괜찮니? 내가 고통 속에서 소란스럽게 운다. 거기 있어?

"나는 여기 있어." 음악 소리 사이로 로런의 목소리가 희미하게 들린다. "테드는 정말 갔어?"

그래. 내가 대답한다. 깨끗한 셔츠를 입고 있었어. 그 말은 보통 데이트가 있다는 뜻이지.

"사냥을 갔군." 로런이 말한다. 로런은 그의 데이트를 싫어한다. 이제야 그 이유를 알겠다.

그렇다면, 우리가 어떤 방법을 고를지 하나씩 살펴보자. 도와달라고 소리를 지를 수 있어? 내가 이리저리 어슬렁거리며 말한다.

"나는 소리를 질러." 로런이 말한다. "적어도 전에는 그랬어. 하지만 아무도 안 오더라. 벽이 두꺼워. 소리가 잘 새어 나가지 않는 것 같아. 너는 고양이의 청력을 갖고 있잖아, 기억해? 너조차도 내 소리를 못 들을 거라는 생각이 슬슬 들던 중이었어."

흠. 내가 말한다. 네 말이 맞아. 그건 목록에서 지우자.

"다음 선택지는 뭐야?" 로런이 묻는다.

이제 나는 끔찍한 기분이 된다. 왜냐하면 목록에는 방법이 하나밖에 없었기 때문이다. 그게 목록의 마지막 방법이야.

"그건 네 잘못이 아니야." 로런이 나를 위로해주려고 한다. 왜인지 로런이 그러면 꼬리가 아프다. "이런 생활도 그렇게 나쁘지 않아, 가끔은." 로런이 말한다. "나는 내 분홍색 자전거를 좋아해. 자전거를 타고 집 안을 빙빙 돌 수도 있잖아. TV도 있지. 테드는 화가 나지 않을 때면 내게 먹을 것도 줘." 로런이 키득거린다. "가끔 인터넷도 하도록 해줘. 심지어 말이야. 물론 내가 '감독'을 받을 경우에 한해서지만."

목구멍과 꼬리의 기분은 헤어볼이 목에 걸려 있을 때보다 더 나쁘다. 내가 무엇을 할 수 있을까? 나는 비참하게 소란스럽게 운다. 고양이여서 늘 행복했다고 생각했지만 지금은 잘 모르겠다. 내게 손이 있으면 너를 꺼내줄 텐데. 내가 말한다.

"나한테 아직도 발이 있다면 나갈 수 있을 텐데." 로런이 말한다. "대신 네가 도와줄 수 있어, 올리비아. 한 가지만 하면 돼."

뭐든 말만 해. 내가 로런에게 말한다.

"테드가 음악 소리를 줄이도록 부추겨봐." 로런이 숨을 쉰다. "너는 그것만 하면 돼. 저 음악이 나오고 있으면 나는 아무것도 힐 수 없어. 네느가 나를 그렇게 만들었어, 오래전에. 들리니? 저 음악을 꺼야 해. 아니면 최소한 내 귀에 거의 안 들리게 소리를 낮추든가."

알았어! 그런 후에는 어떻게 해야 해?

황무지에 쓸쓸하게 서 있는 버려진 성처럼 바벨의 원반이 냉동고 위쪽에 쌓여 있다.

"나를 여기서 꺼내줄 수 있어, 올리비아. 성경에 하는 것처럼 하면 돼."

내게 무슨 일이 일어날 경우를 대비해서 이 상황을 전부 다 녹음해두면 좋을 것 같다. 하지만 감히 엄두도 못 내겠다.

테드는 차들이 굉음을 내며 흙길을 질주하는 프로그램을 보고 있고 술병의 술은 계속 줄어든다. 그는 방송을 보는 내내 전축을 틀어놓는다. 엔진의 굉음 속에서 밴조*의 구슬픈 연주 소리와 술집과 사랑을 노래하는 여자의 노랫소리가 들린다. 그의 의식이 점점 희미해진다. 술기운과 피로감이 그를 꽁꽁 얽어매고 한없이 땅으로 끌어당긴다.

나는 가르랑거리며 다가간다. 하지만 다음 순간 멈춰서 꼬리를 펑 부풀린다. 나는 높은 아치처럼 등을 말아 올린다. 밴조가 한창 연주를 하자 나는 구슬피 운다.

"왜 그러니?" 그가 내게 손을 뻗는다.

밴조가 땅 하고 울리고 나는 쏜살같이 소파 아래로 들어간다.

"너는 정말 바보야." 그가 말한다. 그가 노래를 바꾼다. 이번 곡은 예쁘장한 목소리로 부르는 비애에 찬 곡이다. 나는 음악 소리에 맞춰 힘껏 운다.

"이 멍청한 아기 고양이 같으니라고." 그가 말한다. 밴조소리가 울리자 내가 그 소리에 맞춰 소란스럽게 울며 긴 음을 토해낸다.

"에이, 너 그러기야?" 그가 소리를 낮춰서 피아노와 그 여자는 유령이 되어 허공에 대고 속삭인다.

나는 소란스럽게 운다. 밖으로 나가지 않는다.

"이봐, 올리비아." 그가 화난 목소리로 말한다. "날 뭘로 보

---

* 미국 민속음악이나 재즈에 쓰는 현악기.

324

는 거야? 내가 네 집사야?" 그래도 그는 소리를 더 낮춘다. 이보다 더 좋을 수는 없다.

내가 소파 밑에서 기어 나간다.

"오." 그가 따뜻한 목소리로 말한다. "여기 있구나. 우리에게 영광을 베풀기로 했구나, 그렇지?"

나는 천천히 그가 좋아하는 대로 내가 할 수 있는 일을 한다. 가르랑거리며 8 자 형태로 그의 양 발목을 맴돈다. 그가 몸을 숙여 내 귀를 긁어준다. 나는 뒷발로 서서 그의 얼굴에 내 머리를 비빈다. 잠시 교묘한 술책일지도 모른다는 생각이 든다. 그가 내 머리를 잡고 목이 부러지도록 홱 돌려버릴 수도 있으니 말이다.

"얘." 그가 부른다. "아기 고양이야." 그의 목소리에 담긴 애정을 느끼자 가슴이 미어지는 듯한 감정이 등줄기에서 시작되나 싶더니 꼬리로 이어진다. 그는 나의 실크 같은 털이나 '밤 시간'만큼 친근하다. 나는 그가 나를 구해줬다고 생각했다. 우리는 서로의 일부분이라고, 그런 셈이라고 여겼다. 그 생각에 다시 목구멍에서 기침이 나온다.

"왜 그래? 목에 뼈가 걸리기라도 한 거야? 내가 한번 볼게." 그가 나를 살며시 안아 들고 허벅지에 내려놓은 후 입을 벌린다.

"그런 건 없네." 그가 말한다. "아무 이상 없어, 아기 고양이야." 내가 가르랑거리고 앞발로 꾹꾹 밟아주자 그가 내 등을 부드럽게 쓸어내린다. "내가 요즘 너무 많이 나가 있었지." 그가 말한다. "내가 너무 많이 나가 있었어. 더 자주 올게. 약속해. 지금부터 시작할게."

나는 성난 듯 사납게 울고 가르랑거린다.

"TV를 껐으면 좋겠니?" 그가 묻는다.

내가 더 크게 가르랑거린다. 우리는 네게서 떠날 거야. 나는 이렇게 말을 꺼내려다가 입을 다물기로 한다. 그가 로런처럼 고양이의 말을 이해하면 어떻게 하지? 생각만 해도 끔찍하다. 그건 지금까지 내가 하는 말을 다 듣고 있었다는 뜻이니까.

"음악 소리를 다시 높여야겠다." 그가 졸린 듯 말하지만 나는 내 꼬리로 그의 턱 아래를 살살 쓰다듬는다. 그의 마음을 편안하게 해주려면 내가 어떻게 해야 하는지 잘 안다. 늘 그래왔다. 마침내 내 예상대로 그의 눈이 감긴다. 숨소리가 고르고 느려지며 턱이 아래로 떨어진다. 나는 어떤 감정을 느껴야 할지 고민하며 그를 잠시 지켜본다. 뭔가 혹은 누군가가 그를 지금의 이 모습으로 만들었겠지만 그건 이제 중요하지 않다.

잠이 든 그는 한참 어려 보인다.

내가 해냈어. 로런에게 말한다. 테드는 잠들었어.

"정말 없어?" 로런이 묻는다. "정말 안전해?"

나는 가만히 듣는다. 멀리 떨어진 방에 잠들어 있는 테드의 숨소리는 규칙적이고 무겁다. 지금이 유일무이한 기회인 것 같다. 오오오오오이이이이이오오오. 징징대는 소리가 돌아와 내 귓속에서 성난 말벌이 윙윙대는 것 같다.

그래. 내가 로런에게 말한다. 내가 맞기만 바란다. 나는 고개를 흔들고 귀를 비빈다.

로런이 말한다. "너 저 냉동고가 부엌 조리대에 딱 붙어 있는 곳 보이지?"

응.

"저 무더기에서 제일 위에 놓인 원반을 밀어서 치워. 소리가 좀 나겠지만 그렇게 요란하지는 않을 거야. 바닥에 곧장 떨어뜨리면 안 돼. 원반을 냉동고에서 조리대 쪽으로 살살 밀어. 알겠어?"

나는 로런이 나를 볼 수 없다는 사실도 잊고 고개를 끄덕인다. 알았어. 내가 대답한다.

첫 번째 원반이 쨍그랑 소리를 내며 떨어진다. 그것은 작고 굴러가려고 한다. 나는 앞발로 툭 쳐서 조리대 쪽으로 민다. 다음 원반, 다음 것은 무겁다. 힘껏 밀자 냉동고에서 바닥으로 떨어져 온 세상을 뒤흔들 정도로 요란한 소리를 낸다. 우리는 둘 다 죽음처럼 숨을 죽인다. 나는 귀를 기울인다. 귓속에서 비명을 질러대는 듯한 드론 소리 사이로 뭔가를 듣는 건 힘들다. 로런이 들이쉬고 내뱉는 숨결이 마구 흔들린다. 옆방에서 테드가 코를 곤다. 테드는 아직 자고 있어. 내가 안도감에 작은 목소리로 말한다.

잠시 후 로런이 말한다. "원반을 떨어트리지 마. 알았어, 올리비아?"

알았어. 안 떨어뜨릴게. 내가 소곤거린다. 그때부터 나는 아주, 아주 조심스럽게 행동한다. 제일 아래에 깔려 있던 마지막 원반은 너무 무거워서 밀면 앞발이 아플 정도이다. 1인치를 움직이는 데도 엄청 힘을 기울여야 한다. 그래도 마침내 그 원반이 조리대 위로 옮겨 가 다른 원반에 쨍 소리를 내며 부딪친다.

원반을 다 치웠어. 내가 말한다.

"좋아." 로런이 말한다. "내가 갈게."

나는 눈을 질끈 감고 서글픈 느낌에 소란스럽게 운다. 어쩐지 두렵다. 로런은 어떻게 생겼을까?

있지, 로런. 여전히 눈을 꼭 감은 채 말한다. 나는 실제로 너를 본 적이 한 번도 없는 것 같아. 이상하지 않니? 우리는 이곳에 늘 번갈아 나오는 것 같아.

대답이 없다.

뚜껑을 들어 올리는 손이 떨리고 연약하기라도 한 듯 냉동고가 천천히 힘겹게 열리는 소리가 들린다. 이윽고 뚜껑이 벽에 쿵 부딪치는 소리가 들린다. 축축한 공기가 한숨 소리로 흔들린다. 비참함과 공포의 악취가 파도처럼 밀려온다. 나는 발톱처럼 희고 가냘픈 손과 흉터로 반짝이는 살을 떠올린다. 그 생각을 하자 소란스럽게 울고 싶고 공처럼 몸을 둥글게 만다.

정신 차려, 고양이야. 나는 자신에게 엄하게 말한다. 이 불쌍한 여자아이를 더 힘들게 만들지 마.

이윽고 내가 눈을 뜬다. 냉동고는 시커먼 무덤처럼 열려 있다. 뒷다리로 서서 그 안을 들여다본다.

텅 비었다.

오오오오오오오이이이이이이. 이런 소리가 계속 들린다.

어디에 있어? 내가 속삭인다. 뭔가 아주 잘못된 것 같다. 머릿속의 소리가 비명 소리로 커진다. 나는 소란스럽게 울며 머리를 긁는다. 이 소리를 멈추게 할 수만 있다면 벽으로 달려가 머리를 박고 싶다.

"이봐, 고양이야." 로런이 네 귓가에서 말한다. 비명 소리가 더 커진다. 그 소리 사이로 내 숨소리가 들리고 내 심장은 도마를 내려치는 도끼처럼 쿵쿵거린다.

"올리비아." 로런이 말한다. "벌벌 떨지 마."

맙소사. 내가 말한다. 넋이 나가는 줄 알았어……. 너는 왜 냉동고에 없는 거야?

"나는 거기에 있었던 적이 없어." 로런이 말한다.

어쩐 일인지 나는 로런을 느낄 수 있다. 따뜻한 몸의 윤곽이나 냄새 같은 것을 말이다. 어쩌면 내가 사용하는 감각을 표현하기 위해 만들어진 단어가 아직 없는지도 모른다. 나는 지금 정신착란을 일으키기 일보 직전이다.

로런? 내가 부른다. 어디에 있어? 지금 무슨 일이 벌어지는 거니? 왜 내 눈에 네가 안 보이는 거야? 내 느낌에—물론 이게 사실일 리 없다는 걸 나도 알지만, 그런데도 지금 내 느낌에는—네가 내 안에 있는 것 같아.

"아니 그 반대야, 올리비아." 로런이 대답한다. "네가 내 안에 있어." 그 순간 끔찍한 일이 벌어진다. 내 몸이 비틀거리고 흔들리는 것 같다. 내 사랑스러운 꼬리와 발들 대신 사지의 끝에 굶주린 분홍색 불가사리가 달린 느낌이 순간 든다. 실크처럼 부드러운 내 털이 사라지고 작아진 내 눈은 앞이 잘 보이지 않는다…….

뭐? 내가 묻는다. 무슨 소리야……. 나를 놓아줘. 이런 일이 일어날 리 없어. 나를 안락한 상자로 돌려보내달라고…….

"이걸 봐." 로런이 말한다. "네가 상자라고 말하는 것. 진실은 바로 거기에 있어. 하지만 네가 그 진실을 보기로 마음을 먹어야 해."

나는 상자형 냉동고, 벽에 기대놓은 뚜껑, 그 뚜껑에 뚫어놓은 숨구멍들을 본다.

"나는 네게 읽으라고 쪽지를 남겼어." 로런이 말한다. "그런데 어떤 고양이가 글을 읽니? 어떤 고양이가 말을 할 수 있어?" 비명 소리가 다시 커진다. 오오오오오오이이이오오.

이건 다 내 상상이야. 내가 소란스럽게 운다. 그 빌어먹을 소리가 멎으면 나는 제대로 생각할 수 있을 거야…….

"우리 중 하나는 상상의 존재야." 로런이 말한다. "나는 아냐."

꺼져! 그만해! 그 소리를 멈춰!

"올리비아." 로런이 말한다. "네가 지금 무슨 짓을 하고 있는지 봐."

내 발이 쭉 길어지고 발톱이 늘어난다. 그것이 금속 냉동고의 옆면을 갈퀴처럼 긁어서 지독하게 고통받는 듯한 비명소리를 만들어낸다. 이이이이이이이오오오오오이이이이이. 내 발톱이 지나가면서 금속을 끼익하고 긁어댄다. 그 소리는 내가 내는 소리였다. 지금껏 내내 말이다. 대체 어떻게 이럴 수가 있지?

"아주 오래전부터 네 관심을 끌려고 했어." 로런이 말한다.

발톱으로 금속을 긁는 소리가 점점 커진다. 세상이 깜박거리는 것 같다. 내 발 대신 지저분한 손이 달려 있고 그 손에는 손톱이 길게 자라 있다. 그 손이 긁고 또 긁는다……. 이이이이이이이이이이이이이오오오이이이이. 금속을 긁는 발톱. 금속을 긁는 손톱. 목소리가 속삭이고 내가 구슬피 울지만 그 소리조차 금속을 긁는 소리를 죽이지 못한다. 소리는 점점 커지더니 어느새 물리적인 형체를 갖춰 사방에 금이 가며 깨어지는 내 안의 벽이 된다.

나는 내 등을 어루만지는 로런의 손길에 정신을 차린다. 하지만 어쩐지 또다시 로런이 내 안에서 나를 어루만지고 있다. 나는 울기 시작한다. 새끼 고양이처럼 처량하게 가냘픈 소리로 운다.

"쉬." 로런이 말한다. "할 수 있다면 내 감정을 차분하게 다 쏟아내."

나를 내버려둬. 내가 말한다. 나는 몸을 둥그렇게 만다. 하지만 내가 몸을 만 것이 아니라 로런에게 꼭 안긴 것 같다.

"나는 그럴 수 없어." 로런이 말한다. "정말 모르겠니, 응?" 로런이 다시 나를 쓰다듬는다. "내가 처음으로 도망치려고 했을 때." 로런이 말한다. "테드가 내 발을 붙잡았어. 그 자식이 판자 사이에 내 다리를 끼우고 망치로 부러뜨렸어. 그다음에 다시 도망치려고 했을 때 네가 내 머릿속에서 나왔어.

내가 문까지 반쯤 갔을 때 테드가 내 머리채를 잡았어. 나는 그 냉동고로 돌아가느니 죽는 게 낫다고 생각했어. 그래서 정말로 죽기로 한 거야. 그런데 죽기는커녕 다른 일이 일어났어. 내가 사라졌어. 어떻게 그런 일이 일어났는지는 나도 몰라. 마치 내 정신이 깊은 동굴이고 내가 그곳으로 끌어당겨진 것 같았어. 아무것도 없었던 공간에서 네가 나오더니 앞으로 나갔지. 나는 네가 보이고, 네가 무엇을 하는지 느낄 수도 있었어. 테드가 무슨 말을 하는지도 여전히 들렸어. 하지만 그건 TV를 보는 것과 같았어. 나는 우리 몸 안에 있지 않았으니까. 네가 있었거든. 너는 그의 허벅지에 앉아 가르랑거리면서 그의 마음을 다시 차분하게 가라앉혔어. 너는 어둠에서 만들어졌어. 나를 구하기 위해서."

아니야. 내가 말한다. 나는 내가 태어나던 순간을 기억해. 네가 말한 것과 달랐어.

"나도 그 이야기를 알아." 로런이 말한다. "네 기억을 들여다볼 수 있으니까. 네 생각이 네 기억이라고도 할 수 있어. 너는 엄마 고양이와 함께 배수로에 있었어……."

그래. 내가 아는 이야기를 듣자 나는 안도하며 대답한다.

"그런 일은 없었어." 로런이 말한다. "정신은 영리해. 삶이 견디기 힘들어질 때 어떻게 말을 하면 네가 순순히 받아들일지 다 알고 있어. 만약 너를 아기 고양이라고 부르는 남자가 너를 감금한다면…… 그러면, 네 정신은 네게 네가 아기 고양이라고 말할 거야. 정신은 폭풍우가 몰아치는 밤과 네가 구조되던 순간에 대한 이야기를 날조할 수 있어. 하지만 너는 숲에서 태어나지 않았어. 너는 내 안에서 태어났으니까."

그 기억은 실제로 일어난 일이었어. 내가 항변한다. 그래야만 해. 먼저 죽은 내 자매 고양이들, 그 비…….

"어떤 점에서는 사실이기도 해." 로런이 서글프게 말한다. "숲에는 죽은 새끼 고양이들이 묻혀 있어. 테드가 그 고양이들을 그곳에 묻었지."

나는 테드의 부츠에 묻어 있던 흙과 그가 숲에서 보낸 며칠 밤을 떠올린다. 그에게서 났던 뼈의 냄새. 숨을 쉬려고 입을 크게 벌리고 있는 이 순간에도 공기를 충분히 들이마시지 못하는 것 같다. 진실에는 무게가 있다. 그것은 정신에 발자국을 남긴다. 로런이 나를 쓰다듬으며 내 귀에서 피가 쿵쾅거리며 흘러가는 소리가 멈출 때까지 무슨 말을 중얼거린다.

왜 너는 냉동고에 있는 척했어?

"네가 내 말을 믿지 않으리라는 걸 알았으니까." 로런이 말한다. "우리가 한 사람이라는 사실을 네게 보여줄 방법을 찾아야만 했어."

아하. 나는 무기력하게 말한다. 나는 너의 심리적 문제일 뿐이야.

"기분 나빠 하지 마." 로런이 말한다. "네가 온 후로 상황이 더 나아졌어. 테드는 정기적으로 너를 밖으로 내보내주고, 밥을 주기 시작했으니까. 너는 테드의 마음을 가라앉혀줘. 네가 그의 '애완동물'이니까. 너는 냉동고를 좋아하지. 그곳에 있으면 안전하게 느껴. 네가 그를 기분 좋게 만들어줄수록 그는 우리 둘에게 더 상냥하게 대해. 이제 뜨거운 물과 식초는 없어. 테드가 나를 재우면, 네가 나와."

내가 우리 둘이 이곳에서 버티도록 돕고 있구나. 내가 말한다. 내가 테드를 돌보고, 테드가 우리를 쓰다듬게 하고…….

"너는 우리가 살아남게 했어." 로런이 말한다. 내 마음속으로 온기가 퍼져나간다. "지금 너를 꼭 안고 있어. 느껴지니?"

그래. 내가 대답한다. 나를 사랑해주는 이의 품에 꼭 안긴 것 같다. 우리는 서로를 안은 채 잠시 앉아 있는다.

거실에서 테드가 끙끙 소리를 낸다.

"테드가 오려나 봐." 로런이 말한다. "나는 가야 해. 곧 돌아오도록 노력할게."

로런이 안심하라는 듯 나를 살며시 만진다. "네가 우리 사이의 문을 열었어, 올리비아. 이제는 달라질 거야." 마침내 로런이 갔다.

나는 지금까지 테드가 얼른 집으로 돌아오기를 기다리며 시간을 보냈다. 그런데 지금은 그가 나가줬으면 하는 마음뿐이다.

지금 상황이 너무 끔찍한데도 여전히 로런이 곁에 있다는 사실이 좋다니 기분이 이상하다. 로런과 이야기를 하면 재미있다. 우리는 이야기를 나누거나 같이 놀거나 그냥 가만히 앉아 있는다. 정말 행복하다. 함께 태어났던 형제 고양이 하나와 다시 함께 지내는 기분이다. 나는 로런의 역할이 그런 것이라 여긴다. 모든 것이 우리의 머릿속에서 벌어지는 일이라고 해도 로런은 나를 쓰다듬거나 포옹해주는 듯한 느낌을 줄 수 있다. 그 음악 때문에 로런은 우리의 몸을 사용할 수 없다. 로런은 자신의 상태가 몸은 묶여 있지만 입에는 재갈을 채우지 않은 것에 비유할 수 있다고 한다. 나는 로런의 건조한 말투에 몸서리를 친다. 로런의 말소리가 너무 어리고 그런 상황에서 어떤 심정을 느낄지 아무도 모르기 때문이다.

오늘 밤 우리는 컴컴한 집의 소파 위에서 서로를 안은 채 몸을 동그랗게 말고 있다. 바깥에서는 나무들이 달빛을 향해 손가락을 뻗는다. 끈은 부드러운 검은색이라 밤의 어둠에 녹아든다. 테드는 완전히 뻗었다. 죽은 것처럼 위층에서 완전히 곯아떨어졌다. 우리는 서로에게 소곤거린다.

"내게 발이 있다면 우리가 도망칠 수 있을 텐데." 로런이 말한다. "그냥 달리면 되잖아."

네 눈에는 내가 보여? 내가 묻는다. 나는 네가 보이지 않아. 너를 볼 수 있으면 좋겠어. 네가 어떻게 생겼는지 알고 싶어.

테드는 이 집에서 모습을 비춰볼 수 있는 물체는 남김없이 없애버렸다.

"네가 나를 볼 수 없어서 나는 좋은걸." 로런이 말한다. "우리 몸에 너무나 많은 일이 있었어. 그래도 나는 너를 느껴. 너는 따스해. 그건 누군가 내 옆에 앉아 있는 것처럼 좋은 느낌이야."

로런의 말대로라면, 우리 둘이 살고 있다는 그 몸, 로런의 몸을 되도록 생각하지 않으려 나는 애쓴다. 나는 로런의 말에 반신반의한다. 내 털, 내 수염, 내 꼬리가 너무 잘 느껴진다. 그런데 어떻게 이것들이 실재하지 않는다는 걸까?

있지, 하나가 더 있어. 내가 말한다. 우리는 모두 셋이야. 나머지 하나를 '밤시간'이라고 불러.

"셋보다 더 있는 것 같아." 로런이 말한다. "그 존재들의 소리가 가끔 들리거든. 내가 아주 깊숙이 내려가 있을 때. 되도록 안 들으려고 해. 어린것들이 우는 게 싫거든."

아주 깊숙이?

"또 다른 층들이 있어. 네게 그걸 다 보여줘야 해."

두려움이 나를 엄습한다. 새까만 깃털 같은 공포. 나는 그런 느낌을 떨쳐버리려고 불안한 듯 가르랑거린다.

"이런 생각 해본 적 없니, 올리비아?" 로런의 목소리에서 축축한 숨결이 느껴진다. "우리 모두가 애초에 태어나지 않았다면 더 좋았을 거라는 생각 말이야."

아니. 내가 대답한다. 이렇게 태어났으니 운이 좋다고 생각해. 그리고 여전히 살아 있으니 그만큼 더 행운을 누린 셈이야. 그렇지만 이제는 태어난다거나 살아 있다는 게 너 무슨 의미가 있을지 모르겠어. 나는 뭐지? 내가 아는 모든 것이 틀린 것 같아. 나는 예전에 '주님'을 봤다고 생각했어. 그분이 내게 말을 거셨어. 정말 그런 일이 있었을까?

"테드의 신들 말고 다른 신은 없어." 로런이 말한다. "그가 숲에 만들어둔 신들 말이야." 차가운 깃털이 내 꼬리를 따라 등줄기까지 훑고 지나간다.

우리는 그런 신세가 되지 말자. 내가 말한다. 우리는 여기서 나갈 거야.

"너는 계속 그렇게 말하는구나." 로런이 쏘아붙인다. 잠깐이지만 예전의 로런으로 돌아간 것 같다. 쇳소리를 내는 퉁명스러운 로런. 그러더니 다시 기분이 누그러진다. "우리가 자유의 몸이 되면 너는 뭘 할 거야? 나는 치마를 입고 머리에는 분홍색 머리핀을 꽂을 거야. 테드는 절대 허락해주지 않거든."

나는 진짜 생선을 먹어보고 싶어. (속으로 나 혼자 이렇게 다짐한다. 나가면 내 사랑 얼룩 고양이를 찾을 거야.) 네 가족은? 로런에게 물어본다. 아마 가족을 찾을 수 있을 거야.

잠시 후 로런이 말한다. "이런 몸이 된 나를 가족에게 보이기 싫어. 내가 죽은 줄 알고 있는 편이 더 좋을 거야."

그러면 너는 어디에서 살 거야?

"아마, 여기." 로런의 목소리는 그런 문제는 중요하지 않다고 말하는 것 같다. "나는 테드 없이도 어떻게든 살 수 있어. 혼자가 되고 싶어."

모두 누군가가 필요해, 로런. 내가 엄하게 말한다. 나조차도 그걸 알아. 너를 쓰다듬어주고 기분 좋은 말을 해주고 가끔 너 때문에 짜증을 내기도 하는 사람 말이야.

"나한테는 네가 있잖아."

그건 그래. 나는 맞장구를 치면서도 내심 놀란다. 그런 생각은 못 했어. 내가 꼬리로 로런을 마구 간지럽히자 로런이 깔깔 웃는다. 다행스럽게도 나는 낙천주의자이고 우리는 그런 태도가 필요하다고 생각한다.

로런이 한숨을 쉰다. 내가 좋아하지 않을 말을 꺼내려 할 때 늘 쉬는 한숨이다. "너여야만 해." 로런이 말한다. "때가 되면. 너도 알지, 그렇지, 올리비아? 네가 그 일을 해야만 해. 나는 몸을 쓸 수 없으니까."

하다니 뭘? 사실 나는 안다.

로런은 대답하지 않는다.

안 할 거야. 내가 말한다. 할 수 없어.

"해야 해." 로런이 서글프게 말한다. "안 그러면 테드가 우리를 다른 고양이들처럼 땅에 묻어버릴 거야."

나는 그 모든 여자아이들을 떠올린다. 그들도 노래를 부르고 분홍색 머리핀을 꽂고 놀이를 했을 것이다. 그들에게는 가족과 반려동물이 있었을 것이며 머릿속에 갖가지 생각이 가득했을 것이며 수영을 좋아했거나 좋아하지 않았을 것이다. 어쩌면 어둠을 두려워했을지 모른다. 자전거에서 떨어졌을 때는 울음을 터트렸을 수도 있다. 그들은 수학이나 미술을 정말로 잘했을지 모른다. 그들이 어른이 되었다면 다른 일들을 했을 것이다. 일자리를 구하고 사과를 싫어하고 자신의 아이들을 지긋지긋해하고 장거리 드라이브를 가고 책을 읽고 그림을 그렸을 것이다. 시간이 흘러 자동차 사고로 죽거나 가족에 둘러싸여 임종을 맞이하거나 머나먼 사막에서 벌어진 전쟁에서 전사했을 것이다. 하지만 그런 일은 절대 일어나지 않을 것이다. 그들은, 그 소녀들은 결말이 있는 이야기조차 아니다. 그들은 땅속에 버려졌을 뿐이다.

내가 말한다. 테드가 그 큰 칼을 어디에 보관해두는지 알아. 테드는 아무도 모를 거라고 생각하지만 나는 알아.

로런이 나를 꼭 안는다. "고마워." 내게 속삭인다. 그러자 내 털에 와 닿는 로런의 숨결이 느껴진다.

갑자기 못 견디게 초조해진다. 지금 당장 해치워버려야겠어, 오늘. 내가 말한다. 참을 만큼 참았어.

나는 조리대로 훌쩍 뛰어올라 뒷발로 선다. 그리고 찬장을 연다. 처음에는 내 감각을 믿을 수가 없다. 여기 없어. 내가 말한다. 분명 여기 있어야 한다. 나는 코를 들이밀며 먼지가 내려앉은 찬장 안을 살펴본다. 하지만 그 칼은 이미 없다.

"오." 로런의 목소리에서 깊은 실망감이 느껴진다. 이 아이가 기운을 낼 수 있다면 나는 뭐든 할 것이다. "칼은 걱정하지 마, 올리비아."

내가 찾아낼 거야. 내가 로런에게 말한다. 꼭 찾아낼게, 맹세해…….

로런이 작은 소리를 낸다. 울지 않으려고 애써 참는 게 분명했다. 그렇지만 어느새 아이의 뜨거운 눈물이 내 털을 지나 볼로 흐른다.

어떻게 하면 이 상황을 타개할 수 있을까? 내가 작은 소리로 묻는다. 뭐든 할게.

로런이 코를 훌쩍거린다. "너는 못 할 거야." 로런이 말한다. "너는 손을 써야 해."

내가 해볼게. 손을 써야 한다는 생각만으로도 몸이 아파오지만, 일단 이렇게 속삭인다.

계단 아래 벽장은 먼지투성이고 기름진 엔진오일의 냄새가 기분 좋게 난다. 이곳에는 구석에 쌓여 먼지를 뒤집어쓰고 있는 깔개 무더기, 낡은 신문 더미, 진공청소기 부품, 못 상자들, 비치파라솔이 있다……. 내 귀는 활짝 펴진 채 경계 중이고 꼬리는 기대감에 차 곧게 뻗어 있다. 이곳은 내가 몹시 좋아하는 종류의 장소다. 나는 바닥을 흐르는 먹음직스러운 검은 기름방울의 냄새를 쿵쿵 맡는다.

"집중해, 올리비아." 로런이 말한다. "나는 그걸 저 신문 더미 아래에 숨겨뒀어."

신문 더미 아래로 코를 밀어 넣자 신눈이 아닌 것의 냄새가 난다. 밍밍하고, 더 부드러운 것. 플라스틱.

"그건 카세트테이프야." 로런이 말한다. "그걸 집어. 아니야, 그래서는 안 돼. 양손을 써. 너한테는 앞발이 없어." 로런의 불만이 점점 고조된다. "너는 내 몸에 살아. 우리는 여자아이야. 고양이가 아니라. 너는 그 사실을 깨달아야 해."

나는 내 양손을 느껴보려고 집중한다. 하지만 느껴지지 않는다. 나는 내가 어떤 형태인지 안다. 나는 벨벳 같은 네발로 섬세하게 균형을 잡으며 걷는다. 내 꼬리는 기분에 따라 채찍이나 물음표가 된다. 내 눈은 칵테일 올리브처럼 녹색이다. 나는 아름답다…….

"이러고 있을 시간이 없어, 올리비아." 로런이 말한다. "그냥 네 입으로 물어. 그건 할 수 있겠지, 그렇지?"

응! 나는 그 카세트를 입으로 살짝 문다.

"이제 우편물 투입구로 가자, 알았지?"

알았어!

거실을 지나는 길에 설핏 본 물건이 잠시 내 발길을 붙잡는다.

"무슨 문제라도 있어, 올리비아?" 로런이 묻는다.

응, 아니. 내가 대답한다. 그러니까…… 없어.

"그럼 서둘러!"

나는 우편물 투입구의 덮개를 코로 들어 올려 연다. 금속이라 무겁고, 벨벳처럼 섬세한 내 코에 닿는 부분은 차갑다. 바깥세상에서는 새벽 숲의 냄새가 난다. 새하얀 빛이 내 눈을 강타한다.

"그 카세트를 길 쪽으로 던져." 로런이 말한다. "최대한 멀리."

나는 머리를 뒤로 젖힌 후 카세트를 던진다. 바깥이 전혀 보이지 않지만 뭔가가 튀어 오르는 소리가 들린다.

"덤불 속으로 들어갔어." 로런이 소곤거린다. 그 목소리에서 실망감이 느껴진다.

미안해. 내가 말한다. 미안해.

"카세트가 인도에 떨어져야 지나가는 사람이 발견할 수 있었을 텐데." 로런이 말한다. 그러고는 울기 시작한다. "저기 덤불 속에 있으면 누가 지나가다 볼 수 있겠어? 네가 기회를 날려버렸어."

정말 미안해, 로런. 진심으로 미안해.

"너는 노력을 할 생각이 없어." 로런이 말한다. "너는 우리를 여기서 내보내고 싶은 생각이 없어. 여기서 테드의 죄수로 사는 걸 좋아하니까."

아니야! 내가 고뇌에 차 항변한다. 좋아하지 않아. 나는 돕고 싶어! 그건 실수였어!

"이 상황을 진지하게 대해야 해." 로런이 말한다. "우리 생명은 그 카세트에 달려 있어, 올리비아. 너는 계속 손이 없는 척할 수 없어. 그 손을 사용해야 해……."

나도 알아. 내가 말한다. 그 길을 집으려면. 연습할 거야. 다음에는 절대 망치지 않을 거야. 나는 로런의 냄새를 맡아 내 정신 속에서 로런의 존재가 느껴지는 곳에 있을 아이에게 내 머리를 비빈다. 너는 쉬어. 내가 말한다. 내가 지켜볼게. 우리는 까끌까끌한 주황색 깔개에 몸을 말고 눕는다. 내가 가르랑거린다. 나는 내 옆에, 내 안에 있는 로런을 느낀다. 로런이 한숨을 크게 내쉬는가 싶더니 어느새 평화로운 어둠 속으로 스르르 빠져드는 것이 느껴진다. 내 꼬리는 걱정으로 가득하다. 로런은 나중의 일, 우리가 자유를 되찾고 나서의 일에 대해서는 말하려고 하지 않는다. 로런이 자유를 되찾은 후의 일에 대해 별로 신경을 쓰지 않는다니 왠지 불길하다. 어쩌면 상황은 더 심각할지도 모른다. 로런은 살고 싶어 하지 않는 것 같다. 하지만 나는 로런을 도와줄 것이다. 우리를 안전하게 지킬 것이다.

로런에겐 신경 써야 할 일이 잔뜩 있으니 알리지 않았는데, 방금 너무나 이상한 일이 벌어졌다. 방금 카세트테이프를 문 채 현관으로 갈 때 거실을 힐끔 보았다. 맹세하건대, 이 깔개가 주황색에서 푸른색으로 변했다.

디

디가 창가에 앉아 어둠을 바라보고 있다. 그녀는 발톱이 없는 얼룩 고양이를 살며시 쓰다듬으며 담배를 끊지 말 걸 그랬다고 생각한다. "예쁜 돌." 그녀가 중얼거린다. 고양이가 얼른 고개를 들어 그녀를 쳐다본다. 늦은 시간이라 테드의 창문은 모두 새까맣다. 하지만 디는 잠이 두렵다. 붉은 새들이 이름을 말할 수 없는 그것을 부리에 물고 찾아올 것이다. 아니면 다른 꿈이 찾아와, 엄마와 아빠가 별이 총총 빛나는 하늘 아래에 펼쳐진 사막을 손을 잡고 걸으면서 여전히 서로를 바라보며 둘째 딸의 이름을 외치는 모습을 보게 될 것이다. 그녀는 솟아오르는 추억을 막을 길이 없다. 그 추억들은 서로의 안에 깃들어 있다. 러시아 인형이 품고 있는 더 작은 인형들처럼. 그녀가 생각한다.

점점 더 힘들어진다. 기나긴 기다림, 끝없는 감시. 가끔 소리를 지르고 싶다. 때로는 쇠 지렛대를 구해서 저 집으로 가 문을 부수고 싶다. 그리고 모든 것을 끝내고 싶다. 지금처럼 차를 타고 떠나고 싶을 때도 있다. 왜 이런 일이, 이렇게 끔찍한 임무가 그녀에게 떨어졌을까? 하지만 원래 이런 법이다. 디는 룰루에게, 다른 모든 사람에게 빚을 지고 있다. 그녀는 칙칙한 밝기의 마이크로피시*에 실린 흐릿한 칼럼을 다 읽었다. 아이들은 그 호수에 가서 돌아오지 않는다. 지난 몇 년에 걸쳐 일곱이나 여덟 명. 돌봐줄 가족이나 보호자가 없는 아이들. 그래서 사람들이 주의를 그리 기울이지 않았다. 최근 들어 실종 사건은 더 일어나지 않았다. 엄밀히 말해 룰루 이후에는 한 명도 없었다. 그리고 그것이 이유일지 몰랐다. 어쩌면 그는 몇 번이고 아이를 납치하는 위험을 감수하는 것보다 아이 한 명을 가둬두는 편이 더 낫다는 사실을 깨달았을 수도 있다.

나무들 위에 걸린 우유색 구름 사이로 해가 솟아오른다. 동쪽 하늘이 손가락처럼 분홍색으로 물든다.

테드의 집 앞 공기를 뭔가가 휘젓는다. 직사각형의 물체가 우편물 투입구에서 튀어나와 공기를 가른다. 그 물체는 계단 두 개를 통통 튀어 오르더니 마침내 계단 주변에 자라고 있는, 녹색 잎사귀가 반들반들 윤이 나는 진달래 덤불 속으로 소리 없이 떨어진다. 희미하게 끼익 소리를 내며 우편물 투입구

---

*   microfiche, 인쇄물의 각 페이지를 축소 촬영한 시트 필름.

의 덮개가 다시 열린다.

디는 온몸의 감각이 남김없이 각성한다. 그녀는 문으로 달려간다. 심장 뛰는 소리가 귓가에 너무 크게 울리는 바람에 다른 소리는 귀에 들어오지도 않는다. 그래서 억지로 심호흡을 한다. 그녀의 손이 문손잡이를 잡고 돌리는 순간, 귀에 익은 소리가 들린다. 철커덩, 철커덩, 철커덩. 자물쇠가 열리는 소리.

디는 순간 얼어붙는다. 곧장 창가로 간다. 테드가 앞쪽 계단으로 나온다. 그는 평소보다 조금 더 단정해 보인다. 턱수염도 빗으로 다듬은 것 같다.

테드는 계단을 내려와 왼쪽으로 시선을 돌리고 넘쳐 서더니 반들거리는 녹색 이파리들 사이에서 뭔가를 줍는다. 디 안의 모든 것이 그대로 멈춘다. 너무 늦었다. 튀어나온 물건이 뭔지 몰라도 그가 찾아냈다.

테드가 똑바로 선다. 그는 작은 솔방울을 쥐고 있다. 그는 솔방울을 이리저리 돌리며 아침 햇빛에 자세히 비춰본다.

그가 집을 나선 지 20분이 흐르자 디가 그의 집으로 다가간다. 그녀는 주의 깊게 계획대로 움직인다. 먼저 초인종을 누른다. 아무 대답이 없자 우편물 투입구의 덮개를 들어 올린다.

"계세요?" 집 안을 향해 말을 한다. 그 집의 분위기가 그녀의 얼굴을 쓰다듬는다. 먼지와 오래된 절망감.

"안녕하세요." 다시 소리친다. "옆집 사람이에요. 도울 일

이 있을까 해서 왔어요!" 그럴싸하게 둘러댈 만한 말을 꾸며내
느라 시간이 좀 걸렸다. 어린 소녀가 알아들을 수 있는 동시에
혹시 누가 듣더라도 의심스럽게 들리지 않을 만한 표현. 그 집
이 디를 향해 숨을 내쉰다. 하지만 다른 소리는 들리지 않는다.
그러자 디는 입술을 투입구에 가까이 대고 속삭인다. "룰루?"
1분 정도 기다리고 다시 2분을 더 기다린다. 하지만 집의 고요
함만 더 농밀해질 뿐이다.

날이 점점 밝아온다. 어떤 남자가 개를 산책시키며 지나간
다. 뭘 깨고 들어갈 수는 없다. 조만간 누군가는 디가 왜 테드의
집 앞 계단에서 서성거리는지 궁금해할 것이다.

디는 손전등을 꺼내 땅바닥에 엎드린 후 재빨리 진달래 덤
불로 기어간다. 거미줄이 자그마한 손처럼 그녀의 얼굴에 들러
붙는다. 아드레날린이 솟구쳐 심장을 두드린다. 아드레날린 덕
분에 기분이 좋아진다. 살아 있는 기분이 든다.

낙엽 사이에 카세트테이프가 반쯤 파묻혀 있다. 딱정벌레
가 그 위에 앉아 호기심이 이는지 뿔을 흔들어댄다. 디는 딱정
벌레를 손으로 쓸어버리고 그 카세트테이프를 브래지어 안으
로 집어넣는다. 그리고 천천히 덤불에서 나온다. 흥분이 스르
르 빠져나가자 그 자리를 한기가 채운다. 오른쪽에서 뭔가가
낙엽들 사이를 가늘고 긴 형태를 이루며 움직인다. 디는 숨을
훅 들이쉬며 덤불을 빠져나가다가 계단의 가장자리에 정강이
를 세게 부딪힌다. 머리카락 사이에 비늘 달린 형체가 똬리를

틀고 앉아 머리를 짓누르는 듯 마는 듯한 느낌에 미친 듯이 머리를 털어댄다. 그녀는 숨을 헐떡거리며 집 앞으로 달려간다.

┃ 테드 ┃

마침내 곤충 남자를 만나는 날이다. 나는 이 일을 잘 해내야 한다. 로런을 위해서 이 일을 꼭 해야만 한다. 지난 상담 시간에는 그에게 소리를 지르지 말았어야 했다. 그의 눈빛이 번쩍하는 것을 나는 보았다.

산책은 좋다. 너무 덥지 않다. 나는 주머니에 넣어둔 작은 솔방울을 만지작거린다. 집 앞 계단에서 주웠다. 나는 솔방울을 좋아한다. 솔방울은 저마다 정체성을 갖고 있다.

문손잡이에 손을 올리는데 몸이 절로 흠칫한다. 상담실에서는 곤충 남자가 이야기를 하고 있다. 내가 다른 환자를 보거나 말소리를 듣는 건 이번이 처음이다. 바로 이곳에서 말이다.

"빌어먹을 하찮은 인간들." 곤충 남자의 말소리가 들린다. "하찮은 도시들." 그 말을 들으니 기분이 묘하다. 나는 노크를 해서 내가 왔다는 사실을 알린다. 나는 정말 사생활을 존중한다. 그는 더 중얼거리지 않고 말한다. "들어오세요!"

안경 뒤로 보이는 곤충 남자의 둥근 눈이 차분하다. 실내에는 그밖에 없다.

"어서 와요, 테드." 그가 인사를 건넨다. "당신이 안 올지도 모른다고 생각했어요. 얼굴과 손에 긁힌 상처가 늘었네요."

"내 고양이 짓이에요." 내가 말한다. "요즘 고양이가 힘든 시기를 겪는 중이거든요." (상자에 넣으려고 하면 내 얼굴을 할퀴고 소리를 지르죠.)

"그렇군요." 그가 말한다, "기분은 어때요?"

"좋아요." 내가 대답한다. "약이 잘 듣더군요. 다만, 약효가 너무 빨리 떨어져요. 혹시 선생님에게 약을 타는 대신 약을 다시 받을 수 있는 처방전이 있으면 어떨까 생각해봤어요."

"복용량을 늘리는 방법은 이야기해볼 수 있어요. 하지만 약은 계속 내게서 타 가는 편이 좋을 거예요. 게다가 처방전을 받으려면 돈을 내야 해요. 그건 싫잖아요, 그렇죠?"

"그런 것 같아요." 내가 대답한다.

"감정 일기를 계속 쓰고 있나요?" 그가 묻는다.

"그럼요." 내가 예의 바르게 대답한다. "일기를 쓰니 아주 좋아요. 선생님의 제안이 매우 도움이 되더군요."

"당신의 반응을 유발하는 계기를 확인하는 데 일기가 도움이 되던가요?"

"음." 내가 말한다. "나는 고양이가 너무 걱정스러워요."

"당신의 게이 고양이요."

"네. 고양이가 계속 고개를 흔들고 귓속에 뭐가 있는 것처럼 긁어대요. 고양이를 도울 방법이 없는 것 같아요."

"그래서 그런 상황에 무기력한 기분이 드는 거군요." 곤충 남자가 말한다.

"네." 내가 대답한다. "나는 고양이가 고통 속에서 지내는 게 싫어요."

"당신이 해볼 수 있는 일이 있을까요? 가령 수의사에게 데려가본다든가?"

"아하." 내가 말한다. "아뇨. 동물병원에서 그 아이를 제대로 이해할 수 있을 것 같지 않아요. 전혀요. 내 고양이는 매우 특별한 품종이거든요."

"음." 그가 말한다. "해보지 않으면 절대 알 수가 없어요."

"솔직히." 내가 운을 뗀다. "요즘 다른 문제를 계속 고민하고 있었어요."

"그래요?" 그가 기대에 찬 표정을 짓는다. 기분이 나빠지기 직전이다. 그는 내가 다른 이야깃감을 꺼내기를 너무나 오랫동안 학수고대했다.

"전에 이야기했던 TV 프로그램 기억하세요? 엄마와 딸이 나오는 드라마요."

그가 고개를 끄덕인다. 그의 펜이 정지해 있다. 생기가 없는 푸른 원 같은 그의 눈이 내게 고정되어 있다.

"요즘도 계속 시청하고 있어요. 줄거리가 점점 더 복잡해졌어요. 그 성난 소녀 말이에요. 제 엄마를 자꾸 죽이려고 드는 아이. 음, 알고 보니 그 애는 또 다른…… 일종의 인격체로 밝혀졌어요."

곤충 남자는 꼼짝도 하지 않는다. 그의 시선은 여전히 내게 박혀 있다. "그런 일이 일어날 수도 있어요." 그가 천천히 말한다. "드물죠……. 그리고 현실에서는 영화에서 보는 것처럼 되지 않아요."

"이 영화는 다른 영화와 달랐어요." 내가 말한다.

"TV 드라마라고 하지 않았나요?"

"제 말이 그 말이에요, TV 드라마. 그러니까 이 드라마에서 딸은 가끔은 어린 여자아이예요. 그런데 다른 때는 완전히…… 다르게 보여요."

"다른 인격이 지배하는 것처럼?" 그가 묻는다.

"네." 내가 말한다. "그 아이 안에 두 사람이 있는 것처럼요." 엄밀히 말하면 두 개의 종이지만, 이 정도로도 충분히 말한 것 같다.

곤충 남자가 말한다. "지금 당신은 해리성정체감장애를 말하는 것 같군요."

해리성정체감장애. TV나 전축에 생긴 결함처럼 들린다. 그래서 로런과는 아무 관계도 없는 증상 같다.

곤충 남자는 나를 유심히 바라본다. 정신을 차리고 보니 내가 혼자 중얼거리고 있다. 이상하게 굴기 시작한 것이다. 나는 흔들림 없는 눈빛으로 그를 바라본다. "그거 매우 흥미롭네요."

"예전에는 다중인격장애로 알려져 있었어요." 그가 말한다. "해리성정체감장애는 최신 용어죠. 하지만 우리는 이 증상에 대해서 아직 완전히 이해하지 못했어요. 이 증상을 내 책에서 광범위하게 다루고 있죠. 사실 말해보자면, 그 책의 전반적인 주제가……."

"그럼 이 증상에 대해 어디까지 이해하고 있죠?" 나는 그의 이야기가 샛길로 빠지지 않도록 말을 끊는다. 지금까지의 경험으로 보건대, 내가 그렇게 선수를 치지 않으면 그는 자신의 책에 대해 한도 끝도 없이 이야기를 늘어놓을 것이다.

"당신이 보는 드라마에 나오는 소녀는 아마도 육체적으로나 감정적으로 지속해서 학대를 받았을 가능성이 있어요." 그가 말한다. "그래서 아이의 정신이 조각조각 난 거예요. 조각난 정신이 새로운 인격을 형성해서 트라우마에 대처하는 거죠. 아름답기까지 해요. 머리 좋은 아이가 고통에 대응하는 우아한 해결책이죠." 그가 몸을 앞으로 내민다. 안경 뒤의 두 눈이 반짝거린다. "당신이 본 게 그건가요? 드라마에서? 학대?"

"모르겠어요." 내가 대답한다. "어쩌면 내가 팝콘을 가지러 가느라 그런 장면을 놓쳤을지 모르죠. 어쨌든 그 어머니는 그 상황을 어떻게 처리해야 할지 몰라요. 그 어머니는 어떻게 해야 할까요? 선생님의 전문적인 견해로 보셨을 때 말이에요."

"이 주제에 대해서는 두 가지 학설이 존재해요." 그가 설명한다. "첫 번째는 이런 증상의 목표가 부의식이라고 부르는 상태라고 생각해요." 그가 내 표정을 살피더니 다시 말을 잇는다. "치료사는 다른 인격 혹은 자아를 도와서 서로 조화롭게 살아가는 방법을 찾으려고 해요."

나는 큰 소리로 웃음을 터트릴 뻔한다. 로런은 절대 다른 사람과 조화롭게 살 수 없다. "그건 안 될 거예요." 내가 말한다. "드라마를 보면 둘은 자신들이 한 사람이라는 사실도 모르거든요."

"여자아이의 상상력은 자신을 위해 작동하도록 만들어져 있을지 몰라요." 그가 말한다. "그 아이는 상상력의 지배를 받을 필요도 없어요. 자신 안에 어떤 장소를 구축해야 해요. 실제 건축물 같은 거요. 성이나 대저택의 이미지를 이용하는 아이들이 많아요. 다른 이미지여도 상관없어요. 방, 헛간. 크고 모두가 들어갈 만한 곳. 그런 후에 다른 인격들이 그곳으로 안전하게 모이도록 모두 초대하면 돼요. 그러면 모든 인격이 다른 인격을 알아나갈 수 있죠."

"그들은 정말 서로를 좋아하지 않아요." 내가 말한다.

"관련 문헌을 좀 읽어보는 게 좋을 거예요." 그가 말한다. "그러면 이 접근법이 더 잘 이해될 거예요."

"다른 학파는 뭐죠?"

"통합. 자아들이 주요한 인격으로 녹아드는 거예요. 사실상, 사라지는 거죠."

"죽는 것처럼." 살인처럼.

그가 안경 위로 나를 유심히 바라본다. "어찌 보면 그렇죠." 그가 말한다. "이 치료 과정은 매우 길어서 몇 년이 걸릴 수도 있어요. 어떤 치료사들은 이 방법을 최고의 해결책으로 봐요. 나는 모르겠어요. 완전히 발달한 인격들을 서로 합치는 과정은 어려울 거예요. 권장할 일도 아니고요. 이런 인격들, 그러니까 자아들이 각자 한 명분의 사람이라고 생각하는 치료사들도 있어요. 그 자아들은 각자의 삶이랄까 의지를 갖고 있죠. 더 나은 표현이 없는데, 그 자아들은 영혼을 갖고 있어요. 이 치료는 당신과 나를 합치려고 노력하는 것과 비슷해요."

"하지만 할 수는 있잖아요." 내가 말한다.

"테드." 그가 말한다. "만약 당신이 이런 증세를 보이는…… 누군가를…… 안다면 증상을 해결하기 위해 도움이 필요할 거예요. 그것도 많이 필요하죠. 내가 그 아이를 지도할 수 있어요……."

그는 왼손을 허벅지 위에 내려놓았다. 오른손은 그의 옆에 있는 작은 탁자 위를 손바닥으로 짚고 있는데, 1인치 정도 떨어진 곳에 그의 전화기가 있다. 나는 탁자에서 펜을 집어 만지작거리며 전화기와 아주 가까이 있는 그의 오른손을 주시한다. 나는 그가 다음 정신적 비약을 보이기를 기다린다. 그가 전화기에 손을 뻗기를 기다린다. 그가 하지 않기를 바란다. 묘하게 도 나는 그에게 점점 애정을 느낀다.

"퍼즐거리가 잔뜩 있군요." 그가 꿈을 꾸듯 말한다. 그는 이제 더 이상 나를 향해 말하는 것이 아니라고 장담할 수 있다. "내 책에서 던져볼 만한 질문거리군요. 자아는 무엇으로 구성되는가? 아시다시피, 해리성정체감장애가 존재에 대한 비밀을 품고 있을지 모른다는 철학적 논쟁이 있어요. 이 증상은 생물이든 무생물이든, 돌멩이 하나, 풀잎 한 장에도 영혼이 있으며 이 영혼이 모여서 하나의 의식을 형성한다는 가설을 전제로 하죠……. 모든 존재 하나하나가 호흡하고 지각이 있다. 우수를 구성하는 살아 있는 요소다……. 그런 점에서 우리는 번갈아 등장하는 인격들 모두라고 할 수 있어요. 본질적으로 그 인격은 신이죠. 대단한 발상 아닙니까?"

"일목요연하네요." 내가 맞장구를 친다. "그 책들의 제목을 알려주시겠어요?" 나는 최대한 정중하게 행동한다. "통합 어쩌고에 관한 책들요."

"오, 물론이죠." 그는 공책 한 장을 죽 찢은 후 뭔가를 휘갈겨 쓴다.

"그 주제에 대해서 잘 생각해보세요, 테드." 그가 종이에 시선을 고정한 채 말한다. "내가 그 아이와 이야기를 나눠보면 아주 도움이 될 것 같아요." 그의 눈빛은 뭔가에 관한 생각으로 가득 차 있다. 그 생각을 하는 것만으로도 스릴이 넘치는 듯 얼굴이 환하게 밝아진다. 나는 펜을 단검처럼 쥔 채 주먹 안으로 숨긴다.

그가 알게 된다면 어떻게 될까. 나는 로런과 함께 보낸 컴컴한 밤을 떠올린다. 아이의 손에서 느껴지던 끈적거리는 땀이며 날카로운 이와 손톱으로 내 피부에 남긴 선명한 자국들. 나는 엄마를 떠올린다.

그곳에서 돌아왔다. 어디선가 쥐가 벽을 달리는 소리가 들린다. 펜 끝이 내 손바닥에 깊이 박혀 있다. 방금 들은 소리는 쥐의 발소리가 아니라 피가 연한 색의 깔개에 똑똑 떨어지는 소리이다. 곤충 남자가 바라본다. 그의 얼굴에서 표정이 사라지고 핏기마저 빠져나가 백지장 같다. 내가 바라보자 텅 빈 얼굴이 공포로 차오른다. 내 얼굴은 통증에 걸맞은 표정을 짓고 있지 않았다. 그리고 이제 와 통증을 느끼는 척하기에는 너무 늦었다. 마침내 곤충 남자가 진정한 내 모습의 일부분을 목격했다. 나는 내 손바닥에 꽂힌 펜을 살며시 뺀다. 펜이 빠져나오자 입술 사이로 막대사탕을 뺄 때처럼 뭔가를 빨아들이는 소리가 살짝 난다. 나는 곤충 남자의 책상에 놓인 티슈를 뽑아 상처를 틀어막는다.

"고맙습니다." 나는 그의 손가락에 끼워져 있는 쪽지를 빼내며 말한다. 그는 자신의 마음과는 달리 내게서 몸을 빼며 웅크린다. 나는 그런 반응을 잘 안다. 그의 손에 붙은 살이 내 살로부터 슬금슬금 물러나려는 것처럼 떨어지는 것. 엄마가 내 몸을 만질 때도 그랬다.

나는 굴러 나오듯 사무실을 나와 문을 쾅 닫고는 조화의 악취가 풍기는 플라스틱 대기실로 들어간다. 이번 상담도 잘되지 않았다. 그래도 증상에 대한 이름은 알게 되었다, 이제야. 나는 한참을 서서 그 증상을 적는다. 해리성정체감장애. 뒤에서 사무실 문이 열리는 소리가 들리자 나는 다시 허둥대며 달리다가 파란색 빈 플라스틱 의자에 발이 걸린다. 왜 이 대기실에는 언제 봐도 사람이 아무도 없을까? 이제 그런 건 아무래도 상관없다. 나는 다시는 이곳을 찾지 않을 것이다.

│ 올리비아 │

혹시 테드가 그 칼을 쓰레기통에 버린 걸까. 슬슬 궁금해
진다. 어쩌면 흙과 오래된 뼈의 냄새를 풍기며 집으로 돌아오
곤 하는 긴 밤 외출을 갈 때마다 몸에 지닐지도 모른다.

우리는 다른 방법도 생각해보았다. 하지만 그 칼이 아니면
안 되었다. 그 칼이 빠르고 확실하기 때문이다. 로런의 몸은 강
하지 않다. 집에는 독이 있는 것이든 아니든 먹을 게 아무것도
없다. 테드는 그 일에서 교훈을 배웠다.

로런에게 이 사실까지는 말하고 싶지 않은데, 요즘 테드
가 무슨 일을 꾸미는 것 같다. 오늘만 해도 평소 집에서 못 보던
책을 몇 권 가져왔다. 그 제목을 읽는 순간 나는 수염이 아팠다.
아마 우리 모두에 관한 책인 것 같다. 나는 되도록 그 생각을 숨
기고 로런에게 알리지 않으려 한다. 내가 그 생각을 아주 깊이
넣어두면 로런은 듣지 못한다. 나는 다시 한번 나를 이곳에 살

게 해주신 '주님'에게 감사드린다. 로런에게는 내가 필요하다.

"내가 칼을 만들 수 있을지 몰라." 로런이 반신반의하며 말한다. "TV에 나온 것처럼, 감옥에서. 먹을 게 있으면 좋겠어. 뭘 좀 먹으면 생각하는 데 도움이 될 텐데."

나는 로런의 허기를 느낄 수 있다. 이 허기가 우리의 위장을 점점 더 후벼파며 내 허기를 더한다. 새까만 날개를 퍼덕거리는 것처럼 우리 안의 깊숙한 곳에서 '밤시간'이 으르렁거리며 몸을 흔든다. 그도 우리처럼 배가 고프다.

네 시간이 아니야. 내가 그에게 말한다.

그가 으르렁거리지만, 아직은 너무 깊이 있어서 내가 그를 잡을 수 없다. 내가 할 말은 둘 중 하나다. 지금, 지금, 지금이 아니면 안 돼, 안 돼, 안 돼. 지금은 어느 쪽일지 잘 모르겠다.

우리는 서랍과 찬장을 샅샅이 뒤진다. 찾은 거라고는 먼지뿐이다. 우리를 즐겁게 해주려고 로런이 노래를 지어낸다. 제일 좋은 노래는 쥐며느리 노래다. 이 노래는 정말, 정말 좋다.

우리는 지쳐버렸다. 나는 소파 아래 바닥에 누워 몸을 만다. 끈은 내 옆에 쌓여 있다. 오늘은 연한 노란색이고 섬세하다.

우리가 그 칼을 찾아냈다고 해도 나는 테드에게 칼을 쓰지 못했을 것이다. 로런이 우리 사이의 벽을 무너뜨린 짧은 순간을 제외하면 나는 두 손과 두 팔, 머리를 테드처럼 자유자재로 쓸 수 없다. 나는 그저 고양이처럼 느껴진다. 그리고 다른 것도 있다. 그러지 않으면 좋겠지만, 테드를 떠올리면 여전히 옛정 같은 것이 느껴진다. 사랑은 쉽게 죽지 않는다. 사랑은 발길질을 하며 저항한다.

로런이 말한다. "계속 연습해야 해, 올리비아."

지쳤어. 내가 말한다. 그리고 몰래 생각한다. 연습은 지겨워. 연습이 싫어.

"다 들려." 로런이 말한다. "네가 몸을 쓸 수 없다면 우리가 여기를 어떻게 빠져나갈 거라고 생각하니, 멍청한 고양이야?"

너는 가끔 너무 못됐어.

"적어도 나는 내가 한 약속을 뒤엎지는 않아, 올리비아. 너는 시도해보겠다고 했잖아."

나는 속이 상해서 소란스럽게 운다. 로런의 말이 옳다는 걸 알기 때문이다.

로런이 한숨을 쉰다. "다시 시작하자. 계단 제일 아래로 가. 뭐가 보이니?"

계단이 보여. 내가 머뭇거리며 말한다. (내가 무슨 말을 하건 오답일 것 같다.) 카펫이 보이고 난간, 죽 이어져 있어. 꼭대기에는 계단참밖에 안 보여. 그곳에서 빙그르 돌면 앞문과 우산꽂이, 부엌문이 보여. 거실로 살짝 들어가면…….

"알았어." 로런이 말한다. "됐어. 그러면 우리는 이걸 '밤시간'이라고 부르자. '밤시간'은 여기 아래에 무엇이 있는지 볼 수 있지만, 그 이상은 못 봐. 그걸 생각해봐. '밤시간'이 계단 제일 아래쪽에 있다고 상상해봐. 자, 이제 꼭대기로 올라가."

한 칸이 남은 마지막 칸, 층계참 앞에서 로런이 나를 세운다. "뭐가 보이니?"

욕실 문. 내가 말한다. 그리고 테드의 방과 네 방과 지붕 채광창도 보이고…….

"위층에 있는 것들 다야, 맞아?"

그래.

"그럼 아래층에는 뭐가 보여? 복도? 앞문, 우산꽂이…….

아니.

"좋아. 그럼 이걸 '로런'이라고 부르자. 내가 보이는 건 그 거거든. 알겠어?"

잘 모르겠어. 내가 대답한다. 하지만 로런은 내 말을 듣고 있지 않다.

"다시 아래층으로 내려가."

내가 정확하게 계단을 반만큼 내려갔을 즈음 로런이 말한다. "멈춰." 나는 즐겨 낮잠을 자는 계단에 서 있다. 내 아래로 계단이 일곱 칸 있고 내 위로도 일곱 칸이 있다. "이제 뭐가 보여?" 로런이 묻는다.

여전히 난간이 보여. 내가 말한다. 아직도 계단과 계단참에 있는 카펫이 보이고. 내려다보면 홀의 바닥이 보이고 웅크리면 앞문이 조금 보여. 고개를 들어서 계단 위쪽을 보면 창문과 욕실 문, 층계참에 있는 지붕 채광창이 보여.

"그러면 네 위쪽에 있는 것과 아래쪽에 있는 것을 조금씩

볼 수 있구나. 그게 바로 너야, 올리비아. '밤시간'은 바닥에 있고 나는 위층에 있어. 그리고 너는 중간에서 우리를 이어주고 있지. 너는 연결점이야. 오직 한 사람이 우리를 구할 거야. 바로 너."

자부심으로 내 가슴이 부풀어 오르자 끈이 장밋빛과 금색으로 물들며 환하게 빛난다.

"너는 올라가기만 하면 돼." 로런이 말한다. "해봐."

하지만…….

"나는 말 그대로 위층으로 올라가라는 게 아니야." 로런은 초조하게 말한다. "내 말은, 이건 실제와 전혀 같지 않아."

맙소사. 너 설마…….

"그 이야기는 신경 쓰지 마. 다시."

나는 몸서리를 친다. 계단에 깔아둔 낡은 카펫이 느껴진다. 벨벳처럼 부드러운 내 발에 닿는 감촉이 거칠거칠하다. 나는 내 발이 좋다. 나는 한 명의 테드가 되고 싶지 않다. 나는 내가 되고 싶다.

무서워. 내가 말한다. 움직일 수가 없어, 로런.

"네게 이야기를 들려줘." 로런이 말한다. 로런의 목소리를 듣자 이 일이 어떤 일인지를, 엄청난 공포에 온몸이 얼어붙는 일이라는 사실을 로런은 안다는 확신이 든다. "네가 진심으로 원하는 것이 위층에 있는 척하고 그것을 가지러 가."

나는 '주님'을 떠올린다. 수없이 변하는 그분의 얼굴을 생각하고 그분이 정말 좋은 분이라고 생각한다. 나는 저 위 층계참에 '주님'이 있다고 상상해본다. 내 심장이 사랑으로 차오른다. 그분이 눈에 보일 것만 같다. 몸은 황갈색에 호랑이의 꼬리가 달려 있다. 그분의 눈동자는 황금색이다.

나는 계단을 한 칸 올라간다. 순간 내 주위의 벽이 떨린다. 아득한 높이에서 추락하는 것처럼 속이 극도로 울렁거린다.

"좋아." 로런이 흥분으로 갈라진 목소리로 말한다. "정말 훌륭해, 올리비아."

나는 고개를 들어 '주님'을 본다. 그분이 미소를 짓는다. 그런데 그분이 테드의 얼굴을 하고 있다. 왜 테드의 얼굴을 하고 있는 걸까?

니는 괴로워서 소란스럽게 울며 몸을 돌려 계단을 뛰어 내려간다. 로런이 알아들을 수 없는 말을 우리의 머릿속에서 외친다.

못 하겠어. 내가 로런에게 말한다. 제발 억지로 시키지 마. 너무 무서워.

"너는 나를 사랑하지 않는구나." 로런이 슬프게 말한다. "나를 사랑한다면 분명히 시도를 해봤을 거야."

사랑해, 너를 사랑한다고! 나는 이렇게 외친 후 살짝 소란스럽게 운다. 너를 화나게 하려던 건 아니었어.

"너는 전에도 이걸 해봤어, 올리비아. 나는 그걸 느낄 수 있어. 장애물을 부수고 위로 올라가는 거야. 네가 탁자에 놓인 성경을 쳐서 떨어트릴 때마다 이렇게 하잖아. 천둥이 쳐, 그렇지? 그리고 집이 움직이지? 네가 녹음을 할 때마다 그런 일이 일어나. 네가 냉장고 문을 열어놓았던 일 기억하니? 고기가 완전히 상했잖아! 너는 고의로 그런 짓을 하는 법을 배워야 해."

나는 그것들을 다 기억하지만 이해되지 않는다. 물론 그 고기는 완전히 상했다. 내가 냉장고 문을 열어놓았다.

"그날 깔개가 무슨 색이었지, 올리비아?"

로런이 그런 일을 다 겪었으니 놀라운 일도 아니다. 로런이 미쳐버렸다는 사실이 말이다.

로런이 말한다. "아마 그런 것 같아. 어쨌든 다시 해볼래?" 내 생각을 다른 존재가 들을 수 있다니 기분이 묘하다. 나는 아직 이 상황에 익숙해지지 않았다.

"제발." 로런의 목소리가 너무 슬퍼서 나는 자신이 수치스럽다.

좋아. 내가 말한다. 해볼게.

나는 몇 번이나 시도해보지만, 아무리 절실하게 바라도 내게는 비단처럼 부드러운 검은색 털과 통통한 네발밖에 느껴지지 않는다.

영원 같은 시간이 흐른 후 마침내 로런이 말한다. "그만해."

나는 안도하며 계단에 주저앉아 몸을 핥는다.

"너는 나를 도와주고 싶은 마음이 없어." 로런의 목소리에 눈물이 가득 차오른다.

아니야. 내가 반박한다. 오, 로런. 널 얼마나 돕고 싶은지 몰라. 내가 이러는 건…… 도저히 할 수가 없어서야.

"아냐." 로런의 말소리가 조용하다. "너는 원하지 않아." 내 꼬리가 재미를 느낀다. 어쩐지 따뜻하다. 나는 꼬리 전체로 시원한 기운을 느끼려고 꼬리를 움찔거린다.

"나는 너를 쓰다듬을 수 있어." 로런이 말한다. "하지만 이런 것도 할 수 있지."

통증이 내 척추를 타고 뜨겁게 확 타오른다. 어느새 불길을 이룬다. 내 꼬리가 벌겋게 달아오른 부지깽이가 되었다. 나는 뜨거운 꼬리를 느끼며 울부짖는다.

제발 그만해, 로런!

로런이 말한다. "상상의 고양이에게 내가 무슨 짓을 하건 그건 중요하지 않아."

제발, 아프단 말이야! 고통이 내 뇌, 털, 뼈를 관통하며 고동친다.

"너는 네가 아름답다고 생각하지." 로런이 꿈을 꾸는 듯한 목소리로 말한다. "테드가 거울을 다 치워버렸어. 네가 자신의 모습을 알 길이 없지. 그러니까 내가 다 말해줄게. 너는 몸이 조그맣고, 뒤틀렸고, 쪼글쪼글해. 너는 원래 너 같은 고양이 크기의 반밖에 되지 않아. 네 갈비뼈는 하나하나가 칼날처럼 툭 튀어나와 있어. 이빨도 몇 개 남지 않았어. 대머리에 군데군데 지저분하게 머리털이 나 있지. 몇 번이나 얼굴과 양손에 화상을 입고 회복된 탓에 흉터 조직이 점점 두꺼워져서 네 얼굴이 뒤틀리게 되었어. 이 조직이 네 코를 옆으로 잡아당기고 눈 위를 덮도록 계속 자라는 바람에 한쪽 눈은 흉터에 거의 가린 지경이야. 너는 우아한 네발로 이 집을 돌아다닌다고 생각하지? 실제로는 그렇지 않아. 너는 못생긴 물고기처럼 쓸모없이 부러진 발을 질질 끌면서 양손과 양 무릎으로 기어다녀. 너도 이런 몸에서 살고 싶지 않은 게 당연해. 너는 테드가 네게 그런 짓을 하도록 도와준 후에는 그의 무릎 위로 올라가서 가르랑거려. 너 정말 불쌍해."

로런이 말을 멈추고는 다른 어조로 말을 잇는다. "오, 올리비아. 정말 미안해."

나는 공포에 젖어 소란스럽게 울며 마구 달린다. 통증의 여파가 여전히 내 몸을 관통하며 뒤흔든다. 하지만 지금은 로런의 말이 더 아프다.

"제발." 로런이 소리친다. "미안해. 가끔 내가 화를 주체하지 못할 때가 있어."

나는 상자형 냉동고로 훌쩍 뛰어들어 갈고리처럼 발톱을 뚜껑에 건 후 쾅 소리가 나도록 우리 머리 위로 잡아당긴다. 어둠이 환영하듯 우리를 감싸자 나는 귀를 막아 로런의 비명을 차단한다. 대신 달콤한 속삭임에 나를 맡긴다. 나는 깊이깊이 내려간다.

뭔가를 몇 번이나 구부려야 손쓸 도리 없을 정도로 부서질까? 부러진 것들을 다룰 때에는 정말 조심해야 한다. 가끔 그것들은 툭 부러지다가 자신의 차례가 되면 다른 것을 부러뜨리기 때문이다.

｜ 테드 ｜

　나는 지난번 버터색 머리에 푸른 눈의 여자를 만났던, 주위 나무를 전구로 장식한 바를 다시 찾는다. 날이 따뜻해서 가게 뒤뜰에 놓아둔 기다란 탁자에 앉아 바비큐 냄새를 한껏 들이마시며 한동안 그 여자를 떠올린다. 어디선가 컨트리음악이 흘러나온다. 산에 대한 노래이다. 좋은 곡이다. 데이트는 이런 분위기에서 해야 했는데. 현실은 형편없었다. 그 일은 생각하지 말자.

　주위로 남자들이 모이고 지나간다. 그들은 목적의식이 확실하고 에너지를 뿜어내지만 아무도 말을 많이 하지 않는다. 이번에도 이곳에는 여자들이 보이지 않는다. 솔직히 나는 내 뇌에서 여자를 떠올리는 부위를 내내 끄고 살 수만 있으면 좋겠다. 버터색 머리 여자를 만났을 때 일어난 일을 떠올리면 기분이 나빠진다. 날이 따스해서 차분함이 스르르 내게 스며드는 느낌이 마치 그 대기실에 있는 것 같다. 나는 벌써 보일러메이커를 여섯 잔 아니 일곱 잔이나 마셨다. 누가 그런 걸 센다고! 나중에 집에는 걸어가야 한다. "여기 올 때부터 운전하지 않았어. 그건 무책임하잖아!" 정신을 차려보니 내가 큰 소리로 말했고 사람들이 나를 빤히 바라보고 있다. 나는 얼굴을 맥주잔에 박고 그 후로는 조용히 있는다. 막 기억이 났다! 나는 얼마전에 트럭을 팔아버렸다.

어둠이 내려앉자 남자들이 더 많이 온다. 퇴근을 하고 모여드는 것 같다. 앞뒤로 남자들이 많이 있지만 아무도 내게 다가오지 않는다. 나는 왜 이곳에 여자들이 없는지 알아챈다. 이곳은 그들을 위한 곳이 아니다. 이런 곳에 있는 나를 보면 엄마는 뭐라고 하셨을까? 혐오감에 굳게 다문 엄마의 입. 이건 과학에 반하는 일이야. 몸이 부르르 떨린다. 하지만 엄마는 너를 볼 수 없어. 내가 스스로에게 일깨우듯 말한다. 엄마는 떠났어.

벤치에서 일어나기 전까지는 내가 얼마나 취했는지 깨닫지 못했다. 나무를 장식한 작은 전구들이 혜성처럼 빛난다. 어둠이 웅웅거리자 시간이 멈춘 건지, 너무 빨리 흘러서 더 이상 흐름을 못 느끼는 건지 모르겠다. 그래서 내가 술을 마시는 거야. 내가 스스로에게 말한다. 시간과 공간을 통제하기 위해서. 그것이 지금까지 내가 한 생각 중에 가장 진실된 것 같다. 얼굴들이 기울어지고 흐릿해진다.

나는 파티오를 가로지르고, 나무를 지나며 빛과 어둠의 웅덩이들을 요리조리 통과한다. 내가 이름을 부를 수 없는 것을 찾는 중이다. 하늘을 배경으로 앉아 있는 땅딸막한 옥외 화장실과 불이 켜진 입구가 눈에 들어온다. 그 문을 들어서자 사방이 판자벽이고 공기 중에 물 냄새가 떠돌며 줄 지어 선 소변기가 보인다. 웃고 있는 남자들로 가득하다. 그들은 뭔가 자그마한 것을 손에서 손으로 건네주며 말이 있는 친구에 대한 이야기를 한다. 말인 친구 이야기인가. 아니, 말을 흉내 내는 친구 이야기. 얼마 후 그들이 가버리고 나는 평화롭게 물이 똑똑 떨어지는 소리와 공중에서 이리저리 흔들리는 알전구와 함께 남겨진다. 나는 아무 칸으로나 들어가 문을 잠근다. 그러면 나를 바라보는 시선 없이 평온하게 앉아 있을 수 있으니까. 이게 다 버터색 머리 여자 탓이다. 여기 오니 괜히 그 여자가 떠올라 이렇게 화가 났으니까. 평소에는 조심스럽게 행동한다. 이렇게 많이 마시는 건 집에서뿐이다. 어서 이곳을 나가야 한다. 어서 집으로 가야 한다. 하지만 지금 당장은 어떻게 이곳을 나가 집으로 가야 할지 모르겠다. 사방의 벽이 고동친다.

두 사람이 화장실로 들어온다. 그들의 동작과 말이 어눌한 것을 보니 많이 마신 것 같다. 그 정도는 나라도 확실히 알겠다.

"그건 원래 내 삼촌 거였어." 목소리 하나가 말한다. "그리고 그 전에는 내 할아버지의 것이었고. 그 전에는 증조할아버지의 것이었어. 증조할아버지는 그걸 남북전쟁 당시 하셨지. 이봐, 그러니까 그걸 돌려줘. 그 슬리브 링크스. 그러니까 커프스. 나는 그걸 다른 걸로 바꿀 수 없어. 게다가 그건 붉은색과 은색 조합이잖아. 내가 제일 좋아하는 색이라고."

"나는 당신 물건에 절대 손대지 않았어요." 다른 목소리가 말한다. 귀에 익은 목소리다. 그 말투를 듣는 순간 굼뜬 내 뇌 신경에 반짝 불이 들어온다. 머릿속에 뭔가가 번뜩 떠오르지만 나는 제때에 그걸 낚아채지 못한다. "내가 그런 짓을 하지 않았다는 걸 당신도 알잖아요. 지금 내게서 돈을 뜯어내려는 모양인데. 속셈이 빤히 보여요."

"당신은 바에서 내 옆에 앉아 있었잖아." 커프스 남자가 말한다. "내가 아주 잠깐 동안 커프스를 빼놓았어. 그런데 다음 순간 사라졌더리고. 그게 사실이야."

"당신은 정신적으로 불안정한 사람이군요." 익숙한 목소리가 공감하듯 말한다. "그 커프스를 잃어버렸다는 사실이 도저히 믿어지지 않는 심정을 이해합니다. 누군가를 탓하고 싶겠죠. 이해해요. 하지만 마음 깊은 곳에서는 알 거예요. 그 일에 나는 아무 상관도 없다는 사실을요."

다른 남자가 소리를 지르기 시작한다. "이봐, 그만해." 그가 말한다. "당신도 이게 아니라는 걸 잘 알잖아."

"당신의 환상에 나를 그만 끌어들여요. 가서 다른 사람을 찾아봐요."

쿵 하더니 쩍 하는 소리가 난다. 누군가 타일을 친다. 이쯤 되자 호기심이 동한다. 그 감정에 취기마저 가시는 중이다. 게다가 이제 두 번째 목소리의 주인이 누군지 안다고 거의 확신한다.

내가 틀어박혀 있던 칸의 문을 밀어 열자 남자 두 명이 화들짝 놀라며 나를 바라본다. 한 남자가 바닥에 드러누운 상대를 치려고 뻗었던 주먹을 홱 거둬들인다. 두 남자는 하디 형제*가 나오는 책의 표지나 고전 영화의 포스터 같다. 나는 그만 참지 못하고 웃음을 터트린다.

곤충 남자가 나를 보며 눈을 깜박거린다. 그의 코 주변에 흙이 묻어 있다. 아무튼 흙이기를 바란다. "안녕하세요, 테드." 그가 말한다.

"안녕하세요." 내가 말한다. 나는 그에게 손을 내민다. 커프스를 잃어버리고 곤충 남자를 때려눕힌 남자는 벌써 문밖에 있다. 가끔 의도치 않게 내 체구가 도움이 된다.

나는 곤충 남자가 바닥에서 일어나도록 돕는다. 그의 셔츠는 뒷면이 척척하고 갈색이다. "어휴." 그가 한숨을 쉬며 말한다. "어서 여기서 나갑시다. 아마 그 사람이 다시 돌아올 거예요. 친구들을 데리고 말이죠. 친구들이 있을 거예요, 근거는 없지만요."

"그럼요." 내가 말한다. "어서 갑시다."

도로는 호박색 불빛의 터널이다. 집이 어느 방향인지 기억이 나지 않지만 그런 건 더는 중요한 것 같지 않다. "이제 어떻게 하죠?" 내가 묻는다.

✿   에드워드 스트레이트마이어가 쓴 인기 소년 탐정물의 주인공.

"나는 좀 더 마시고 싶어요." 곤충 남자가 말한다. 우리는 멀리 보이는 불 켜진 표지판을 향해 걷기 시작한다. 걸으면 걸을수록 그 표지판도 앞으로 달려가 우리에게서 멀어지는 것 같다. 하지만 결국 우리는 그곳에 도착한다. 그곳은 주유소다. 맥주를 팔고 있어서 우리가 매점에 있건 말건 꾸벅꾸벅 졸고 있는 직원에게 맥주를 산다. 그리고 우리는 주유구 옆, 길에 놓인 탁자에 자리를 잡는다. 주위가 조용하다. 가끔 차가 들어온다. 가끔 지나가는 차가 정적을 깰 뿐이다.

나는 곤충 남자에게 종이 냅킨을 건넨다. "얼굴에 뭐가 묻었어요." 내가 알려준다. 그가 말없이 얼굴을 닦는다.

"우리가 함께 맥주를 마시다니." 내가 말한다. "정말 이상해요!"

"그렇네요." 그가 말한다. "분명히 상담사와 내담자 사이에는 절대로 이런 일이 있어서는 안 되거든요. 내게 계속 상담하러 올 건가요, 테드?"

"그럼요." 내가 말한다. 물론 나는 가지 않을 것이다.

"좋아요. 이 이야기는 다음 상담 때 꺼내려고 했는데, 내게는 정확한 주소를 알려줘야 해요, 알죠. 파일에 기입해둬야 하거든요. 당신이 알려준 주소를 확인해봤는데 주택도 아니었어요. 세븐일레븐이더군요."

"실수였어요." 내가 말한다. "가끔 숫자를 틀리거든요."

그는 그런 건 중요하지 않다는 듯 손을 흔든다.

"그러는 선생님은 어디에 사세요?" 내가 묻는다.

"그런 건 중요하지 않아요." 그가 퉁명스럽게 대꾸한다.

"아까 그 사람은 왜 선생님이 그 커프스를 가져갔다고 생각하는 거죠?"

"나도 모르죠. 내가 그걸 훔쳤다니 상상이 돼요?"

"아뇨." 내가 대답한다. 정말로 상상이 되지 않기 때문이다. "왜 그런 직업을 택하셨죠? 다른 사람들의 이야기를 몇 시간이고 듣고 있으면 지루하지 않나요?"

"그럴 때도 있지만." 그가 대답한다. "훨씬 더 재미있는 이야기와 마주치기를 바라요."

우리는 한동안 함께 술을 마신다. 정확히 얼마나 함께 마셨는지는 모른다. 이것저것 말을 꺼내지만, 그 후로 우리의 이야기는 그대로 붕 떠버린다. 이따금씩 차량의 전조등이 우리의 얼굴을 하얗게 훑고 지나간다. 나는 곤충 남자가 무척 마음에 든다.

그가 몸을 앞으로 쑥 내민다. "우리가 함께 떠나는 걸 본 사람이 많아요, 오늘 밤. 주유소의 저 남자도 지금 우리를 보고 있잖아요. 저 사람은 당신을 기억할 거예요. 당신은 쉽게 잊히지 않으니까요."

"그렇죠." 내가 말한다.

"그렇다면 솔직하게 이야기해봅시다." 그가 말한다. "이번 한 번만이라도요. 왜 발길을 뚝 끊은 겁니까?"

"선생님이 저를 다 치료하셨으니까요." 내가 낄낄 웃으며 말한다.

"그 펜으로 몸을 찌르다니 상당히 위험한 행동이었어요."

"저는 고통 역치가 높은 것 같아요."

그가 살짝 딸꾹질을 한다. "당신은 몹시 동요했어요. 서둘러서 상담실을 나섰죠. 그래서 내가 뒤를 밟았는데도 알아차리지 못했어요. 당신은 사생활을 드러내고 싶어 하지 않아요, 그렇죠? 하지만 집에서 나는 소리를 죽이기는 더 힘들어요. 아이들의 목소리는 밖으로 아주 잘 새어 나오죠."

어둠은 어느새 혼란스러운 묽은색으로 가득 찬다. 느닷없이 곤충 남자가 아까만큼 취한 것처럼 보이지 않는다. 끔찍한 기분이 내 안에서 차오른다.

"그 애는 당신의 친딸이 아니죠, 그렇죠?" 그가 묻는다. "당신이 키운다는 고양이가 진짜 고양이가 아닌 것처럼요. 당신은 아주 교묘하게 해리성정체감장애로 여기도록 나를 유도했다고 생각했겠죠. 그런데 나는 사람들의 마음을 읽는 일로 먹고사는 사람이에요. 테드, 당신은 나를 못 속여요. 해리성정체감장애의 원인은 트라우마예요. 학대요. 말해봐요. 로런, 아니면 올리비아―이쪽이 더 좋다면요―가 그 집을 나올 수 없는 진짜 이유가 뭐죠?"

나는 억지로 웃는다. 술에 취한 척, 친근한 척 군다. "선생님은 정말 똑똑하세요." 내가 말한다. "오늘 밤에도 바까지 저를 미행하셨나요?"

"그 남자가 화장실로 들어온 건 정말 운이 나빴어요." 곤충 남자가 꿈을 꾸듯 말했다. "그 남자만 아니었어도 당신은 알아차리지 못했을 텐데. 나는 한동안 당신을 관찰했어요."

그동안 나는 경솔했고 눈이 멀었다. 그로 인해 그에게 내 본모습을 들키고 말았다.

"선생님이 내 집에 몰래 들어오셨군요." 내가 말한다. "내 짐작과 달리 이웃집 레이디가 아니었어요. 하지만 실수를 한 가지 하셨죠. 다른 못을 썼어요."

"당신이 무슨 말을 하는지 도통 모르겠어요." 곤충 남자가 상처받은 목소리로 말한다. 내가 눈치가 없었다면 그대로 믿었을 것이다. "테드, 이건 기회예요. 우리 두 사람에게 도움이 될 거예요."

"어떻게요?" 내가 묻는다. "저는 선생님에게 더 드릴 돈도 없어요."

"우리 두 사람에게 돈이 될지 몰라요!" 그가 말한다. "그러니까." 그가 몸을 내 쪽으로 쑥 내민다. "나는 자존감을 잃어버린 중년 주부들의 이야기를 들으면서, 초라한 상담소에서 끝날 리 없는 재목이었어요. 나는 과에서 최고였죠, 알아요? 나한텐 문제가 조금 있었어요, 그건 사실이죠. 하지만 면허증을 다시 받았어요, 그렇지 않나요? 나는 이보다 더 좋은 대접을 받아야 해요. 내가 베스트셀러 목록에 오른 그 친구들과 뭐가 달라요?

기회, 그것뿐이에요.

당신을 만났을 때 나는 특별한 걸 찾았다는 사실을 알았어요. 내 사례 연구가 될 재료죠. 나는 몇 달 동안 저렴한 상담 광고를 게재했어요. 아버지는 늘 이렇게 말씀하셨죠. 기다릴 만큼 기다리면 악은 항상 모습을 드러낸다고요. 당신이 도와주면 내가 응당 받아야 할 대접을 받을 수 있을 거예요. 당신은 내 책의 중심이에요, 테드. 걱정 말아요. 아무도 당신인지 모를 테니까. 실명을 쓰지 않을 거예요. 에드 플래그먼 같은 가명을 쓸 거라고요. 당신은 그저 내게 솔직하게 말해주기만 하면 돼요. 정말 솔직해야 해요."

"내게 무슨 말씀을 하시려는 거죠?" 그가 입을 다물면 좋겠다. 하기 싫은 일에 말려들 것 같다.

"처음부터 다시 시작해봅시다." 그가 말한다. "여자애나 로런, 올리비아, 당신이 부르고 싶은 대로 불러요. 그 여자아이가 첫 번째인가요?"

"첫 번째 뭐요?"

"당신의 '딸들' 가운데 첫째요." 그가 말한다. '딸들'이라는 말에 걸려 있는 따옴표까지 들리는 것 같다. "그게 적당한 표현인가요? 딸들? 아내들? 아니면 당신은 고양이들이라고 불러도 돼요……."

"당신은 정말 멍청하군요." 내가 분노를 터트리며 말한다. "멍청한 사람은 나라고 생각했는데!" 하지만 그는 영리해서 자신을 위험에 빠트리고 만다.

핏발이 선 그의 눈이 가늘어진다. "그 바에는 왜 간 거예요, 테드?" 그가 묻는다. "당신의 고양이를 위해서?"

나는 양팔로 그를 꽉 안는다. "내 본성을 내 입으로 털어놓게 하지 말아요." 그의 귀에 대고 속삭인다. 그가 겁에 질려 트림을 한다. 나는 그를 안고 또 안아, 그의 갈비뼈에 금이 쩍 가고 그가 물이 될 것처럼 흐늘거릴 때까지 헐떡거리면서도 팔에 힘을 준다. 그의 주먹이 풀어진다. 탁자 위로 작은 물체 두 개가 툭 떨어져 빛을 반사한다. 그것은 피처럼 붉은 돌이 박혀 있는 은제 제품으로 네온 불빛을 받아 반짝거리는 한 쌍의 커프스다. 나는 그것들을 잠시 바라본다. "당신은 그저 도둑이었군." 나는 그를 꼭 안으며 귀에 속삭인다. "당신은 모든 것을 훔쳐. 심지어 생각마저. 당신은 혼자 책도 쓸 수 없어." 그가 신음을 한다.

내 뒤에서 고함 소리가 들리더니 누군가가 가게에서 튀어나온다. 우리에게 맥주를 판, 졸고 있던 직원.

곤충 남자를 풀어주자 그가 탁자 위로 쓰러진다. 나는 도로를 건너 나를 환영하는 숲의 품으로 들어간다. 나뭇가지에 얼굴을 연신 얻어맞고, 뭔가에 발이 걸리고, 푹 썩은 낙엽 더미에 발목까지 빠진다. 몇 번이나 넘어지지만 멈추지 않는다. 나는 미끄러운 숲의 바닥으로 나를 밀어붙이며 집을 향해 달리고 달린다. 내 목구멍에서 굉음이 점점 부풀어 오르지만 나는 내뱉지 않는다, 아직은.

집으로 들어가며 얼른 문을 닫는다. 떨리는 손으로 자물쇠를 채운다. 마침내 주먹을 쥔 채 소리를 지른다. 목이 아프고 목소리가 쉴 때까지 계속 고함을 지른다. 그제야 심호흡을 두 번 한다. 나는 노란색 알약 두 알을 입에 털어 넣고 물도 없이 꿀꺽 삼킨다. 알약은 작은 돌멩이처럼 목구멍에 딱 달라붙는다. 억지로 밀어 넘긴다. 곤충 남자는 죽지 않았다. 그런 것 같다. 그가 죽지 않았기를 기도해야 한다. 감정을 처리할 시간이 없다. 제대로 준비할 시간도 없다. 우리는 떠나야 한다.

나는 재빨리 짐을 싼다. 침낭, 텐트, 라이터. 정수용 알약, 전선 한 묶음. 집에 있는 통조림을 몽땅 챙긴다. 양이 얼마 안 된다. 복숭아, 검은콩, 수프. 그것을 잠시 살피다가 버번 병을 잠시 보고 얼른 집어 들어 짐에 넣는다. 가장 따뜻한 스웨터를 쑤셔 넣는다. 배낭이 가득 차자 재킷 두 벌을 겹쳐 입고 양말도 두 켤레를 겹쳐 신는다. 이러면 너무 덥겠지만 지금은 들고 갈 수 없는 것은 몽땅 입어야 한다. 주머니마다 가진 약을 다 넣자 호박색 약병에서 약이 달그락거린다. 마음을 안정시킬 여유가 조금이라도 있다면, 바로 지금이다.

잠시 후 나는 정원으로 나가 칼을 파낸다. 칼을 흔들어 흙을 털어내고 벨트에 끼운다.

올리비아

로런의 목소리가 내 꿈 깊은 곳까지 닿는다. 공포에 질려 잔뜩 날이 서 있다. "도와줘." 로런이 목소리를 잔뜩 낮춰 말한다. "올리비아, 테드가 우리를 멀리 데려가는 중이야."

나는 귀를 움찔거린다. 내 주위 어둠은 고요하다. 나는 달콤한 크림이 나오는 꿈을 꾸는 중이었고 무척 유쾌했다. 아마 나는 가장 예민한 상태가 아닌 것 같다.

뭐라고?

"테드." 로런이 말한다. "우리를 밖으로, 숲으로 데려가고 있어. 네가 손을 써야 해."

아하. 내가 냉담하게 말한다. 나야 멍청한 고양이라서 말이지. 도울 수가 없어.

"제발." 로런이 말한다. "제발, 네가 해야만 해. 나는 무서워." 로런의 목소리는 표면이 마구 긁힌 유리 같다. "제발, 올리비아. 지금 일어나고 있는 일이야. 테드가 우리를 신으로 만들려고 해. 이게 우리의 마지막 기회라고."

내가 말한다. 나는 존재하지 않아. 그러니 그런 이야기는 네 문제처럼 들리는걸.

로런이 뚝뚝 숨이 끊어지듯 흐느끼기 시작한다. "테드가 나를 죽이면 너도 죽는다는 게 이해 안 되니? 나는 죽고 싶지 않아." 로런이 훌쩍거린다. 그러자 나도 모르게 로런이 조금은 안됐다는 생각이 든다. 로런은 상처 입은 아이다. 그때 한 말도 진심이 아니었다.

한번 해볼게. 내가 친천히 밀한나. 아시반 아무것도 약속은 못 해. 자, 이제 나를 혼자 내버려둬. 정신을 집중해야 하니까.

평소처럼 모두가 빌어먹을 고양이에게 의지한다. 솔직히 테드들은 빌어먹게 쓸모가 없다.

나는 어둠 속에 웅크리고 있다. 이런 상태가 도움이 되기를 기대하고 있다. 한때, 상자는 로런과 나 사이에 세워놓은 일종의 문이었다, 한때는. 어쩌면 그 문이 다시 열릴지 모른다. 나는 집의 소리에 귀를 기울인다. 수도꼭지에서 물이 똑똑 떨어지는 소리, 바닥이 삐걱거리는 소리, 합판과 유리창 사이에 낀 파리 한 마리. 부엌의 리놀륨 냄새와 테드가 기억날 때마다 뿌리는 공기 청정제 냄새가 난다. 나는 발톱을 집어넣었다가 뺀다. 발톱은 아름다울 정도로 사악한 지점까지 휘어져 있다.

나는 끔찍한 테드들의 옷을 입고 손을 가지고 싶지 않다. 끔찍하다. 됐다.

적당한. 내가 웅얼거린다. 시간.

나는 고개를 들어 계단참을 보며 내가 사랑하는 것들을 떠올리려고 한다. 나는 '주님'에 대해 떠올리려고 애쓰다가 꿈속에서 내 혀를 사랑스럽고 하얗고 두껍게 감쌌던 크림을 생각한다. 하지만 집중할 수가 없다. 꼬리가 획획 움직이고 내 수염이 움찔거린다. 생각이 사방으로 날아다닌다.

힘을 내. 내가 눈을 감은 채 속삭인다.

내 머릿속은 온통 로런뿐이다. 로런의 겉모습이 아니다. 한 번도 그 아이를 본 적이 없기 때문이다. 나는 로런이 이 계획을 세워서 우리의 목숨을 구할 정도로 정말 영리하며 나를 멍청한 고양이라고 부를 때 유난히 짜증스러운 아이라는 생각을 한다.

아무 일도 일어나지 않는다. 불길하다. 나는 최선을 다했다! 평소처럼 낮잠이나 자야겠다. 나쁜 일들이 벌어지고 있으니 그것들이 끝날 때까지 잠이나 자는 편이 좋을 것 같다.

하지만 내가 눈을 감고 안락한 낮잠으로 되돌아가려고 할 때마다 의심의 바늘이 나를 찔러 잠이 확 달아난다.

모든 걸 다 해봤어. 내가 큰 소리로 외친다. 더 할 수 있는 게 없어! 내게 대답해준 것은 침묵뿐이다. 하지만 나는 '그분'의 의견을 느낄 수 있다. 나는 불행한 기분에 휩싸여 소란스럽게 운다. '주님'이 거짓을 용인하지 않으시리라는 사실을 알기 때문이다.

나는 머리로 냉동고의 문을 밀어 올려 1인치 정도 연다. 나를 맞이하는 빛 조각에 눈이 부시다.

밖으로 나가자마자 로런의 비명이 들린다. 아이의 목소리가 벽으로 둘러싸인 공간을 가득 채우고, 발아래 깔린 카펫을 달려 지나간다. 아이의 공포가 합판에 뚫어놓은 숨구멍으로 들어온다. 뒤이어 부엌의 수도꼭지에서 흘러나온 공포가 들린다. 나는 로런을 도와야만 한다.

로런이라는 배낭 안에서 올라간나는 생각을 하면 진심으로 공포스럽다. 불쾌함에 꼬리가 뻣뻣해진다. 너무 끔찍해! 부드러운 털이 있어야 할 자리에 있는 분홍색의 밋밋한 돼지 피부. 네발 대신 달린 그 징그러운 것들! 나는 그것이 난폭할 정도로 친근하다는 사실에 몸서리를 치며 쉿소리를 낸다. 하지만 로런은 내게 의지하고 있다. 생각해, 고양이야.

나는 성경에 다가간다. 나는 그것을 탁자에서 떨어뜨린다. 엄청난 소리를 내며 바닥으로 쿵 떨어지자 집이 흔들리는 느낌이 난다. 그것은 메아리 같기도 하지만 그것보다 더 크다.

구하라 그러면 너희에게 주실 것이요
찾으라 그러면 찾을 것이요
문을 두드리라 그러면 너희에게 열릴 것이니

구하는 이마다 받을 것이요 찾는 이가 찾을 것이요
두드리는 이에게 열릴 것이니라.[*]

젠장. 가끔 올바른 입장을 취하기가 짜증이 난다. 잠시 한 가지 생각이 내 마음에서 형태를 갖춰갔다. 나야 실내에서만 생활하는 고양이일지 몰라도 지금까지 '주님'의 수많은 얼굴을 직접 보았다. 그러니 이 세상에는 이상한 것들이 있다는 사실을 잘 안다. 로런은 자신이 모든 것을 다 안다고 생각하지만 그렇지 않다. 우리는 계단과 같지 않다. 우리는 벽난로 선반에 있는 그 끔찍한 인형과 같다. 로런과 나는 서로의 안쪽에 딱 들어맞는다. 하나를 톡톡 두드리면 그 충격이 다른 인형들을 모두 관통하며 전해진다.

생각해, 생각하라고!

냉장고 문을 열자 화가 났다. 그렇게 화가 난 적은 또 없었을 것이다. 내가 테드에게 끈으로 묶여 있는 느낌이 나지 않았다. 나는 나였다, 오롯이.

그래서 일부러 화를 낸다. 어렵지 않다. 테드와 테드가 로런에게 한 짓을 떠올리기만 하면 된다. 뭔가에 대해 생각하는 일은 정말 어렵다. 로런의 말 중에 한 가지는 옳았다. 나는 정말 멍청한 고양이다. 나는 테드의 거짓말을 믿고 진실을 알려 하

[*] 〈누가복음〉 11장 9~10절.

지 않았다. 나는 겁쟁이였다. 그렇지만 더는 겁쟁이로 살고 싶지 않다. 나는 로런을 구할 것이다.

내 꼬리가 곤두서서 분노의 창이 된다. 불길이 꼬리 끄트머리에서 시작되어 움찔거리는 꼬리의 몸통을 타고 내려와 내게로 들어온다. 로런이 나를 아프게 할 때의 열기와는 다르다. 내가 이런 감정을 만들었다. 그러므로 이것은 내 불이다.

사방의 벽이 흔들리기 시작한다. 멀리서 우지끈하고 벽이 무너지는 소리가 나더니 어느새 내 주위에서 들린다. 홀이 고장난 TV 화면처럼 마구 흔들린다. 바닥이 바다처럼 출렁거린다.

나는 미끄러져서 구슬피 울며 현관으로 쿵쿵 다가간다. 용감해지기로 했다고 해서 겁이 나지 않는다는 뜻은 아니다. 나는 너무 무섭다. 내 관찰 구멍으로 보이는 모습은 실은 바깥 풍경이 아니다. 그 사실을 이제는 안다. 지금, 나는 맹꽁이자물쇠 세 개가 잠겨 있지 않은 모습을 보며 전율한다. 당연히도, 문은 잠겨 있지 않다. 나는 올라갈 필요가 없다. 밖으로 나가야 한다. 집을 어떻게 들어가고 나가는지 모르는 사람이 없다. 나는 살짝 사납게 운다. 사실 나는 올바르게 행동하고 싶지 않았다. 나는 뒷발로 서서 앞발로 손잡이를 잡아당긴다. 문이 활짝 열린다. 하얀 불길이 나를 맞이한다. 앞이 보이지 않는다. 별 속에 들어와 있는 것 같다. 그 끈이 불의 줄이 되어 내 목을 휘감고 타오르는 중이다. 앞으로 어떻게 될까? 나도 불타오를까? 나는 내심 그렇게 되기를 바란다. 저 밖에 무엇이 있는지 모르니까.

나는 집에서 한 발 나선다. 그 끝이 용광로처럼 뜨겁게 타오르며 백열로 가득 찬 용광로처럼 나를 에워싼다. 세상이 출렁이고 뒤집힌다. 눈부신 별들이 나를 빨아들여 무無의 상태로 보낸다. 구역질이 나고 목이 멘다. 공기가 모두 내 폐에서 빠져나간다.

눈이 멀 듯한 흰빛이 물러난다. 별들이 뜨거운 암흑 속에서 작은 구멍으로 줄어들자 나는 그 구멍을 통해 순간적인 움직임, 색깔, 희미한 빛을 포착한다. 달빛이구나, 라고 생각한다. 그러니까 이런 모습인 것이다.

세상은 거친 바다에 떠 있는 조각배처럼 출렁인다. 익숙한 테드의 냄새가 내 코를 가득 채운다. 그가 우리를 등에 업고 옮기는 중이다. 아마 가방이나 배낭 안인 것 같다. 작은 구멍이 여러 개 뚫려 있는데, 숨구멍인 것 같다. 나는 너무 크다. 무슨 벌레처럼 내 피부는 털도 없이 훤히 드러나 있다. 발은 살로 만들어진 기다란 거미가 되었다. 내 코는 부드럽고 아름다우며 뭉툭하게 튀어나온 모습이었는데, 지금은 흉측하게도 뾰족하게 변했다. 최악은 내 꼬리가 있어야 할 곳에 아무것도 없다는 사실이다.

오, '주님'. 나는 몸을 버둥거려보지만 꼼짝도 할 수 없다. 우리는 움직임이 제한된 것 같다. 어쩌면 묶여 있을지 모른다. 사방에서 소리가 들린다. 잎사귀들, 올빼미들, 개구리들. 내가 이름을 모르는 온갖 것들. 그 모든 소리가 예전에는 한 번도 들어본 적 없을 정도로 또렷하게 들린다. 밖은 공기도 다르다. 가방으로 새어 드는 공기로도 그것을 느낄 수 있다. 어쩐지 더 선선하고 더 날카롭다. 그리고 여기서는 공기가 움직인다.

로런이 흐느끼자 나의 낯선 가슴, 나의 휑한 흉곽에서 폭발하듯 솟구치는 그 흐느낌이 느껴진다. 나는 내 작고 약한 눈에서 나오는 눈물을 느낀다. 내가 짐작한 만큼 끔찍하다.

내가 해냈어. 내가 로런에게 조용하게 말한다. 나는 사람의 몸 안에 있어.

"고마워, 올리비아." 로런이 나를 꼭 권다. 나도 로런을 꼭 권다.

로런, 왜 공기가 살아 있는 것처럼 움직이는 거야?

"바람이야." 로런이 속삭인다. "그건 바람이라고. 우리는 야외에 있어."

오 맙소사. 오 이럴 수가. 나는 순간 그 사실에 너무 압도되어 아무 생각도 할 수 없다. 잠시 후 내가 묻는다. 우리는 지금 어디에 있는 거야?

"여기는 숲이야." 로런이 말한다. "냄새가 나니?"

로런이 냄새 이야기를 꺼내자마자 냄새가 나를 덮친다. 믿을 수가 없다. 광물과 딱정벌레와 신선한 물과 뜨거운 흙과 나무 같다. 맙소사, 나무의 냄새라니. 더 잘 맡아보면 이 냄새는 교향곡 같다. 이런 것은 꿈도 꾸지 못했다.

"테드에게 칼이 있어." 로런이 말한다. "믿어지니? 그 칼을 땅에 파묻어놓았더라고."

어쩌면 우리를 산책에 데려온 것일 수도 있어. 나는 희망을 담아 말한다. 곰이 무서워서 그 칼을 챙겼을 수도 있잖아.

"아기 고양이들은 숲에서 돌아오지 않아." 로런이 말한다.

그 말을 끝으로 우리는 침묵한다. 나는 다른 무엇보다 안으로 다시 들어가고 싶다. 하지만 로런을 홀로 남겨둘 수는 없다. 나는 용감해져야 한다.

그는 지면이 고르지 않은 곳을 한 시간가량 걸었다. 그는 가파른 바위를 타고 오르고 개울을 성큼성큼 가로지르고, 계곡으로 들어가고 언덕을 오른다. 우리는 순식간에 야생의 자연에 와 있다.

테드는 밤에는 나무들이 흐르는 물소리 사이로 서로 이야기를 나누는 곳, 돌의 냄새가 나는 곳에서 발걸음을 멈춘다. 배낭의 입구 부근에 난 작은 구멍으로 보이는 풍경만으로 판단하자면, 우리가 있는 곳은 끄트머리에 폭포가 있는 얕은 개울이다. 테드는 부산스럽게 앓는 소리를 내며 천막을 친다. 우리가 들어 있는 시커먼 천을 통해 펄럭거리는 불빛이 보인다. 불. 머리 위로 잎사귀를 쓰다듬는 바람 소리가 들린다.

보이는 것이 많지 않지만 공기의 광대함은 느낄 수 있다. 구름과 충돌하는 바람. 진실을 몰랐으면 좋았을 텐데. 나는 로런

에게 말한다. 바깥세상은 무시무시해. 이곳에는 벽이 없어. 계속

뻗어나가는 거야. 얼마나 멀리까지 뻗어가는 걸까, 세상은?

로런이 대답한다. "세상은 둥글어. 그래서 계속 가다 보면

다시 네게 돌아갈 거야."

끔찍해. 내가 말한다. 내가 들은 것 중에 가장 끔찍한 이야기

같아. 오, '주님'. 저를 지켜주세요…….

"집중해, 올리비아." 로런이 말한다.

테드가 우리를 이 가방에서 내보내줄까? 내가 묻는다. 오줌

을 눠야 한다거나 뭐 그런 일로?

"아니." 로런이 말한다. "테드가 그렇게 해줄 것 같지는 않

아." 로런의 정신이 격렬하게 돌아가는 소리를 들을 수 있다.

"계획이 바뀐 거야." 로런이 속삭인다. "그게 다야. 우리는 회전

해. 그리고 바로잡지. 테드에겐 칼이 있어. 나는 테드의 엉덩이

에 닿는 칼이 느껴져. 그러니까 너는 테드에게서 칼을 뺏어. 그

러면 돼. 그리고 그를 죽여. 계획은 같아. 사실 더 유리해졌어.

우리는 아무도 모르는 곳에 있고 아무도 우리를 도와주러 오지

않을 테니까. 우리는 테드의 계획을 우리에게 유리하게 만들

수 있어, 알았어?" 나는 로런이 테드의 위스키를 마신 게 아닌

지 궁금하다. 테드가 취했을 때와 말투가 똑같기 때문이다. 너

무 무서우면 술에 취한 것처럼 말이 어눌하게 나올 수도 있나

보다.

나는 테드의 큰 몸, 그의 힘에 비해 약하고 깡마른 우리의

몸, 그 몸을 떠올린다. 바람이 차가운 손가락으로 내 털을 어루만진다. 나는 그 바람을 들이마신다. 그 바람은 오래되기도 했고 어리기도 하다. 그 바람이 내가 느낄 수 있는 마지막 것일지도 모른다는 생각이 든다.

바람이 사랑스러워. 내가 말한다. 이 바람을 느낄 수 있어서 기뻐. 하지만 진짜 생선을 맛볼 수 있으면 좋겠어.

"나도 네가 그러기를 바라." 로런이 말한다.

그럴 수가 없어, 로런. 할 수 있을 줄 알았는데 할 수가 없어.

"이건 우리만을 위한 게 아니야, 올리비아." 로런이 말한다. "테드를 위한 일이기도 해. 테드가 이런 사람이 되고 싶었을까? 괴물이 되어서 행복할 거라 생각해? 테드도 죄수야. 너는 그를 도와야 해, 고양이야. 마지막으로 딱 한 번만 그를 도와줘."

오. 내가 말한다. 오 맙소사…….

"좋아." 로런이 슬픔과 체념이 섞인 목소리로 말한다. "어쩌면 그렇게 나쁘지 않을 거야."

나는 둥근 세상에 대해 생각한다. 아주 멀리멀리 떠나더라도 결국 같은 장소로 돌려보내주는 둥근 세상.

용감한 고양이가 되자. 나는 다짐하듯 속삭인다. 이 일을 하라고 '주님'이 나를 이곳에 데려다 놓으신 거야. 나는 숨을 깊이 들이마신다. 내가 그 일을 할 거야. 그 칼을 손에 넣을 거야. 그리고 그를 죽일 거야.

"영리한 고양이." 로런이 말한다. 아이의 호흡이 가쁘다.

"서둘러야 해. 기회는 한 번밖에 없어."

나도 알아.

저 아래, 어둠 속에서 '밤시간'이 으르렁거린다. 그가 자신의 끈을 잡아당길 때마다 거대한 그의 옆구리가 몸부림치는 것이 느껴진다.

너는 왜 그러니? 내가 퉁명스럽게 묻는다. 나 지금 바빠. 지금은 너를 상대하고 있을 시간이 없어.

'밤시간'은 으르렁거리는 소리로 대답한다. 그 소리는 내 귀에 곧장 울리고, 충격이 되어 등줄기를 타고 내려간다. 지금은 내 시간이야. 지금은 내 시간이야. 지금은 내 시간이야. 그가 으르렁댄다. 하지만 나는 그를 깔아뭉개고 있다. 그는 빠져나올 수 없다.

테드는 안절부절못하고 있다. 그는 우리를 그의 등에 묶은 채 곁에 둔다. 불이 뜨겁게 타오르며 배낭으로 붉은 점 같은 빛을 쏘아 보낸다. 그가 조용하게 중얼거리면 목소리가 웅웅거린다.

"엄마, 아직 여기 계세요?"

동이 터올 무렵 그는 불안한 잠에 빠져든다. 나는 그가 깊이 숨을 들이쉬고 내쉬는 것을 느낀다. 그는 평온하다. 저 위 하늘은 숨을 죽이고 있다.

뭐가 보이니? 내가 묻는다.

"테드가 그걸 왼손에 들고 있어." 로런이 웅얼거린다. 나는 우리의 손을 뻗는다. 손을 사용하다니 혐오스럽다. 썩은 고기로 만든 장갑을 끼는 것 같다. 나는 느슨해진 그의 손아귀에서 칼을 꺼낸다. 생각한 것보다 가볍다.

나는 칼을 앞으로 돌려 그의 배에 꽂는다. 뾰족한 칼끝이 사과를 베어 무는 것처럼 서걱 소리를 내며 살을 꿰뚫는다. 나는 살이 폭신할 것이라고 생각했다. 그렇지만 테드의 배 속은 온갖 조직과 물체들이 뒤엉켜 있다. 저항이 느껴진다. 칼날을 안으로 더 밀어 넣을 수가 없다. 이 일은 내가 상상했던 것보다 훨씬 더 무시무시하다. 테드의 비명에 내 울부짖음은 잘 들리지도 않는다. 그 소리에 근처 덤불에 있던 새 한 마리가 하늘로 곧장 날아오른다. 나도 그 새의 뒤를 따르고 싶다.

제일 먼저 고통이 찾아온다. 우리 몸의 신경이 통증으로 불타오른다. 시커먼 천이 서서히 줄어든다. 로런과 나는 숲의 거친 바닥으로 얼굴부터 떨어진다. 우리의 볼이 질척거리는 나뭇잎과 잔가지들 사이로 세게 파고든다. 우리 몸의 반은 개울 안에, 나머지 반은 개울 밖에 있다. 차가운 물이 우리의 다리 위로 흐른다. 멈춰 서려는 자동차처럼 우리의 심장이 불규칙하게 뛴다.

로런? 내가 말을 건다. 왜 우리가 피를 흘려? 왜 우리는 일어서지 못하는 거야?

디

디는 카세트 플레이어를 타자 위에 내려놓는다. 그걸 구하기가 쉽지 않았다. 전자 제품 매장 어디에도 재고가 없었다. 결국 시내에 있는 레코드 가게에서 웃돈을 주고 샀다.

디는 테이프를 플레이어에 넣고 떨리는 손가락으로 재생 버튼을 누른다.

"제발 어서 와서 살인과 이런저런 범죄를 여러 건 저지른 테드를 체포하세요." 불안에 떠는 작은 목소리가 말한다. "이 주에는 사형제도가 있죠. 그렇다고 알고 있어요……."

길어야 1분 정도의 짧은 분량이다. 디는 숨도 쉬지 않고 녹음을 듣는다. 그리고 되감아서 다시 듣는다. 다 들은 후에는 다른 녹음이 있을지 몰라 더 들어본다. 하지만 그 뒤로는 의대생의 녹음뿐이다. 디는 짐작도 할 수 없는 외국의 억양이 희미하게 있고 청명한 종소리 같은 음성의 여자.

디는 의자의 등받이에 기댄다. 그 목소리는 룰루다. 물론 나이는 좀 더 들었다. 하지만 디가 동생의 어조를 착각할 리 없다. 마침내 그 순간이 찾아왔고 손에 증거를 쥐고 있지만 디는 정작 무엇을 해야 할지 아무 생각도 떠오르지 않는다. 디가 한 손을 가슴에 올린다. 심장이 마구 뛰고 있다. 심장이 마치 폭발할 것처럼 부풀어 오른 것 같다.

디는 지쳐 있는 캐런에게 이 사실을 모두 알리고, 이 테이프를 가져다줘야 한다. 양손에 파묻은 고개를 들 수만 있다면 당장 그렇게 할 것이다.

밖에서 귀에 익은 소리가 들린다. 철커덩, 철커덩, 철커덩.

몸에 전기가 통한 것처럼 정신이 번쩍 든다. 그녀는 어두운 창문으로 다가간다. 테드가 뒷마당으로 나왔다. 그가 잠시 서서 주위의 기척을 살핀다. 디는 기둥처럼 가만히 서 있다. 유리창에 반사된 달빛이 그녀의 실루엣을 숨겨주기를 바란다. 테드의 행동을 보면 잘 숨겨준 것 같다. 테드가 고개를 끄덕이더니 마당의 오른쪽 구석에 무성하게 자란 딱총나무로 다가간다. 그가 맨손으로 땅을 판다.

테드가 땅에서 뭔가를 꺼낸다. 그리고 파낸 것을 흔들어 흙을 털어내더니 껍데기 같은 것에서 뭔가를 재빨리 꺼낸다. 기다란 사냥용 칼. 달빛이 칼날에 비친다. 그는 칼을 허리춤에 찬 후 집으로 들어간다.

몇 분 후 다시 모습을 드러낸 테드는 등에 가방을 메고 있다. 그는 천천히 마당을 빠져나가 숲으로 발길을 돌린다. 디가 지켜보는 내내 그 가방이 움직인 것 같다. 희미한 불빛에 보니 분명 그 가방은 씰룩거리고 있다.

디의 정신은 명료하다. 모든 것이 차갑고 단단해진다. 지금은 캐런을 신경 쓸 때가 아니다. 룰루를 반드시 구해야 한다. 그리고 처리해야 할 괴물이 있다. 해치워버려, 디디. 디는 이렇게 생각한다.

디는 벽장으로 달려가 형광 페인트가 든 분무기, 장도리, 이때를 위해 미리 장만해둔 뱀으로부터 보호해줄 두꺼운 신발을 챙긴다. 후드티와 재킷을 입고 떨리는 손으로 신발 끈을 묶는다. 디는 테드가 나무 사이로 모습을 감출 즈음에 맞춰 집에서 나와 조용하게 문을 닫는다. 그의 손전등 불빛이 밤공기에 춤을 춘다.

디는 지면으로 몸을 낮게 숙인 채 소리도 없이 그를 뒤쫓기 시작한다. 이번에는 그 무엇도 그녀를 막을 수 없다.

디는 숲으로 50피트가량 들어온 곳, 여전히 나뭇가지 사이로 가로등 불빛이 언뜻언뜻 보이는 지점에 멈춰 서서 노란색 형광 페인트를 너도밤나무 줄기에 뿌린다. 나뭇가지들이 그녀의 얼굴을 스치고 다리를 잡아끈다. 밤의 숲은 미끄럽고 동시에 끈적이며 들러붙는다. 디는 숨소리를 숨기려 애쓴다.

그녀가 테이프에서 들은 말이 몇 번이고 머릿속을 지나간다. 평화로운 어둠만 남긴 채. 룰루.

테드가 길에서 벗어난 데다 머리 위로 떠오른 달이 죽 뻗은 나뭇가지들에 가려져 잘 보이지 않는다. 디는 50피트마다 나무줄기에 페인트를 뿌린다. 테드의 손전등 불빛을 놓치지 않으려고 어찌나 집중해서 바라봤던지 불빛이 별무리를 이루듯 흐릿해진다. 얼마나 지났을까. 디는 숲이 어딘지 변한 것 같다고 느낀다. 디가 걷고 있는 곳은 더는 가족 단위 캠핑객들이 다니는 구역이 아니다. 이곳은 야생의 자연이다. 곰이 돌아다니고 야영객의 뼈가 절대 발견되지 않는 곳 말이다.

잎사귀들이 서로 소곤거리는 소리가 점점 구불거리는 꼬리가 흔들어대며 달가닥거리는 소리로 들린다. 조용히 해. 디가 힘이 빠진 채 생각한다. 빌어먹을, 여기에 방울뱀 같은 건 없어. 얼마나 오랫동안 그 공포의 포로로 살아왔을까? 문득 궁금해진다. 수도 없이 해가 바뀌는 동안. 이제 자유를 되찾을 때이다.

디가 진흙투성이의 나뭇가지를 밟고 미끄러진다. 그 나뭇가지가 그녀의 발밑에서 근육이 있는 것처럼 움직인다. 동시에 그녀의 손전등이 그것을 포착한다. 그것은 그녀의 오른발 발가락 바로 앞에 있다. 다이아몬드 무늬가 너무나 낯이 익다. 가방에서 쌀알이 마구 흔들리는 것 같은 날카롭고 가벼운 달그락 소리. 그 뱀은 녹색 눈을 반짝이고 공격을 하려는 듯 악몽처럼 우아하게 뒤로 슬금슬금 물러난다. 길이가 4피트 정도 되는 것을 보니 아직 어린 뱀이다. 디의 손전등 불빛이 뒤쪽의 바위 더미 위로 미친 듯이 춤춘다. 그 바위 더미는 뱀 굴일 가능성이 매우 높다.

잉크가 퍼지듯 공포가 혈관을 타고 퍼진다. 디가 비명을 지르지만 나지막한 휘파람 소리처럼 들릴 뿐이다. 뱀이 몸을 좌우로 흔든다. 이제 막 잠에서 깨어났을 수도 있고 손전등 불빛에 눈이 부신 것일지도 모른다. 하지만 덕분에 디는 정신을 바짝 차리기에 충분한 시간을 번다.

그녀는 손전등 불빛을 흔들림 없이 고정한 채 앞으로 발을 떼며 휘두른다. 빗나가는 순간 그녀는 자신이 죽은 목숨이라는 사실을 잘 안다.

좌우로 흔들리는 뭉툭한 뱀의 머리에 장도리를 휘두르자 쩍 갈라지는 소리가 난다. 한 번 더 강타당한 뱀은 숲 바닥에 힘없이 늘어진다. 디는 숨을 헐떡이며 그 위로 몸을 숙인다. "이거나 받아." 그녀가 속삭인다.

그녀는 기다란 그 짐승을 손가락으로 쿡 찌른다. 힘을 잃고 축 늘어진 놈을 만져보니 서늘하다. 그녀는 죽은 뱀을 집어 든다. 이 순간을 영원히 기억하고 싶다. "네 가죽으로 벨트를 만들어야겠어." 디가 말한다. 기쁨이 온몸에 흘러넘친다. 자신이 변화한 것 같다.

그녀가 주머니에 넣으려고 죽은 뱀을 들어 올리는 순간 뱀이 머리를 꿈틀거리더니 고개를 돌린다. 디의 눈에는 그 순간 벌어진 일이 느린 동작으로 보인다. 뱀의 머리가 달려들더니 독니를 팔뚝에 박아 넣는다. 디는 자신의 입이 벌어지며 소리 없는 비명이 터져 나오는 것을 느낀다. 곧장 팔을 흔들어 그것을 떼어내려 한다. 그러자 축 늘어진 기다란 몸뚱이도 함께 흔들리며 살아 있는 채찍처럼 팔을 후려친다. 어떤 것은 죽음도 죽이지 못한다. 물린 곳이 몹시 아프다. 하지만 그 통증도 그것이 몸의 일부처럼 괴물처럼 팔에 박혀 있는 공포에 비하면 아무것도 아니다.

마침내 디는 장도리를 뱀의 아가리에 집어넣어 벌린다. 손전등 불빛을 받은 독니들이 희미하고 투명하다. 그녀는 뒤엉킨 뱀을 최대한 멀리 숲으로 던진다.

그녀의 안에서 뭔가가 부글부글 솟아오른다. 소리치지 마. 그녀가 자신에게 말한다. 하지만 그것은 웃음소리이다. 디는 쌕쌕거리고 웃으며 고통스럽게 몸을 뒤튼다. 눈물이 얼굴을 따라 흐른다. 뱀이 있었다. 그것뿐이다.

그녀는 보고 싶지 않지만 봐야 한다. 뱀에 물린 부위 주변의 피부가 벌써 부어오르고 일주일 된 멍 같은 색이 되었다.

해치워버려, 디디. 디는 여전히 키득키득 웃으면서 옷소매를 어깨에서 뜯어 풍선처럼 부풀어 오른 팔이 받을 압박을 줄여준다. 도움을 받을 만한 곳까지 족히 한 시간은 가야 한다. 지금은 계속 앞으로 나아가 그 일을 완수하는 것 외에 아무것도 중요하지 않다. 저 앞에서 테드의 불빛이 나무들 사이로 흔들린다. 믿기지 않지만, 방울뱀과 마주친 일은 1분도 걸리지 않았다. 디는 비틀거리며 그 빛을 향해 걷는다.

　슬슬 속이 울렁거린다. 다른 증세들도 나타난다. 나무들이 점점 하얗게 변하고 줄기들 사이로 붉은 새들이 쏜살같이 날아다니는 것 같다. 디는 숨을 헉 들이쉬고 눈을 깜박여 그 이미지를 쫓으려 한다. 이것은 꿈이 아니다. 머리카락으로 만든 둥지는 없다. 팔이 자신의 심장을 갖고 있기라도 한 듯 피가 돌 때마다 욱신거린다. 뱀에 물릴 경우, 움직이면 안 된다는 사실을 디도 안다. 움직이면 독이 퍼진다. 그렇지만 디는 이제 너무 늦었다고 생각한다. 독은 벌써 퍼졌다.

　그녀는 테드를 따라 서쪽으로 산다. 자신의 손전등을 끈다. 손전등이 없어도 될 만큼 달이 휘영청 밝다. 테드는 계속 걷는다. 등에 무거운 짐을 지고 계속 발을 내디디는 건 쉽지 않을 것이다. 어쩌면 그 짐이 그와 싸우느라 계속 꿈틀거릴지도 모른다.

　디는 멀쩡한 손으로 주머니에 넣어둔 장도리를 만진다. 뱀의 피가 말라붙어 끈적거린다. 그녀는 활활 타오르는 것 같다. 분노가 솟구쳐 그녀의 장기를 핥아댄다. 테드는 대가를 치를 것이다. 50피트를 갈 때마다 그녀는 노란색 형광 페인트로 나무에 새로 표시를 한다. 여동생을 데리고 이 길을 따라 숲에서 빠져나갈 수 있으리라는 믿음을 지켜야 한다.

　그녀는 위험할 정도로 그의 뒤를 바짝 따라간다. 그렇게까지 했건만 결국 그를 놓친다. 그의 손전등 불빛이 춤을 추듯 디의 시야를 벗어나더니 그의 모습도 사라져버린다. 지면이 가파르게 아래로 푹 꺼진다. 디는 비틀거리며 공포에 사로잡힌다. 하지만 금방 이성이 공포를 다스린다. 저 아래 어디선가 물이 흐르는 소리가 들린다. 테드는 아마 물가에서 멈춰 설 것이다. 새벽이 머지않았다. 공기에서 새벽 냄새가 난다. 디는 미끄러운 나무에 기대 숨을 몰아쉰다. 조금만 더 끈기를 가지고 기다려야 한다. 어둠 속에서 추락의 위험을 감수할 수는 없다. 그녀는 새벽이 필요하다. 그리 오래 걸리지 않으리라는 걸 디는 안다.

흐릿한 아침 해가 세상을 백랍빛으로 칠한다. 디는 물소리를 따라 바위투성이의 급경사를 휘청휘청 내려간다. 그녀는 저 아래 계곡이 보이는 가장자리에 도착한다. 저 아래에서는 계곡 물이 은색 물살을 일으킬 정도로 거세게 바위 위를 흘러간다. 물길이 좁아져 물살이 튀는 곳 근처에 입을 아무렇게나 벌린 것처럼 침낭이 놓여 있다. 꺼져가는 모닥불에서 어둠이 뒤섞인 새벽의 공기 중으로 연기 한 줄기가 피어오른다.

그래, 여기가 주말을 보내는 장소군. 마침내 그 순간이 되자 디는 경건해진다. 수많은 일이 결말을 맞이한다는 점에서 성스럽기까지 하다.

디가 몸을 떨며 내려가는 길을 고른다. 독이 퍼져 팔이 돌처럼 무겁다. 물가의 바위에 시커먼 얼룩이 점점이 떨어져 있다. 피. 이곳에서 무슨 일이 일어났다.

그녀는 말라붙은 핏자국을 따라 자작나무 군락으로 들어

간다. 그래 그거야. 그녀가 생각한다. 동물은 죽을 때면 은신처로 숨어들지. 하지만 어느 쪽일까? 테드? 룰루? 나무를 물들이는 빛이 흐릿하고 익숙하다. 잎사귀가 나누는 조용한 대화. 전에도 이런 적이 있었다. 디가 나무들 사이로 들어갔고 그곳에서 나왔을 때 누군가가 죽었다. 기름종이를 올리고 그림을 덧그리는 것처럼 이번 상황이 지난번에 겹쳐져 있다. 물론 지난번은 호숫가였고 여름 오후였다. 그날의 나무는 하얀 자작나무가 아니라 소나무였다. 디는 이런 생각들 위로 하얀 잡음을 떨군다.

처음에는 그것을, 사람의 형체를 보지 못했다. 그러나 발에서 반쯤 벗겨진 등산화 한쪽이 들장미 덤불에서 쑥 튀어나와 있는 모습이 설핏 보인다. 그는 얼굴을 땅바닥에 처박은 채 이상한 각도로 꺾여 나뒹굴고 있다. 시커먼 물질이 입에서 흘러나온다. 그 모습을 보자마자 불쑥 떠오른다. 와우, 로런은 도망쳤고 이놈은 죽었구나. 그 순간 기쁨이 온몸에 솟구친다. 뒤이어 이런 생각이 떠오른다. 내가 죽이고 싶었는데.

테드가 신음을 하며 세상이 회전하는 것처럼 천천히 몸을 돌린다. 흙과 나뭇잎이 시커먼 문신처럼 그의 살에 박혀 있다. 칼은 여전히 그의 복부에 꽂혀 있다. 그 주위로 피가 방울방울 솟아나 매끈한 물줄기처럼 흘러나오는 중이다. 디를 본 후 그의 얼굴에 퍼지는 놀란 표정이 우스꽝스럽기까지 하다. 그는 디가 그를 얼마나 잘 아는지, 얼마나 바짝 붙어 관찰했는지, 얼마나 두 사람의 운명이 엮여 있는지 조금도 모를 것이다. "도와줘요." 그가 말한다. "당신도 다쳤군요." 그가 디의 팔을 보고 있나.

"방울뱀 짓이에요." 디가 무심코 대답한다. 디는 매료된 듯 테드를 빤히 바라본다. 쥐를 향해 다가가는 뱀의 기분이 어떤지 이제 알겠다.

"내 가방, 물가에 있어요, 외과용 풀이 있어요. 해독제 키트도 있고요. 아직도 약효가 남아 있는지는 모르겠지만요." 디는 이런 순간에도 테드가 그녀의 몸을 걱정한다는 사실에 놀라움을 느낀다. 물론 그는 디가 도와줄 거라고 생각한다. 테드는 디가 필요하다.

"나는 네가 죽는 꼴을 지켜볼 작정이야." 디가 말한다. 믿을 수 없다는 표정을 짓는 테드를 가만히 바라본다. "왜요?" 그가 속삭인다. 그의 입꼬리에서 피가 방울방울 떨어진다.

"너는 죽어 마땅하니까." 디가 말한다. "아니지. 네가 한 짓을 생각했을 때 이 정도는 네가 마땅히 받아야 할 벌에 비하면 새 발의 피야." 그녀는 흐릿한 빛이 깃든 허공을 둘러본다. 두 사람 외에 나무들 사이에서 뒤척이는 것은 없다. "그 애는 어디에 있어?" 디가 묻는다. "그 애가 어디에 있는지 말해. 그러면 내가 빨리 처치해줄게. 네가 끝장이 나도록 도와주겠다고."

디는 무심하고 거대한 하늘 아래에서 홀로 두려움에 떨고 있을 룰루를 떠올린다. 그녀는 테드의 얼굴 앞에서 손가락 하나를 앞뒤로 흔든다. 그의 두 눈이 손가락을 좇는다. "네게 남은 시간이 점점 줄어들고 있어." 그녀가 말한다. "똑딱똑딱."

테드가 숨을 헉 들이쉬자 그의 입가에 붉은 거품이 인다. 그에게서 소리가 난다. 흐느낌이다.

"네 자신이 너무 유감스럽지." 디가 격분해 말한다. "네겐 그 아이에게 나눠 줄 동정심이라고는 요만큼도 없었어." 디가 똑바로 선다. 세상이 흔들거리고 끄트머리부터 흐릿해지지만 그녀는 두 발을 버티고 선다. "나는 그 애를 찾으러 갈 거야." 룰루는 그녀와 함께 집으로 돌아갈 것이다. 디는 룰루가 회복되는 데 몇 년이 걸리든 끈기를 가지고 버틸 것이다. 자매는 서로를 치유할 것이다. "죽어. 이 괴물아." 그녀는 이렇게 말한 후 폭포 소리를 향해, 태양이 구름을 뚫고 황금색으로 빛나는 낮을 향해 돌아선다.

그녀 뒤로 어린 소녀의 속삭임이 들린다. "이 사람을 그렇게 부르지 마."

디가 전율을 느끼며 돌아선다. 그곳에는 디와 죽어가는 남자 외에 아무도 없다.

"이 사람은 괴물이 아니야." 소녀의 가냘픈 목소리가 퍼렇게 질린 테드의 입을 통해 나온다. 카세트테이프에 녹음되어 있던 바로 그 목소리이다. "나는 이 사람을 죽여야 했어. 하지만 그건 아빠와 나 사이의 문제야. 당신은 빠져."

"너는 누구야?" 디가 묻는다. 붉은 날개가 퍼덕거리는 소리가 그녀의 귀를 가득 메운다.

"로런." 소녀가 다 큰 남자의 입을 통해 대답한다.

"내게 그런 장난 치지 마." 디가 단호하게 말한다. 이건 분명히 환각이다. 독의 부작용 같은 것이다. "그 사람이 룰루를 납치했어. 여자아이들을 납치한다고." 이 말에 한 점 의혹도 없어야 한다. 그렇지 않으면 모든 것이 붕괴하니까.

"아빠는 그런 짓을 하지 않았어." 소녀가 말한다. "우리는 서로의 일부분이야. 아빠와 나."

세상이 기울어지면서 디가 테드의 몸을 향해 휘청거린다. "쉬." 디가 말한다. "조용히 해. 너는 진짜가 아니야." 디가 손바닥으로 그의 코와 입을 덮고 누른다. 그가 발꿈치로 잎사귀와 흙을 마구 차면서 몸을 비틀고 버둥거린다. 디는 그가 꼼짝도 하지 않을 때까지 손에서 힘을 빼지 않는다. 엉망진창인 모습으로 단언하기는 어렵지만, 테드가 더는 숨을 쉬지 않는 것 같다. 디는 죽음보다 더 지친 몸으로 똑바로 선다. 세상이 가장자리부터 흐릿해진다. 디의 팔이 시커멓게 퉁퉁 부어올라 빛이 난다.

하얗게 눈앞이 흐려지는 탓에 그녀는 테드의 배낭에 발이 걸려 휘청거린다. 디는 그 배낭에서 노란색 주머니를 찾아낸다. 라벨에 그려진 뱀이 그녀를 향해 몸을 쳐든 모습에 그녀는 숨을 헉 들이쉬며 움찔한다. 지시 사항이 눈앞에서 아른거린다. 그녀는 지혈대를 차고 상처에 피를 뽑는 컵을 댄다. 그곳의 살이 퉁퉁 붓고 새까맣게 변했다. 통증이 심하다. 디는 펌프질로

컵에 피를 채운다. 아마 희망 사항이겠지만, 벌써 몸이 아까보다 편안해지고 정신도 더 맑아진 것 같다. 그녀는 두 번 더 펌프질을 한 후 일어선다. 그 일을 끝내야 한다.

그때 배낭의 주머니에 꽂혀 있는 외과용 풀이 보인다. 그녀는 그것을 급류에 던진다. "만약을 대비해서." 그녀가 속삭인다. 방울뱀도 죽은 후에 물 수 있었으니까.

그녀는 테드가 숨을 쉬려고 버둥거릴 때 그의 코와 입을 덮고 있던 자신의 손을 떠올린다. 끝내준다. 그 남자는 그런 꼴을 당할 만했다. 모든 것이 잘 해결될 것이다. 그 남자가 여자아이 목소리로 밀한 그때는 독에 중독되어 정신이 혼미해졌을 뿐이다. 시야가 흐릿하지만 저 멀리 있는 나무줄기에 뿌려 계곡을 빠져나가는 길을 표시해놓은 형광색 노란 페인트가 보일 때까지 끈기를 가지고 길을 찾아나가야 한다. 그녀는 그 표식을 찾아 휘청거리며 걸어간다. 룰루를 찾아 살 곳을 마련해줄 것이다. 둘은 너무나 행복할 것이고 함께 조약돌을 주우러 다닐 것이다. 하지만 호수는 안 된다. 그곳에는 절대 가지 않을 것이다.

"룰루." 디가 속삭인다. "언니가 지금 가고 있어." 그녀는 숲으로, 빛과 어둠의 기둥들 사이로 휘청거리며 들어간다. 그녀 뒤로 개가 으르렁대는 소리가 들린다. 그녀는 서두른다.

올리비아

이건 네 몸이 아니야, 로런. 나는 지금 울고 있다. 이건 테드의 몸이야. 우리는 테드 안에서 살아.

"맞아." 로런이 한숨을 쉬며 말한다. "하지만 그리 오래는 아닐 거야. 하느님, 감사합니다."

왜, 왜 그랬어? 나는 새끼 고양이처럼 사납게 운다. 너는 내게 우리를 죽이게 했어. 우리 모두를.

"이 상황을 끝내려면 네 도움이 필요했어. 내가 직접 할 수는 없었으니까."

나는 스스로 무척 영리하다고 생각했다. 하지만 로런은 아주 간단하게 나를 이 길로, 이 순간으로, 우리의 죽음으로 유도했다.

너는 나를 속였어. 내가 따진다. 네가 말한 것 전부. 식초와 냉동고 전부 다…….

"그건 전부 사실이었어." 로런이 말한다. "그 일을 나는 물론 테드도 겪었다는 사실을 제외하면. 우리가 어떤 일을 겪었는지 너는 몰라. 인생은 긴 터널이야, 올리비아. 빛은 오직 제일 끝에 있지."

지금, 나는 마음의 눈으로 로런을 본다. 로런은 커다란 갈색 눈을 한 자그마한 아이이다. 로런이 자신의 몸에 대해 들려준 이야기는 다 사실이다. 살인자. 내가 로런에게 말한다.

어디선가 테드가 헐떡이고 있다. 헐떡이는 소리에 아주 불길한 소리가 뒤섞여 있다. 축축하고 붉은 휘파람. 그가 우리의 손을 든다. 배에 난 상처를 꼭 누르고 있던 손이다. 우리는 우리의 피가 우리의 손바닥을 흐르는 걸 지켜본다. 뜨끈하고 고약한 냄새에 번들거리는 피. 피가 땅으로 똑똑 떨어지자 땅이 그 피를 마신다. 테드의 몸, 우리의 몸이 죽어가고 있다.

오, 테드. 내가 그의 의식에 닿으려 애쓴다. 미안해, 정말 미안해. 나를 용서해줘. 너를 다치게 할 생각은 아니었어…….

"너는 테드를 아프게 할 수 없어." 로런이 말한다. 아이의 목소리는 속삭임이면서 비명이다. "우리가 그의 고통을 받아들이는 거야. 너는 그의 심장에서 고통을 받아들여. 나는 그의 몸에서 느끼는 고통을 받고."

닥쳐. 내가 말한다. 지금까지 충분히 말했으니까. 테드. 내가 부른다. 테드? 내가 어떻게 바로잡으면 될까?

그의 입에서 가느다란 핏줄기가 흘러나온다. 발음이 불분명하지만 나는 그를 잘 알기 때문에 무슨 말을 하는지 알아들을 수 있다. "그들을 잘 들어." 그가 말한다. 동틀 무렵 사방에서 나무에 내려앉은 새들이 노래를 부르고 있다.

그 끈이 하얗고 부드러운 빛을 발한다. 그 끈이 우리 셋을, 심장에서 심장으로 이어준다. 그러자 흰빛이 점점 커지며 땅 위로 퍼져나간다. 마침내 내 눈에는 우리 셋만 아니라 나무와 새들, 풀, 모든 것을 통과해 온 세상으로 퍼져나가는 끈이 보인다. 어디선가 큰 개가 으르렁거린다.

해가 떴다. 공기가 황금색으로 변하며 따뜻해진다. '주님'이 이곳, 내 앞에 활활 타오르는 불길로 나타난다. 그분에게는 네 개의 섬세한 발이 있다. 음성은 감미롭다. 고양이야. 그분이 말씀하신다. 너는 지켜주어야 한다. 나는 감히 고개를 들어 '주님'의 얼굴을 바라볼 엄두도 나지 않는다. 그러나 나는 안다. 오늘 '주님'은 내 얼굴을 하고 계심을.

테드

　내 배에 닌 구멍을 양손으로 틀어막고 있는 누군가가 내 몸 위로 흐릿하게 보인다. 귓전에 느껴지는 누군가의 숨결이 따스하다. 그는 점점 더 세게 누르지만 그래봤자 피는 계속 흘러나온다. 그가 욕설을 내뱉는다. 나를 새까만 암전에서 햇살이 찬란한 아침으로 끌어내려고 애쓰는 중이다.

　우리는 그에게 다 소용없다고 말할 수도 있었다. 우리는 죽어가는 중이고, 우리의 살이 점토처럼 식어가고 있다고. 우리의 존재 하나하나가 죽어가는 과정이 고스란히 느껴진다. 느린 펌프질로 우리의 피가 흘러나오며 숲 바닥에 우리의 색깔과 생각이 다 쏟아지는 중이다. 숨을 쉴 때마다 숨 쉬기가 더 힘들어지고, 느려지고, 결국 우리는 더 차가워진다. 심장박동이라는 안전의 문신이 이지러졌다. 이제 심장은 마구잡이로 노는 아기 고양이나 고장 난 북처럼 뛴다. 점점 더 힘이 빠지고 더 불

규칙하게 변한다.

작별 인사를 나눌 시간이 없다. 우리의 손가락과 손, 발과 발목 위로 스멀스멀 기어가는 차가운 정적뿐. 그것이 우리의 다리 위로 1인치 또 1인치 기어오른다. 어린것들이 까마득히 깊은 구덩이 속에서 울부짖고 있다. 그들은 아무에게도 아무 짓도 하지 않았다. 그저 어린것들일 뿐. 그들에겐 기회조차 없었다. 밝게 불타오르던 세상이 암흑으로 추락한다.

태양이 피로 물든 숲의 바닥에 기다란 띠처럼 눕는다. 근처에서, 저 멀리에서 개가 낑낑거린다.

이제 아무것도 없다.

올리비아

니는 깁으로 돌아있다. 이렇게 된 일인지도 모르겠고 그런 건 중요하지 않다. 내 사랑스러운 귀와 꼬리가 다시 돌아왔다는 사실에 안도감을 느낄 시간조차 없다. 이곳은 다른 건 몰라도 절대 안전하지 않다.

벽들이 붕괴하는 폐처럼 무너지고 있다. 회반죽이 천장에서 덩어리째 떨어진다. 창문이 안으로 폭발하며 얼음 조각들이 우박처럼 쏟아진다. 소파 밑에 숨으려고 달려갔지만 소파는 사라지고 그 자리에는 이가 부러진 커다랗고 축축한 입이 있다. 관찰 구멍으로 번개 같은 빛이 쏟아진다. 시커먼 손 두 개가 바닥에서 쑥 솟아오른다. 끈이 내 목을 단단하게 휘감았다. 이제 끈은 투명하다. 죽음의 색이다. 냄새도 전혀 나지 않는다. 아마 내가 곧 죽는다는 사실을 이해시키려고 그런 것 같다.

나는 물고기를 생각한다. 끝내 물고기의 맛은 알지 못하겠구나. 나의 아름다운 얼룩 고양이도 떠올린다. 그녀를 두 번 다시 못 보겠지. 이어 테드를 생각하자 내가 그에게 한 짓이 떠올라 울음이 터져 나온다. 내가 내 꼬리를 알듯이 다른 존재들이 이미 떠났다는 사실을 안다. 처음으로 나는 완전히 혼자다. 곧 나도 떠날 것이다.

지금 나는 모든 것을 느낄 수 있다. 내 몸의 모든 것. 심장, 뼈, 섬세하게 뭉쳐진 신경의 말단, 손톱. 손톱이라니, 어쩌면 이렇게 감동적인지. 몸이 어떤 형태를 하고 있는지는 중요하지 않다는 걸 안다. 이 몸에 털이나 꼬리가 없다는 것을 안다. 이 몸은 여전히 우리의 것이다.

이제 철이 들어야 할 때야. 내가 자신에게 말한다. 힘내, 고양이야. 내가 이 몸을 도우면 다른 존재들도 돌아올 수 있을지 몰라.

하지만 집을 살펴보니 현관문이 있어야 할 곳에 문 대신 번쩍거리는 칼날들이 한데 모여 들끓고 있다. 그것들은 공중에서 쌩쌩 날아다니며 칼자국을 낸다. 밖으로 나갈 방법이 없다.

그래도, 나는 시도해볼 것이다. 계단의 꼭대기를 보니 층계참, 침실과 지붕이 사라졌다. 집은 분노한 하늘에 활짝 열려 있어서, 폭풍우가 머리 위에서 빙글빙글 돌며 마구 고동친다. 이 폭풍우는 타르와 번개로 만들어졌다. 축 처진 거대한 주둥이가 으르렁거리며 야단법석을 떨고 있다. 그 주둥이는 뾰족한 불 같은 눈을 한 채 구름 사이를 구르며 달려간다.

털이 쭈뼛 서고 심장이 쿵쿵 뛴다. 신경줄 하나하나가 몸을 돌리고 도망쳐서 조용한 곳으로 숨어들어 숨이 끊어지기를 기다리고 싶다. 하지만 내가 그러면 정말 끝이다.

용기를 내, 고양이야. 나는 첫 번째 계단에 앞발을 올린다. 다음으로는 두 번째 계단. 아마도 잘될 것이다!

계단은 굉음을 내며 아래로 푹 꺼진다. 내 주위로 돌무더기가 떨어진다. 그러자 그곳에는 내 숨통을 틀어막는 자욱한 먼지와 나를 불태우고 눈을 멀게 하는 끈적거리는 시커먼 타르 밧줄뿐이다. 먼지가 사라지자 보이는 것은 돌무더기, 벽돌밖에 없다. 벽이 모두 무너져 계단이 매몰되었다. 모든 것이 조용하다. 너는 봉인되었다.

아니야. 나는 꼬리를 획획 움직이며 소곤거린다. 아니야, 아니야, 아니라고! 하지만 나는 갇혔고 무너지는 이 집이 내 무덤이 될 것이다. 나는 끝났다. 모두가 끝났다.

나는 '주님'을 외친다. 그분은 응답하지 않는다.

어딘가 깊은 곳에서 기척이 전해지자 나는 꼬리를 곤추세울 정도로 화들짝 놀란다. 거실 가장 어두운 구석에서 '밤시간'이 신음하고 있다. 그가 고개를 든다. 두 귀는 너덜너덜하고 마치 칼로 베인 것처럼 옆구리를 따라 깊이 베인 상처가 있다. 그래, 죽어가고 있다. 하지만 죽지 않았다. 아직은 아니다.

나는 맹렬하게 생각한다. 지금은 올라갈 수도 나갈 수도 없다. 그래도 어쩌면 가볼 만한 곳이 남아 있을지 모른다.

아파. 그가 낮게 으르렁대듯 말한다.

알아. 내가 말한다. 미안해. 하지만 네 도움이 필요해. 우리 모두 필요해. 나를 아래로, 네가 있는 곳으로 들여보내줄 수 있어?

그가 쉭쉭거린다. 온수 장치 같은 낮은 소리. 나는 그를 비난할 수 없다. 그는 내게 로런에 대해 경고해주려고 했다.

제발. 내가 간청한다. 그 어느 때보다 지금이어야 해. 자, 이제 네 시간이야.

'밤시간'이 앞으로 나온다. 그의 움직임은 더는 우아하지 않고 오히려 절뚝거리고 고통에 느려졌다. 그가 내 위에 우뚝 서자 들이쉬고 내쉬는 그의 숨소리가 들린다. 그가 주둥이를 쩍 벌리자 문득 이런 생각이 든다. 이제 됐어. '밤시간'이 나를 끝장내줄 거야. 내 안의 일부는 기뻐한다. 하지만 그는 엄마 고양이처럼 내 목덜미를 콱 물고 나를 살며시 들어 올린다.

내 시간. 그가 말한다. 그러자 집이 사라진다. 우리는 어둠 속으로 계속 떨어져 내린다. 뭔가가 나를 엄청난 힘으로 강타한다 싶더니 어느새 우리는 아까와 완전히 다른 곳에 와 있다.

'밤시간'의 거처는 내 상상 이상으로 지독하다. 그곳에는 오래되고 오래된 어둠밖에 없다. 검은 무無로 만들어진 대평원과 광대한 공간과 협곡. 나는 이곳에 거리距離 같은 것은 없다는 사실을 알겠다. 이곳은 영원히 이런 풍경일 것이다. 이 세상은 둥글지 않고 당신은 절대 당신이 있는 곳으로 되돌아갈 수 없다.

여기야. 그가 나를 내려놓으며 말한다.

숨을 들이쉬자 폐가 고독으로 짜부라질 것만 같다. 어쩌면 그것이 우리로부터 뽑아낼 마지막 생명일지 모른다.

아니야. 내가 말한다. 우리는 더 아래로 내려가야 해.

그는 아무 말도 하지 않지만 나는 그의 두려움을 느낄 수 있다. '밤시간'조차 갈 수 없는 깊은 곳들이 있다.

가야 해. 내가 말한다.

그가 이를 드러내며 으르렁거리더니 내 목덜미에 이를 깊숙이 박아 넣는다. 피가 뿜어져 나오는 순간 차가운 죽은 공기 속에서 그대로 돌처럼 얼어붙는다. 이 아래에서 신체는 위쪽 세상의 방식대로 움직이지 않는다.

내가 으르렁대며 그를 맞깨물자 내 자그마한 이빨이 그의 볼을 뚫고 들어간다. 그가 놀라서 움찔한다. 아래로 내려가면 우리는 죽어. 그가 말한다.

내려가야 해. 내가 말한다. 안 그러면 우리는 정말 죽을 거야.

그가 머리를 절레절레 흔들고는 내 목덜미를 물어 들자 우리는 시커먼 땅속으로 가라앉는다.

마치 시커먼 큰 바다에서도 가장 깊은 곳으로 가라앉는 것 같다. 압력이 너무 세서 도저히 견딜 수 없다. '밤시간'은 나와 자신을 컴컴한 땅속 더 깊은 곳으로 내려보내며 내 옆에서 고통을 이기지 못하고 헉헉 소리를 낸다. 우리를 짓누르는 압력이 어쩌나 무시무시한지 살이 터지고, 뼈가 부서지고, 눈알이 폭발하기 시작한다. 피가 얼어서 응어리가 되고 혈관으로부터 터져 나온다. 몸이 으스러지자 뼈가 다 튀어나오도록 살이 뭉개신다. 모든 것의 무게가 우리를 흔적도 없이 없앤다. 우리는 입자나 먼지와 다름없는 모습이 될 정도로 으스러진다. 더 이상 올리비아는 존재하지 않는다. '밤시간'도 없다. 제발. 나는 속으로 빈다. 이제 다 끝나야 한다. 이런 고통이 계속될 리 없다. 우리는 죽은 게 틀림없다. '밤시간'의 존재가 더는 느껴지지 않는다. 그런데도 어째서인지 나는 여기에 있다.

저녁에 처음 뜬 별처럼 저 앞에 어슴푸레한 빛이 있다. 우리는 흐느끼고 헐떡이며 그 빛을 향해 가려고 발버둥 친다. 어디선가 '밤시간'이 고개를 들고 으르렁거린다. 놀랍게도 내 가슴 속에서 으르렁거리는 '밤시간'이 느껴진다.

나는 강력하고 내 털은 윤기가 자르르 흐르고 거대한 옆구리가 부풀어 오른다. 너 어디에 있어? 내가 묻는다. 나는 어디에 있고?

어디에도 없어. 그가 대답한다. 그리고 여기에 있어.

너는 아직도 '밤시간'이야?

아니.

나도 더는 올리비아가 아니야. 내가 자신만만하게 대답한다.

나는 으르렁거리며 빛을 향해 달려간다. 근사한 앞발로 어둠을 찢어발기고 빛의 점이 찢어져 커질 때까지 할퀸다. 온 힘을 다해 싸우다 보니 어느새 암흑이 뚫리고 내게 금지된 햇살 속으로 뛰쳐나가고 있다. 그러나 다음 순간 움직일 수가 없다.

나는 선혈이 낭자한 숲의 바닥에 누워 싸늘하게 식어버린 시체에 갇혀 있다. 붉은 머리 남자가 그 시체의 상처에 손을 대고 꾹 누른다. 출혈은 느려지더니 거의 멈춘다.

나는 심호흡을 한 후 그 시체에 맞춰 내 몸을 넓게 펴 차가운 뼈와 혈관과 살 속으로 들어간다. 돌아와. 눈을 떠.

우리의 심장이 희미하게 씰룩거린다.

첫 번째 박동이 천둥처럼 울리며 고요한 몸속에 메아리친다.

또 울리는 박동, 뒤이어 울리는 박동. 그리고 시작되는 으르렁 소리. 피가 동맥을 달리기 시작한다. 우리는 숨을 헉 들이쉬고, 가슴 속 공기를 한껏 끌어모아 내쉰다. 몸이 다시 깨어나며 세포에 차례차례 불을 밝힌다. 세포가 생명을 되찾으며 노래 부른다.

디

    디는 새벽을 향해 달린다. 물린 곳은 너덜너덜한 구멍 같고 가장자리는 흙이 묻어 지저분하다. 병원에 가야 한다는 사실을 잘 안다. 그 펌프질로 독은 뽑아낸 것 같지만, 물린 자국이 감염되었을지 모른다. 디는 그 생각은 하지 않으려 한다. 지금 중요한 것은 룰루를 찾는 것뿐이다.

    디는 빛과 그늘이 만든 무늬 속에서 수많은 얼굴을 보며 휘청휘청 숲으로 들어간다. 동생의 이름을 외친다. 어떤 때는 목소리가 우렁차고, 어떤 때는 마른 속삭임 같다. 저 앞에서 작은 소리가 들린다. 찌르레기 아니면 아이가 훌쩍거리는 소리일 것이다. 디가 더 속도를 내며 서두른다. 룰루는 겁에 질려 있을 것이다.

    살인자. 그 말이 종소리처럼 디의 머릿속에 계속 울린다. 살인자는 디, 자신인가? 디는 다시는 니들리스 스트리트로 돌아갈 수 없다는 사실을 안다. 그녀는 숲 곳곳에 피를 흘렸으며 그의 온몸에도 자신의 흔적을 남겼다. 하나가 밝혀지면 다른 것도 연달아 드러난다. 그런 일은 원래 그런 법이다. 비밀들 말이다. 그것들은 새 떼처럼 늘 무리 지어 움직인다.

디는 숲을 마구 달린다. 앞으로 난 길을 바로 보기가 점점 더 힘들어진다. 과거가 사방에 있어서 새벽빛으로 밝아오는 세상에 겹쳐진다. 이미지들이 몰려오고 목소리들이 들린다. 두 나무줄기 사이에서 찰랑거리는 포니테일이 보인다. 겁에 질린 목소리로 속삭이며 부르는 그녀의 이름이 들린다. 지난번 만나서 이야기를 나눴을 때 본 지쳐 있는 청시의 얼굴이 눈앞을 헤엄쳐 지나간다.

"그날 있었던 일을 전부 다 말한 거 확실하니, 딜라일라? 너도 알지. 너는 그냥 아이였어. 사람들이 이해해줄 거야." 캐런의 눈빛은 상냥했다. 디는 바로 그때 그곳에서 자신이 저지른 일을 다 말해버릴 뻔했다. 그때만큼 다 털어놓기 직전까지 간 적은 없었다.

당연하게도, 캐런이 의혹을 품은 계기는 룰루의 하얀 샌들이었다. 화장실에서 마주친 그 여자는 자신이 그 샌들을 실수로 가방에 넣지 않았다고 확신했다. 그녀는 다른 사람이 가방에 슬쩍 넣은 게 분명하다고 확신했다. 그 사실에 디는 자신에게 불같이 화가 났다. 그 여자가 그렇게까지 예리할 줄 누가 상상이나 했겠는가.

"형사님은 아무것도 증명할 수 없어요." 디가 쉭쉭거리듯 말했다. 캐런의 걱정 어린 눈빛이 디를 훑어본다. 그녀 얼굴의 주름은 화산지대에 난 골처럼 가장자리가 더 깊어졌다.

"네게 숨기는 게 있다면, 그것이 아무것도 남지 않을 때까지 너를 갉아먹을 거야." 마침내 캐런은 이렇게 말했다. "나를 믿어. 다 말해버리는 게 제일 좋아." 당연하게도, 그때부터 둘의 관계는 틀어졌다.

디는 구역질을 하며 멈춘다. 웅크리고 앉자 머릿속에서 형형색색의 색깔과 기억들이 솟아 나온다. 숨이 너무 가쁘다. 하얀 소음을 불러내 머릿속에서 들끓는 생각을 덮어버리려고 한다. 하지만 소용이 없다. 공기에서 차가운 물 같은, 따뜻한 피부에 바른 자외선 차단제 같은 냄새가 난다.

디는 가족을 두고 나와 체스 판처럼 깔린 담요들의 미로를 요리조리 빠져나가며 호숫가를 걷는다.

노란 머리의 소년이 말을 건다. "안녕!" 그의 창백한 피부에 소용돌이처럼 자국을 남긴 하얀색 로션이 디의 눈에 들어온다. 그가 미소를 짓자 살짝 겹쳐진 앞니 두 개가 드러난다. 그 모습이 호기심을 자극하고 야성적인 분위기를 풍긴다.

"안녕." 디가 말한다. 그는 적어도 열여덟 살은 되어 보이니 대학생일 것이다. 디를 바라보는 눈빛에서 디는 처음으로 그가 포식자이며 먹잇감을 보고 있다는 사실을 이해한다. 마음이 싱숭생숭하면서 흥분도 된다. 그래서 트레버가 악수를 하자며 손을 내밀자 디는 히죽 웃는다. 발끈했는지 상처를 입었는지 트레버가 얼굴을 붉힌다. 그의 창백한 피부가 확 달아오른다.

"가족과 함께 왔니?" 이것은 앙갚음이다. 속뜻은 따로 있다. 너는 가족과 함께 물놀이 오는 애송이니?

디가 어깨를 으쓱한다. "간신히 식구들을 잃어버렸어." 디가 말한다. "이 녀석만 빼고."

트레버는 농담을 높이 평가하는 것처럼 미소를 짓는다. "부모님은 어디에 계셔?"

"인명 구조원이 있는 곳 근처." 디가 그쪽을 가리키며 대답한다. "두 분은 주무시고 나는 심심했어."

"네 동생이야?"

"얘는 나를 따라왔어." 디가 말한다. "말릴 수가 없었어." 룰루는 따분한지 디의 손을 잡은 채 몸을 이리저리 흔든다. 그리고 소리를 죽인 채 혼잣말을 한다. 룰루는 눈을 가늘게 뜨고서 해를 바라본다. 눈빛이 진지하고 먼 곳을 보는 것 같다. 땀으로 끈적이는 손으로 분홍색 리본을 묶어둔 밀짚모자를 쥐고 있다.

"동생은 몇 살이야?"

"여섯 살." 디가 대답한다. "모자를 써. 안 그러면 얼굴이 다 타." 디가 룰루에게 말한다.

"싫어." 룰루는 제 모자를 좋아하지만, 쓰는 것이 아니라 아끼는 대상으로서 좋아한다.

분노가 깃털처럼 가볍게 디를 쓰다듬는다. 왜 우리 가족은 이렇게 나를 짜증스럽게 만들까? 디가 여동생의 손에서 모자를 낚아채 거칠게 동생의 머리에 올린다. 룰루가 인상을 쓴다.

트레버가 몸을 숙이고 룰루에게 묻는다. "아이스크림 먹고 싶니?"

룰루가 고개를 스무 번이나 서른 번쯤 끄덕인다.

디가 잠시 생각해보다가 어깨를 으쓱한다. 세 사람은 줄을 선다. 디와 트레버는 아이스크림을 사지 않는다. 룰루는 초콜릿 아이스크림을 받는다. 디는 동생이 아이스크림을 얼굴이며 옷에 다 묻힐 것이고 그 모습을 본 엄마는 디와 룰루에게 소리를 질러대리라는 걸 잘 안다. 하지만 지금은 그런 것 따위 아무래도 상관없다. 트레버의 손이 디의 손에서 고작 1밀리미터 떨어져 있어서 손가락과 손가락이 슬쩍슬쩍 닿는다. 뭔가가 시작되고 있다. 그것은 아지랑이처럼, 천둥처럼 공기 중에 걸려 있다.

트레버는 아이스크림 가판대를 떠나 햄버거 냄새를 풍기는 알록달록한 피서객들 사이를 요리조리 빠져나가서 디와 동생을 숲으로 데려간다. 디는 그런 트레버를 말없이 따른다. 부모님에게 꾸중을 들을까 걱정스럽지만 결국 반항심이 이긴다. 이번 한 번만이야. 그녀는 이렇게 생각한다. 혼자서 뭐라도 해보고 싶단 말이야.

줄줄이 선 소나무 그림자 사이를 세 사람은 호랑이처럼 소리 없이 조용히 움직인다. 피서객으로 북적이는 호숫가는 순식간에 뒤로 멀어지고 사각거리는 잎사귀들의 태피스트리 사이로 자취를 감춘다. 이내 검은 물이 돌에 입을 맞추는 소리밖에 들리지 않는다. 세 사람은 떨어진 나뭇가지며 들장미 덤불을 밟고 지나고 바위를 오르며 조약돌이 깔린 호숫가를 따라 걷는다. 룰루조차 무단침입을 하는 것 같은 기분에 휩싸여 가슴이 두근거리는지 조용하다. 룰루가 신고 있는 하얀색 샌들은 돌투성이의 거친 곳을 걷기에는 너무 미끄럽다. 발목과 발이 여기저기 긁혀도 불평하지 않는다. 룰루가 더는 못 걷게 되자 노란 머리 남자가 안아 올린다.

디는 점점 짜증이 난다. 그녀는 트레비의 손을 잡아끌며 자꾸 앞으로 나아간다. 그들은 마침내 나무들이 길을 터주듯 양쪽으로 갈라지는 장소에 도착한다. 이곳의 소나무는 잎이 부드럽고 그리 뾰족하지 않다. 바위 하나가 물에 막 띄운 카누처럼 생겼다. 디와 트레버는 서로를 바라본다. 무슨 일이든 생길 것만 같은 시간이 마침내 찾아왔다.

"집에 가고 싶어." 룰루가 주먹으로 한쪽 눈을 비비며 말한다. 햇빛에 아이의 두 볼이 분홍색으로 달아올랐다. 소나무 그늘 속 어딘가에서 모자도 잃어버렸다.

"안 돼." 디가 동생에게 말한다. "네가 멋대로 따라왔으니까 지금은 기다려. 이 일을 부모님에게 말하면 나는 네가 거짓말을 한다고 할 거야. 자, 이제 물가로 가서 놀아." 룰루가 입술을 깨문다. 게다가 금방이라도 울음을 터트리려는 것 같다. 하지만 울지 않는다. 룰루는 언니가 아직도 화나 있다는 사실을 알기에 고분고분하게 언니의 말을 따른다.

디가 소년에게로 몸을 돌린다. 이름이 뭐라고 했지? 심장이 마구 뛴다. 디는 모든 것이 허사가 될 위험을 무릅쓰고 있다는 사실을 안다. 룰루는 못 말리는 고자질쟁이다. 상관없어. 디가 자신에게 말한다. 이건 진짜야. 진짜 일어나고 있는 일이라고. 동생의 입을 막을 방법을 찾아낼 것이다.

소년이 몸을 가까이 기울인다. 이제 그는 얼굴이 아니라 거대하고 제각각의 자리에 있는 이목구비의 연속이다. 그의 입술은 축축하고 떨고 있다. 이게 프렌치 키스인가? 디가 생각한다. 그들이 지금 막 하려는 일에 능숙한 것처럼 보이도록 위장해주는 흥분에 찬 순간이 찾아오지만, 두 사람 다 그 순간을 놓친 채로 상황은 계속 이어져 두 입술이 침에 젖어 질척거리며 서로 부딪친다. 그에게서 희미하게 핫도그 맛이 난다. 디는 다른 조치를 취하지 않는 한 상황이 점점 더 형편없어질 것이라고 생각하고 그의 손을 자신의 상체로 올린다. 디의 수영복은 살짝 축축하고 그의 손은 따뜻하다. 느낌이 괜찮다. 디는 성공적이라 생각한다. 다음 순간 그의 손이 디가 입고 있는 청반바지 안으로 파고든다. 바지가 너무 꽉 끼어서 그는 손이 끼이고 만다. 결국 디는 단추를 풀고 몸을 비틀어대며 반바지를 내린다. 두 사람은 잠시 꼼짝도 하지 않는다. 낯선 영역으로 곧 들어가리라는 사실을 두 사람 다 알고 있다. 수영복 차림으로 숲속에서 소년의 눈길을 받고 있다니 기분이 묘해져서 디가 키득거린다.

그때 무슨 소리가 들린다. 숟가락이 달걀을 탁 치는 것 같은 소리가 딱 한 번 들린다. 디가 반바지를 추어올리며 소리친다. "룰루?" 대답이 들리지 않는다. 디가 물가로 달려간다. 소년이 자신의 청바지에 발이 걸려 비틀거리며 디를 따라온다.

룰루가 허리까지 물에 잠긴 채 밀려오는 파도에 쓸려 왔다 나갔다 하며 쓰러져 있다. 그 모습은 마치 육지로 다이빙을 하려는 것 같다. 피가 몽실몽실 흘러나와 물속에 꽃처럼 퍼져나간다. 디는 자신이 어떻게 물에 들어왔는지 기억이 없다. 하지만 어느새 그녀는 허리까지 물에 잠긴 채 동생의 지그미한 몸 옆에 서 있다. 소리는 아주 작았지만, 룰루의 두개골은 분명히 엄청난 힘으로 큰 바위에 부딪혔을 것이다. 동생의 머리는 주먹으로 맞은 것처럼 움푹 들어가 있다. 디는 애써 그 부분을 보지 않으려 한다.

디는 학교에서 배운 응급처치에 대한 기억을 반쯤 떠올리며 룰루의 입술에 입을 대고 숨을 불어넣는다. 하지만 너무 늦은 것 같다. 문외한인 디가 봐도 룰루의 피부는 이미 평소와 다르다. 동생의 얼굴은 점점 핏기가 사라져 밀랍처럼 변한다. 피가 머리카락 사이로 똑똑 떨어진다. 그 피가 훨훨 날아가는 붉은 새처럼 보인다. 아이들이 하얀 하늘을 배경으로 선을 그어 그린 새들.

어느새 이름도 기억나지 않는 노란 머리의 소년은 아이를 낳는 여자처럼 숨을 가쁘게 몰아쉰다. 그는 두 사람만 남겨둔 채 숲으로 달려가버린다.

디가 모래사장에 놓여 있는 동생의 손을 만진다. 룰루가 가볍게 쥐고 있는 것은 진한 녹색에 핏줄처럼 하얀 선이 그어져 있는 돌이다. 타원형이고 물과 시간에 쓸려 표면이 매끄럽다. 예쁜 돌. 디가 신음 소리를 낸다. 갓 뿜어져 나온 피가 룰루의 머리에서 물로 실처럼 흘러나온다. 그 피가 진홍색 구름이 된다.

디의 두 다리와 팔은 피에 물든 호숫물에 번들거린다. 그녀는 다시 몸을 숙여 룰루의 입에 숨을 불어넣는다. 룰루의 가슴에서 무슨 소리가 새어 나온다. 나뭇가지가 쩌억 하고 갈라지는 소리 같다.

룰루의 몸 아래에서 휘어진 뭔가가, 시커먼 줄 같은 것이 나온다. 뱀이 룰루를 감싸고 디의 허벅지를 스치고 간다. 늪살무사처럼 생겼지만, 이 지역에 그런 뱀은 없다. 작은 그림자들이 뒤를 따른다. 새끼들. 그제야 디의 눈에 룰루의 부어오른 발목에 난 구멍이 보인다. 이것 때문에 룰루가 넘어졌다.

물에 서 있는 디는 돌처럼 굳어버린다. 그녀는 자신의 허벅지를 슬며시 스치고 지나가는 것들을 느낀다. 뱀들은 디를 호수나 땅의 일부로 여기는 것 같다. 다음 순간, 디는 요란하게 물을 튀기며 몸을 날린다. 따뜻한 바위를 마구 기어간다. 그녀의 손에서 6인치가량 떨어진 곳에 작은 뱀이 똬리를 틀고 있다. 그것은 그녀를 향해 하얀 입을 쩍 벌리더니 바위 아래 시커먼 틈으로 스르르 들어가버린다. 디는 반은 물에 잠기고 반은 물밖으로 나온 채 쓰러져 있는 룰루를 그 자리에 홀로 두고서 비명을 지르며 마구 달린다.

디는 앞이 보이지 않는다. 눈앞에 파리 떼나 허리케인 같은 것이 있다. 눈을 깜박여 그것을 눈앞에서 쫓아보려 하지만 그렇게 되지 않는다. 결국 속도를 늦추다가 멈춘다. 피에 물든 호수의 차가운 물이 다리 뒷면을 따라 계속 흐르고, 디는 숨을 헐떡인다. 금방이라도 기절할 것 같아서 잠시 그 자리에서 숨을 고른다. 나이를 믹고 죽어버린 후 하얗게 변한 부러신 나무둥치에 몸을 기댄다. 발치에 보이는 것이라고는 뱀뿐이다. 그만해. 그녀는 자신의 몸과 마음에 말한다. 그만. 여기 뱀은 없어. 그녀는 생각해야만 한다.

마음속에서 새로운 목소리가 나직하게 들린다. 이제 적어도 룰루가 너에 대해서 부모님에게 고자질할 일은 없겠어. 디가 느낀다. 어떻게 그렇게 끔찍한 생각을 할 수 있을까?

그녀의 몸에 묻은 피를 빨려고 각다귀들이 탐욕스럽게 몰려든다. 그녀는 피를 닦아내려고 한다. 하지만 몸이 오들오들 떨리고 바지에는 벌써 얼룩이 졌다. 디는 어떻게든 얼룩을 가리려고 스웨터를 허리에 묶는다. 피, 피. 디는 멍한 가운데 계속 생각한다. 신선한 핏줄기. 다음 순간 칼날이 그녀를 순식간에 베어버리듯 생각이 번뜩한다. 룰루는 여전히 피를 흘리고 있었다. 디는 그것이 무엇을 의미하는지 TV에서 잔뜩 봐서 안다. 룰루는 아직 죽지 않았다.

디는 몸을 돌려 룰루가 있는 곳을 향해 달린다. 뜨거운 공기를 들이마시며 혹사당한 폐가 터질 것만 같다. 어떻게 동생을 그렇게 버려둘 생각을 했을까? 하지만 지금이라도 상황을 바로잡겠다고 디는 맹세한다. 그녀는 룰루의 곁을 지키며 누가 지나갈 때까지 소리를 질러댈 것이다. 너무 늦은 것은 아니다. 아직 이 상황은 마지막 단계에 다다르지 않았다. 어쨌든 서둘러야 한다.

룰루가 있는 곳까지 바위를 타고 오르고 뭔가에 발이 걸려 휘청거리며 달려가는 길이 한평생은 걸린 것 같다. 하지만 마침내 나무들이 점점 줄어들고 카누 모양의 바위가 눈에 보인다. 디는 물가에 흩어져 있는 것들을 산토끼처럼 훌쩍훌쩍 뛰어넘으며 더 속도를 낸다. 몇 번이고 넘어지면서 손바닥과 무릎과 팔꿈치가 까진다. 디는 다친 줄도 모르고 몸을 앞으로 내밀며 계속 달린다. 마침내 그 바위에 도착하자 잠시 멈춘다. 너무 무서워서 바위에 발을 올려놓을 수 없었다.

"정신 차려, 디디." 그녀가 중얼거린다. "정신 차려." 디가 카누 바위를 오른다.

그 바위의 그림자가 드리워진 곳에 룰루가 누워 있어야 했다. 그런데 그곳에는 아무것도 없다. 차가운 물이 화강암으로 몰려올 뿐이다. 각다귀 떼가 물 위에서 윙윙거린다. 그 모습이 마치 구두점 같다. 죽었든 살았든, 룰루는 없다.

어쩌면 여기가 아닐 수도 있어. 디가 중얼거린다. 하지만 이곳이 확실하다. 바위 위에 말라붙은 가느다란 핏줄기가 보인다. 물에는 흰색 샌들 한쪽이 동동 떠 있다. 그리고 물가의 진창에 발자국이 하나 찍혀 있다. 발굽에는 어느새 갈색 물이 차오르는 중이다. 발자국이 크다. 룰루의 것이라기에는 너무 크고 디의 것보다도 크다. 그 소년의 발자국일지도 모른다. 이유는 모르겠지만 디는 그게 아니라는 걸 안다.

근처에서 가족에게서 들을 수 있을 익숙한 소리가 들린다. 니는 이 악몽 속에서 순산석으로 ㅗ 소리의 신원시를 찾아낸다. 자동차가 시동을 걸고 공회전을 한다. 문이 쾅 닫힌다.

디가 공터를 가로질러 달린다. 그 공터에서 그 소년과 바보 같은 짓을 한 건 한평생도 전에 일어난 일 같다. 덤불을 헤치고 나가니 흙길이 나온다. 방금 그 길을 타이어가 재빠르게 지나간 것처럼 먼지가 자욱하게 피어올라 퍼진다. 디는 길을 따라 사라지는 자동차 범퍼를 언뜻 본 것 같다. 디의 귓전에 들리는 굉음이 엔진 소리를 집어삼킬 듯하다. 운전자에게 서라고, 서라고, 동생을 데려가지 말라고 외치는 흐느낌 섞인 절규. 하지만 차는 그대로 가버린다. 디의 발아래 먼지 속에 진한 녹색 돌이 떨어져 있다. 하얀 줄이 그어져 있는 완벽한 타원형의 돌.

관목을 헤치고 잠시 걸어가니 줄줄이 늘어선 금속과 유리가 햇빛을 받아 반짝인다. 디는 미친 듯이 웃고 싶다. 그들은 모든 것으로부터 아주 멀리 벗어났다고 생각했는데, 그들이 도착한 곳은 고작 주차장 바로 옆이었다.

　화장실에서 여자들이 못마땅한 눈빛으로 디를 본다. 디는 하얀색 타일 벽에 기대 있다. 핸드 드라이어의 요란한 소리를 들으며 그녀는 방금 무슨 일이 일어났는지 이해해보려고 한다. 하지만 그것은 불가능하다. 그녀는 세면대에 대고 헛구역질을 한다. 그러자 줄을 서 있는 사람들이 더 못마땅한 시선을 보낸다. 이 일을 누군가에게 말해야 해. 디가 생각한다. 그러나 그 생각을 하자마자 피가 차갑게 식고 머릿속이 하얘진다.
　디는 부모님에게 이 일을 털어놓을 때 엄마가 어떤 표정을 지을지 상상해본다. 아빠가 디를 용서하려 한다고 말할 때 어떤 어조일지 상상해보려고 한다.
　작은 목소리가 들린다. 네가 사실대로 말하면 발레 학교는 없던 일이 되는 거야. 룰루를 향한 두려움 속에서도 디는 분노가 스멀스멀 피어오르는 것만 같다. 부모님은 룰루가 태어났을 때부터 그 애를 편애했다. 디는 언제나 그 사실을 알고 있었다. 너무나 불공평한 처사다. 디는 사실 아무 잘못도 하지 않았다. 이 상황은 현실이다. 소녀가 소년을 만나 사랑에 빠지지만 그 일이 죄악이기에 누군가 죽어야만 하는 전래 동화가 아니다. 디는 마음 깊은 곳에서 잘 알고 있다. 소년과 만난 일은 그녀의 잘못이 아니라는 사실을 말이다.

어쨌든 부모님에게 뭐라고 해야 할까? 디는 사실 아무런 정보도 갖고 있지 않다. 먼지가 자욱하게 이는 바람에 그 차를 제대로 보지도 못했다. 차가 정말 있었나? 이제 그것도 자신이 없다. 어쩌면 룰루의 시체는 호수로 떠밀려 갔을지 모른다. 어쩌면 짐승이 물고 갔을 수도 있다. 이를테면 곰 말이다. 룰루가 정신을 차리고 엄마와 아빠에게 돌아갔을 수도 있지 않을까? 그래. 그렇게 생각하자 급격히 안도감이 몰려온다. 바로 그거야. 디가 가족에게 돌아가면 룰루는 담요 위에 앉아서 조약돌을 가지고 놀고 있을 것이다. 룰루는 분한 표정으로 디를 맞을 것이다. 디가 더 큰 아이들이 하는 지루한 놀이를 하려고 동생을 두고 가버렸기 때문이다. 하지만 디가 룰루를 간질이면 룰루는 결국 언니를 용서해줄 것이다. 그러면 정말 아무것도 이야기할 필요가 없다.

희석된 핏줄기가 디의 반바지에서 다리를 따라 흘러내린다. "누구 생리대 있으세요?" 디는 겁에 질린 것이 아니라 화가 난 척한다. 사실 정말 화가 났다. 그녀는 화장실에 서 있는 다른 여자들이 다 보는 앞에서 반바지를 벗어서 세면대에서 빤다. 디는 호들갑을 떨며 바지를 빤다. 그러면 사람들이 나중에 디를 기억할 것이다. 디가 다른 곳이 아니라 이곳에 있었다고. 룰루가 엄마와 아빠와 함께 디를 기다리고 있다면 굳이 왜 이렇게까지 해야 하는지 자문하지도 않는다. 알리바이라는 단어가 머릿속을 둥둥 떠다닌다. 그러나 단호하게 그 단어를 머릿속에서 지워버린다.

생리. 디는 자신에게 몇 번이나 다짐하듯 말한다. 생리 중이라 바지에 피가 묻은 것이다. 이것은 마치 안무 리허설을 하는 것과 같다. 이야기를 스텝에 맞춘다. 디는 이 이야기를 믿을 수 있을까? 그녀는 노란 머리의 소년이 아이스크림을 사러 간다더니 그대로 가버린 하루를, 룰루가 숲으로 따라온 적이 없는 하루를 머릿속에서 조심스럽게 날조한다.

일단 마음을 정하자 모든 일이 간단해진다. 피곤해 보이는 여자가 옆 세면대에서 손을 씻는데 아이 셋이 풀쩍 뛰어올라 그 여자의 소매를 움켜쥔다. 여자의 발치에는 고리버들 바구니가 있었는데, 그 바구니에서 티슈와 그래놀라 바, 장난감 양동이들, 삽들, 장난감, 자외선 차단제가 쏟아져 나온다. 디가 주머니에서 하얀 샌들 한쪽을 꺼내 온갖 물건이 뒤죽박죽이 되어버린 그 여자의 가방에 슬쩍 집어넣는다. 샌들도 그 혼돈에 섞여 들어간다. 샌들은 여자를 따라 그녀의 집에까지 갈 것이며 그 여자는 아이들의 물건을 챙기다가 실수로 가방에 집어넣었다고 넘겨짚을 것이다. 그 샌들은 절대 룰루와 연결 지을 수 없다. 그 샌들이 카누 바위 옆에서 발견되면 경찰이 현장 감식 같은 것을 하리라는 것을 잘 안다. 그러면 경찰은 그곳에 디가 있었다는 사실을 알아낼 것이 뻔하다.

디는 부모님이 있는 곳으로 가면서 물가를 에워싸듯 자라고 있는 무성한 덤불 속으로 반질거리는 녹색 돌을 휙 던진다.

디는 손등으로 입을 닦고 일어난다. 어느새, 숲의 다른 구역까지 온 듯하다. 이곳은 더 어둡고 나무가 더 촘촘하게 자란다. 개쑥갓과 담쟁이넝쿨이 무릎 높이까지 자라 있다. 디는 나무에 계속 표시를 해야 한다는 사실을 기억해야만 한다. 거대한 고사리가 그녀의 얼굴을 스친다. 디는 고사리잎을 성마르게 옆으로 치운다. 왜 이곳의 모든 것은 이렇게 야생적이고 무시무시한 걸까?

저 앞에서 누군가의 발소리가 들린다. 겁에 질려 있고 발걸음이 고르지 않다. 달려가는 아이.

"룰루." 그녀가 소리친다. "거기 서!"

룰루가 웃는다. 디가 미소를 짓는다. 룰루가 재미있게 놀고 있으니 다행이다. 디는 술래잡기 놀이를 좀 더 해도 괜찮다.

훗날, 디에게 생각할 여유가 생겼을 때 비로소 자신이 마음속에 꾹 눌러버린 진상에서 비롯된 두려움이 병처럼 그녀의 마음에 자리를 잡았다. 이제는 너무 늦었어. 작은 목소리가 말했다. 어른들은 너를 감옥에 보내버릴 거야. 엄마가 집을 나가고 아빠가 죽자 사실을 털어놓을 이유가 사라졌다. 그녀가 용서를 구해야 할 사람이 아무도 남지 않았기 때문이다.

디는 자신이 어떻게 해야 할지 깨달았다. 우선 룰루를 데려간 사람을 찾아내야 했다. 그 사람을 찾아내면 디도 다시 착한 사람이 될 기회를 얻게 될 것이다. 이 믿음에 디는 악착같이 매달렸다. 하지만 지쳐 있는 캐런은 룰루의 실종과 관련된 사람들을 지워나가기만 했다. 몇 년이 흐르자 가능성들, 용의자 명단은 점점 짧아졌다. 대신 디는 점점 더 필사적이 되었다.

결국 디도 전부 다 포기하려 했다. 그런데 그때 테드가 나타났다.

캐런은 테드에게 알리바이가 있다고 말했다. 디는 그 말을 믿지 않았다. 그녀는 캐런이 디의 주의를 다른 곳으로 돌리려고, 디가 오리건 사건을 반복하지 못하게 막으려고 그러는 것이 아닌지 의심했다. 디는 자신이 주도면밀하게 움직여야 한다고 생각했다. 우선 그를 감시할 것이다. 이번에는, 행동하기 전에 증거부터 모을 것이다. 그러나 디는 살짝 서둘렀다. 그 사실을 인정해야 한다.

디가 결국 신중한 태도를 버리게 된 이유는 기념일 때문이었다. 매년 7월 10일, 룰루가 실종된 날. 그날은 언제나 디의 블랙홀이다. 이것은 이 블랙홀에 빨려 들어가지 않기 위해 그녀가 할 수 있는 전부이다. 가끔 블랙홀의 힘에 저항하기 역부족일 때도 있다. 바로 이것이 오리건에서 일어난 사건의 진실이었다. 디는 상실감의 마수에 걸려들었고 누군가는 처벌을 받아야 했다.

디는 며칠 동안 테드를 감시한 후 옆집으로 이사를 왔다. 그녀는 매일 아침 첫 햇살이 비칠 때 합판에 뚫어놓은 구멍으로 새들이 내려앉는 모습을 지켜보는 테드의 눈빛을 보았다. 그가 모이통과 물통을 얼마나 정성스러운 손길로 채우는지 지켜보았다. 디가 모르는 일들이 많았지만, 사랑이 어떤 모습인지는 안다. 그 모습을 본 후 그녀는 자신이 무엇을 해야 할지 깨달았다.

디는 자신이 겪은 잔인한 슬픔을 테드에게도 느끼게 해주고 싶었다. 그래서 그 새들을 죽였다. 디도 그런 짓을 하고 싶지 않았다. 덫을 설치할 때는 구역질이 났다. 하지만 멈출 수가 없었다. 머릿속에는 계속 이런 생각이 떠돌았다. 오늘이 11년째 되는 날이야. 룰루가 내 곁에서 사라진 지 11년이라고.

잠시 후, 디는 새들이 당한 일에 울부짖는 테드를 보았다. 그의 구부정한 등, 얼굴을 가린 양손. 디는 마음 깊이 슬픔을 느꼈다. 그녀가 할 수밖에 없도록 내몰린 그 일은 너무나 끔찍했다.

현재의 디는 룰루를 뒤따르다 뭔가에 발이 걸려 휘청거린다. 그녀는 수액이 많은 가느다란 나뭇가지들을 잡으며 간신히 몸을 지탱한다.

"거기 서라니까." 그녀가 소리친다. "괜찮아, 룰루. 겁낼 필요 없어. 나, 디디야."

하늘이 붉게 변하고 태양이 불타는 공이 되어 지평선을 넘어간다. 디는 숨이 받아지고 나뭇가지를 부여잡은 손가락은 이미 퉁퉁 부었다. 그녀는 눈을 깜박여서 가장자리부터 서서히 까맣게 변하는 시야를 깨끗하게 한다.

힘내, 디디.

그녀는 구토를 하지만 멈춰 설 시간이 없다. 디는 멈춰 서는 대신 다시 달린다. 이번에는 훨씬 더 빠르게 달린다. 게다가 우아하게 나무들 사이를 빠져나가며 고르지 못한 땅이며 땅바닥에 떨어진 나뭇가지 위로 어찌나 거침없이 속도를 높이는지 어느새 발이 지면을 떠난다. 그녀는 조용하고 빠르게 하늘을 날며, 화살처럼 공기를 가른다. 바람과 숲의 태피스트리가 만들어내는 소리밖에 들려오지 않는다. 매미, 비둘기, 이파리. 내가 날 수 있다는 사실을 왜 몰랐지? 그녀는 생각한다. 룰루에게 나는 법을 가르쳐줄 거야. 그러면 우리는 절대 땅에 내리지 않고 어디든 날아갈 수 있어. 우리는 함께 있을 수 있고 그 사람들은 나를 잡지 못할 거야. 내가 왜 그런 짓을 했는지 룰루에게 설명할 시간도 있을 거야.

디는 다시 떠올라 가장 높이 날아오른 순간, 낮게 걸린 해를 배경으로 룰루의 형체를 본다. 작은 몸, 밀짚모자. 디는 동생이 신고 있는 하얀색 샌들을 금방 알아볼 수 있다. 디는 동생을 향해 날아가려고 몸을 버둥거린다. 풀 위로 날아올라 살짝 쉰다.

룰루가 몸을 돌렸는데, 동생에게는 얼굴이 없다. 붉은 새들이 구름 속에 있는 룰루의 머리에서 폭발한다. 디는 비명을 지르며 손으로 눈을 가린다.

마침내 용기를 내어 앞을 보자 디는 숲속에 혼자 있다. 밤이 다시 찾아왔다. 디는 공포에 차 주위를 둘러본다. 여기는 어디지? 내가 얼마나 돌아다녔지? 그녀는 무릎으로 주저앉는다. 무엇을 위해 이렇게까지 했을까? 룰루는 어디에 있을까? 그녀가 마땅히 받아야 할 해답은 어디에 있을까? 디는 공포와 슬픔에 차 소리를 지른다. 하지만 그녀가 지르는 소리는 후두둑 떨어지는 빗소리를 배경으로 소곤대는 소리보다 크지 않다. 볼이 얼음장 같다. 그녀는 비에 흠뻑 젖은 채 숲 바닥에 누워 있다. 팔은 시커멓게 부어 있고 돌무더기처럼 무겁다. 나는 곧 죽는구나. 디가 생각한다. 이 세상에서 얼마간의 정의를 원했을 뿐인데.

눈앞이 부옇게 흐려지고 심장박동이 느려질 즈음, 디는 뭔가가 머리를 아주 살며시 건드리는 것을 느낀다. 자외선 차단제와 따뜻한 머리카락, 설탕의 냄새를 순간적으로 맡은 것 같다. "룰루." 디가 힘겹게 말한다. "미안해." 하지만 그 순간 심장이 멎고 디는 멀리 떠난다.

한때 디였던 것이 그 숲에 난 모든 길에서 멀리 떨어진 곳에 누워 있다. 지금은 독으로 시커멓게 변했지만 한때 그녀의 팔이었던 것에 형광 노란색 페인트가 담긴 스프레이가 여전히 들려 있다.

새들과 여우들이 온다. 코요테들과 곰들과 쥐들도. 디였던 것이 땅의 먹이가 된다. 여기저기 흩어진 디의 뼈가 비옥한 부엽토로 가라앉는다. 가지를 넓게 뻗은 나무 아래로 유령은 돌아다니지 않는다. 이미 일어난 일, 이제는 되돌릴 수도 없다.

테드

나는 죽지 않았다. 자신 있게 말할 수 있다. 녹색 타일 바닥에 스파게티 한 가닥이 떨어져 있기 때문이다. 죽음 이후에 일어나는 일이 좋을지 나쁠지는 모르겠지만, 바닥에 스파게티가 떨어져 있지는 않을 것이다. 하얀 병원 침대는 딱딱하고 벽은 흠집이 나 있다. 그리고 어디서든 점심시간 같은 냄새가 난다. 그 남자가 나를 보고 있다. 그의 오렌지주스색 머리가 빛을 받아 반짝인다. "안녕하세요." 그가 말한다.

"그 여자는 어디에 있어요?" 내가 묻는다. "이웃집 레이디요? 그 여자가 여자아이의 이름을 말했어요. 몸이 성치 않았고요." 그녀의 팔은 뱀에 물린 것처럼 보였다. 그 여자가 내 가방에서 해독 키트를 꺼내서 쓴 것 같다. 하지만 그런 키트는 아무짝에도 소용이 없다는 사실을 모르는 사람이 없다. 왜 그것을 가지고 갔는지 모르겠다. 기억이 뒤죽박죽 뒤엉켜 있지만, 이

옷집 레이디는 어딘가 문제가 있었다. 안과 밖, 모두.

"내가 당신을 찾아냈을 때는 혼자였어요." 그가 말한다. 그 남자는 나를 빤히 바라보고 나도 그를 본다. 목숨을 구해준 사람과 어떤 식으로 말을 해야 할까?

"나를 어떻게 찾으셨어요?" 내가 묻는다.

"누가 묘목에 형광 노란색 페인트를 뿌려놓았더라고요. 나는 킹 카운티의 공원 경비원이거든요. 그래서 그게 마음에 안 들었죠. 유독 물질이니까요. 페인트를 따라갔어요. 그만두라고 말하려고요. 그런데 개가 피 냄새를 맡았어요. 그 피를 흘린 사람이 당신이었고요."

의사가 오자 오렌지주스색 머리의 남자는 병실의 대화가 들리지 않는 복도로 나간다. 의사는 젊고 얼굴에서 피로가 뚝뚝 떨어진다.

"점점 회복되는 것 같군요. 한번 볼까요." 의사는 몹시 상냥하다. "환자분이 소지하고 계셨던 알약에 대해서 몇 가지 묻고 싶은데요." 그가 말한다.

"오." 나는 망토처럼 내게 내려앉는 불안을 느끼며 말한다. "그 약이 필요해요. 그 약을 먹어야 마음이 차분해지거든요."

"음." 그가 말한다. "그렇지 않을 텐데요. 의사에게 처방을 받은 약인가요?"

"네." 내가 말한다. "그 사람 상담실에서 그 약을 받았어요."

"환자분의 주치의가 그 약을 어디서 구했는지 모르겠어요.

나라면 그 약을 먹지 않을 거예요. 그 약들은 대략 10년 전에 제조가 중단되었거든요. 지독한 부작용을 일으켜요. 환각, 기억상실 같은 거죠. 급격하게 체중이 느는 부작용을 겪은 사람들도 있고요. 대신 먹을 약을 추천해드리죠."

"오." 내가 말한다. "그 약을 살 형편이 안 될 거예요."

그가 한숨을 쉬며 침대에 앉는다. 나는 의료진은 절대 그런 행동을 하지 않는다는 걸 안다. 엄마가 봤다면 화를 냈을 것이다. 하지만 이 의사는 워낙 피곤해 보여서 나는 아무 말도 하지 않는다. "힘든 일이죠." 그가 말한다. "지원이나 기금이 충분하지 않아요. 하지만 환자분에게 필요한 서류 양식을 가져다드릴게요. 도움을 받을 자격이 되실 겁니다." 그가 잠시 말을 망설인다. "신경 쓰이는 부분은 그 약만이 아닙니다. 환자분의 등과 두 다리, 두 팔에 화상 흉터가 셀 수도 없이 많더군요. 절개한 부위를 봉합한 흉터도 상당히 많았고요. 그걸 보고 어린 시절에 수도 없이 입원을 했을 거라 짐작했어요. 그런데 환자분의 의료 기록에는 그런 내용이 없어요. 애초에 의료 처치를 받은 기록이 전혀 존재하지 않는 것 같더군요." 그가 나를 보며 말한다. "누군가는 이 상황을 알아차려야 했어요. 누군가는 환자분에게 일어나는 일을 멈춰야 했어요." 나는 지금까지 단 한 번도 누군가 엄마를 저지할 수 있다는 생각을 해본 적이 없다. 나는 잠시 생각해본 후 대답한다. "사람들이 그럴 수 있으리라는 생각은 미처 못 했어요." 내가 말한다. 그가 이 상황을 중요하게 본다니 다행이다.

"환자분의 의료 이력을 상세하게 검토할 수 있는 사람을 알려드릴 수 있어요. 그러니까…… 무슨 일이 있었는지 다 털어놓을 수 있는 사람요. 너무 늦은 때란 없어요."

그의 말에서 확신이 느껴지지 않는다. 나는 그 이유를 안다. 가끔은 너무 늦을 수도 있다. 나는 마침내 지금과 그때의 차이를 이해한다. "나중에 다시 이야기하죠." 내가 말한다. "지금은 치료로 좀 피곤해요."

그는 하고 싶은 말이 더 있는 것 같지만 아무 말도 하지 않는다. 나는 그 점이 너무 고마워서 울음을 참을 수가 없다.

오렌지주스색 머리의 남자가 매점에서 칫솔과 추리닝 바지, 티셔츠, 속옷 얼마간을 사 온다. 그가 내 속옷을 챙기다니 민망하지만 나는 속옷이 필요하다. 입고 있던 옷은 피가 묻어서 못 입게 되었다.

의사들이 와서 약을 준다. 그 약을 먹으면 온 세상이 물속에 잠긴 것 같다. 그 약 덕분에 여기 다른 존재들도 조용하다. 수많은 시간이 흐른 후 처음으로 고요함이 찾아온다. 하지만 그들이 그곳에 있다는 사실을 나는 안다. 우리는 모두 살며시 시간을 드나든다.

창문 밖으로 햇빛을 받아 번쩍거리는 고층 빌딩이 보인다. 내가 숲에서 얼마나 멀리 떨어져 있는지 느껴진다. 나는 창문을 열어달라고 부탁하지만 간호사가 무더위가 끝나서 안 된다고 한다. 이 지역은 시원하고 진한 녹색의 자아로 되돌아가는 중이다. 나는 전장에서 집으로 귀환한 사람이 된 것 같다.

간호사들은 나를 재미있어하며 상냥하게 대해준다. 그들에게 나는 숲속에서 이른 새벽에 미끄러지는 바람에 차고 있던 사냥용 칼에 배를 찔린 굼뜬 사내일 뿐이다.

다시 눈을 뜨자 여전히 오렌지주스색 머리의 남자가 병실을 지키고 있다. 잘 모르는 사람과 한방에 같이 있으면 어색할 것 같다. 그런데 전혀 그렇지 않다. 그는 평화로운 사람이다.

"기분이 어때요?" 그가 묻는다.

"나아졌어요." 내가 대답한다. 그리고 그것은 사실이다.

"물어볼 게 있어요." 그가 묻는다. "정말 칼 위로 미끄러진 거예요? 아니면 다른 사연이 있어요? 내가 지혈을 하려고 할 때 당신 눈빛에서 뭔가를 느꼈어요. 당신은 전혀 유감스럽지 않은 것 같았어요. 알죠. 죽어간다는 사실 말이에요."

"좀 복잡해요." 내가 말한다.

"복잡한 거라면 나도 일가견이 있죠." 그가 모자를 벗고 머리를 문지르자 그의 머리카락이 붉은 못처럼 빳빳하게 선다. 그는 피곤해 보인다. "이런 말 알죠. 누군가의 목숨을 구하면 그 사람을 책임져야 해요."

사실대로 다 털어놓으면 나는 이 남자를 다시 보지 못할 것 같다. 하지만 내 본모습을 숨기는 일에 나는 너무 지쳤다. 내 뇌와 심장과 뼈들이 그 일로 너무 지쳤다. 엄마의 규칙은 내게 아무 도움도 되지 않았다. 이제 뭘 더 잃을 수 있을까?

로런이 조심스러운 눈빛으로 지켜보며 몸을 뒤척인다.

나는 로런에게 묻는다. "네가 먼저 시작할래?"

로런

그 사건을 둘러싼 사정은 이랬어. 쥐 사건 말이야. 요는 테드가 안쪽 장소를 발견하게 된 경위지.

밤 시간은 '리틀 테디'에게 가장 특별한 시간이었어. '리틀 테디'는 따뜻하고 하얀 옷을 입은 엄마 곁에서 자는 걸 좋아했어. 하지만 그 전에 엄마는 그의 상처부터 치료했어. 상처는 한 달에 한 번 정도 생겼어. 그런데 그즈음에 테디가 입은 상처는 너무 심하고 테디가 너무 자주 다쳐서 엄마는 밤새 상처를 꿰매줘야 했어. 테디의 상처는 별로 심해 보이지 않았어. 몇 개는 살짝 긁힌 상처였거든. 베였다고 해도 몇 군데는 티도 잘 나지 않았어. 상처는 눈에 보이지도 않고 아프지도 않았어. 엄마는 테디에게 그런 상처들이 가장 위험하다고 했어. 엄마는 그런 상처를 다시 열고 소독을 한 후에 꿰매줬지.

테디는 엄마가 그렇게 할 수밖에 없다는 사실을 잘 알았어. 그렇게 행동이 굼뜬 건 자신의 탓이라고 생각했거든. 아무리 그렇게 생각해도, 엄마가 침대 옆 스탠드의 불을 켜고 치료를 위해 각도를 조절하는 그 순간이 무서워서 견딜 수가 없었어. 그럴 때면 엄마는 쟁반을 가져왔어. 그곳에 놓인 물건들은 번쩍번쩍했어. 가위와 메스 말이야. 뭉친 솜도 있고 아빠가 마시는 술과 비슷한 냄새가 나는 병도 있었어. 엄마는 피부처럼 딱 달라붙는 하얀 장갑을 끼고 치료를 시작했어.

나는 테드가 나를 진심으로 좋아했다고 생각하지 않아. 특히 처음에는 내가 싫었을 거야. 테드는 예의 바르고 평온함을 좋아하는 소년이야. 니는 시끄럽지. 화도 임청 잘 내. 내 안에서는 분노가 파도처럼 계속 내게 밀려오거든. 하지만 테드가 나를 좋아하게 만드는 건 내 일이 아니야. 내 일은 그를 상처로부터 지키는 거야. 나는 테드가 느끼는 고통을 받아들였어. 내가 앞으로 나서면 우리는 그 고통을 함께 느꼈어. 나는 고통을 완전히 사라지게 할 수는 없었지. 어떨 때는 통증 따위가 문제가 아닐 정도로 끔찍한 것도 있었어. 가장 지독한 부분은 소리였어. 피부를 절개할 때 나는 그 작은 소리. 테드는 그 소리를 정말 싫어했어.

그날 밤, 메스의 끄트머리가 테드의 등에 닿았을 때 나는 고통을 함께 나누려고 앞으로 나섰어.

"가만히 있어, 제발, 시어도어." 엄마가 말했어. "너 때문에 처치가 너무 힘들어지잖니." 그러고는 엄마는 딸깍하고 붉은색 버튼을 누르면서 녹음을 계속했어. "3차 절개는." 엄마가 말했어. "깊지 않다. 피부의 상층부만 절개." 엄마의 손이 그 말을 따랐어.

테드는 엄마가 옳다는 걸 알았어. 괜히 반항해봐야 상황만 더 나빠졌거든. 규칙을 어겼다가는 엄마가 낡은 상자형 냉동고에 집어넣고 식초와 뜨거운 물로 소독 목욕을 시켜줄 테니까 말이야. 그래서 테드는 엄마가 처치를 하도록 내버려뒀어. 하지만 고통과 소음이 점점 더 심해지기만 한 거야. 테드는 자신이 더 못 참고 소리를 내게 될까 겁에 질렸어. 소리를 내면 어떻게 될지 다 알면서도 참기 힘들었지.

우리는 옆에 나란히 누워 있었고 나는 테드의 생각과 두려움을 모두 느꼈어. 그렇지만 몸에 일어나는 것을 전부 동시에 받아들이기란 쉽지 않아.

결국 테드가 소리를 냈어. 아야 하고 들릴락 말락 한 신음 소리를 내고 만 거야. 하지만 그 작은 소리가 연못에 조약돌을 던진 것처럼 정적을 깨트렸어. 우리 모두 숨을 삼켰지. 엄마는 하던 일을 딱 멈췄어. "너 때문에 너도 엄마도 너무 힘들잖니." 엄마는 이렇게 말하더니 곧장 식초 목욕을 준비하러 갔어.

엄마가 우리를 냉동고에 집어넣자마자 테드는 당연히 울기 시작했어. 테드는 나만큼 강하지 못하거든.

사방이 깜깜해졌어. 우리 피부는 활활 불타는 것 같았어. 테드는 몹시 가쁘게 숨을 쉬고 기침을 했어. 나는 테드를 보호해야만 한다는 사실을 알았어. 테드는 이런 상황을 더 견딜 수 없었으니까.

"여기서 나가, 테드." 내가 말했어. "어서."

"어디로?" 테드가 물었어.

"내 말대로 해. 가. 여기서 사라져."

"나는 못 해!" 테드의 목소리가 찢어질 것 같았어.

나는 테드를 밀었어. "가, 이 커다란 아기야."

"못 한다니까!"

"음, 혹시라도 이번에 엄마가 평소보다 훨씬 더 심하게 나오면." 내가 밀했어. "우리는 둘 다 죽을 거야." 이렇게 깔끔한 해결책은 전에는 한 번도 떠오르지 않았어. "테드! 방금 한 가지 생각이 났어!"

그렇지만 테디는 이미 가버리고 없었어. 자신의 문을 찾았지.

테드

어쩐지 내 주위의 공기가 변했어요. 내가 우리 집 문 앞에 서 있더군요. 그런데 그곳에는 골목도, 숲도, 떡갈나무도 없었어요. 대신 모든 것이 구름 속처럼 하얀색이었어요. 무섭지 않았어요. 오히려 안전하게 느껴졌죠. 문을 열고 집으로 들어가 보니 그곳은 따뜻하고 잔잔한 평온함에 폭 싸여 있었어요. 나는 얼른 문을 잠갔어요. 철커덩, 철커덩, 철커덩. 이곳에 엄마는 올 수 없다는 사실을 직감했어요.

갑자기 사방이 가르랑거리는 소리로 가득 찼어요. 부드러운 꼬리가 내 다리를 쓸고 지나갔죠. 아래를 보고 숨이 멎는 것 같았어요. 믿을 수가 없더군요. 나는 아름다운 한 쌍의 녹색 눈동자를 보고 있었어요. 크기며 모양이며 칵테일 올리브와 똑같았다니까요. 그 암고양이가 섬세한 귀를 쫑긋 세우고 질문을 하는 것처럼 나를 빤히 바라보았어요. 반쯤은 고양이가 그대로 사라질 거라고 생각하면서 쪼그리고 앉아 손을 내밀었어요. 고양이의 털은 실크처럼 부드러운 검은색이었죠. 고양이를 쓰다듬었어요. 가슴에 하얀 털이 난 곳까지 손가락으로 털을 훑어 내렸죠.

"안녕, 아기 고양이야." 내가 인사를 건네니 고양이가 가르랑거리더군요. "안녕, 올리비아." 고양이는 내 발 주위를 8자 모양으로 맴돌기 시작했어요. 거실로 가니 그곳은 노란색 빛이 퍼져 있어 따뜻하게 느껴졌고 소파는 푹신하더군요. 나는 올리비아를 내 허벅지 위에 내려놓았어요. 그 집은 우리 집의 위층과 생김새가 거의 정확하게 일치했어요. 물론 아주 살짝 다른 점도 있었어요. 내가 늘 싫어했던 차가운 느낌의 파란색 깔개가 그 집에서는 주황색이었어요. 겨울의 고속도로에 내려앉은 태양처럼 아름답고 진한 색조 말이에요.

소파에 앉아서 올리비아를 쓰다듬고 있으니 그 소리가 들렸어요. 길고 아주 고르게 쉬는 숨소리, 옆구리가 크게 부풀었다가 줄어드는 소리. 나는 두렵지 않았어요. 그림자 속을 들여다봤더니 그가 등불 같은 눈으로 나를 관찰하며 거대하게 누워 있더군요. 내가 손을 내밀자 '밤시간'이 어둠 속에서 터벅터벅 걸어 나왔어요.

마침내 내게 아기 고양이가 생긴 거예요. 내가 바랐던 것보다 훨씬 더 좋았어요. 두 마리나 생겼으니까요.

그렇게 나는 안쪽의 장소를 찾아냈어요. 가고 싶을 때마다 아래로 내려갈 수 있죠. 하지만 냉동고를 문으로 쓰면 더 쉽게 갈 수 있어요. 아마 안쪽의 장소를 성이나 대저택 같은 모습으로 만들 수도 있었을 거예요. 그렇지만 성이나 대저택이면 모든 것이 어디에 있는지 내가 어떻게 알겠어요?

나는 이제 '빅 테드'예요. 하지만 '리틀 테디'가 아직도 여기에 있어요. 내 의식이 사라지는 건 분명히 '리틀 테디'가 나왔기 때문이에요. '리틀 테디'는 어른의 얼굴로 다양한 표정을 만들지 못해요. 그래서 무섭게 보일 수도 있어요. 하지만 아무도 해치지 않아요. 푸른색 스카프를 집어서 바의 주차장에 주차된 차에 앉아 울고 있던 여자에게 돌려주려고 한 건 '리틀 테디'였어요. 그 여자는 '리틀 테디'를 보고 비명을 질렀어요. 그가 쫓아갔지만 그 여자는 차를 몰고 재빨리 빗속으로 사라졌어요.

로런

테드가 가자 그동안 우리가 함께 나눴던 통증이 전부 내게
로 밀려왔어. 나는 사람의 몸이 그렇게까지 견딜 수 있는 줄도
몰랐어. 어떻게든 테디를 따라가려고 했지. 그러니까 안으로 말
이야. 하지만 그는 내가 들어가지 못하게 문을 잠가버렸어. 그
아래에서 내 비명을 들었는지 모르겠어. 아마 들을 수 있었을
거야.

엄마는 처치를 다 끝내면 우리를 작은 침대로 데려갔어.
꿰맨 곳을 덮어둔 거즈 천이 간지러웠어. 그래도 긁지 않을 정
도의 눈치는 있었어. 그 방에는 움직이는 그림자가 가득했고
우리에서 그 그림자를 지켜보는 쥐의 분홍색 눈이 반짝거렸지.
무서워. 테디에게 말하려고 했어. 테디는 대답이 없었어.
그는 저 아래 깊은 곳, 검은 꼬리들과 녹색 눈들과 부드러운 털

로 가득한 안온한 공간에 있었으니까. 나는 울지 않으려고 했지만 울음을 참을 수가 없었어.

테드가 내게 상냥하게 구는 것 같았어. "이제 눈 좀 붙여, 로런." 그가 이렇게 말했지. "다른 누군가가 지켜볼 거야."

나는 '밤시간'이 올라올 때 거대한 발로 타닥타닥 걷는 소리를 들었어. 나는 부드러운 검은 털 속으로 빠져들었어.

아침에 나는 테드가 훌쩍거리는 소리에 잠을 깼어. 테드가 우리에 놓여 있는 피에 물든 스노볼의 뼈를 봤거든. 쥐가 그렇게 되어서 테드는 몹시 미안해했어. "가여운 스노볼." 그는 몇 번이나 속삭였어. "이건 공평하지 않아." 테드는 우리의 등을 따라 내려오는 작은 철길 같은 새로운 까만 봉합선보다 쥐 때문에 더 많이 울었어. 그 일이 일어날 때 테드는 그곳에 없었던 것 같아. 그는 아무것도 못 느꼈어. 하지만 나는 느꼈어, 하나하나 전부 다.

테드는 그것이 '밤시간'의 잘못이 아니라는 걸 알았어. '밤시간'은 자신의 본성에 따랐을 뿐인걸. 테드는 엄마에게 쥐가 우리에서 빠져나왔고 길 잃은 고양이가 잡아갔다고 했어. 그 말은 사실이었어, 어떤 면에서는. 물론 엄마는 그 말을 믿지 않았지. 엄마는 테디를 숲으로 데려가서 본성을 숨기라고 했어. 엄마는 테드의 마음속에 허기가 있다고 생각했거든. 테드는 엄마가 올리비아와 '밤시간'을 뺏을 방법을 찾아낼까 무서워했어.

(그렇게 되면 나와 그만 남게 되잖아. 테드는 그런 상황을 원치 않았어.) 그래서 테디는 엄마가 그것이 오래된 병 때문이라고, 엄마의 아버지, 그러니까 자신의 애완동물을 일리즈 지하에 숨겨뒀던 그 사람이 앓았던 바로 그 병 때문이라고 생각하도록 내버려뒀어.

나는 테드가 무엇을 할 수 없는지—테드가 무엇을 스스로 알지 못하게 막아버리는지—슬슬 알아차리게 되었어. 매번 그 생각이 떠오를 때마다 그는 더 힘주어서 밀어 넣었어. 그래도 코르크 마개나 시체처럼 다시 떠올랐지. 병은 정말로 유전되었던 거야. 그걸 물려받은 사람은 테드가 아니었지만. 나는 엄마의 고향 사람들에게 엄마를 왜 마을에서 추방했는지 물어보면 무슨 대답을 듣게 될까 궁금해. 아마 그들은 엄마에 대해 다른 이야기를 알고 있을 거야. 어쩌면 그 병을 앓은 사람이 엄마의 아버지가 아니었을지 몰라.

학교에서 사람들은 테드가 어딘지 변했다는 사실을 느꼈어. 그는 뒤에 아무도 없는 가면 같았지. 이제 아무도 테드에게 말을 걸지 않았어. 테드는 상관하지 않았어. 고양이들이 있는 안으로 들어갈 수 있었으니까. 난생처음 외롭다는 생각을 하지 않았다는 사실이 기억났다고 테드가 내게 말했어.

엄마의 그 모든 처치 과정을 그와 함께 견뎌온 내게. 그는 그 이야기를 내게 했어.

테디는 안쪽의 집을 자신의 주말용 집이라고 부르기 시작했어. 그곳에는 일도 학교도 없으니까. 얼마 지나지 않아서 거기에 뭔가를 더 추가할 수 있다는 사실을 알게 되었지. 그는 오번에 있는 자동차 정비소에서 일을 더 할 수 없었어. 그래서 엔진 작업을 할 수 있는 작업장을 지하실에 만들었어. 엔진을 좋아했거든. 그곳은 훌륭한 작업장이었어. 번쩍번쩍하는 상자마다 공구가 담겨 있고 모터오일의 냄새가 났지. 테드는 서랍에 하얀 양말을 넣어뒀어. 여자애들이나 신을 양말 같다고 엄마가 절대 못 신게 할 종류로 말이야. 그는 층계참의 천장에 창문을 만들었지. 그곳에서 마음이 내키면 밤새 하늘을 볼 수 있었지만, 달이 아니면 그를 볼 만한 사람은 아무도 없었어. 그는 뮤직박스를 고쳤고 러시아 인형을 벽난로 선반에 다시 올려놓았어. 이 아래에서는 그가 박살 낸 물건은 뭐든 고칠 수 있거든. 엄마와 아빠의 사진은 벽에서 절대 떼어낼 수 없어. 올리비아는 꼬리를 물음표처럼 말아서 높이 쳐들고서 그곳을 돌아다녔어. 테드는 올리비아에게 그 고양이만의 관찰 구멍을 만들어줬어. 올리비아에게 바깥세상은 언제나 겨울이야. 테드가 제일 좋아하는 계절이지.

테드는 스노볼 사건이 일어난 후로 '밤시간'이 아래에서만 사냥을 할 수 있게 정했어. '밤시간'이 행복하도록 주말용 집에는 쥐를 잔뜩 풀어놓았지. 테드는 더는 고통을 원하지 않았어.

그는 다락을 만들고 그곳을 항상 잠가뒀어. 그 다락에 기억과 생각을 넣어두고 문을 닫아버릴 수 있었지. 테드는 그 집에 사는 식구들 가운데 몇몇은 좋아하지 않았어. 손가락이 기다랗고 녹색인 존재들인데, 과거에 소년들이었어. 녹색 소년들이 호숫가에서 실종된 아이들일까 테드는 무서워했어. 하지만 그런 짐작이 사실이라고 해도 상관없었어. 그는 그 소년들도 다락에 가둬뒀거든. 가끔 밤에 그 아이들의 소리가 들릴 때가 있어. 뼈만 남은 가느다란 손가락을 판자에 대고 긁으며 흐느끼는 소리지.

테디가 안에서 보내는 시간이 늘어날수록 그곳의 이미지는 더 선명하고 상세해졌어. 얼마 후 그는 자신이 원하기만 하면 언제든지 그곳에 갈 수 있다는 사실을 알게 되었지. 그러자 그곳에서 빈둥거리기 시작했어. TV에서는 그가 보고 싶은 프로그램이 뭐든 나왔어. 아래의 그 집에서는 위에서 벌어지는 일도 다 볼 수 있었어. 기분 좋을 만한 일이 생겼다고 쳐. 이를테면 엄마가 아이스크림을 사 온 거야. 그러면 당장 문을 열고 위로 올라갔어. 위로 올라가봤자 대개는 식초 냄새 나고 컴컴한 냉동고에 누워 있기 일쑤였어. 그곳에 뚫려 있는 숨구멍으로 빛이 쏟아져 들어올 때면 밤하늘의 별을 보는 듯했어. 세월이 흐르면서 테드가 위로 올라가는 시간은 점점 줄어들었어.

테드가 나만 엄마 손에 내버려두는 시간이 점점 더 늘어났어. 엄마가 그 스탠드의 각도를 조절하면 테디는 주말용 집으로 내려가서 제 새끼 고양이를 쓰다듬었어.

나는 그 잘난 척하는 고양이가 미웠어. 가끔 내가 아래로 내려가려고 하면 테드는 나를 두 장소의 중간인 컴컴하고 식초 냄새 나는 냉동고에 가둬뒀어. 고양이가 아래에 있으니까. 고양이가 사라지면 그제야 내 차례가 찾아왔어. 내가 그의 마음에 안 드는 행동을 하면 그는 나를 언제까지고 컴컴한 냉동고에 가둬둘 수 있었어.

우리가 집 밖에 있을 때면 테드의 허락이 있어야만 나는 앞으로 완전히 나설 수 있어. 내가 할 수 있는 일은 얼마 없어. 레깅스 안쪽에 메모를 남기거나, 아주 잠깐 그의 주의력을 돌려놓을 수 있을 뿐이야. 물론 멀쩡한 다리가 없어도 되는 일이어야 하지. 나는 왜 테드의 부서진 마음이 나를 이런 식으로 만들었는지 모르겠어. 하지만 결국 이렇게 만들었지. 그는 불구에 무기력한 나를 데리고 세상을 헤쳐나가야 해. 그래서 우리가 이렇게 살아 있는 건 내 힘 덕분이었다는 사실을 그가 가끔은 망각하는 것 같아.

테드는 남에게 싫은 소리를 못 했어. 적어도 나는 그렇게 생각했어. 그런데 얼마 지나지 않아서 내가 틀렸다는 사실을 깨닫게 되었어.

어느 날 우리는 엄마의 서랍에서 민트 사탕을 찾으며 놀았어. 엄마는 사탕을 좋아하지 않지만 입에서 상쾌한 냄새가 나는 걸 좋아했거든. 그래서 사탕을 잠시 입에 물었다가 손수건에 뱉곤 했어. 엄마는 사탕을 숨겨놓는 장소를 바꿨지만 그래도 우리는 가끔 찾아냈어. 우리는 아무리 배가 고파도 사탕은 한 알만 먹어야 한다고 명심했어. 엄마가 사탕의 개수를 확인해뒀기 때문이야. 하지만 민트 사탕 하나라면, 그 정도 차이는 들키지 않고 넘어갈 만했어.

엄마는 서랍에 재미있는 물건들을 넣어뒀어. 표지에 곰들이 그려져 있는 낡은 노래책, 하얀색 아동용 샌들 한쪽도 있었지. 그런데 그날 테디는 경솔했어. 축축한 손으로 엄마의 스타킹을 막 뒤지지 뭐야.

"엄마가 알아차리실 거야, 테디." 내가 말했어. "제장. 그러다가 스타킹이 찢어지겠어!" 테디가 고개를 들었고 그때 화장대에 우리의 얼굴이 비쳤어. 그때 나는 그걸 봤어, 그의 얼굴에서. 테디는 이제 아무것도 개의치 않았어. 엄마가 우리를 벌주고 몸이 울부짖게 만들 게 분명했어. 우리를 식초를 들이부은 커다란 상자에 집어넣을 게 분명했다고. 그래도 테디는 아래로 내려가버리면 끝이겠지. 그 고통을 모두 느끼는 건 나였으니까.

"테드." 내가 말했어. "너 그러면⋯⋯."

그는 어깨를 으쓱하더니 단정하게 개어놓은 캐미솔 안에 들어 있던 사탕 통을 꺼냈어. 그러더니 꿈을 꾸는 표정으로 천천히 뚜껑을 열고 입으로 가져갔어. 사탕이 입으로 쏟아지도록 살짝 기울였지. 사탕 몇 개는 입술에 부딪쳐서 바닥에 떨어져 통통 튀더니 굴러가버렸어.

"테드." 내가 작은 소리로 불렀어. "그만해! 일부러 이러는 거 아니지? 들키면 엄마가 또 몸을 아프게 할 거야."

테드는 통을 흔들어 마지막 사탕까지 입에 털어 넣었어. 입에는 이미 하얗고 동그란 것들이 잔뜩 들어 있었는데도 말이야. 그렇게 겁에 질린 와중에도 사탕 맛이 났어. 입 안이 단맛으로 가득 찼지…… . 몸이 부들부들 떨리더라. 어떻게든 테드를 막아야 했어.

"나 비명 지를 거야." 내가 말했어. "엄마를 데리고 올 거야."

"그래서 뭐 어쩔 건데?" 테드는 달그락거리는 민트 사탕을 입 안 가득 물고 말했어. "데려와. 아픈 건 내가 아니라 너니까."

"몸이 아닌 다른 것들을 아프게 하는 방법도 잔뜩 있어." 내가 말했지. "내가 엄마에게 네 주말용 집이며 그 고양이들에 대해서 다 말할 거야. 엄마는 그것들을 처리할 방법을 찾아내시겠지. 어떻게 하면 되는지는 모르겠지만 내 말이 옳다는 걸 너도 알 거야. 엄마는 단지 몸만이 아니라 머리를 쓰는 법을 아시니까."

테드가 으르렁거리면서 거울 속 나를 향해 고개를 가로저었어. 느닷없이 내 입이 텅 비었어. 달콤한 맛이 사라진 거야. 내게서 내 감각을 모두 끊어버린 결과였어. 테드도 나만큼 놀란 것 같았어. 이런 일이 가능한지 우리는 몰랐거든.

"사탕을 못 먹게 할 수는 있어도 내가 말을 하는 건 막지 못할 거야." 내가 말했어.

테드가 화장대에 올려놓은 바늘꽂이에서 시침핀을 꺼냈어. 그리고 핀을 엄지의 살 속으로 천천히 찔렀어.

붉은 불길이 나를 뚫고 지나갔어. 나는 비명을 지르면서 울었어.

테드가 거울 앞에 똑바로 섰어. 그는 의학적인 흥미를 보이는 엄마의 표정을 짓고 있었어. 테드는 시침핀을 다시, 또다시 밀어 넣었어. "네가 약속할 때까지 할 거야." 그가 말했어.

나는 약속했어.

나는 테드가 한 번도 겪지 않은 삶에 대해서 어느 정도 이해하고 있어. 그 삶은 너무나 고통스러워. 아무도 그렇게 극심한 불행을 견딜 수 없어. 나는 그걸 테드에게 알리려고 했어. 이건 심각해. 엄마는 제정신이 아니야, 너도 알잖아. 엄마는 이성을 잃었어. 언젠가는 선을 한참 넘어서 우리를 끝장낼 거야. 이 상황에서 빠져나가는 게 좋아. 우리가 늘 이렇게 불행한 기분으로 살 필요는 없어. 칼을 들어. 밧줄을 둥글게 묶어. 호수로 가서 숨어. 모든 것이 녹색이 될 때까지 숲으로 들어가. 종말의 친절함. 테디는 자신의 귀를 막으려고 애를 써봤지만 내 목소리를 완전히 막을 수는 없었어. 우리는 전체의 두 부분이니까. 적어도 우리는 그래야만 했어.

내가 처음으로 우리를 죽이려고 시도한 직후. 그 시도는 아주 형편없었지만, 테디는 죽고 싶지 않다는 사실을 깨달았어. 그는 내 입을 막을 방법을 찾아냈지. 내게 고통을 주고 싶을 때면 엄마의 음악을 틀기 시작했어. 내게 니무나 큰 고통을 준 나머지 그 음악이 공기를 헤치고 돌아다닐 때면 고통 자체가 되었어. 그 고통은 내가 육체를 텅 비운 채 반쯤 아래로 내려가 컴컴한 냉동고로 들어갈 때만 멈췄어. 나는 기타로 첫 음을 뜯 자마자 사라지는 법을 금방 익혔어.

테드가 모든 것을 아는 건 아냐. 나는 여전히 그와 싸우고 있어. 그리고 그가 생각하는 것보다 나는 더 강해. 가끔 그가 사라지면, 앞으로 나서는 존재는 '리틀 테디'가 아니야. 바로 나야. 테드가 손에 칼을 쥐고 있다는 사실을 깨달을 때, 그럴 때는 내가 등장해 응당 일어나야 할 일을 일으키기 위해 애를 쓰는 중이지.

하지만 나는 완전히 끝장을 낼 정도로 강하지 않았어. 테드는 나를 확실하게 지배했어. 고양이에게 그 일을 하도록 맡겨야만 했어. 그래서 우리가 지금 여기까지 오게 된 거야.

테드

엄마는 곧 자신에게 의심의 눈길이 향할 것이라고 짐작하신 게 분명해요. 경찰이 물어볼 게 있다며 병원으로 찾아왔거든요. 엄마의 예전 직장 말이에요. 그 무렵 엄마가 일했던 유치원의 원아들이 너무 어설프게 행동하게 되었어요. 전에는 테디가 가장 어설픈 아이였고 엄마는 큰 상처가 될 뻔한 상황을 미리 방지했죠. 흉터가 남을 상처요. 하지만 최근에는 테디만으로는 부족했어요. 어느새 넘어진 적도 없는데 봉합 처치를 받은 아이들이 너무 많아졌죠.

전날 밤, 엄마는 오랜 시간을 들여서 나를 처치했어요. 나는 그 고통으로 여전히 부들부들 떨고 있었죠. 물 한잔을 마시러 부엌으로 들어갔어요. 엄마가 의자 위에서 까치발을 하고 서 있더군요. 그리고 기다란 빨랫줄을 쥐고 있었어요. 그날처럼 비가 오는 날이면 엄마는 부엌을 가로질러 빨랫줄을 치고 스타킹을 말렸죠. 팬티스타킹이 아니에요. 엄마는 그런 옷은 절대 입지 않았거든요.

"테디." 엄마가 나를 불렀어요. "너는 키가 크잖니. 이걸 이 위로 올리게 도와줄래. 이 빌어먹을 것을 대들보로 넘길 수가 없어." 엄마가 그렇게 우아하고 외국 억양이 두드러지는 목소리로 욕을 하다니 우스웠어요. 나는 의자에 올라가 그 빨랫줄을 대들보 너머로 넘겼어요.

"고맙구나." 엄마가 딱딱하게 말하더군요. "이제 가게 가서 아이스크림 좀 사 와." 나는 화들짝 놀라며 엄마를 봤어요. 우리 집에서는 아이스크림을 1년에 한 번, 엄마의 생일에만 먹었으니까요.

"그렇지만 아이스크림을 먹으면 이가 다 썩어요." 내가 말했어요.

"제발 엄마 말에 토 달지 말고, 시어도어. 집에 오면 네가 할 일이 몇 가지 있을 거야. 엄마가 하려는 말을 다 기억할 수 있지? 어디에 적어놓으면 절대 안 돼. 엄마는 금방 나가봐야 하니까 네게 다시 말해줄 수 없을 거야."

"기억할 수 있을 것 같아요." 내가 대답했어요.

"네가 버려줘야 할 게 있어. 엄마가 그걸 여기, 부엌에 두고 갈 거야. 너는 그걸 꼭 숲으로 가져가. 어두워질 때까지 기다렸다가 집에서 가지고 나가. 숲에 물건을 묻으면 안 되니까."

"네, 엄마." 내가 대답했어요. 엄마는 내게 10달러를 줬어요. 아이스크림을 살 돈보다 훨씬 많았죠.

앞문을 닫고 나오는 순간 엄마가 낮은 목소리로 읊조렸어
요. "야, 마 안쿠." 모든 게 점점 더 이상하게 느껴졌죠.

나는 바닐라 아이스크림을 샀어요. 엄마가 유일하게 좋아
하는 맛이니까요. 차가운 아이스크림 용기에 닿은 손가락의 끄
트머리에 감각이 없어진 느낌이며 뚜껑 위에 살짝 낀 살얼음의
이미지가 아직도 떠올라요.

부엌으로 들어가보니 엄마가 있어요. 어떤 면에서는, 그
후로 줄곧 나는 그 순간 부엌의 정경만 보고 있어요. 그 모습이
눈꺼풀 안쪽에 새겨졌거든요. 엄마가 부드럽게 흔들리며 공중
에 떠 있어요. 엄마는 무시무시한 진자가 되었어요. 엄마가 흔
들릴 때마다 빨랫줄이 끼익거려요. 엄마의 이가 시퍼렇게 질린
아랫입술을 물고 있는 모습이 마지막 의심의 순간을 보여주는
것 같아요.

엄마가 가장 아끼는 물건들이 둥둥 떠 있는 발 옆에 깔끔
하게 쌓여 있어요. 속이 비치는 얇은 푸른색 원피스, 잠옷, 향수
를 넣어둔 엄마의 작은 화장품 가방. 암토끼의 배털 같은 색인
부드러운 스웨이드 핸드백. 그리고 화장품 가방에는 엄마가 격
식을 차릴 때 프랑스 학생처럼 쓰는 초서체로 뭔가를 쓴 쪽지
가 놓여 있었어요. 숲으로 가져가. 그렇게 적혀 있었죠.

나는 밤이 되기를 기다려야만 했어요. 엄마가 그렇게 당부했으니까요. 하지만 엄마를 그곳에 매달린 채 두고 싶지 않았어요. 누가 덜컥 문을 두드리고 집으로 들어오겠다고 할까 봐 겁에 떨었어요. 그랬다가는 방문객이 엄마를 볼 테니까요. 곤란한 일이 생기는 것은 두렵지 않았어요. 하지만 엄마의 모습이 적나라하게 드러난 것 같아 싫었죠. 시퍼렇게 뒤틀린 얼굴 말이에요. 다른 사람들에게 그런 엄마를 보이고 싶지 않았어요.

그래서 엄마를 대들보에서 내렸어요. 엄마를 만지는 건 쉽지 않더군요. 엄마의 몸에는 여전히 온기가 남아 있었어요. 나는 엄마의 허리를 구부려 작게 만든 후 싱크대 하부장에 넣었어요. "미안해요." 엄마에게 몇 번이나 말했죠. 그리고 바닥을 청소했어요. 엄마가 매달려 있던 곳 아래가 엉망이었거든요.

엄마와 함께 엄마의 옷도 전부 보내고 싶었지만, 엄마의 커다란 여행 가방이 보이지 않았어요. 나는 최선을 다해서 자그마한 1박용 화장품 가방에 엄마의 유품 두 가지를 더했어요. 엄마가 매일 숲에서 필요할 물건들로요. 엄마의 봉합 키트를 넣었어요. 그리고 엄마의 침대 옆에 놓여 있던 《이솝 우화집》도 함께 넣었고요. 엄마는 책이 없으면 잠을 이루지 못하는데, 책이 없어서 차가운 숲에 눈을 뜬 채로 누워 있게 될까 걱정이 되었거든요.

밤은 담요처럼 모든 것을 덮었어요. 나는 엄마를 업고 유품을 챙겨서 숲으로 갔어요. 엄마는 점점 뻣뻣하고 축축해졌죠.

뭔가가 엄마로부터 새어 나오기까지 했고요. 엄마는 그 상황이 싫었을 거예요. 나는 어서 엄마를 숲으로 데려가야 한다는 걸 알았어요. 나무 아래로 들어오자마자 훨씬 마음이 가벼워지더 군요.

밤의 숲을 통과하는 동안 엄마는 점점 무거워지는 것 같았 어요. 나는 숨을 헐떡이고 자꾸 발이 걸려 비틀거렸어요. 등이 으스러질 것 같았고 무릎도 후들거렸죠. 나는 그런 것들이 반 가웠어요. 이것이 힘겨운 여행이 되리라는 예상이 맞아떨어졌 기 때문이에요.

나는 엄마를 공터의 중앙, 스노볼이 묻힌 곳 근처에 묻었 어요. 엄마의 푸른색 원피스는 남쪽 구석에, 엄마가 가장 좋아 했던 가죽 핸드백은 서쪽에, 향수는 동쪽에 묻었고요. 땅이 하 나씩 받아들일 때마다 그것은 신이 되었어요. 내가 엄마를 구 덩이에 내려놓자 땅이 팔을 뻗어 엄마를 품에 안는 것 같았죠. "엄마를 내 가슴에 품을게요." 내가 속삭였어요. 엄마가 변화하 기 시작했어요. 하얀 나무들이 100개의 눈처럼 그 모습을 지켜 보았고요.

로런이 내 귀에 속삭였어요. "들어가. 우리도 엄마 옆에 누 울 수 있어."

잠깐 나도 그럴까 생각했어요. 하지만 다음 순간 내가 죽 으면 올리비아도 죽고 로런과 밤시간, 어린것들도 죽는다는 사 실이 기억나더군요. 그리고 나는 그러고 싶지 않다는 사실을 깨달았어요.

신들이 모두 각자의 보금자리에 안전하게 들어갔다 싶어서 그 위를 흙으로 덮었어요. 신들을 잘 묻은 후에도 그늘에게서 뿜어져 나오는 빛을 느낄 수 있었죠. 빛이 없어도 신들은 땅속에서 빛났어요.

엄마는 적절한 때에 행동을 했어요. 이틀 후 경찰이 왔거든요. 나는 밖에 나가 불타는 별 같은 태양 아래 서 있었어요. 신문사에서 일하는 남자의 사진도 되었고요. 그들은 집을 수색했지만 아무것도 찾지 못했어요, 당연하게도. 가방이 없어졌고 옷가지도 얼마간 사라졌죠.

엄마 어디 가셨니? 그들이 내게 물었어요. 나는 고개를 저었죠. 나도 몰랐으니까요.

엄마는 그 일을 하기 전에 치와와-닥스훈트-테리어 레이디에게 편지를 한 통 보냈어요. 그 레이디는 멕시코에서 휴가를 보내는 중이었기에 돌아와서 그 편지를 받았죠. 편지에는 엄마가 건강을 위해 요양을 떠난다고 적혀 있었어요. 엄마는 사생활을 아주 중시했어요, 내 엄마는요. 철저한 사람이기도 했고요. 사생활이 시시콜콜 밝혀지는 걸 원치 않았어요. 심지어 죽은 후에도요. 아마 그것이 내가 엄마에 대해 유일하게 이해한 사실일 거예요.

그렇게 엄마는 떠났고 다시는 발견되지 않았어요. 그 소녀도 여전히 떠나서 돌아오지 않았고요. 하지만 나는 그 두 사람이 같은 곳에 있다고 생각하지 않아요.

　로런이 처음 내게 왔을 때 그 아이는 여섯 살이었어요. 그리고 오랫동안 여섯 살에 머물렀어요. 전에는 한 번도 생각해본 적이 없는데, 로런은 '막대아이스크림을 든 소녀'가 사라졌을 때와 같은 나이예요.

　마침내 로런은 자라기 시작했어요. 자라는 속도는 나보다 느렸지만 어쨌든 자랐어요. 그와 함께 분노도 커지더군요. 좋지 않았어요.

　"나는 그 감정을 모두 어디 둘 만한 곳이 없어." 로런은 늘이렇게 말했어요. 나도 몹시 괴로웠어요. 그건 다 로런이 내게서 가져간 고통이었으니까요. 그래서 로런이 무슨 행동을 해도 그 애를 사랑했어요. 로런은 이 몸을 미워해요. 로런의 몸이기에는 너무 크고 털이 부숭부숭하고 괴상하잖아요. 로런은 좋아하는 옷도 못 입어요. 스팽글 별 장식이 달린 레깅스와 자그마한 분홍색 구두. 그것들이 이 몸에는 절대 맞지 않을 거예요. 사람들은 그것들을 이 몸에 딱 맞는 치수로 만들지 않아요. 아마 쇼핑몰에 갔을 때가 최악이었을 거예요. 로런은 그때 정말 슬퍼했어요. 나는 아빠처럼 로런을 보호해주고 싶어요. 로런을 위해 그렇게 해주겠다고 약속도 했죠. 잘되지 않으리라는 건 알아요. 나는 너무 엉망진창이라 누구를 도울 수 없거든요.

나는 위안을 얻고 싶을 때면 아래로 내려갔어요. 자그마한 발과 호기심 가득한 꼬리를 한 올리비아가 늘 나를 기다리고 있었죠. 올리비아는 바깥세상에 대해 아무것도 몰랐어요. 나는 그 점이 좋았어요. 올리비아와 함께 있을 때면 나도 알 필요가 없었으니까요.

당연하게 완벽한 건 어디에도 없어요. 주말용 집조차도. 가끔 기대하지 않은 것들이 불쑥 나타나요. 하얀 샌들, 다락방 에서 울부짖는, 오래전에 사라진 소년들.

나는 입을 다문다. 우리는 이 이야기의 마지막에 다다른 듯하다. 로런은 가고 없다. 나는 너무 피곤해서 물처럼 증발해 버릴 것 같다.

"내가 짐작했어야 했는데." 그가 말했다. "챔프는 알았어요."

"그게 무슨 말이에요?"

"챔프는 당신을 좋아해요. 하지만 그날 챔프는 마구 화를 내면서 길거리에서 만난 당신에게 짖어댔죠. 나는 당신의 눈 빛에서 뭔가를 봤다고 생각했어요. 아주 짧은 순간이었지만요. 마치 다른 사람이 거기에 있는 것 같았어요. 나는 다 내 상상이 라고 치부했어요."

"그건 올리비아였어요, 내 고양이요." 내가 말한다. "올리 비아가 밖으로 나가려고 했거든요. 신경 쓰지 말아요. 그 이야 기는 나중에 또 하죠."

그 남자가 가려고 일어난다. 내가 그러리라 짐작했던 것처럼.

"당신의 개는 누가 봐주고 있어요?" 나는 그를 조금이라도 더 붙잡아두고 싶다. 왜냐하면 다시는 만나지 못할 것이기 때문이다.

"뭐라고요?"

"당신의 개요." 내가 말한다. "밤낮으로 꼬박 하루 동안 여기에 있었잖아요. 개를 혼자 두면 안 돼요. 그건 옳지 않아요."

"그럴 리가요." 그가 말한다. "린다 모레노가 챔프를 봐주고 있어요." 그가 의아해하는 내 표정을 본다. "치와와를 키우는 부인요."

"그 아주머니는 행방불명인 줄 알았어요." 내가 말한다. "전신주에 붙은 전단지를 봤거든요. 전단지에 그 아주머니 얼굴이 있었어요."

"대서양 크루즈 여행을 다녀왔대요." 그가 말한다. "연하의 남자와요. 따님에게 알리고 싶지 않았다더군요. 따님이 걱정을 했어요. 하지만 지금은 돌아왔어요. 피부도 근사하게 태웠고요."

"다행이네요." 내가 말한다. 행복이 뿜어져 나오는 것 같았다. 나는 줄곧 치와와 레이디가 걱정되었다. 그동안 잘 지낸 사람이 있었다니 다행이다.

"내일 또 봐요." 그가 이렇게 인사를 건네지만, 당연하게도 내가 내일 그를 다시 볼 일은 없겠지. 마침내 그가 떠났다. 그는 불필요한 말을 하지 않는 사람 같다.

어둠이 내려온다. 아니 도시에서 어둠과 가장 흡사한 것이라고 해야 할까. 나는 침대 옆의 스탠드를 켜지 않는다. 주차 불빛이 천장을 가로질러 노란색 사각형을 만드는 모습을 지켜본다. 간호사가 들어오는 바람에 나는 깜짝 놀라 하얀 네온 불빛 속에서 잠을 깬다. 간호사가 내게 물을 준다. 그녀가 내 입에 대준 플라스틱 컵에 병원 이름이 찍혀 있다. 나는 이름을 잘 기억하지 못하는 데다가 잠과 진통제에 취해 있지만 잠시 후 알아차린다. 이곳은 엄마의 병원이다. 엄마가 이곳에서 일했고, 엄마가 아이들에게 한 짓 때문에 이곳에서 해고되었다. 이런 일이 벌어지다니 시간 속에서 시작과 끝이 만나는 묘한 경우의 하나이다. 하지만 나는 내가 시작에 있는지 끝에 있는지 잘 모르겠다. 간호사가 다시 어둠 속에 나를 버려둔 채 병실을 나간다. 아마도, 이제야 나는 엄마가 정말 죽었다는 사실을 받아들일 수 있을 것 같다.

"결국 너는 나를 죽이지 못했구나." 내가 로런에게 말한다. "그리고 나도 너를 죽일 수 없어. 그러니 앞으로는 함께 살아갈 다른 방법을 찾아봐야 해."

나는 로런이 가엾다. 아이의 손을 잡아보려고 한다. 하지만 로런은 그곳에 없다. 잠을 자거나, 나를 차단했거나, 그냥 입을 다물고 있을 수도 있다. 로런에게 내 말이 들리는지 아닌지 알 방도가 없다.

나는 치와와 레이디에 대해 생각한다. 그녀가 젊은 남자 친구와 휴가를 즐겁게 보냈기를 바란다. 가장자리가 녹색인 노란색 집에서 여독을 풀며 쉬고 있기를 바란다.

　나는 손에 쥔 컵을 돌린다. 병원의 이름이 같이 돌아간다. 엄마의 장소. 하지만 엄마는 이곳에 없다. 엄마는 집에서, 싱크대 하부장에서 나를 기다리고 있다.

　뭔가가 내 뇌를 살살 긁으며 신경을 건드린다. 치와와 레이디와 그녀의 멕시코 여행에 관한 뭔가가. 나는 머리를 가로젓는다. 틀렸다. 치와와 레이디는 크루즈 여행을 떠났지만 목적지는 멕시코가 아니다. 처음에는 멕시코가 목적지였다. 전에두 그랬던 것처럼 머릿속에서 뭔가를, 잃어버리고 지냈던 뭔가를 끌어당기는 느낌. 하지만 그 느낌은 금방 사라진다.

　내가 퇴원하는 날, 오렌지주스색 머리의 남자가 다시 찾아온다. 나는 그가 맞는지 두 번이나 확인한다. 역시 그다. 나는 몹시 놀라웠고 이상하게도 쑥스럽다. 그날 저녁, 그에게 너무 많은 이야기를 털어놓았다. 어쩐지 발가벗은 기분이 든다.

　"태워줄 사람이 필요할 것 같았어요." 그가 말한다.

　집에 가까워지자 숲 냄새가 난다. 내 골목, 움푹 들어간 표지판, 지평선에 모여 선 나무들을 보니 마음이 이렇게 놓일 수 없다.

　하지만 나는 그 사람에게 내 서글픈 집을 보여주고 싶지 않다. 창문마다 막아놓은 합판들, 내가 다른 자아들과만 살았던 먼지 쌓인 컴컴한 방들. 그가 가면 좋겠다. 그런데 그는 내가 차에서 내려 집으로 들어가는 내내 부축을 해준다. 그는 내게 도움이 필요한 걸 인정하라고 하지도 않고, 단지 빠르고 효과적으로 일을 처리한다.

그는 집으로 들어왔지만 집 안 곳곳에 쳐진 거미줄이며 여기저기 부서지고 파손된 곳을 알아차리지 못했는지 홀을 서성거린다. 하지만 이제 그에게 뭔가를 권해야 한다. 냉장고를 열자 오래된 우유의 상한 냄새가 코를 찌른다. 코를 찌르는 절망을 느낀다.

"맥주 한잔할까요." 그가 냉장고 안을 들여다보면서 제안한다.

"그러죠." 이렇게 대답하는데 어느새 기분이 한결 밝아진다. 찬장 안을 들여다본다. "당신이 땅콩버터와 피클을 함께 먹어본 적 없다고 내기를 걸어도 될 것 같네요."

"그 내기 당신이 이길 거예요." 그가 대답한다.

우리는 뒷마당에 내놓은 부러진 접이식 의자에 앉는다. 날씨가 정말 아름답다. 낮게 걸린 햇빛을 받으며 민들레의 솜털이 하늘거린다. 미풍에 나무들이 속삭인다. 나는 그쪽을 향해 고개를 든다. 잠시 동안이지만 나도 평범한 사람이 된 것만 같다. 늦여름의 열기를 느끼며 마당에 앉아서 여느 사람들처럼 친구와 맥주를 마시고 있으니까.

"병원." 그가 말한다. "이렇게 야외에 나와 있는 시간이 그리웠을 거예요. 당신은 숲을 좋아하잖아요."

"맞아요." 내가 말한다.

"안녕." 그가 말한다. 하지만 내게 한 말이 아니다. 얼룩 고양이가 덤불에서 불쑥 나온다. 고양이는 전보다 더 마른 것 같다. "어떻게 된 거야?" 암고양이는 미끄러지듯 녹슨 의자 다리를 빙 둘러간다. 그가 땅바닥에 땅콩버터를 조금 내려놓자 고양이가 다가와 가르랑거리며 핥아 먹는다. "가여운 녀석." 그가 말한다. "주인이 있었어요. 예전에는. 주인이라는 작자들이 이 고양이의 발톱을 다 뽑고 버렸죠. 사람들이란." 고양이가 그의 발치에 다가가 눕는다. 털의 먼지가 햇빛에 잘 보인다.

나는 평범한 사람이 할 만한 질문을 하려고 머리를 굴린다. "그 일은 어때요? 산림 관리인요?"

"좋아요." 그가 대답한다. "나는 늘 야외에서 하는 일을 원했어요. 꼬맹이 시절부터 죽 그랬죠. 나는 도시에서 자랐거든요." 그가 사람들로 붐비는 보도를 걷고 고층 빌딩들 사이에 서 있는 모습이 상상되지 않는다. 그는 까마득히 먼 곳과 고독을 위해 태어난 사람 같다.

"우리는 전에도 이야기를 나눈 적이 있어요." 그가 말한다. "바에서 몇 번 인사 정도는 했잖아요."

"아하." 내가 말한다. 너무 당황스러워서 바에 갔던 때가 잘 기억이 나지 않는다는 말을 차마 꺼내지 못한다. 끝에 가서는 '리틀 테디'가 몸을 지배했던 것 같다. '리틀 테디'는 어른들과 이야기를 잘 못한다. 어쩌면 단순히 너무 취했을지도 몰랐다. "여자들과 데이트를 할 장소로 그 바를 골랐어요." 내가 말한다. "정말 멍청하죠?" 나는 푸른 옷을 입은 여자와 한 데이트에 대해 그에게 들려준다.

"하지만 당신은 그곳에 계속 왔잖아요. 혼자서요. 그곳이 어떤 곳인지 알아차린 후에도."

"오." 내가 말한다. "그래요. 마시러요."

우리가 앉아 있는 곳에서 우리 사이의 공기에 뭔가가 일어나고 있다. 어째서인지 시간이 조금 늘어나는 것 같다. 나는 그의 팔뚝에서 눈을 뗄 수가 없다. 녹슨 의자에 내려놓은 그 팔뚝. 불타는 전선처럼 햇살에 빛을 발하는 가느다란 털로 덮인 투명한 피부.

두려움이 물결처럼 내 안에서 퍼진다. "나는 평범한 사람과 달라요." 내가 말한다. "나로 사는 건 힘들어요. 내 곁에 있는 건 더 힘든 일일지 몰라요."

"평범한 사람은 어떤 사람이죠?" 그가 되묻는다. "우리는 각자 할 수 있는 일을 할 뿐이에요."

엄마의 꽉 다문 입과 질색하는 표정이 떠오른다. 곤충 남자도 생각난다. 내가 얼마나 엉망진창인 인간인지 책에 쓰려던 남자. "지금 당장." 내가 말한다. "당신이 할 수 있는 일은 가는 거예요."

그가 안전벨트를 매자 나는 절뚝거리면서 그의 차로 다가 간다.

"진심이 아니었어요." 내가 말한다. "미안해요. 힘든 한 달이었어요. 1년. 심지어 인생마저도요."

그가 눈썹을 치켜올린다.

"제발 돌아와요. 우리 맥주 한 캔 더 해요." 내가 말한다. "이제 당신 이야기를 해봐요."

"병원에서 막 퇴원했잖아요. 쉬어야 할 거예요."

"당신 차를 쫓아서 골목을 달리게 하지 말아요." 내가 말한다. "병원에서 막 퇴원한 사람이니까."

그는 잠시 생각하더니 시동을 끈다. "좋아요." 그가 말한다. "내게도 기이한 사연이 많아요."

그의 이름은 롭이며 쌍둥이 형제가 있다. 자라면서 형제는 평범한 쌍둥이가 할 만한 행동은 다 했다. 엄마를 헷갈리게 했고 서로 상대인 척했으며 고등학교를 다닐 때는 수업을 바꿔 듣기도 했다. 롭은 이과를 더 잘했고 에디는 미술과 영문학 같은 과목에 소질이 있었다. 그래서 두 사람은 성적이 좋았다. 그들은 나이가 들면서 서로 역을 바꿔서 부모를 속이는 일은 더하지 않았다. 여자 친구들에게도 그런 짓을 하지 않았다. 그런 행동은 그들을 사랑해주는 사람에게 할 수 없는 비열한 장난이라고 여겼기 때문이다. 얼마 후 롭은 더는 여자 친구를 사귀지 않게 되었다. 그는 시내의 레스토랑에서 일하는 남자를 만난 순간 심장이 거세게 뛰었을 때조차 에디에게 털어놓지 않았다. 이윽고 두 사람은 사귀기 시작했다.

어느 저녁 레스토랑의 남자가 길을 건너는 롭을 보았다. 그는 사랑에 푹 빠져 있었기에 얼른 길을 건너가 롭을 품에 안았다. 롭의 몸에 손이 닿는 순간, 그는 그 남자가 롭이 아니라는 사실을 알아차렸다. 하지만 너무 늦어버렸다. 에디는 그의 눈이 보이지 않게 될 때까지 때렸다.

레스토랑의 남자는 그곳을 떠났다. 에디는 롭과 말을 하려 하지 않았다. 롭도 어차피 에디와 말을 나누고 싶지 않다고 말한다. "그렇다고는 해도." 그가 말한다. "이건 한쪽 다리를 잃은 것과 비슷해요. 에디 없이 다시 걷는 법을 배워야 했거든요. 한동안 사람들을 만나지 않았어요. 내 개와 숲만 있으면 됐어요. 이른 아침을 제일 좋아해요. 주위에 아무도 없는 시간이니까."

나는 잠시 그가 들려준 이야기를 생각한다.

내가 말한다. "당신에게 그 일들 가운데 하나라도 일어나지 않았다면, 나는 지금쯤 죽었을 거예요."

"와우." 그가 깜짝 놀란다. "그 말대로예요." 우리는 서로를 잠시 바라본다. 그리고 말없이 앉아 있는다.

그는 저녁이 슬그머니 찾아올 즈음 집으로 돌아간다. 해가 지평선에 낮게 걸리자 보라색 그림자가 지상의 모든 것을 감싸며 밤을 준비한다. 빈 맥주 캔을 치우는데, 머리 위 자작나무 사이로 쏜살같이 지나가는 노란색의 물체가 보인다. 오색방울새의 노랫소리가 황혼을 가득 채운다. 새들이 돌아오고 있다.

밤의 올리비아

여러분 안녕하세요. 〈밤의 올리비아와 함께 할고양〉의 첫 회에 오신 분들을 환영해요. 근사한 쇼가 지금 여러분을 기다리고 있어요. 오늘 우리는 빛에 대해서 이야기해볼 텐데요―햇빛의 종류, 어둠의 종류 같은 거요―낮잠에 가장 어울리는 빛은 무엇일까, 황혼을 배경으로 하는 으스스한 램프 같은 당신의 눈을 반짝반짝 빛나게 하는 빛은 무엇일까 등에 대해 이야기해보죠. 더해서 당신이 한밤에 죽음의 검은 번개처럼 먹잇감을 뒤쫓을 때 숨기에 가장 적당한 그림자는 어떤 그림자인지에 대해서도 이야기해볼 거예요.

하지만 먼저, 이 방에서 제일 중요한 문제부터 해결하고 넘어갑시다. 우리는 위층의 세상, 소위 말하는 현실 세계에 대해서 이야기를 해봐야 해요. 그곳은 이 안의 세상만큼 훌륭하지 못하다는 사실에 다들 동의하실 거라고 생각하는데요. 그곳은 우중충

하고 만사가 고약한 냄새가 나잖아요. 나는 그 깔개 색깔도 마음에 들지 않아요. 저 위의 깔개는 아름답게 폭발하는 주황색이 아니라 죽은 테드들의 색깔이거든요. 그래도 나는 내키지 않는 마음을 꾹 참고 가끔은 위로 올라가요. 우리가 어떤 세상과 마주하고 있는지 알아두어야 하니까요. 가끔은 밖으로 나가기도 해요. 더는 집고양이가 아니거든요. 세상을 보고 느껴요. 예전에는 안쪽 집의 아래층에서 그 세상에 대해 냄새를 맡고 듣기만 하던 시절도 있었죠. 지금은 내킬 때면, 위층으로 올라가서 테드가 가을 낙엽 속을 산책할 때 함께 걷고, 점점 낮이 짧아지는 시절에 내린 첫서리의 싸늘한 입김을 느끼기도 해요.

하지만 그래요. 바깥세상은 역시 실망스럽더군요. 별거 없다고 할까요. 저 위에는 얼룩 고양이가 한 마리 있어요. 하지만 그녀는 이제 내가 사랑하는 고양이가 아니에요. 처음 봤을 때 아이고 불쌍한 것이라고 생각했죠. 그녀의 두 눈은 둔탁한 갈색이에요. 눈을 들여다보면 배고픈 짐승만 보여요. 그녀는 작고 말랐고 발톱도 없는 데다 휘청거리는 다리로 걸어 다닐 뿐이죠. 그녀에게서 빛이 나지도 않아요. 주황색 머리의 테드가 그녀에게 먹이를 줘야 한다고 고집을 피워요. 그 테드는 벌목꾼처럼 보이지만 실제로는 매우 감상적이랍니다. 게다가 그에게서는 커다란 난리법석의 냄새가 진동을 하는데, 정말 역겹죠. 테드는 그 난리법석이 숲에서 피 냄새를 맡고 우리를 찾아냈다고 내게 계속 말하지만, 나는 그런 식으로 구조되었다고 믿을 마음이 안 생겨요. 아무튼

481

나는 테드가 올리비아 없이 어떻게 세상을 헤쳐나가고 있는지 늘 궁금해요. 그리고 그는 잘 지내는 것 같아요.

나는 주말용 집으로 내려가서 다른 고양이, 아름다운 고양이가 몸을 핥고 몸치장하는 모습을 창문으로 지켜보는 시간을 아주 좋아하죠. 그녀는 사과처럼 노란 눈으로 뱀처럼 나를 노려봐요. 그녀는 우리 중의 하나예요, 당연하게도. 다른 부분이라 이 말이죠. 그 사실을 더 일찍 알아차렸어야 했을지 몰라요. 그녀는 말을 하지 않기로 선택했어요. 하지만 언젠가 말을 걸어주기를 바라고 있어요. 그때까지 나는 그녀를 숭배하면서 기다릴 작정이랍니다. 필요하다면 영원히 그럴 거예요. 나는 위에서 일어나는 일을 TV로 지켜볼 수 있어요.

가끔 '주님'이 부엌 벽을 통과해 걸어오시거나 층계참에 있는 채광창을 향해 계단 위에 둥둥 떠 계시답니다. 그분은 몸을 돌리고 생선처럼 동그란 눈이나 거울에 비친 파리의 시선으로 나를 내려다보시죠. 그분은 테드의 상상력의 일부예요. 엄마가 안쿠에 대해서 너무 이야기를 많이 한 바람에 안쿠가 정말 찾아왔어요. 엄마의 신은 저 멀리 떨어진 브르타뉴에서 여기까지 찾아와 엄마를 찾아내고는 테드를 통해 올리비아의 세상으로 들어왔죠. 신들은 그렇게 여행하거든요. 정신을 통해서 말이에요.

'주님'은 올리비아에게 테드나 로런을 도우라고 하신 적 없어요. 올리비아는 그저 친절하고 싶었죠. 좋은 고양이였어요. 나도 좋은 고양이지만 나는 다른 것이기도 해요.

이제 더는 테드와 나를 잇는 끈이 없어요. 그 끈을 생각하면 그리움 비슷한 감정이 들기는 하지만, 이제는 없어요. 테드와 나는 서로 이어져 있고 그 끈은 그 사실의 반영일 뿐이었어요. 그것은 정직했고 세상 일이 실제로 어떻게 돌아가는지 보여줬어요. 나는 위쪽 세상에도 그런 유용한 신호가 몇 가지 있다는 사실을 알게 되었어요. 그곳은 춥고 황량한 곳이죠. 우리의 살집 좋은 몸은 크기도 맞지 않는 인형을 안에 억지로 욱여넣은 러시아 인형이 된 채로 느긋하게 그 세상을 뚫고 지나가요. 내 생각에는, 혐오스러워요.

하지만 이제 우리는 위층에서 모두 함께 있을 수 있어요. 테드와 로런, 나, 내가 아직 이름을 모르는 다른 존재들 일부도요. 그들은 이제야 빛으로 나오고 있어요. 아래에서 했던 것처럼 우리는 내 집에서 이야기하거나 싸우거나 뭐든 할 수 있어요. 가끔 한 번에 며칠 동안 아래로 돌아가는 걸 잊기도 해요. 그래서 요즘은 어떤 면에서 위층도 내 집이 된 것 같아요.

테드

　길이 가을의 낮 속으로 구불구불 이어진다. 가을 공기에는 버섯과 낙엽의 냄새가 감돈다. 나무마다 가느다란 손가락을 하늘을 향해 뻗고 있다. 모자를 쓰지 않아 머리카락을 불길처럼 휘날리며 내 옆에 있는 롭의 몸이 따뜻하다. 숲에서 발견된 그날 아침 이후로 석 달이 지났다. 그렇지만 한평생이 지난 것 같다.

　모든 이야기가 서로의 안에서 딱딱 맞아떨어진다. 그 이야기들은 서로 메아리친다. 그것은 그 여자아이, '막대아이스크림을 든 소녀'로부터 시작되었다. 그리고 그 아이는 목격자가 있어야 마땅하며 그것이 바로 우리가 여기에 있는 이유다.

　주차장에서 호숫가까지 고작 4분의 1마일 남짓이지만 그곳까지 가는 데 꽤 시간이 걸린다. 나는 몸이 회복되는 중이라는 사실을 염두에 둔 채 걷기보다 발을 질질 끌며 간다. 통증을 못 느끼면 몸에 해를 끼칠 수도 있다. "목도리 둘러요." 내가 롭에게 말한다. 나는 친구가 생겨서 우리를 보살펴주면 좋겠다고 생각했다. 그런데 이제 정말 친구가 생기고 보니, 신기하게도 내가 그 친구를 보살펴주고 싶다는 생각밖에 들지 않는다.

나무들이 길을 열어주자 어느새 우리는 물가에 도착해 있다. 오늘은 선선하다. 음울한 하늘 아래에서 백사장도 지저분하고 칙칙해 보인다. 그곳에는 캠핑객들도 몇 명 있고 개도 몇 마리 보인다. 많지 않다. 호수는 시커먼 유리처럼 매끈하게 빛이 난다. 물이 그림이나 마술처럼 너무 잔잔하다. 호수는 내 기억보다 더 작다. 그러니 당연하게도 변한 것은 나다.

"뭘 해야 할지 모르겠어요." 내가 롭에게 말한다. 산 자가 죽은 자에게 무슨 말을 할 수 있을까? '막대아이스크림을 든 소녀'는 떠났고 우리는 지금 그 아이가 어디에 있는지 모른다. 엄마는 사실 싱크대 아래 있지 않고, 아빠는 연장 창고에 있지 않다.

"아무것도 하지 않아도 될 거예요." 롭이 말한다.

그래서 나는 그 아이를 떠올리기 위해 온 정신을 집중하고 한때 그 아이가 이곳에 있었지만 이제 없다는 사실을 기억하려고 애쓴다. 롭의 손이 내 등에 있다. 나는 그 여자아이를 추모하는 마음을 호수와 하늘과 가을 낙엽과 모래와 발아래 조약돌을 향해 띄워 보낸다. 너를 내 가슴에 품을게. 나는 '막대아이스크림을 든 소녀'에게 마음으로 말한다. 왜냐하면 누군가는 그렇게 해야 한다는 생각이 들기 때문이다.

비가 추적추적 내리는 중이지만, 나는 신을 벗는다. 롭도 같이 한다. 우리는 축축한 모래에 발을 묻는다. 그리고 호수를 바라본다. 방금까지 새까만 유리 같았던 수면에 빗방울이 동심원을 만들고 그 원들은 점점 커지고 커져서 영원이 된다.

마침내 롭이 말한다. "정말 추워요." 그는 현실적인 사람이다.

나는 고개를 흔든다. 내가 무엇을 기대하고 온 것인지 모르겠다. 여기에는 정말 아무것도 없다.

우리는 말없이 걸어서 차로 돌아간다. 길이 언덕 아래로 구불구불 내려가 주차장으로 향한다. 빗방울이 후두둑 떨어진 길에 뭔가가 반짝거린다. 몸을 숙여 그것을 집어 든다. 길쭉한 타원형에 둥글고 매끈한 표면. 이끼처럼 녹색이고 하얀 핏줄처럼 흰 줄이 그어져 있다. "이것 좀 봐요." 내가 말한다. "돌이 정말 예뻐요." 롭에게 그 조약돌을 보여주려고 몸을 돌린다. 지면이 완만하게 내리막이었던 탓에 그 순간 발밑의 땅이 훅 사라진다. 발아래에서 흙이 차오르고 돌멩이들이 튀어 오르고 세상이 위아래로 뒤집어진다. 나는 쓰러져 땅에 세게 부딪힌다.

내 안에서 뭔가가 찢어진다. 다시 죽임을 당하는 것만 같다. 그런데 이번에는 나도 그 충격을 느낀다. 깊고 보라색이고 검은 충격. 날카로운 음들이 내 신경 위에서 강하고 거칠게 연주된다. 온몸에서 느낌이 터져 나와 살아 있는 세포들을 가득 채운다.

롭이 내 위로 몸을 숙이는데 어찌나 놀랐는지 입이 뒤틀려 있다. 그가 병원에 대해서 말을 한다.

"1분만." 내가 말한다. "이 느낌을 느끼게 내버려둬요." 나는 웃으려 하지만, 몸이 구석구석 너무 아프다.

몸을 관통하는 것이 이 통증이라고 나는 생각한다. 비로소 우리 사이의 장애물이 허물어지기 시작한다.

내가 그걸 우리 주머니에 넣어뒀어. 그가 어린 목소리로 또렷하게 내게 말한다.

'리틀 테디?'

우리 '주머니'에. 그런데 내가 '쓰레기통'에 '던져버렸이'.

나는 바지 주머니에 손을 넣는다. 몸 어디에선가 피가 난다. 입고 있는 셔츠가 피로 엉망이 되었다.

"지금 뭐 하는 거예요?" 롭이 묻는다. 그의 목소리에 공포가 차가운 잿빛 실처럼 이어져 있다. "피가 나고 있어요." 그가 휴대전화를 꺼낸다.

"잠깐만요." 나는 그에게 고함을 지르다시피 말하고 그 때문에 또 아프다. "기다려봐요!"

내 손가락에 종이가 만져진다. 나는 그 종이를 꺼낸다. 학살자. 내가 만든 목록이 그 종이에 테이프로 붙여져 있다. 마지막 이름이 나를 똑바로 바라본다. 엄마.

'리틀 테디'는 새를 학살한 사람을 말하는 것이 아니다. 그는 그 사실에 대해서는 알지도 못하리라. 그는 다른 학살자에 대해서 말하는 중이다.

네게 보여주려고 줄곧 '애를 썼어'. '리틀 테디'가 말한다. 하지만 너는 알려고 하지 않았어.

그의 기억이 내 안으로 밀려 들어오며 고통도 함께 전해준다. 감정, 색깔, 젖은 흙, 텅 빈 거리를 비추던 달빛에 대한 기억의 급류. 마치 냄새와 촉감으로 영화를 보는 것 같다.

리틀 테디

우리는 그것을―시간과 상처를―나눠 가진다. '빅 테드'가 엄마를 숲으로 데려갔고 엄마는 그곳에서 신이 되었다. 하지만 나는 '그전 날' 무슨 일이 있었는지 다 보았다.

나는 거실에 있다. 아빠가 모습을 감춘 지는 벌써 몇 년이나 되었다. '막대아이스크림을 든 소녀'는 요전 날 호수에서 사라졌다. 모두 '매우 화가 나 있다'.

내 앞에 놓인 책상 위에 종이가 한 장 있다. 이것은 지원서다. 나는 노래를 흥얼거리며 그 종이 위에 노란 크레용으로 나를 그린다. 담배 연기와 태운 커피 냄새가 부엌 문틈으로 스멀스멀 기어 들어온다. 테리어 레이디가 말하는 중이다.

"아침에는 깡통 반 개, 밤에는 건사료." 그녀는 엄마에게 말하는 중이다. "하지만 산책을 한 후에 줘야 해요. 맙소사, 하

489

마터면 잊을 뻔했네. 고사리 화분은 일주일에 세 번 물을 줘야 해요. 더도 덜도 말고요. 나보고 물을 너무 많이 준다는 사람들도 있지만, 흙은 항상 축축해야 하거든요. 고사리는 그래요."

"나만 믿어요." 엄마가 상냥하게 말한다.

"그럼요. 그렇고말고요." 테리어 레이디가 말한다. 열쇠가 찰랑거리는 소리가 들린다. "녹색 리본을 묶어놓은 건 앞문 열쇠예요. 이건 뒷문용이에요, 폭풍 대피용 지하실로 내려가는 문요. 나는 그 문은 열지 않아요, 평소에는요. 아, 메히코. 매일 아침을 먹으며 칵테일을 마실 거예요. 우산이 꽂힌 걸로요. 수영도 하고 일광욕도 하고 일은 눈곱만큼도 생각하지 않을 거예요. 절대로요."

"당신은 그럴 자격이 있어요." 엄마가 따뜻하게 말한다. "당신이 받은 부담을 생각하면요."

"말해 뭐 해요!"

잠시 침묵이 흐르고 부산스러운 소리가 나더니 볼 키스 소리가 들린다. 테리어 레이디가 엄마를 포옹하는 중이다. 나는 귀를 문에 꼭 대고 있다. 샘이 난다. 나는 식초로 '채워져 있다'.

나는 해가 진 후 집을 나서는 엄마의 모습을 창가에서 지켜본다. 엄마는 커다란 여행 가방을 가지고 있다. 엄마가 테리어 레이디와 함께 메히히히히히코에 갈까 걱정이 된다. 나는 남겨지고 싶지 않다. 그런데 여행 가방은 텅 비어 있다. 엄마가 걸어가면서 팔을 쭉 펴고 흔들 정도이기 때문이다. 나는 엄마가 저렇게 행동하는 모습을 난생처음 봤기 때문에 계속 쳐다본다. 엄마는 장난을 치는 사람이 아니다. 나는 물론이고 그 누구의 눈에도 띄고 싶지 않은 엄마의 마음을 나는 잘 안다. 오늘 밤, 가로등은 모두 꺼졌다. 그 아이들이 돌을 던져서 전등을 다 깨버린 건 엄마에게 행운이었다, 내 짐작에.

엄마가 숲으로 간다. 그리고 한참이나 지났기에 나는 금방이라도 눈물이 터질 것만 같다. 엄마가 정말로 '떠났기' 때문이다, 이번에는.

나는 기다리고 기다린다.

몇 시간이나 흐른 것 같지만 실제로는 한두 시간이 지났을 뿐이다. 엄마가 숲에서 나온다. 엄마는 인도 위로 드리운 기다란 나뭇가지의 시커먼 그림자 속을 걷는다. 틈새로 달빛이 비치는 순간 여행 가방이 무거워진 것을 나는 알아차린다. 엄마는 자그마한 바퀴가 달린 가방을 인도를 따라 천천히 끌고 간다. 엄마는 돌아보거나 멈추지도 않고 우리 집을 그냥 지나친다! 나는 깜짝 놀란다. 엄마가 어디로 갈 수 있을까?

테리어 레이디 집의 녹색 가장자리가 달빛에는 회색으로 보인다. 엄마는 집을 돌아 곧장 뒤로 간다. 나는 침대로 들어가 이불 속에 숨는다. 하지만 잠을 자는 건 아니다. 엄마는 한참이 지난 후 조용히 집으로 돌아온다. 욕실에서 물이 흐르는 소리, 엄마가 이를 닦는 소리가 들린다. 뒤이어 다른 소리도 작게 들린다. 엄마가 노래를 흥얼거린다.

다음 날 아침 엄마는 평소와 다름이 없다. 아침으로 내게 작은 애플소스 병과 식빵 한 장을 준다. 엄마의 손에서 축축한 지하실 흙냄새가 난다. 나는 그 커다란 여행 가방을 두 번 다시 보지 못한다. 아마 엄마는 그 가방만 메히히코로 보낸 것 같다. 엄마가 '빅 테드'에게 가게에 가서 아이스크림을 사 오라고 하는 소리가 들린다.

나는 '빅 테드'에게 계속 이야기를 하려고 노력했다. 나는 그를 가장자리가 녹색인 노란 집으로 몇 번이고 데리고 갔지만 그는 알아차리지 못했다. 나는 빅 테드가 마음 깊은 곳 어딘가 에서는 범인이 엄마라는 사실을 줄곧 알고 있었으리라 생각한 다. 하지만 그는 사실이 아니기를 너무나 간절하게 바랐다. 이 제 그는 더 이상 진실을 외면할 수 없다. 퍽, 헉, 주먹으로 한 대 얻어맞는 것처럼.

'빅 테드'가 우는 소리가 들린다.

테드

"움직이지 말아요. 더 심해질 거예요." 롭의 얼굴이 내 얼굴 위 하늘에 걸려 있다. 평소보다 더 해쓱해 보인다.

"다른 사람에게 말해야 해요." 내 수염이 눈물로 축축하다. "나는 그 아이가 어디에 있는지 알아요. 제발, 제발요. 우리는 지금 당장 가야 해요." 롭의 또 다른 장점은 쓸데없는 질문을 하느라 시간을 허비하는 법이 없다는 것이다.

모든 일이 순식간에, 그리고 천천히 일어난다. 우리는 비틀거리며 차로 돌아간다. 롭은 나를 태우고 경찰서로 간다. 우리는 그곳에서 한참을 기다려야 한다. 아직도 피가 조금씩 나지만 나는 절대 롭에게 끌려 병원에 가지 않으려고 버틴다. 안 돼. 내가 말한다. 안 돼, 안 돼, 안 돼, 안 돼, 안 돼. 안 돼 소리가 점점 커질수록 롭은 깜짝 놀라며 뒤로 물러난다. 마침내 눈 아래에 살이 처진 피곤해 보이는 남자가 나온다. 나는 그에게 '리틀 테디'가 본 것을 다 말한다. 그가 전화를 몇 통 건다.

우리는 누군가가 오기를 기다린다. 오늘 그녀는 비번이다. 그녀가 낚시꾼의 긴 장화를 신은 채 허둥지둥 들어온다. 그녀는 자신의 배를 타고 나가 있었다. 형사는 몹시 피곤해 보이고 주머니쥐를 닮았다. 11년 전, 경찰이 우리 집을 수색하던 때가 떠오르며 그녀가 기억난다. 이 사실이 기쁘다. 오늘 내 뇌가 정말 회복하는 것 같다! 주머니쥐 형사는 내가 이야기를 하면 할수록 피곤한 기색이 옅어진다.

나는 또 다른 플라스틱 의자에 앉아 있다. 아직도 경찰서냐고? 아니다. 이곳은 아픈 사람들로 가득하다. 병원. 마침내 내 차례가 되었다. 그들은 내 상처를 의료용 스테이플러로 봉합한다. 기분이 이상하다. 나는 진통제를 거부한다. 이 느낌을 느끼고 싶다. 이 생은 너무나 짧으니까.

롭의 차로 집에 도착하니 어느새 새벽이다. 우리 골목에 들어서니 그녀의 집 앞에 선 승합차가 보인다. 붉고 푸른 아름다운 불을 밝힌 차들. 이 빛들이 녹색 가장자리와 노란색 외벽의 비막이 판자를 장난하듯 비춘다. 치와와 레이디가 울고 있다. 위안을 받기 위해 치와와를 품에 꼭 안고 있다. 개가 그녀의 코를 핥아준다. 마음이 너무 안 좋다. 그녀는 내게 늘 잘해주었다. 엄마는 치와와 레이디의 몸에 절대 상처를 내지 않았다. 하지만 결국 그녀에게 상처를 주고 말았다.

경찰이 치와와 레이디의 집 주변에 하얀 장막을 쳐놓아서 아무도 아무것도 볼 수 없다. 나는 거실 창가를 떠나지 않고 지켜보는 중이다. 물론 아무것도 보이지 않는다. 그들의 작업은 몇 시간이고 이어진다. 아주 깊이 파야만 할 것이다. 엄마는 철저한 사람이었으니까. 내 몸속에 있는 존재들까지 모두 신경을 곤두세운 채 그곳에 머무르며 하얀 장막을 지켜본다. '리틀 테디'는 소리 없이 운다.

우리는 그들이 그 아이, '막대아이스크림을 든 소녀'를 데리고 나오는 순간 직감한다. 그 아이가 지나갈 때 그 아이를 느낀다. 아이는 비의 냄새처럼 공기 중에 있다.

이웃집 레이디는 돌아오지 않았다. 그녀는 나를 두고 숲으로 달려가며 그 아이의 이름을 불렀다. 그 사실에 나는 뭔가가 떠올랐다. 주머니쥐 형사에게 그녀에 대해 말했다. 그들이 그녀가 지냈던 집과 소지품을 살펴보는데, 나는 그녀가 가여웠다. 그런 일이 있었지만 말이다. 이번에는 그녀의 차례가 되어 모두의 눈이 그녀의 물건에 쏠렸다. 마침내 경찰은 그녀가 '막대아이스크림을 든 소녀'의 언니라는 사실을 밝혀냈다. 그 사실을 듣자마자 문득 이런 생각이 들었다. 이제 두 사람 다 이 세상 사람이 아니구나. 나는 확신했다. 이유는 모른다.

경찰은 그 언니의 집에서 엄마의 노란색 카세트테이프를 찾아냈다. 그 테이프에는 '막대아이스크림을 든 소녀'에 대한 엄마의 메모가 녹음되어 있었다. 주머니쥐 형사는 엄마가 그 소녀를 봤을 때 이미 사망한 것처럼 녹음되어 있다고 한다. 여전히 나는 그 일에 대해서는 아무 생각도 할 수 없다.

나는 엄마가 그 소녀를 남자아이로 착각한 거라고 확신한다. 엄마는 절대 소녀들에게 해코지를 하지 않았다. 그러니 엄마가 그 소녀를 데리고 온 것은 우연에 우연이 겹쳤기 때문이다. 짧은 머리, 호수에서의 피서, 잘못 접어든 길. 그 사실을 떠올리자 마음이 몹시 아프고 이 감정은 절대 사라지지 않을 것이다. 사라질 것 같지 않다. 절대 회복되지 않는 자상처럼.

주머니쥐 형사와 나는 우리 집 뒷마당에서 청량음료를 마시는 중이다. 못을 너무 많이 뽑은 탓에 우리 둘 다 손가락이 욱신거린다. 우리 주위에 합판이 엉망으로 쌓여 있다. 창문을 가린 것을 모두 걷어내니 집이 몹시 낯설다. 자꾸만 집이 눈을 깜박거릴 것만 같다. 양지바른 곳은 아직 따뜻하지만, 이제 응달은 춥다. 땅에는 낙엽이 수북이 쌓여 붉은색과 주황색과 갈색으로 알록달록하다. 롭의 머리카락에 다 들어 있는 색깔들. 곧 겨울이 올 것이다. 나는 겨울을 사랑한다.

나는 주머니쥐 형사도 좋아하지만, 아직 그녀를 집으로 들일 마음의 준비가 되지 않았다. 다른 사람들의 시선이 이 집을 내가 알아보지 못하는 곳으로 만든다. 그녀는 그 사실을 이해하는 것 같다.

"어머니가 어디 계시는지 알아요?" 해달에 대한 대화(실제로 그녀는 해달에 대해 상당히 박식하다)를 한창 나누던 중 주머니쥐 형사가 느닷없이 질문을 던진다. 나는 미소를 짓는다. 그녀가 해달에 대한 대화를 즐기는 동시에 그 대화를 이용해서 형사의 본능을 발휘해 나를 깜짝 놀래고 진실을 털어놓게 만들 작정이었다는 게 빤히 보이기 때문이다. 나는 그런 점이 좋다. 그녀가 유능한 형사라는 사실 말이다. "내가 계속 어머님을 찾아야 할까요?" 그녀가 묻는다. "내게 말해줘야 해요, 테드."

나는 무슨 대답을 할지 곰곰이 생각한다. 그녀는 나를 지켜보며 기다린다.

나는 이 세상에 대해서는 많이 알지 못하지만, 그들이 뼈를 찾으면 무슨 일이 일어날지 잘 안다. 발굴, 신문에 실린 사진들, TV. 부활한 엄마. 아이들은 밤에 서로를 겁주기 위해 폭포로 찾아갈 것이다. 그들은 살인마 간호사에 대한 이야기를 할 것이다. 엄마는 신으로 남을 것이다.

아니다. 엄마는 이번에야말로 정말로 죽어야 한다. 그리고 그 죽음은 잊히는 것을 의미한다.

"엄마는 떠났어요." 내가 말한다. "엄마는 죽었죠. 장담해요. 그게 다예요."

주머니쥐 형사는 나를 한참이나 바라본다. "음 그렇다면." 그녀가 말문을 연다. "우리는 이런 이야기를 한 적 없어요."

나는 주머니쥐 형사를 차까지 배웅한다. 집으로 돌아오는

데, 표지판에 적힌 골목 이름의 마지막 s가 거의 희미해져 보이지 않는다. 눈을 가늘게 뜨고 보면 아예 보이지 않을지도 모른다. '니들스 스트리트Needles Street.'※ 나는 진저리를 치며 얼른 집으로 들어간다.

곤충 남자는 사라졌다. 그의 상담실도 감쪽같이 사라졌다. 나는 그곳을 보러 갔었다. 이제 나는 곤충 여자와 이야기를 나눈다. 그 병원의 젊은 의사가 그녀에게 상담을 받도록 손을 써주었다. 곤충 여자가 우리 집으로 올 때도 있고 내가 그녀의 상담실을 찾아갈 때도 있다. 그곳은 빙산의 안에 있는 것처럼 서늘하고 하얗다. 그곳에는 평범한 개수의 의자가 있다. 곤충 여자는 상담을 잘하며 전혀 곤충처럼 생기지도 않았다. 하지만 나는 아직도 여전히 사람들의 이름을 잘 기억하지 못한다. 그리고 너무 많은 것이 변했다. 그러니 사소한 것이라도 하나는 전과 다름없이 남아 있을 필요가 있는 것 같다.

곤충 여자는 내가 무엇을 망각했는지 알고 싶으면 녹음한 테이프를 들어보라고 한다. 나는 그동안 테이프를 열두 개나 썼다는 사실에 깜짝 놀란다. 내가 그렇게 녹음을 많이 했다고 생각하지 않았는데, 많이 썼으니 새 테이프가 필요한 것 아니겠는가? 내 기억이 그렇게까지 형편없으니 말이다.

※　'바늘 골목'이라는 뜻.

테이프에 번호가 적혀 있어서 1번부터 듣기 시작한다. 첫 20분 남짓은 내가 예상한 대로다. 조리법 두 개와 공터, 호수에 관한 이야기. 그리고 아무 소리도 나지 않는다. 녹음된 분량이 끝났으리라 생각하고 녹음기를 끄려고 손을 뻗는 순간 누군가 고요한 테이프를 향해 거칠게 숨을 쉬기 시작한다. 들이쉬고 내쉬고. 팔과 다리로 한기가 스르르 올라온다. 이 소리는 내 숨소리가 아니다.

곧이어 망설이는 듯한 단정한 목소리가 말을 하기 시작한다.

테드가 나를 불렀을 때 나는 다리가 가려워서 혀로 핥느라 바빴어. 여자기 말한다. 제길, 왜 하필 지금이야.

심장이 입으로 튀어나오는 줄 알았다. 이럴 리가 없다. 오, 하지만 그 반대다. 올리비아, 내가 잃어버린 아름다운 아기 고양이. 나는 올리비아가 말도 하는 줄 꿈에도 몰랐다. 내가 녹음기를 찾을 수 없었던 것도 놀랄 일이 아니다. 올리비아의 목소리는 달콤하고, 걱정에 차 있고, 선생님 같다. 그녀의 목소리를 듣고 있으니 기분이 좋으면서도 서글퍼진다. 마치 아기 시절 자신의 사진을 보는 것처럼 말이다. 우리가 이야기를 나눌 수 있다면 좋을 텐데. 이제 너무 늦었다. 나는 그 녹음을 듣고 또 듣는다. 내가 왜 우는지도 모르고 운다.

이걸 통합이라고 한다고 곤충 여자가 알려준다. 이런 치료는 우리 같은 상황에서 가끔 한다. 통합이라니 공장의 작업 이름처럼 들린다. 내 생각엔 그들이 그저 함께 있고 싶어 하는 것 같다. 올리비아와 다른 존재들 말이다. 아무튼 올리비아는 떠났고 다시 오지 않을 것이다.

곤충 여자는 항상 내게 감정을 안에 가두지 말고 밖으로 배출하라고 말한다. 그래서 나도 그러려고 애를 쓴다. 그러면 아프다.

올리비아의 녹음 사이사이에 다른 목소리들이 나타난다. 내가 모르는 존재들이다. 어떤 존재는 말을 하지 않는 대신 으르렁거리고 한참 침묵하다가 딸깍거리고 높은 소리로 노래를 부른다. 그것들은 차갑고 서늘한 작은 유령들처럼 신음하며 나를 스르르 통과하는 존재들이다. 과거에 나는 그들을 모두 다락방에 가뒀다. 이제 나는 일부러 그들의 목소리에 귀를 기울인다. 귀를 틀어막느라 너무 많은 시간을 허비했다.

요즘은 새벽이 나를 깨운다. 나는 붉은색과 노란색 깃털로 가득 찬 꿈에서 천천히 올라온다. 내 정신은 내 것이 아닌 녹색 소리와 생각에 공명한다. 입에서 피 맛이 난다. 밤에 내가 누구의 꿈속에 들어가 있는지 모르겠다. 하지만 요즘 내 몸은 내가 자는 중에 누군가가 사용하는 대신 실제로 편히 쉰다. 그러니 그런 꿈 정도는 넘어갈 수 있다.

달라진 점은 또 있다. 일주일에 사흘, 나는 도시 반대편에 있는 식당의 주방에서 일을 한다. 나는 내 주위로 천천히 자라나는 도시를 구경하며 걷기를 좋아한다. 지금은 단지 설거지를 할 뿐이지만 조만간 요리를 도울 수 있을 거라는 말을 식당에서 들었다. 오늘은 쉬는 날이다. 오늘은 오직 우리를 위한 날이다.

창문을 뒤덮은 합판을 다 떼고 나니 우리 집은 빛으로 만들어진 것 같다. 스테이플러로 봉합해둔 옆구리 상처가 터지지 않도록 조심조심 침대에서 나온다. 우리의 몸은 온갖 흉터와 새로운 상처들이 만든 일종의 풍경이다. 내가 일어서자 잠시 내 깊은 곳의 우리들이 엎치락뒤치락한다. 몸이 위태롭게 휘청거리고 우리 모두 메스꺼움을 느낀다. 샐쭉해진 로런이 내가 몸을 지배하게 한다. 나는 한 손으로 벽을 짚고 심호흡을 하며 우리를 진정시킨다. 이렇듯 세상이 뒤집어져 메스꺼움을 느끼며 티격태격하다 보면 낮 시간이 지나간다. 우리는 배우는 중이다. 모두를 동시에 내 가슴에 품는 일은 쉽지 않다.

이따가 로런이 이 몸을 차지할지도 모른다. 그러면 로런은 자전거를 타고 그림을 그릴 것이다. 아니면 우리 모두 숲으로 갈 것이다. 물론 그 공터나 폭포는 아니다. 우리는 그곳에는 가지 않는다. 썩어가는 푸른색 오간자 원피스, 엄마의 낡은 화장품 가방, 엄마의 유골. 그것들은 홀로 버려져 있어야 한다. 그래서 더 이상 신이 되지 않고 그저 낡고 썩어가야 한다.

우리는 나무들 아래를 걸으며 가을 숲이 내는 소리에 귀를 기울인다.

지친 주머니쥐 형사와 경찰들은 호수 근처의 숲을 수색 중이다. 그들은 엄마가 납치한 소년들을 찾아내려 한다. 해를 거

듭하며 엄마가 납치한 소년들이 최대 여섯 명일 것이라 짐작하고 있다. 몇 명인지 말하기 어려운데, 그것은 아이들이 떠돌아다니기 때문이다. 그들은 대체로 원만하지 않은 가정에서 자랐거나, 아예 가족이 없는 사내아이들이었다. 엄마는 아무도 그리워하지 않을 아이들을 골랐을 것이다. '막대아이스크림을 든 소녀' 때 큰 소동이 벌어진 건 부모가 있었기 때문이다.

어쩌면 언젠가 그 소년들이 발견될지 모른다. 그때까지 나는 그들이 푸르른 숲의 아래에, 포근한 땅의 품에 안겨서 안식을 누리기만 바랄 뿐이다.

늦은 오후에는 '밤의 올리비아'와 내가 대형 트럭 프로그램을 틀어놓고 소파에 앉아서 꾸벅꾸벅 졸지도 모른다. 어둠이 내려앉으면 그들은 사냥을 떠난다. 축축한 이파리가 내 목덜미를 스치는 것처럼 불안한 여행이 나를 통과하는 순간. '밤의 올리비아'는 크고 강하다.

음, 어쨌든 아름다운 하루가 시작되었고 아침 시간이다. 거실을 지나가다 슬쩍 들여다보며 잠시 그곳에 깔아둔 새 깔개를 흡족하게 바라본다. 그 깔개에는 온갖 색깔—노란색, 녹색, 황토색, 붉은색, 분홍색—이 다 들어가 있다. 나는 이 깔개가 몹시 마음에 든다. 엄마가 떠난 후 파란색 낡은 깔개는 언제든지 버리고 싶으면 버릴 수 있었다. 희한하게도 모든 일이 일어난 후에도 아무 일도 없었던 것 같다.

우리는 부엌으로 들어간다. 지금까지 우리는 우리 모두가 좋아하는 한 가지를 찾아냈다. 가끔 아침이면 우리는 모두 모여 그 음식을 먹는다. 그럴 때면 나는 그 음식을 만드는 동안 내 행동을 하나하나 설명한다. 모두가 기억할 수 있도록 말이다. 이제 조리법을 녹음할 필요가 없다.

"우리는 이걸 이런 식으로 만들어볼 거야." 내가 말한다. "신선한 딸기를 냉장고에서 꺼내. 흐르는 찬물에 딸기를 씻어. 그리고 딸기를 볼에 넣어." 우리는 딸기가 아침 햇살에 반짝이는 모습을 바라본다. "행주로 물기를 닦아내도 돼." 내가 말한다. "아니면 햇빛에 저절로 마를 때까지 기다려도 돼. 어느 쪽이든 하고 싶은 대로 하면 돼."

전에는 날이 뭉툭한 칼로 딸기를 톱으로 썰듯 4등분했다. 집에 날카로운 것은 하나도 없었기 때문이다. 하지만 지금은 조리대에 항상 요리사의 칼 세트와 도마가 놓여 있다. "이런 걸 신뢰라고 해." 나는 딸기를 저미며 말한다. "우리 중 몇몇은 신뢰에 대해서 배울 게 많아. 무슨 뜻인지 알겠어?" 이런 이야기를 로런이 아재 개그라고 부를 것 같다.

칼이 딸기를 저밀 때마다 칼날에 빨간 과육이 비친다. 딸기에서 향긋한 흙 내음이 난다. 내 안의 존재들 가운데 몇몇이 즐거워서 술렁이는 것 같다. "이 냄새를 맡을 수 있어?" 칼이 내 손가락 가까이 있을 때는 조심해야 한다. 이제 나는 다른 존재에게 내 고통을 떠넘기지 않는다. "이제 딸기를 최대한 얇게 저미고 그 위에 발사믹식초를 부어야 해. 이때 쓰는 식초는 오

503

래 숙성시킨 시럽처럼 걸쭉한 것이야. 이제 우리는 창틀에 놓아둔 화분에서 자라는 바질잎을 석 장 딸 거야. 바질잎은 가느다란 리본처럼 채를 썰고 향기를 맡을 거야. 자, 발사믹식초를 끼얹은 딸기에 바질잎을 얹어." 이것은 조리법이지만 가끔 마법의 주문처럼 느껴지기도 한다.

우리는 딸기를 몇 분 동안 그냥 둔다. 그래야 다양한 맛이 섞이기 때문이다. 이렇게 기다리는 동안 우리는 생각에 잠기거나, 하늘을 보거나, 그저 우리 자신이 된다.

마침내 완성되었다고 생각되면 나는 이렇게 말한다. "이제부터 식빵에 발사믹식초와 바질을 뿌린 딸기를 올릴 거야." 식빵에서는 살짝 그을린 냄새와 땅콩 냄새가 난다. "그 위로 검은 후추를 갈 거야. 이제 밖으로 나갈 시간이다."

하늘과 나무는 새로 뒤덮여 있다. 사방에서 노랫소리가 흐르다가 잦아든다. 햇살이 우리의 피부를 따스하게 데워주자 로런이 한숨을 폭 내쉰다.

"자." 내가 말한다. "이제 다 같이 먹자."

작가의 말

당신이 아직 책을 다 읽지 않았다면 부디 이 글을 읽지 마시라. 앞으로 나올 내용은 기나긴 스포일러니까.

이 글은 내가 생존에 관한 이야기를 호러에 대한 책으로 가장해 쓰게 된 경위이다. 2018년 여름 나는 고양이에 대한 글을 쓰는 중이었다. 그런데 어째서인지 글이 좀처럼 써지지 않았다. 나는 자신이 키우는 반려동물에게 무척 강한 애착을 품은 탓에 아무렇지도 않게 공감력을 상실하는 사람들에게 늘 매료되었다. 연쇄살인범인 데니스 닐슨은 자신의 개 블립에 대해, 자신이 기능적인 관계라고 할 만한 것을 유일하게 유지한 존재였다고 말했다. 그는 블립을 사랑했고 체포된 후에 걱정한 것은 그 개의 안위뿐이었다. 그래서 나는 바로 이런 이야기가 필요하다고 생각했다. 내가 당장 써야 할 이야기라고 말이다. 설령 함께 사는 테드가 로런이라는 소녀를 납치해 감금해두는 인간일지라도, 그의 곁을 지키며 위안을 주는 고양이 올리비아. 그런데 이 이야기가 잘 써지지 않았다. 테드는 아무래도 살인자나 아동 납치범으로 보이지 않았다. 그를 향한 연민 주머니가 자꾸 나타났다. 그의 사연은 가해자가 아니라 고통을 겪지만 결국 살아남은 사람의 이야기로 읽혔다. 그리고 올리비아는 진짜 고양이처럼 굴지 않았다. 고양이처럼 행동하기는 하지만, 목소리는 사람도 고양이도 아닌 제3의 존재였다. 고양이는 그의 일부 같았다. 그것은 겉보기에 테드의 인질로 보이는 소녀인 로런도 마찬가지였다.

나는 아동 학대의 영향에 대해 자료를 찾던 중 우연히 엔시나라는 해리성정체감장애를 갖고 있는 젊은 여성이 자신의 증상에 대해 설명하는 동영상을 보게 되었다.* 그녀는 자신의 더 어린 자아에 대해 대단히 솔직하게 연민을 담아 말했다. 그 자아를 자신의 아이로 여겨 엄마처럼 행동하며 돌봐주고 그 자아가 겁을 먹거나 운전처럼 해낼 수 없는 활동을 하지 않도록 신경을 써주었다. 잠시 어린 자아가 나와서 이야기를 했다. 그 자아는 함께 놀 다른 아이들이 없어서, 자신이 들어 있는 몸이

❋ 해리성정체감장애로 사는 삶은 어떨까What It's Like To Live With Dissociative Identity Disorder(DID), https://www.youtube.com/watch?v=A0kLjsY4JlU

너무 커서, 아이들에게 이해받지 못해서 몹시 외롭다고 했다. 그들의 이야기를 듣는 순간 삶에 대한 내 시야가 바뀌는 기분이 들었다. 나는 내가 쓰는 책이 올리비아라는 고양이, 로런이라는 소녀, 테드라는 성인 남성의 이야기가 아니었다는 사실을 그제야 깨달았다. 그것은 자신의 몸 안에 이 모든 인격을 다 지니고 있는 사람에 대한 책이었다. 공포가 아니라 생존과 희망의 이야기였다. 사람의 정신이 공포와 고통에 대처해나가는 이야기였다.

나는 전에도 해리성정체감장애, DID에 대해 들은 적이 있다. 이 증상은 수많은 호러 이야기의 주요 소재이다. 하지만 학대에 대처하기 위해 엔시나가 여러 인격을 나누는 체계를 보자 그제야 지금까지 내가 이해하지 못했던 세상의 일부가 제자리를 찾아간 기분이었다. 세상은 이제 더 이상해졌지만 한결 현실적이 되었다. 정신이 이런 작용을 하다니, 그것은 기적이라고 할 정도로 신묘했지만, 한편으로는 완벽하게 말이 되는 소리이기도 했다.

나는 심리 치료사인 친구에게 전화를 걸었다. 그 친구는 특히 인신매매와 고문의 생존자들을 치료했다. "이런 일이 현실에서 일어나?" 내가 물었다. "그러니까 허무맹랑한 일이 아닌 거야?" 나는 하고 싶은 말을 제대로 전할 수 없었다.

"내 경험에 비추어보면 현실에서 분명히 일어나는 일이야." 그 친구가 대답했다.

그렇게 해서 나는 1년이 넘도록 깊고 깊은 토끼 굴을 파고 들듯 해리성정체감장애에 관해서 구할 수 있는 자료는 닥치는 대로 다 읽었다. 그러다 마침내 내가 쓸 책이 어떤 책이며 어떤 방향으로 써야 할지 깨닫게 되었다.

심리 치료계를 비롯해 이 세상에는 DID 같은 것은 존재하지 않는다고 확고하게 믿는 사람들도 있다. DID는 사람들의 세계관을 위협하는 것 같다. 이 증상은 영혼이라는 개념을 건드리기 때문일지도 모른다. 한 몸에 하나 이상의 인격이 들어 있다는 생각은 어찌 보면 무시무시하니까. 이것은 수많은 종교를 떠받치고 있는 교리를 뒤집어엎을 깃이다.

이 증상이 등장하는 이야기는 예외 없이 무시무시하다. 이 증상은 도저히 견딜 수 없는 공포와 충격에 직면했을 때 인간의 정신이 마지막으로 기댈 수 있는 곳이다. 영국에서 해리성정체감장애를 갖고 있는 사람들을 지원하는 대형 단체 중 한 곳인 퍼스트 퍼슨 플루럴First Person Plural에 특히 감사드린다. 덕분에 나는 이 복잡한 증상을 좀 더 깊이 이해할 수 있었다.

나는 해리성정체감장애가 있는 분과 인터뷰를 했고 기나긴 오후 그런 분들과 워크숍을 진행하기도 했다. 그분들은 실명을 쓰지 말아달라고 요청했다. 우리는 기차역에서 처음 만나 근처 카페로 이동해 이야기를 나눴다. 처음에는 우리 모두 허둥대며 낯을 가렸다. 낯선 사람들이 만나 내밀한 이야기를 나누어야 했으니 말이다. 하지만 그들은 이내 자신의 과거와 삶을 거리낌 없이 솔직하게 내 앞에 펼쳐놓았다.

그들은 DID 증세가 처음 생겼을 때만 해도 장애가 아니었다고 말했다. 그 증상 덕분에 아이의 정신은 견딜 수 없는 스트레스를 견딜 수 있다. 그 증상이 삶을 구하는 기능을 수행한다. 그런데 어른이 되어 그 증상이 더 필요하지 않게 되면 비로소 장애가 된다. 그들은 자신의 다른 자아인 말하지 않는 '다리들'에 대해 말해주었다. 이 다리의 유일한 기능은 학대를 당한 후 침대로 돌려보내는 것이었다. 그들은 학대가 벌어지는 동안 인체의 여러 부위를 다른 곳에 보내버렸다고 설명했다. 그들이 커다란 엄지발가락 하나를 붙잡고 그 시간을 지탱했다가 다 끝나면 다른 곳으로 보내버린 부위를 모두 불러와 맞추곤 했다. 그들은 어떤 자아들은 학대를 겪지 않은 부위들을 멸시하곤 했다고 증언했다. 어떤 자아들은 왜 자신의 연령이나 젠더, 외모를 반영하지 않는 몸에 다 같이 살아야 하는지 이해하지 못하기도 한다. 그 사실에 그들은 분노한다. 어떤 자아들은 몸에 상처를 입히려고 했다. 다른 자아들은 자꾸 거리를 두려고 한다. '진공 포장'으로 다른 부위와 떨어져 밀봉되어 있으려 하는 것이다. 그들은 별개의 평행의 삶을 살고 싶어 한다. 다른 자아들의 목적도 명확하게 정해져 있다. 일을 하러 가는 자아는 낮 시간에 전화를 걸거나 찾아오는 가족이나 배우자에게 냉담하게 굴 것이다. 직장에 가는 자아는 일을 한다. 그의 목적은 그것뿐이기 때문이다.

그들은 자신들이 간직하는 기억도 다 다르다고 한다. 자아마다 각각의 경험을 보유한다. 기억도 선형이 아니고 다양한 구역이 이어진 입체 구조에 자리 잡고 있다. "나는 당신처럼 사물을 기억하는 것이 어떤 느낌일지 절대 알 수가 없을 거예요." 그들이 내게 말했다. 이로 인해 얼핏 간단해 보이는 일이 복잡해질 수도 있다. 가령 음식을 조리법대로 만들 때도 그들은 한 번에 네 가지 이상의 재료를 기억할 수 없다. 정보를 너무 많이 품으면 위험하다. 그것은 다른 것도 기억해야 할지 모른다는 뜻이기 때문이다. 가끔 그들은 자아를 교환하는 사이에 틈을 남긴다. 한마디로 잠시 몸이 딩 비는 것이다. 그렇게 하면 자아들이 지식을 공유할 필요가 없다. 그들은 휴가를 떠나기 위해 짐을 싸는 일조차 몹시 힘들다고 말했다. 자아마다 필요한 물건을 다 기억해서 짐을 싸야 하기 때문이다. 나이가 다른 자아의 옷도 다 챙겨야 한다. 그들은 자신의 내면의 세상을 자아들이 회합하는 곳이라고 설명했다. 교차로 중앙에 농가가 한 채 있다. 교차로에 있으니 어느 방향에서 적이 오든 한눈에 보인다. 군대가 지키는 놀이터. 해변.

그들은 자신이 치유되고 있다고 말했다. 예전에 과거를 파괴하려고 사진을 찢었던 자아가 그런 행동을 멈췄다. 오랫동안 치료를 받고 자신이 일군 가족과 함께 노력하면서 모두가 하나로 사는 법을 배워가는 중이다.

우리의 모임이 끝날 즈음 내가 물었다. "여러분이 이해받지 못한다고 느끼는 이 증상에 대해 사람들이 어떤 것을 알아 줬으면 좋겠어요?"

"나는 사람들이 우리가 선善을 향해 늘 분투하고 있다는 사실을 알아주면 좋겠어요." 그들이 대답했다. "우리는 늘 아이를 지키려고 애쓰고 있어요."

이 복잡한 증상을 이해하는 데 한평생이 걸릴지도 모른다. 이런 증상들 사이에서도 다양한 차이가 존재하는 듯하다. 게다가 DID가 겉으로 드러나는 방식도 수없이 다양하다. 테드는 특정한 사례를 바탕으로 만든 인물이 아니다. 그는 순전히 허구의 인물이며 오류가 있다면 온전히 나의 책임이다. 하지만 나는 이 책에서 DID를 안고 사는 사람들을 공정하게 다루려고…… 그날 오후 식어가는 커피 잔을 두고 내가 들었던 이야기를 제대로 전달하려고 노력했다. DID가 소설에서 공포를 자아내기 위한 장치로 소비되는 경우가 적지 않지만 나의 일천한 경험으로 보자면 이 증상은 오히려 그 반대다. 학대에서 살아남고, 이 증상과 함께 살아가는 사람들은 언제나 선을 위해 분투한다.

감사의 말

테스와 올리비아, 로런을 믿고 내가 이 책을 계속 작업할 수 있도록 힘을 주었으며 그들을 위해 열심히 싸워준 나의 훌륭한 에이전트 제니 새빌에게 나는 그저 고맙다는 말밖에 할 말이 없다. 우리가 만난 날 분명 하늘에는 행운의 별이 떴을 것이다. 나의 뛰어난 미국 에이전트 로빈 스트로스와 그녀의 동료인 케이틀린 헤일스는 이 책이 미국에 소개될 수 있도록 쉼 없이 애써주었다. 두 분에 대한 감사의 마음은 영원할 것이다.

지칠 줄 모르는, 존경스럽기 그지없는 미란다 주위스는 단호하면서도 상냥한 손길로 이 책을 마지막까지 편집해주었다. 그 작업은 문어들로 구성된 팀을 피커딜리까지 데려가는 일과 맞먹었으리라. 미란다 주위스는 물론 이 책을 지원하기 위해 노고를 아끼지 않은 니엄 머리와 드루 제리슨을 포함한 모든 바이퍼 출판사 직원분들에게도 감사를 드린다. 이 책은 미국에서 켈리 론섬 오코너라는 완벽한 편집자와 토르 나이트파이어라는 완벽한 집을 찾았다. 이렇게 훌륭한 출판인들과의 협업은 너무나 보람차다.

처음부터 물심양면 도와주셨던 내 어머니 이저벨과 아버지 크리스토퍼에게 사랑과 감사의 마음을 보낸다. 두 분의 지지와 성원이 나를 지탱해주었다. 또한 내 자매 앤토니아와 그녀의 가족—샘과 울프, 리버—도 내게 아낌없는 응원을 보내주었다.

언제나 반짝반짝 빛이 나며 마음은 따뜻하고 언제나 내게 감동을 주는 친구들아, 정말 고마워. 에밀리 캐번디시, 케이트 버넷, 오리애나 엘리아, 디 배너건, 벨린다 스튜어트윌슨에게 깊은 감사를 드린다. 이분들은 기꺼이 나의 이야기를 경청해주셨으며 힘들 때 머리를 기댈 곳을 주셨고 세심한 관찰뿐만 아니라 따스한 위안은 물론 와인과 수많은 지혜까지 선사해주셨다. 오랜 시간 나와 이야기를 나누고, 빼어난 아이디어와 끝없는 재치를 발휘해준 너태샤 풀리에게 깊디깊은 감사의 마음을 전한다. 질리언 레드펀의 지지와 우정이 없었다면 나는 어떻게 살았을까. 초기 독자들인 니나 앨런, 케이트 버넷, 에밀리 캐번디시, 맷 힐……. 이분들의 격려로 더욱 분발할 수 있었다. 아주 오랫동안 유진 눈이 보여준 유쾌함과 창의력, 우정에 나는 영감을 얻었으며 그를 앞으로도 죽 그렇게 기억할 것이다. 나와 수많은 사람들이 그를 얼마나 그리워하는지.

514

끝없는 재능을 가진 뛰어난 파트너 에드 맥도널드가 보여준 성원과 넓은 아량, 날카로운 편집자적 감식안에 깊은 감사를 드린다. 나는 정말 운 좋은 사람이다. 우리가 앞으로도 계속 함께할 모험을 어서 시작하고 싶어 좀이 쑤신다.

자선단체인 퍼스트 퍼슨 플루럴은 내게 DID에 대해 귀중한 자료를 제공해주었으며 이런 복잡한 증상을 안고 살아가는 삶에 대해 깊은 통찰력을 제시해주었다. 이 단체는 내가 DID에 실감을 불어넣을 수 있도록 도와주셨다. 부디 내가 그들을 공정하게 글로 옮겼기를 바란다.

옮긴이 **이경아**

한국외국어대학교 러시아어과와 동 대학 통역번역대학원 한노과를 졸업
했다. 현재 전문 번역가로 활동 중이다. 조시 맬러먼의 《버드 박스》《맬로
리》, 메리 셸리의 《프랑켄슈타인》, 리사 주얼의 《다크 플레이스의 비밀》,
셰리 토머스의 《주홍색 여인에 관한 연구》《벨그라비아의 음모》, 아서 코
넌 도일의 《주홍색 연구》《셜록 홈스의 회상록》《셜록 홈스의 귀환》, 스트
루가츠키 형제의 《죽은 등산가의 호텔》, 그 밖에 《오시리스의 눈》《영국식
살인》《붉은 머리 가문의 비극》 등 다수의 작품을 우리말로 옮겼다.

니들리스 거리의 마지막 집

초판 1쇄 인쇄일 2023년 9월 18일
초판 1쇄 발행일 2023년 9월 30일

지은이 캐트리오나 워드
옮긴이 이경아

발행인 윤호권
사업총괄 정유한

편집 박고운 **디자인** 박정원 **마케팅** 정재영, 윤아림
발행처 ㈜시공사 **주소** 서울시 성동구 상원1길 22, 7-8층(우편번호 04779)
대표전화 02-3486-6877 **팩스**(주문) 02-585-1755
홈페이지 www.sigongsa.com / www.sigongjunior.com

글 ⓒ 캐트리오나 워드 2023

ISBN 979-11-7125-185-8 (03840)

*시공사는 시공간을 뛰어넘는 무한한 콘텐츠 세상을 만듭니다.
*시공사는 더 나은 내일을 함께 만들 여러분의 소중한 의견을 기다립니다.
*검은숲은 ㈜시공사의 브랜드입니다.
*잘못 만들어진 책은 구입하신 곳에서 바꾸어드립니다.

WEPUB 원스톱 출판 투고 플랫폼 '위펍' _wepub.kr
위펍은 다양한 콘텐츠 발굴과 확장의 기회를 높여주는
시공사의 출판IP 투고·매칭 플랫폼입니다.